THE BREAKUP TOU

DER SOUND UNSERER LIEB

EMILY WIBBERLEY

AUSTIN SIEGEMUND-BR

atb aufbau taschenbuch

THE BREAKUP TOUR

DER SOUND UNSERER LIEBE

EMILY WIBBERLEY
AUSTIN SIEGEMUND-BROKA

Roman

Aus dem Amerikanischen
von Nina Restemeier

atb aufbau taschenbuch

Die Originalausgabe unter dem Titel

The Breakup-Tour

erschien 2024 bei Berkley,

einem Imprint von Penguin Random House LLC, New York.

MIX
Papier | Fördert gute Waldnutzung
FSC® C083411
FSC
www.fsc.org

ISBN 978-3-7466-4109-6

Aufbau Taschenbuch ist eine Marke der Aufbau Verlage GmbH & Co. KG

1. Auflage 2024

www.aufbau-verlage.de

10969 Berlin, Prinzenstraße 85

This edition was published by arrangement with Berkley, an imprint of

Penguin Publishing Group, a division of Penguin Random House LLC.

Satz LVD GmbH, Berlin

Druck und Binden CPI books GmbH, Leck, Germany

Printed in Germany

Allen Swifties
und Miss Swift –
für Inspiration auf immer und ewig

PROLOG

Riley

Es geht nichts über den Sound eines gebrochenen Herzens.

Ich weiche vom Mikrophon zurück, Erschöpfung tief in der Brust, rastlos summende Melodien im Kopf. Seit Wochen vertiefe ich mich auf der Suche nach Inspiration in die traurigsten Erinnerungen meines Lebens, in den größten Kummer. Dort werde ich finden, was ich brauche. Ich weiß es. Ich muss bloß zuhören.

Ganz ehrlich, ich bin frustriert. Nach fünfzehn Stunden im Studio erwarte ich, dass alles, woran ich gearbeitet habe, perfekt ist.

Doch im Gegenteil, nichts funktioniert. Der Refrain ist eingängig, aber flach, traurig, aber ohne Seele. Die Strophen haben keinen Höhepunkt, man spürt keine Dringlichkeit. Die Instrumentalpassagen sind ganz okay. Aber was ich gar nicht hinkriege, ist der Gesang. Es klingt, als würde ich irgendetwas vortragen, und nicht, als wäre ich *ich selbst.* Und so stehe ich hier und nehme die Vocals noch mal komplett neu auf. Doch je mehr ich mit dem Song ringe, umso weiter entferne ich mich von der Musik in meinem Herzen, von den Lyrics, die darauf drängen, von mir in die Welt entlassen zu werden.

Ich wünschte, ich könnte es. Es tut mir echt weh, so sehr wünsche ich es mir. Dieser Song sollte mein Meisterstück werden. Er muss mein Meisterstück werden. Das hat er verdient.

Er hat es verdient.

Ich ächze verärgert, lockere im grellen Studiolicht meine Schultern. In der schallgedämmten Umgebung kann man leicht vergessen, dass es zwei Uhr nachts ist. Nichts verändert sich in diesem fensterlosen, sterilen Raum, in dem es kaum etwas außer Mikrophonen und der minimalistischen Einrichtung gibt. Normalerweise freue ich mich über die Leere, die fehlende Ablenkung, die Freiheit, meiner Inspiration nachzugehen.

Im Augenblick erinnert mich all das aber bloß an die Fortschritte, die ich eben nicht mache, daran, dass ich diesen Song einfach nicht fertig bekomme.

Ein Teil von mir möchte Feierabend machen, beinahe sehne ich mich nach dem unpersönlichen Komfort meiner Suite im Victory Hotel nahe des San Vicente und Sunset Boulevard, meinem Heim der letzten Monate. Hier in einer der wichtigsten Gegenden der Unterhaltungsindustrie von Los Angeles bin ich diskret abgetaucht, habe die Suche nach einem Haus aufgeschoben und mich stattdessen kopfüber in meine Musik gestürzt.

Ich konnte nicht anders. Was hätte ich nach meiner Scheidung sonst tun sollen?

Unsere Ehe endete mit einem Gerichtstermin, aber ich wusste, dass ich uns unvergesslich machen konnte. Unseren ganzen perfekten, peinvollen Untergang. Das Ende all dessen, was ich mir mit ihm erhofft, was ich mir erträumt hatte. Ich jagte der Verheißung *unseres Songs* nach, bis »One Minute« endlich fertig war.

Während ich meine Habseligkeiten in meinem alten Zuhause in Koffer stopfte, hörte ich mir das Demo in Endlosschleife an. Wieder und wieder. Und die Musik, die aus dem Kummer entstanden war, hielt mich vom Weinen ab. Mein Ex war nicht da, immerhin war er so nett, mich in Ruhe ausziehen zu lassen. Ich packte zum Rhythmus der Musik, und da – als ich es am wenigsten erwartete – kam mir auf einmal die Idee.

Stolz darauf, wie ich unsere Beziehung zu einem Song verarbeitet hatte, dachte ich mir, dies könne doch der Plan für das komplette nächste Album sein. Ich schlug dem Label das Konzept vor, und sie waren begeistert. Sobald ich anfing zu schreiben, konnte ich nicht mehr aufhören, es vereinnahmte mich völlig. Vom Schreiben ging es ans Aufnehmen, an vielen Tagen tat ich sogar beides.

Ich lebte förmlich im Studio von Stereosonic, verbrachte wilde, produktive Stunden, schliff endlos an den Songs, und oft schlief ich gleich hier auf der Couch. Wenn ich einer Inspiration hinterherjage, ist es praktischer, einfach auf den Kissen zusammenzusacken. Im Victory Hotel lieben sie mich dafür bestimmt.

Die Songs, die entstanden, gedachten jeder einer meiner Beziehungen. Ich arbeitete und arbeitete, bis sie genauso waren, wie ich sie haben wollte. Es war wie keine andere Produktion zuvor. Ich blieb unnachgiebig, bis sie perfekt waren und ich in ihnen alles hörte, was ich mir vorgestellt hatte. Elf Songs.

Es war phantastisch. *Der Sound eines gebrochenen Herzens.* Und es lief so gut.

Bis jetzt.

Anfangs war ich mir nicht sicher, ob ich den Song, der es mir jetzt so schwer macht, überhaupt schreiben wollte. Unsere Beziehung liegt lange zurück, in jenem Teil meiner Vergangenheit, der bis heute privat geblieben ist. Sie hat keinen öffentlichen Wiedererkennungswert wie all meine anderen berüchtigten Affären und die Ehe. Sie ist nicht einmal eine Fußnote in der Geschichte der unzähligen Musiker und Filmstars, die ich geliebt und verloren habe.

Und dennoch habe ich beschlossen, ihn mit aufzunehmen, und zwar aus einem ganz bestimmten Grund.

Ich weiß ganz einfach, dass ich ihn von allen am meisten geliebt habe. Mit ihm hörte ich jede Harmonie, spürte ich den Zauber jedes wiederkehrenden Refrains. In ihn war ich unsterblich verliebt.

Und doch entzieht sich mir der Song, den ich für ihn geschrieben habe, noch immer. Aber erst wenn ich mit dieser Aufnahme fertig bin, wird das Album komplett sein. Seit ich den Text vor ein paar Wochen geschrieben habe, habe ich jede Menge Versionen aufgenommen – mit keiner bin ich zufrieden. Immer, wenn ich nicht weiterkam, schob ich es auf, lenkte mich ab, indem ich mich auf einen anderen Song des Albums konzentrierte.

Inzwischen sind mir die unfertigen Songs ausgegangen.

Verdammt, ich bin erschöpft. Meine Stimme ist rau. Der Rücken tut mir weh vom stundenlangen Hocken vor dem Studiomikrophon.

Mitten in der Nacht sind die Straßen West Hollywoods leer, und das Victory ist nur neun Minuten von hier entfernt. Ich stelle mir den kühlen Marmorboden unter meinen Füßen vor, die dünnen Vorhänge, durch die das Licht der Skyline hereinfällt und die Konturen der Möbel in einem sanften Grau-Weiß zeichnet. Die weiche Decke auf meinem California-King-Bett – das ist keine Einsamkeit, rede ich mir ein, sondern Unabhängigkeit.

Stattdessen gehe ich hinüber zur Studiocouch. Ich werde mir den Luxus, »zu Hause« zu schlafen, nicht gönnen. Nicht, wenn ich so gründlich versagt habe. Die Nacht im Tonstudio wird mich an das erinnern, was noch vor mir liegt.

Im dunkelsten Winkel meines Geistes lauert ein gefährlicher Gedanke. *Was, wenn ich nur elf Songs über gebrochene Herzen in mir habe?* Dieser Song ist mir unfassbar wichtig. Aber was, wenn das keine Rolle spielt? Was, wenn die letzten Monate mit der Scheidung und dem unerbittlichen Songwriting über Liebeskummer zu viel für mich waren?

Dieser Gedanke ist zu deprimierend, ich verdränge ihn sofort.

Allerdings brauche ich Schlaf. In diesem Zustand kann ich unmöglich noch etwas aufnehmen. Ich fühle mich elend. Geschlagen, frustriert, hoffnungslos. Ich fühle mich …

Ruckartig setze ich mich auf.

Was, wenn das gerade die perfekte Stimmung zum Aufnehmen ist?

Obwohl alles in mir nach einer Pause verlangt, kehre ich zum Mikrophon zurück. Mein Herz rast. In diesem Album geht es um die größten Verletzungen meines Lebens, die Kämpfe, die Wunden der Liebe. Es ist der Hingabe und dem Scheitern gewidmet.

So muss es klingen, geht mir auf. *Es muss wehtun*.

Ich starte die Aufnahme. Nach so vielen Stunden, die ich hier verbracht habe, weiß ich genau, wie alles funktioniert, auch ohne die Hilfe von Produzenten und Tontechnikern, die um diese Zeit längst nach Hause gegangen sind. Über die Kopfhörer klingt das Piano in meinen Ohren.

Und dann fange ich an zu singen. Ich singe, als wäre es meine letzte Chance. Ich singe, als gäbe ich auf. Als verabschiedete ich mich.

Ich gebe alles, als wüsste ich, dass alles nicht genug ist. Als wüsste ich, dass ich niemals sein kann, was dieser Song braucht.

Es tut weh. So sehr.

Vor lauter Gefühl, das ich in jeden einzelnen Ton lege, werde ich davon überrascht, wie schnell drei Strophen, drei Refrains und eine Bridge vorüber sind. Die Musik endet, und der Rest ist Schweigen. Ich trete vom Mikrophon zurück, wische mir mit zitternden Händen über die Augen. Ich habe gar nicht gemerkt, dass ich zu weinen begonnen habe. Aber natürlich weine ich.

Die Stille im Studio lässt mich zögern. Mir ist die Inspiration ausgegangen, ich kann nicht mehr kämpfen, mir bleibt nichts außer einer zerbrechlichen Hoffnung. Und ich weiß nicht, wie ich es verkraften würde, wenn mir dieser Song das Herz bricht, genauso wie der Mann, der mich dazu inspiriert hat.

Ich spiele die Aufnahme ab, und der Song, an dem ich über Tage, über Wochen, ja Monate gearbeitet habe, erfüllt den Raum. Ich höre zu, lausche auf jedes Detail.

Er ist … perfekt. Fucking perfekt.

Das war es wert, sage ich mir und gehe mit schweren Schritten zur Couch hinüber, denn wenn ich jetzt noch ins Hotel zurückführe, würde ich im Uber einschlafen. Alles, was dieser Song mir geben wird, wird den Schmerz aufwiegen, den ich hineingelegt habe.

Diese Aufnahme fühlt sich an, als könne sie alles verändern. Ein ganzes Leben. Unbestreitbar. Das wird mein Hit. Mein Vermächtnis.

Das war es wert, sage ich mir wieder, mein Schlaflied in diesem fensterlosen Raum. *Du warst es wert.*

Vier Monate später

KAPITEL 1

Max

Ich weiß noch genau, welcher Song an dem Abend, an dem mir das Herz brach, im Autoradio lief.

Ich steckte den Schlüssel ins Zündschloss, und im Inneren des gebrauchten Toyota Camry, den ich mir nach meinem Highschool-Abschluss für zweitausend Dollar gekauft hatte, erklang »Same Situation« von Joni Mitchell. Ich war dumm genug, mir einzureden, dass es mir gut gehe, und ließ den Song laufen, dabei wusste ich, dass er Teil der traurigen Erinnerungen dieses Tages würde. Ich fuhr über die leeren Freeways von Los Angeles nach Hause und spürte tief in meiner Magengrube, dass mich Jonis Stimme von nun an verfolgen würde.

Und deswegen schwebt heute, zehn Jahre später, mein Finger über der Tastatur meines Laptops, und ich bin nicht in der Lage, auf *Play* zu klicken.

Auf Spotify sehe ich Riley Wynns neues Album vor mir. Ich bin in dem kleinen Gemeinschaftsbüro von Harcourt Homes, der Seniorenresidenz, die ich mit der Hilfe meiner Schwester führe. Ich sitze einfach da, allein, ohne die ausgedruckten Tabellen auf dem Schreibtisch zu beachten. Kälter als im Januar wird es im San Fernando Valley nicht. Die kalifornische Kühle umhüllt mich, dringt mir bis in die Fingerspitzen, erwartungsvoll, drängend. *Mach schon, Max, hör es dir einfach an.*

Ich weiß, was passieren wird, wenn ich den ersten Song starte. *Falls* ich den ersten Song starte. Die Stimme von Amerikas neuestem Pop-Liebling wird sich in meine Seele schleichen, wie nur sie es kann.

Ich sollte es mir anhören, das weiß ich. Auf *Play* klicken. Mich von Rileys Musik, ihrer Magie umgarnen lassen. Vor allem von »Until You«, dem unangefochtenen Song des Jahres. Bisher habe ich es geschafft, ihm aus dem Weg zu gehen, was nicht leicht war, denn er lauert hinter jeder Ecke im Labyrinth der immer gleichen Songs, die auf allen Radiosendern laufen.

Es ist mir nicht ganz gelungen, manchmal habe ich im Supermarkt oder beim Umschalten Fetzen davon aufgeschnappt. Und dann die Plakate. Wenn ich zur Arbeit fahre, ragt Riley über dem Sunset Boulevard auf. Sie trägt das gleiche Hochzeitskleid wie auf dem Albumcover, beobachtet verblüfft, wie Flammen am Saum ihres Schleiers lecken. Der *Rolling-Stone*-Newsletter mit ihrem Interview ist vor einer Woche in mein Postfach geflattert.

Und doch habe ich Rileys neuer Musik widerstanden, zumindest bis heute, als mir klar wurde, dass ich es nicht länger würde aufschieben können. Die Anziehungskraft war zu groß, aber von welchem

Himmelskörper, das weiß ich nicht. Nicht nur Sterne haben eine Anziehungskraft, auch schwarze Löcher. Als seien sie beides zugleich, starren mich Rileys Augen vom Bildschirm meines Laptops an.

Mein Zögern ist erbärmlich, ich weiß. Aber zu meiner Verteidigung muss ich sagen, dass nicht viele Menschen auf der Welt vor der gleichen Frage stehen wie ich, wenn es um Riley Wynns neues Album geht.

Wie hört man *The Breakup Record*, wenn es in einem der Songs um einen selbst geht?

Vielleicht sollten wir eine Selbsthilfegruppe gründen – ich und die elf anderen Menschen, denen Riley mit ihrer chartstürmenden zweiten LP ein Denkmal gesetzt hat. Denn das ist die packende, geniale Süffisanz dieses Albums – jeder Song darauf dreht sich um eine zerbrochene Beziehung in Rileys Leben.

Was bedeutet, dass sich unsere Collegeliebe in bester Gesellschaft von schlagzeilenwürdigen Promibeziehungen, kurzen Affären und ihrer skandalumwitterten Scheidung befindet. Neun Monate war ich mit der Frau zusammen, die eine der berühmtesten Sängerinnen der Welt werden sollte. Neun Monate, in denen ich dachte, Riley Wynn und ich gehörten zusammen wie Strophe und Refrain. Riley Wynn, deren Lippen mich entflammten, deren Lächeln strahlte wie Bühnenscheinwerfer, deren Lachen so viel in mir zum Klingen brachte.

Vielleicht bin ich ja gar nicht dabei, flüstert irgendein hoffnungsvoller Teil von mir. Vielleicht war unsere Beziehung ja gar nicht bedeutsam genug, um es aufs Album zu schaffen.

Wenn ich drüber nachdenke, weiß ich nicht, was schlimmer wäre.

Riley ist berühmt für ihre Trennungssongs. Berühmt oder berüchtigt, je nachdem, wen man fragt. Auf ihrem ersten Album ebenso wie auf den folgenden EPs – als sie schon bekannt, aber noch nicht der hellste Stern am Pophimmel war – waren es die Liebeskummersongs, die ihre größten Hits wurden.

Das ist leicht nachzuvollziehen. Selbst ich habe sie ein oder zwei Mal gehört, aus Nostalgie, vielleicht auch aus Masochismus. Oder einer Mischung aus beidem. Rileys kraftvolle Stimme, ihre minutiösen Kompositionen und ihre eindringlichen Texte zeugen von ihrem Faible für den Kummer oder das Glück am Ende einer romantischen Beziehung.

So entstand ihr Ruf als »The Breakup Queen«, der Königin der Trennungen, wie sie die Musikpresse nennt.

The Breakup Record ist eine Meta-Manifestation dieses Rufs, Kommentar und Selbsterkenntnis in einem. Es ist Rileys ureigenste Gabe, Missglücktes in Meisterwerke zu verwandeln, gescheiterten Beziehungen auf ironische Weise Tribut zu zollen und sie, sofern bedeutsam genug, in Songs umzuwandeln. Auch wenn ich so ziemlich das Gegenteil von geltungssüchtig bin, würde ich mich lieber von Rileys Songschreibtalent sezieren lassen, als mit der Schmach zu leben, der vergessene Ex zu sein.

Es gibt nur eine Möglichkeit herauszufinden, ob sie über uns geschrieben hat. Bloß – wie bereite ich mich darauf vor, wenn es sich anfühlt, als müsse ich in das Feuer auf dem Albumcover treten?

Melodien speichern Erinnerungen. Wie sonst nichts auf der Welt beschwören sie Gefühle, Orte, Augenblicke herauf – wenn sich die Nadel auf dem Plattenspieler der Seele in die Rille hinabsenkt. Ich weiß noch genau, welcher Song lief, als ich zum ersten Mal geknutscht habe, was ich aufgelegt hatte, als ich nach dem Umzug in meine erste eigene Wohnung allein zu Abend aß, was im Radio gespielt wurde, als mein Vater mir steif mitteilte, ich würde Harcourt Homes führen müssen, weil er und meine Mutter dazu nicht mehr in der Lage seien.

Sobald ich sie höre, bin ich wieder genau in diesem Moment.

Und das Gleiche wird hier passieren. Wenn ich höre, was Riley über uns geschrieben hat, werde ich einen Teil meines Lebens von Neuem durchleben, von dem ich mir nicht sicher bin, ob ich über ihn hinweg bin, nicht einmal nach zehn Jahren.

»Hast du es schon gehört?«

Beim Klang von Jess' Stimme klappe ich den Laptop abrupt zu. Sofort schäme ich mich für meine Heimlichtuerei. Schließlich habe ich keine Pornos geguckt oder so.

Aber meine Schwester grinst. Sie hat die Tür gerade so weit geöffnet, um den Kopf hindurchzustecken. Die weichen kastanienbraunen Locken fallen ihr auf die Schultern. Das Funkeln in ihren grünen Augen verrät mir, dass sie nur zu gut weiß, durch welche Hölle ich gerade gehe. Wir sind ganz eindeutig Geschwister, ähneln uns in allen signifikanten Merkmalen – das perfekte Paar für so etwas wie die »Über uns«-Rubrik auf der Webseite einer Seniorenresidenz.

»Ich habe es gehört«, sage ich nüchtern.

»Lügner«, gibt Jess zurück und windet sich in gespielter Verzweiflung. »Na los, du musst es dir anhören und mir verraten, welcher Song über dich ist.«

»Du weißt doch gar nicht, ob einer davon über mich ist.« Ich verziehe das Gesicht, als mir klar wird, wie wenig überzeugend ich klinge.

Jess verdreht die Augen. »Äh, du und Riley, ihr wart verrückt nacheinander. Ich bin mir hunderttausendprozentig sicher, dass einer davon über dich ist. Ich tippe auf …«, sie zuckt die Achseln und tut so, als würde sie einfach raten, aber ich weiß, dass das nicht stimmt, »auf ›Until You‹.«

Jetzt verarscht sie mich. Okay, vielleicht habe ich *einen* Song – aber ganz bestimmt nicht *den* Song. Die Lead-Single. Auf gar keinen Fall. Ich bin sicher auf den vorletzten Platz verbannt. Der Lückenfüller. Der es fast nicht aufs Album geschafft hätte.

»Ich bin mir sicher, ›Until You‹ ist über diesen Typen.«

Jess schaut mich ungläubig an. »Wesley Jameson, ihren Ex-Mann? Er ist ein für den Emmy nominierter Schauspieler, der Schwarm des gesamten Internets. Er ist nicht einfach *dieser Typ*«, informiert meine Schwester mich mit vernichtendem Blick.

»Na ja, der halt.« Hitze steigt mir ins Gesicht. Ich weiß ganz genau, wer Rileys Ex-Mann ist. Keine Ahnung, warum ich so tue, als wüsste ich es nicht. »Jedenfalls ist der Song über ihn, sagen das nicht alle?«

Es ist nicht so, dass ich mich für Promitratsch interessiere. Aber wenn es um Riley geht, lässt sich das einfach nicht vermeiden. Riley hat die Art von Berühmtheit erlangt, dass Spekulationen über ihr Liebesleben zum nationalen Zeitvertreib geworden sind. Im Internet sagen alle, dass es in dem größten Hit auf dem Album um Wesley geht, mit dem sie ganze drei Monate verheiratet war.

War ich überrascht, als Riley einen der heißesten Stars dieser Tage heiratete? Nein, absolut nicht. Riley ist … alles. Sie ist hinreißend, klug, schlagfertig, kompromisslos. Sie braucht jemanden, der sie ergänzt. Der mit ihrem immerwährenden Strahlen mithalten kann.

Jameson war nur folgerichtig. Ein Bild von einem Mann – mit seinen scharfen, ebenmäßigen Gesichtszügen, die Augen auf jedem seiner zahlreichen Fotos markant zusammengekniffen. Wie Jess schon sagte, mit seinem dunklen, welligen Haar und der düsteren Ausstrahlung ist er unbestreitbar der Schwarm des Internets. Auf dem Bildschirm kommt er geradezu hypnotisch rüber, und er hat sich vom gebrochenen Kriminellen in einer HBO-Serie zum Star jeglicher Fan-Phantasien hochgearbeitet.

Von seiner Beziehung zu Riley war die Öffentlichkeit augenblicklich besessen. Fotos der beiden, auf denen sie bei irgendwelchen Benefizveranstaltungen oder Promipartys nah beieinanderstanden, wie er ihr etwas ins Ohr flüsterte, fanden den Weg ins Internet. Wobei das zu diesem Zeitpunkt noch keine Weltsensation war. Riley war noch nicht so bekannt wie jetzt. Tatsächlich war er der Berühmtere, und die kraftvolle Kombination aus Popularität und Prestige zog automatisch Gerüchte nach sich, über mögliche Filmrollen, über andere Frauen.

Die Fotos der beiden stachelten die Phantasie der Fans an – Rileys strahlende Freude, das Funkeln in Jamesons Augen. Der düstere Prinz, der sich das scharfzüngige Sternchen unter den Nagel gerissen hatte. Jedes dieser Fotos sammelte mehr und mehr Retweets und Kommentare, bis Riley Wynn und Wesley Jameson irgendwann zu ikonischen Hauptfiguren auf der öffentlichen Bühne geworden waren.

Zwei Monate später waren sie verheiratet. Drei Monate später geschieden.

Das brachte die Unterschiede zwischen ihrem und meinem Leben perfekt auf den Punkt. Natürlich saß ich nicht bloß zu Hause auf der Couch und klickte mich durch Fotos von Riley und Wesley Jameson – auch ich hatte Beziehungen gehabt, sogar ein paar ernsthafte.

Und doch sind diese Lebensabschnitte in meiner Erinnerung auf irritierende Weise abgeschlossen. Sie sind so vollständig aus meinem Leben verschwunden, dass ich mir kaum noch vorstellen kann, wie viel Platz sie einmal darin eingenommen haben. Kendra, die einen Master in Design hatte und im Wahlkampfteam des neuen progressiven Bürgermeisters arbeitete, die Kräutertee und ihre Schwester liebte. Elizabeth, die Enkelin einer unserer Bewohnerinnen, die auf Arbeitsrecht spezialisiert war, L. A. noch nie gemocht hatte und davon träumte, nach Frankreich auszuwandern.

In dem Jahr, das ich jeweils mit diesen Frauen zusammen war, meinte ich es ernst, wenn ich sagte, dass ich sie liebe. Und doch klappte es einfach nie. Es passte nicht richtig.

Oder vielmehr passte *ich* nicht richtig. Ich muss die Verantwortung für das Scheitern dieser Beziehungen voll und ganz auf meine Kappe nehmen. Denn es geschah immer wieder das Gleiche: Sobald die

Rede darauf kam zusammenzuziehen, machte ich einen Rückzieher. Nicht sofort, aber unmissverständlich. Die Abendessen wurden stiller. Die Zukunft verblasste zu Ungewissheit. Ich spürte, dass irgendetwas fehlte – oder zumindest redete ich mir das ein. Jedenfalls machte es mir Angst, und ich ergriff die Flucht.

Derweil amüsierte ich mich einigermaßen mit jenen One Night Stands, die einem die richtige Kombination aus zerzausten Haaren und Brille bescheren.

Jess schaut mich verwundert an. »Du hast es wirklich nicht gehört, oder?«, fragt sie.

Ich stehe auf, das ist ihr Antwort genug. »Ich bin spät dran«, sage ich stattdessen und bemühe mich, nicht allzu genervt zu klingen. Wenn man mit der eigenen Familie zusammenarbeitet, ist es schwer, ihr aus dem Weg zu gehen, selbst wenn man möchte. »Ich werde im Speisesaal erwartet.« Ich dränge mich an Jess vorbei und hoffe, dass sie das Thema fallen lässt.

Was sie natürlich nicht tut.

»In einem der Songs geht es um dich, Max«, sagt sie.

Ich antworte nicht, trete hinaus auf den Flur in der ersten Etage. Die Neugier meiner Schwester ist ehrlich gesagt nicht überraschend. Jeder, der mich kennt – was außerhalb von Harcourt Homes, wo man nicht gerade die Charts verfolgt, nicht sehr viele sind –, fragt mich ständig, welcher der Songs über mich ist.

Ich rede mich damit heraus, dass ich es nicht weiß. Ich *will* es nicht wissen. Zehn Jahre reichen nicht aus, um über Riley Wynn hinwegzukommen. Vielleicht werden zwanzig reichen. Was singt Bruce

Springsteen noch gleich? Irgendwann werden wir bestimmt darüber lachen.

Ich gehe die breite Treppe in die Lobby hinunter und ignoriere die abblätternde Farbe, die neben dem Teppich vom Boden hochwellt. Details, die unseren Bewohnern nicht auffallen, zumindest hoffe ich das. Mich dagegen verhöhnen sie, erinnern mich vorwurfsvoll daran, dass es mir nicht gelungen ist, den Bedürfnissen der Einrichtung gerecht zu werden.

Harcourt Homes, früher die Aufgabe unserer Eltern, nun unsere, ist das Vermächtnis, das ich trotz seines Gewichts mit Stolz trage. Im Flachland des Valleys, nur wenige Minuten außerhalb von Los Angeles und doch so fern, sorgen wir dafür, dass sich das Leben der Bewohner nicht ändert. Unser Bestreben ist es, für Gesundheit, Wohlbefinden und Beständigkeit zu sorgen. Es ist ein Geschäft des Abwartens, des Ausharrens.

Des Ausharrens trotz der unerfreulichen Zahlen, die ich in den Papieren auf meinem Schreibtisch vor mir sehe, der Bilanzen des letzten Monats, die sich nicht vom Vormonat unterscheiden.

Ich habe sie durchgesehen, nach Kosten gesucht, die ich einsparen könnte, nach versteckten Optimierungsmöglichkeiten, die ich ausnutzen könnte, um diesem Ort zu geben, was er braucht. Aber ich habe nichts gefunden – abgesehen von der absolut grausamen Option, die Preise zu erhöhen, und das würden wir niemals tun. Es ist nahezu unmöglich, für den Ruhestand vorauszuplanen. Wenn jemand nicht richtig berechnet hat, für wie viele Jahre er sparen muss, arbeiten wir mit der Familie neue Raten aus, die darauf basieren, wie viel sie zahlen können. Leider hat diese Praxis Harcourt Homes an den Rand des Bankrotts gebracht.

Ich wollte helfen. Deshalb habe ich mein Musikstudium abgebrochen und bin zu Betriebswirtschaft gewechselt. Und in den ersten paar Jahren half das tatsächlich, das Heim am Laufen zu halten. Erst angesichts der kontinuierlichen Abwärtsspirale verstand ich, dass es keine Lösungen für unsere Probleme gibt, und seitdem befinde ich mich in der prekären Lage, wo immer ich kann, die Kosten senken zu müssen.

Das schwerste Gespräch steht mir noch bevor. Wenn ich alle zusammentrommle und zugeben muss, dass wir Harcourt Homes nicht weiterführen können. Aber damit kann ich mich gerade nicht aufhalten.

Nicht, wenn das Klavier auf mich wartet.

In ein paar Minuten werde ich für alle spielen, für unsere Bewohner und deren Angehörige. Ich möchte nicht, dass sich die finanziellen Sorgen der Residenz in meinem Auftritt heute Abend niederschlagen, und das würden sie, wenn ich mich noch weiter mit der harschen Realität beschäftige. Alles, was ich empfinde, findet seinen Weg in meine Musik.

Musik ist der Atem von Harcourt Homes, der Lebensfunke in diesen Wänden. Ob ich die Flure mit Aufnahmen alter Klassiker beschalle oder beim Abendessen für die Bewohner spiele, die Musik hilft uns, die abblätternde Farbe des Lebens zu vergessen. Seit der Highschool habe ich kaum eine meiner sonntäglichen Klavierrevuen ausgelassen.

Im Speisesaal sehe ich lauter vertraute Gesichter. Die vier Achtzigjährigen, die immer ihre Navy-Mützen tragen, sitzen in einer Ecke. Keri isst mit Grant, die beiden sind unzertrennlich, seit sie festgestellt haben, dass ihre Namen zusammen einen alten Hollywoodstar ergeben. Imelda versorgt ihre geduldige Tochter mit Haustratsch – und davon gibt es weiß Gott genug. Ich durchquere den Raum und nicke den Bewohnern zu.

Ich setze mich an das alte Klavier und fühle mich zu Hause.

»Na *endlich*, Maxwell.«

Ich lächle, nicht überrascht. Das kommt von Linda. Natürlich sitzt meine Lieblingsbewohnerin direkt neben dem Klavier.

»Meine Kartoffeln sind schon kalt«, bemerkt sie gespielt vorwurfsvoll.

»Tut mir leid«, erwidere ich ernsthaft. »Wie wäre es mit ein bisschen Sinatra zur Wiedergutmachung?«

Linda lächelt großmütig, zufrieden, und ich fange an zu spielen.

Auf diesem Klavier habe ich das Spielen gelernt. Es ist bei Weitem nicht das beste Klavier, auf dem ich je gespielt habe, aber es ist mir das liebste. Sein voller Klang, die abgegriffenen Tasten – es ist perfekt. Die Unhandlichkeit dieses wunderbaren Instruments ist einer von mehreren Gründen, weshalb ich mit der Musik nicht weitergemacht habe, obwohl ich ursprünglich Klavier im Hauptfach studiert habe. Doch dieses Klavier kann ich nicht einfach einpacken und zu Auftritten mitnehmen.

Ich lege die Finger auf die Tasten, spüre die Wärme ihres Willkommens. Dieses Instrument ist ein Teil von mir. Meine Füße berühren die Pedale, und ich fühle mich, als dehnte ich meine Beine vor einem Sprint. Ich beuge mich auf dem Hocker vor, und es fühlt sich an wie tief einzuatmen.

Ich beginne zu spielen, und das Klavier erwacht zum Leben.

Der Song fließt aus mir heraus, weht wie der Wind über die Anhöhen des zehn Minuten entfernten Mulholland Drive. »Come Fly with Me« ist eines der Lieblingsstücke der Bewohner, überschäumend schnell auf den Tasten und mitreißend synkopiert. Es klingt genau so, wie der Titel vermuten lässt, wie das Brausen eines Flugzeugs, das von der Startbahn abhebt.

Der halbe Speisesaal schweigt und lauscht. Die andere Hälfte unterhält sich weiter. Das stört mich nicht. Musik muss nicht alle Aufmerksamkeit auf sich ziehen. Sie ist für diejenigen, die sie brauchen. Nicht jeder Song predigt von der Kanzel, manche Songs halten auch einfach vom Beifahrersitz aus deine Hand.

Ich spule mein Programm der Lieblingslieder der Bewohner ab, von Sinatra über Elvis bis hin zu Bobby Darin und Etta James. Wenn ich spiele, vergesse ich die Zeit und lasse mich von den schwerelosen Strömen der Melodien tragen. Ich bin vollkommen zufrieden. Alles andere tritt in den Hintergrund, die finanzielle Last von Harcourt Homes, meine einsame Wohnung, stets meine Freunde aus dem Musikstudium vor Augen zu haben, die es entweder geschafft haben oder ihren Traum für eine Familie und geregelte Jobs aufgegeben haben und dies ebenso erfüllend finden.

Ich vergesse den Hit, den ich möglicherweise inspiriert habe. Ich vergesse *The Breakup Record*. Ich vergesse …

Nein, Riley vergesse ich nie.

Das Dessert läutet das Ende meiner Revue ein. Während das Personal Key Lime Pie nach dem Rezept meines Vaters serviert – mit dieser Limettentorte werden meine Eltern hier immer präsent bleiben, auch wenn sie sich längst in Palm Springs zur Ruhe gesetzt haben –, beende ich den letzten Song, stehe auf und verbeuge mich im spärlichen Applaus. Nicht alle Tische sind besetzt, bemerke ich mit Unbehagen in der Brust und erinnere mich daran, dass wir nicht voll ausgelastet sind. Aber ich kann keine weiteren Bewohner aufnehmen, solange wir kein Geld für mehr Personal haben.

Es ist erstaunlich, wie schnell mich der Stress wieder in seinen Klauen hat, wie schnell die erfrischende Leichtigkeit der Musik verpufft. Ich betrachte die Bewohner, die hier im Speisesaal ihr Abendessen genießen, und der Gedanke, sie alle enttäuschen zu müssen, ist unerträglich.

»Zugabe!«

Dieses eine Wort übertönt den Applaus. Es ist eine junge Stimme, die einer Frau, selbstbewusst und voller Humor.

Zu behaupten, sie irritierte mich, wäre die Untertreibung des Jahrhunderts. Mir bleibt das Herz stehen.

Ich schaue in die hintere Ecke, blinzle, bin überzeugt, dass ich halluziniere. Das Produkt meiner überreizten Vorstellungskraft, eine Folge all der Plakatwände, die ich heute Morgen auf dem Weg hierher gesehen habe, des langen Starrens auf das Albumcover bei Spotify.

Der Erinnerung an ihr leises Atemholen, bevor sie auf dem College die ersten Akkorde ihrer Songs anschlug.

Die Gestalt, die unauffällig neben dem Eingang zur Küche sitzt, ist wie eine Erscheinung. Mein Herz rast, Gefühle, die ich nicht benennen kann, schwellen an zu einer verbotenen Harmonie.

Ihre Haare sind sonnenblond gefärbt, doch die Ansätze sind dunkel. Sie trägt eine tiefschwarze Jeans, das schwarze Top, das sie in die Jeans gesteckt hat, schmiegt sich an ihren Oberkörper und lässt so viel Haut an ihren Seiten frei, dass ihre Brust eher sorglos bedeckt ist. Kein BH. Als wir noch zusammen waren, trug sie auch nie einen. Wenn sie sich zur Seite drehen würde, könnte ich das erste Wort der Gedichtzeile erkennen, die unter ihre Brust tätowiert ist. Von Mary Oliver, ihrer Lieblingsdichterin.

Who ever made music of a mild day?

Sie ist atemberaubend schön und sieht mich direkt an. Den Kopf kokett zur Seite geneigt, lächelt sie, als wüsste sie, dass sie direkt aus meinen Tagträumen kommt.

Ehrlich gesagt beschreibt »Tagtraum« nicht einmal annähernd die sinnesverändernde Wirkung, die sie auf mich hat. Sie ist eine Symphonie, wenn man ein Solo erwartet. Sie ist die ganze Pein meines gebrochenen Herzens. Sie ist mein erstes Lieblingslied.

In der Ecke des Speisesaals sitzt Riley Wynn und winkt mir zu.

KAPITEL 2

Riley

Die Seniorenresidenz hat sich nicht verändert. Ich erinnere mich an die Ausstattung, den Schnitt des Gebäudes, den Geruch. Jedes Detail der Anfahrt, die trockenen, geschwungenen Hügel, die das San Fernando Valley umgeben, alles ist mir vertraut. Ich erkenne sogar einige der Bewohner wieder, obwohl es fast zehn Jahre her ist, seit ich zuletzt hier war. Harcourt Homes ist ganz das Alte.

Max Harcourt dagegen nicht.

Als wir zusammen waren, kannte ich alles an ihm, jedes Detail, und nun springen mich die Veränderungen über die Jahre an. Seine Schultern sind breiter, die Kieferpartie ausgeprägter. Ein Bartschatten am Kinn, während er zu Collegezeiten stets glatt rasiert war. Das rotbraune Haar, das immer so unzähmbar wirkte, ist ordentlich kurz geschnitten.

Hands lined with veins like highways on a map to my favorite places.
Granite-cut smile made for offering small graces.

Ich verarbeite ihn zu einem Songtext, noch bevor ich überhaupt ein Wort mit ihm gewechselt habe. Aber das ist wahrscheinlich kein Wunder.

Auch seine Art, sich zu kleiden, hat sich verändert. Früher lebte er in T-Shirts und Jeans. Jetzt kombiniert er eine dunkelolivgrüne Hose in coolem Understatement mit einem grauen Shirt. Er trägt eine Brille mit runden Gläsern und zartem Metallrahmen.

Er ist noch attraktiver geworden, eindeutig. Zugleich ruft mir jede dieser Veränderungen in Erinnerung, dass wir noch halbe Kinder waren, Studenten im zweiten Jahr, als wir das letzte Mal miteinander geredet haben. Die zehn Jahre, die seitdem vergangen sind, haben mich verändert, inspiriert, verängstigt – und jeder einzelne Tag war ein Tag ohne Max. Jahrelang habe ich mich gefühlt, als spielte ich ausverkaufte Shows auf einer einsamen Bühne. Ich habe Lovesongs erlebt, die er nie gehört hat.

Ich will nicht so tun, als wären diese Jahre nicht einsam gewesen – in diesem funkelnden Leben, in dem ich stets nach neuen Höhen strebte und auf dem Weg dorthin bisweilen die Menschen verlor, mit denen ich sie teilen wollte. Die Tage flogen nur so vorbei, während ich davonrannte, vor Verletzungen ebenso wie vor Zweifeln. Irgendwann wichen die kleinen Clubs und Radiointerviews, mit denen ich angefangen habe, dem Leben, das ich heute führe: offizielle Termine bei *Billboard* oder YouTube, Fotografen, die mich vor dem Haus ablichten, in dem ich wohnte, als ich meinen ersten Vertrag mit einem großen Label abschloss, mein Name in der inzwischen allgegenwärtigen Schrift meines Logos.

Die Beziehungen, aus denen dann meine Songs wurden, bin ich nicht eingegangen, weil ich nicht mehr einsam sein wollte – es wäre ohnehin vergebens gewesen. Ich war mit Hawk, mit Kai, mit Wesley Jameson nicht zusammen, weil ich Max vermisste oder auf der Suche nach Gesellschaft war.

Ich war mit ihnen zusammen, weil ich wirklich, wirklich glaubte, dass es Liebe wäre. Es ist wohl ebenso sehr meine Begabung wie manchmal auch mein Fluch: die feste Überzeugung, dass jeder Traum in Reichweite ist und man nur die Hand danach ausstrecken muss. Ruhm. Talent. Liebe. Alles erreichbar, aus dem einzigen, unwiderlegbaren Grund.

Weil ich Riley-fucking-Wynn bin.

Riley Wynn, die laut ist, wenn sie liebt. Riley Wynn, die laut ist, wenn sie verletzt wird.

Riley Wynn, die vielleicht ein kleines bisschen Angst hat, dass sie glänzen muss, um gesehen zu werden, oder leiden muss, um gehört zu werden.

Alle sind überzeugt, dass mein Liebesleben deshalb so aussieht, wie es aussieht. In den Kritiken zu *The Breakup Record* habe ich den gehässigen Verdacht vernommen, ich würde meine Trennungen absichtlich herbeiführen, um umso großartigere Songs schreiben zu können. Die Leute sagen, ich sei so verrückt, meine Partner zu vergraulen oder sie kaltblütig in die Wüste zu schicken, damit ich mich anschließend am Mikrophon darüber ausheulen kann.

Natürlich ist das absolut lächerlich. In der Geschichte meiner gescheiterten Liebesgeschichten gibt es nichts Unechtes, da gibt es nur echte Leidenschaft, gefolgt von echtem Kummer. Wenn ich singe, ist der Schmerz echt.

Sogar bei Max. *Besonders* bei Max.

Er mustert mich, Missklang in den Augen. Ich klatsche weiter, für meine »Zugabe«-Rufe ernte ich Blicke von meinen Tischgenossen. Zum Glück stimmt eine Frau weiter vorn mit ein, der Sprechchor nimmt Fahrt auf.

Mit Mühe wendet Max schließlich den Blick von mir ab. Er hebt die Hände, als ergebe er sich der Menge, und setzt sich zurück ans Klavier.

Als er zu spielen anfängt, spüre ich, wie mir vor stillem Entzücken die Knie weich werden. Der Song, den er ausgewählt hat, ist »It's Been a Long, Long Time«. Vielleicht ist es Eustaces oder Ethels Lieblingslied, vielleicht auch einfach Teil von Max' beeindruckendem Repertoire an Jazz-Standards, aber das glaube ich nicht. Ich bin mir ziemlich sicher, dass er auf mein Erscheinen in ebenjener Sprache antwortet, in der wir früher miteinander kommuniziert haben.

Ihn spielen zu sehen ist die reine Freude. In den letzten Jahren habe ich mit einigen der besten Livemusiker des Landes gespielt, aber keiner war wie Max. Wenn er sich in die Tasten versenkt, dann *ist* er die Musik. Als wäre Max Harcourt nur eine Erinnerung, eine schimmernde Gestalt widerhallenden Klanges an seiner Stelle. Er spielt die Songs nicht, er verkörpert sie.

Deshalb hatte ich mich in ihn verliebt – in der Nacht, als wir uns kennenlernten. Es war ein Uhr morgens, und er hatte sein Keyboard in den Aufenthaltsraum unseres Wohnheims gebracht. Später erklärte er mir, selbst wenn er mit Kopfhörern spielte, könne sein Zimmergenosse beim Klackern der Tasten nicht schlafen. Daher nahm Max sein Keyboard mit in den verlassenen Aufenthaltsraum, wann immer er sich zu einer nächtlichen Übungsstunde bemüßigt fühlte.

Doch in jener Nacht im September schlief ich dort auf der Couch, denn meine Mitbewohnerin hatte jemanden aufgerissen und vergnügte sich mit ihm in *meinem* Bett. Ich wachte auf – natürlich vom Klackern von Max' Tasten – und sah diesen in sich gekehrten Jungen mit Kopfhörern auf den Ohren, versunken in eine Melodie, die nur er hören konnte. Sein verlegenes Lächeln, als er bemerkte, wie ich ihn ansah, brachte mich dazu, auf der Stelle das Date abzusagen, für das ich am nächsten Abend verabredet war.

Wenigstens eine Sache an Max Harcourt hat sich also nicht verändert.

Er beendet den Song und erntet erneut Applaus. Ich klatsche mit. Der Mann neben mir nicht, er rammt seine Gabel in den Kuchen. Lächelnd beuge ich mich zu ihm hinüber. »Schmeckt es Ihnen?«

Er blickt auf, als hätte er nicht erwartet, angesprochen zu werden. Überraschung zeigt sich in seinen Augen, als er mich mustert, aber kein Erkennen. Ich weiß, dass ich auffalle, vor allem in einer Umgebung wie dieser. Trotzdem gehe ich jede Wette ein, dass mich hier niemand kennt.

»Es ist köstlich«, sagt mein Tischnachbar. Der beeindruckende Schnurrbart unter seiner Brille bewegt sich ausdrucksstark bei jedem Wort. »Hanks Key Lime Pie ist einer der Gründe, weshalb ich mich für diese Residenz entschieden habe.«

Ich setze meine charmanteste Stimme ein. »Darf ich mal probieren?«

»Es kommt nicht alle Tage vor, dass ich meinen Nachtisch mit einer schönen Frau teilen darf.« Er schiebt mir seinen Teller rüber.

Ich bin überzeugt davon, dass nichts so viele Erinnerungen wachrufen kann wie Musik. Aber hausgemachte Key Lime Pie kommt nah heran. Beim ersten Bissen der Cremefüllung vom Teller meines Tischgenossen ist alles wieder da: die Abendessen in genau diesem Saal und das süße Gefühl, so etwas wie ein zweites Zuhause gefunden zu haben.

»Kommen Sie, ich wette, als Sie jung waren, haben Sie sich oft Pies geteilt«, sage ich. Schon immer habe ich mich gern mit Fremden unterhalten. Ich mag für meine Trennungssongs bekannt sein, doch eine meiner liebsten Erkenntnisse, die ich durch meine Arbeit gewonnen habe, ist, dass man die Inspiration überall finden kann. Und wenn man das einmal verstanden hat, braucht man nur seinen Instinkten zu folgen. Einen Song zu schreiben ist wie eine Geschichte zu erzählen. Und wir alle befinden uns mitten in der Geschichte unseres Lebens, tragen also alle Songs in uns, in der einen oder anderen Form.

Du brauchst nur zuzuhören.

Er setzt sich ein wenig aufrechter hin. In der Art, wie er die Schultern strafft, ist Stolz zu erkennen. »Das kann man wohl sagen«, fängt er an, als wolle er das näher ausführen.

Doch wir werden von Max' Stimme unterbrochen.

»Riley.«

Mein Name aus seinem Mund klingt schockierend vertraut und ist doch in Zurückhaltung gehüllt. Es ist eine halb vorsichtige, halb gewöhnliche Begrüßung.

Ich bin diejenige von uns beiden, die von diesem Flashback-Schleudertrauma weniger überrumpelt wird. Max hatte keine Ahnung, dass ich hierherkommen würde. Zugegebenermaßen hätte er dieser Tage meine Stimme leichter hören können als ich seine, dennoch bezweifle ich, dass er das oft getan hat.

Er hat die Augen auf mich gerichtet, doch ich kann nicht erkennen, was hinter dem perfekten Grün vor sich geht.

»Max, kennen Sie diese junge Dame?«, fragt mein Tischgenosse.

»Hab ich mal«, antwortet Max. Seine Antwort ist nicht frei von Emotionen, im Gegenteil, vielmehr klingt es, als versuche er, sämtliche Gefühle der Welt zu unterdrücken. »Was machst du hier?«

Ich zucke lächelnd mit einer Schulter und lehne mich auf meinem Stuhl zurück. Der Mann neben mir beobachtet uns fasziniert. Zu seinem Glück muss ich aus allem ein Spektakel machen, ich kann nicht anders.

»Ich esse Pie«, sage ich zuckersüß und nehme noch einen Bissen.

Max starrt mich einen Moment an, dann scheint er meine Antwort zu akzeptieren. »Sag Bescheid, wenn du sonst noch etwas brauchst.« Er wendet sich zum Gehen.

Na toll. Ich hätte wissen müssen, dass Max auf mein Spielchen nicht eingehen würde. »Entschuldigen Sie mich«, sage ich zu dem Herrn neben mir.

Eilig stehe ich auf und folge Max aus dem Speisesaal. Seine Schritte sind forsch, doch ich lasse mich nicht auf den Gedanken ein, dass er absichtlich vor mir fliehen könnte. Er ist einfach mit seiner abendlichen Vorstellung fertig. Hat genug anderes zu tun.

»Max«, halte ich ihn auf. Meine drängende, fast schon flehende Stimme ist mir unangenehm. »Können wir reden?«, frage ich jetzt sanfter.

Er sieht mich an. »Dann bist du also nicht nur wegen des Pies hier«, erwidert er. Es ist eine Feststellung, keine Frage. Aber ich wage nicht zu hoffen, irgendeine Art von Scherz herauszuhören.

»Nein«, bestätige ich. »Bin ich nicht.«

Er mustert mich für einen langen Moment. Ich kenne diesen Blick, so hat er immer die Linien, die Noten, die Pausen neuer Musikstücke angesehen. Er liest mich wie ein Notenblatt.

Ich frage mich, was er hört. Bin ich eingängig, lieblich wie unsere schönsten Erinnerungen oder melancholisch – oder einfach irgendeine Melodie aus seiner Jugend? Dass ich der Ohrwurm bin, den er nicht aus dem Kopf bekommt, wage ich nicht zu hoffen.

»Komm mit«, sagt er schließlich. Ich hatte befürchtet, er würde abweisend sein, aber das ist er nicht. Er wirkt zwar nicht begeistert, doch falls er jemals einen Groll gegen mich gehegt hat, scheint er der Vergangenheit anzugehören.

Ich nehme ihm auch nichts übel. Dabei hätte ich allen Grund gehabt, immerhin war seine Entscheidung der Hauptgrund für das Ende unserer Beziehung. Aber das habe ich nie. Bis heute nicht. Ich könnte ganze Notizbücher über Max Harcourt füllen, so viele Worte, zu einem herzzerreißenden Stück Poesie verdichtet, und nicht eines davon wäre aus Feindseligkeit geschrieben. Er ist nicht mein Feind, auch nicht bloß mein Ex.

Er ist mein Mysterium.

Die Frage, warum er gegangen ist, hat sich die letzten zehn Jahre am Rande meines Bewusstseins rumgetrieben. Dabei habe ich seine Wahl schon immer verstanden, allerdings nicht, *warum* er sie getroffen hat. Es bleibt mir ein Rätsel, das ich verdrängen ebenso wie ich es ignorieren oder zu einem Song verarbeiten kann. Lösen kann ich es bis heute nicht.

Als ich ihm in die Lobby folge, bemerke ich, dass der Rezeptionstresen, an dem seine Mutter Ruth früher die Besucher empfangen hat, unbesetzt ist.

Der Anblick macht mich traurig. Anscheinend ist in den zehn Jahren, die ich nicht mehr hier war, doch nicht alles beim Alten geblieben. Ich hoffe, es geht ihr gut.

Wir gehen die Treppe hinauf. Auch wenn Harcourt Homes ziemlich genauso aussieht, wie ich es in Erinnerung hatte, macht es mir zu schaffen, wie sehr sich die Bedeutung dieses Ortes für mich verändert hat.

Denn Harcourt Homes ist der Grund, warum Max mich verlassen hat. Es ist nicht bloß sein Arbeitsplatz. Er ist zu diesem Ort geworden. Ich sehe die Abnutzungsspuren auf der ausgeblichenen Farbe, und es kommt mir vor, als würde ich die Verkörperung von Max selbst betreten und die Flure seines Herzens entlanggehen.

Auf unserem Weg nach oben wirft er mir keine freundlichen Blicke zu, beginnt auch kein Gespräch. Ich bemühe mich, seine Gleichgültigkeit nicht zu nah an mein Ego heranzulassen. Natürlich habe ich in all den Jahren immer mal wieder nach ihm gesucht, aber er ist kein Typ für Social Media. Vielleicht ist er verheiratet, und es ist ihm unangenehm, mich wiederzusehen. Vielleicht war das, was wir miteinander hatten, nur eine von zahlreichen romantischen Geschichten in seinem Leben.

Vielleicht hat es ihm nicht das Gleiche bedeutet wie mir.

Wir gehen den endlosen Flur im ersten Stock entlang. Ich weiß, was unser Ziel ist. Und tatsächlich, am Ende öffnet Max die Tür zu dem kleinen Raum, der früher das Büro seines Vaters war.

Drinnen kreischt seine Schwester Jess auf, als sie mich sieht.

»*Oh my fucking god!*«

So aus meinen Grübeleien gerissen, muss ich grinsen, und ich breite die Arme aus. »Wie schön, dich zu sehen«, sage ich und freue mich wirklich. »Du bist erwachsen geworden.«

Das letzte Mal, als ich Jess gesehen habe, war sie noch eine unsichere Schülerin. Jetzt ist sie eine Frau, die ganz bei sich ist. Ihre Locken umrahmen ihr Gesicht, als hätten sie ein wildes Eigenleben. Sie sieht einfach cool aus, was mich genauso verwirrt, wie Max wiederzusehen. Ich freue mich, dass es ihr gut geht. Aber ich bin auch traurig, dass ich so viele Jahre ihres Lebens verpasst habe, während ich da draußen mein eigenes geführt habe.

Ihr Grinsen wird breit. Fünfzehn Jahre Erfahrung mit Ex-Freunden haben mir gezeigt, dass es nur zwei Sorten von Schwestern gibt: die argwöhnisch-voreingenommene und die konspirativ-herzliche. Jess Harcourt ist eindeutig Letzteres. Zehn Minuten nachdem ich sie kennengelernt hatte, zeigte sie mir Videos von Max als Fünfjährigen beim Klaviervorspiel.

»Und du bist jetzt also berühmt«, stellt sie fest, als sie sich aus meiner Umarmung löst.

Noch immer werde ich verlegen, wenn ich auf mein öffentliches Image angesprochen werde, aber ich bin inzwischen gut darin, es zu überspielen. »Komisch, oder?«

Max' Schwester zieht eine verächtliche Grimasse. »Quatsch. Komisch wäre es, wenn du nicht berühmt geworden wärst.«

Ihre prompte Bestätigung rührt mich, Max macht diesem Austausch jedoch ein Ende. »Jess«, bittet er freundlich, »würdest du uns einen Moment allein lassen?«

»Klar.« Jess tritt an mir vorbei zur Tür. »Aber, Riley, nachher müssen wir ein Selfie machen, und ich brauche ein Autogramm, bevor du gehst. O mein Gott«, ruft sie noch einmal, als wäre es ihr gerade wieder eingefallen. Sie berührt mich am Ellenbogen, und ich muss lächeln. »Das Album ist so gut.«

Mein Blick huscht zu Max, der mich mustert. Sein Schweigen ist wie eine sich drehende Schallplatte, ohne dass die Nadel herabgesenkt wurde. Er stimmt nicht in die Begeisterung seiner Schwester ein. Ich frage mich, ob er *The Breakup Record* überhaupt gehört hat.

»Ich komme später zu dir. Versprochen«, sage ich zu Jess.

Sie wirft mir einen spielerischen Blick zu, der wohl *Wehe, wenn nicht!* heißen soll, dann geht sie hinaus und zieht die Tür hinter sich zu. Als Max sich an die Wand lehnt, wird mir augenblicklich bewusst, wie klein der Raum ist, in dem wir uns befinden. Hier haben wir mal rumgemacht.

Es war ein heißer Abend, wie so viele im Valley. Ich saß damals auf diesem Schreibtisch, und Max' geschickte Hände wanderten über meine Haare, meine Halsbeuge, meine Hüften. Er spielte auf jedem Zentimeter meiner Haut wie auf einer Tastatur. Seine Lippen waren süß wie Key Lime Pie.

Die Erinnerung daran, wie ich mich in seinen Armen gefühlt habe, lässt meine Sinne wach werden. Auch wenn Max durch und durch wie ein Musik-Nerd wirkt, lässt sein Aussehen nichts von seiner natürlichen Raffinesse und der mitreißenden Leidenschaft erahnen, die er in … anderen Bereichen an den Tag legt. Er konnte mit glühender Hingabe küssen. Seine Finger erkundeten mich, als wäre ich seine liebste Obsession. Diese Fingerfertigkeit hat nicht einmal sein Klavier kennengelernt.

Die Erinnerung daran durchfährt mich wie ein heißer Blitz. Egal, wie aus dem Zusammenhang gerissen dieses Gefühl ist, wie wenig es zu seiner steifen Zurückhaltung passt, ich nehme es mir nicht übel. Scham und Bedauern sind nutzlos, wenn mir mein Leben als Inspiration für neue Songs dienen soll.

Erinnere dich ohne Furcht, rede ich mir zu. *Fühle ohne Furcht.*

»Es ist schön, dich zu sehen«, sagt er.

Ich ziehe eine Augenbraue hoch. »Ist es das?«

»Es ist immer schön, dich zu sehen, Riley.« Seine Gesichtszüge werden ein klein wenig weicher. »Daran hat sich nie etwas geändert.«

Seine ehrlichen Worte freuen mich mehr, als eine begeisterte Besprechung oder eine Rezension bei *Pitchfork* es je könnte. »Ich finde es auch schön, dich zu sehen«, sage ich. »Du siehst gut aus. Und du spielst so schön.«

Er setzt sich an den Schreibtisch und bietet mir Jess' freigewordenen Platz an. Es ist erstaunlich, wie selbstverständlich er den Raum einnimmt. Auch er ist erwachsen geworden. »Das Klavier ist ein bisschen verstimmt«, sagt er zerknirscht.

Ich zucke mit den Achseln. »Manche Songs klingen ein bisschen schief viel besser.«

»Das stimmt nicht.« Er wirkt entsetzt.

»Im Zeitalter der elektronischen Instrumente stimmt das wohl«, beharre ich. »Das ist wie bei einer Liveshow. Manchmal möchte man, dass der Sänger oder die Sängerin den Text vergisst, damit man weiß, dass sie wirklich singen.«

»Du vergisst nie den Text«, sagt Max.

Ich frage mich, ob ihm klar ist, wie viel mir diese beiläufige Bemerkung bedeutet. Die Lyrics sind für mich das Wichtigste an einem Song. Ich würde sie niemals vergessen. Ich wähle jedes Wort mit Bedacht, genau wie jetzt im Moment. Als wäre dieses Gespräch, dieses Wiedersehen ein Song, den ich für einen einzigen Zuhörer schreibe.

Ich schlage die Beine übereinander und mustere ihn mit einer Neugier, die hoffentlich gerade noch lässig rüberkommt. »Warst du mal bei einem meiner Konzerte?«

»Nein, ich kenne dich einfach«, antwortet er. Als ihm klar wird, was er damit gerade zugegeben hat, weicht die Farbe aus seinem Gesicht. »Ich meine, es ist nicht so, als hätte ich keine Lust …«, fügt er hastig hinzu.

»Hey, kein Problem«, versichere ich und meine es zu neunundneunzig Prozent auch so. Nur der kleinste, am besten bewachte Teil von mir ist verletzt. Ich habe in den letzten Jahren für Hunderttausende Menschen gespielt, sogar noch viel mehr, wenn man die Zuschauer von *Saturday Night Live* letztes Wochenende hinzuzählt. Und Max war niemals einer von ihnen? »Ich habe nicht erwartet, dass du zu meinen Shows kommst.«

Max schluckt, als wäre er nicht sicher, was er sagen soll. Ich wünschte, ich könnte ihn lesen wie er mich vorhin.

Sofort wechsle ich das Thema. »Wie geht es deiner Familie?«

Max nickt erleichtert. »Gut. Allen geht's gut«, sagt er, froh über dieses sicherere Terrain. »Jess zieht wahrscheinlich bald mit ihrer Freundin nach New York. Meine Eltern haben sich in Palm Springs zur Ruhe gesetzt, aber sie besuchen uns einmal im Monat, meist sogar öfter. Sie freuen sich für Jess, sind aber auch ein bisschen traurig, dass sie wegzieht.«

»Mit ihrer Freundin«, wiederhole ich. »Wow. Etwas Ernstes?«

»Sehr ernst.«

»Und du?«

»Ich freue mich für sie, ja.«

»Nein, ich meinte …« Ich stolpere über die Worte, wie es mir auf der Bühne niemals passieren würde. »Hast du … Gibt es auch für dich jemand Ernstes?« Echt peinlich, wie ungeschickt ich die Frage gestellt habe.

Max wendet den Blick ab, und als er nicht antwortet, stelle ich fest, dass ich Stille hasse. Ich hasse sie. Es ist nicht nur der Kampf gegen die Stille, den ich jedes Mal führe, wenn ich auf eine Bühne trete. Es ist eine tiefe, herzzerreißende Abneigung gegen dieses Schweigen, von dem ich mir wünsche, dass Max es bricht.

»Im Augenblick nicht«, sagt er.

Sofort ploppen unzählige weitere Fragen in meinem Herzen auf, und ich muss mich schwer am Riemen reißen. Ich bin nicht hier, um in Max Harcourts Liebesleben herumzuschnüffeln.

»Das ist schräg«, sagt Max. »Ich könnte dich genauso fragen, aber … na ja …«

Es liegt keine Freude in dem Lächeln, das ich ihm jetzt zuwerfe. »… aber du hast die Schlagzeilen gelesen.«

»Sie waren nicht zu übersehen.« Die Bemerkung könnte flapsig sein, aber sie ist es nicht. »Tut mir leid, das mit deiner Scheidung. Wie geht es dir?« Er klingt, als sei er sich nicht sicher, wie er dieses Thema ansprechen soll, und das ist verständlich.

Ich zucke mit den Achseln. »Wir waren nur fünf Monate zusammen.« Meine Standardantwort, wenn es um Wesley geht, fast schon ein Reflex. Sie ist nicht falsch und gibt dennoch nichts preis. Sie lässt den Zuhörern den Freiraum hineinzuinterpretieren, was sie möchten, und das genügt, um sie nicht weiter nachfragen zu lassen. »Du und ich …«, setze ich an, breche jedoch ab.

»… waren länger zusammen«, beendet er meinen Satz. So simpel es klingt, schwingen doch lauter rätselhafte Fußnoten mit, die ich nicht dechiffrieren kann. Wie niemand sonst, den ich kenne, ist er in der Lage, eine Aussage wie eine Frage klingen zu lassen. Ich wünschte, ich wüsste, was das bedeutet.

Ich entscheide mich für ein Lächeln. »Genau. Mir geht's gut.«

Max lächelt zurück, dann nimmt sein Gesicht einen anderen Ausdruck an und hüllt den Raum in einen Mollakkord.

»Was willst du hier, Riley?«, fragt er.

Natürlich ist ihm klar, dass ich nicht einfach nur zum Plaudern vorbeigekommen bin. Ich hole tief Luft, fühle mich wie auf der Bühne, bevor ich die ersten Töne singe. Bin ich etwa noch aufgeregter als vor jeder meiner Shows, wenn ich weiß, dass der kleinste Patzer oder Aussetzer meiner Karriere schaden könnte – hier, in dieser fragilen Rückblende bei dem Mann, den ich einmal geliebt habe?

»Ich muss dich um einen Gefallen bitten«, sage ich.

KAPITEL 3

Max

Ich beuge mich auf meinem Stuhl vor. *Riley Wynn muss mich um einen Gefallen bitten?* Sie ist von ihrem Platz aufgestanden, läuft in dem kleinen Raum auf und ab, als könne sie es nicht ertragen, still zu sitzen. Ich beobachte ihre Nervosität mit wachsender Verwirrung. Das passt so gar nicht zu Riley, die doch, seit ich sie kennengelernt habe, stets eine Verkörperung rebellischen Selbstvertrauens war.

Ich kann nicht glauben, dass sie wirklich hier ist.

Als sie ans Fenster tritt, sehe ich, dass ihr Oberteil rückenfrei ist, nackte Haut bis zum Bund ihrer Jeans. Der Anblick verwirrt mich noch mehr als ihre Stimme oder die Tatsache, dass sie hier vor mir steht, erinnert mich an all die Stellen, wo meine Hände waren, als ich sie noch berühren durfte.

Ich setze mich auf meine Hände, damit ich sie nicht nach ihr ausstrecke. Ich weiß genau, wie sie sich anfühlen würde: zart und weich oder glatt vor Schweiß, wenn sie gerade frisch von der Bühne kam oder direkt nach der ersten Runde, wenn sie mich zu einer zweiten herausforderte. Ihr Duft war stets wie ein Kuss, selbst wenn ihre Lippen fernblieben, die berauschende Verheißung, wie sich ihre Nähe anfühlen würde.

Riley.

Es ist unbarmherzig, wie zauberhaft sie ist. Ich senke die Augen, ringe mit mir.

Ehrlich gesagt habe ich nie erwartet, sie je wiederzusehen, außer in perfekt inszenierten Kamerafahrten oder auf Titelblättern. Doch nun habe ich das Gefühl, wir seien mitten in einem Coversong unseres Lebens. Jede Textzeile, jede Tonfolge ist gleich – doch das Tempo hat sich verändert, die Instrumentierung ist auf einsame Noten reduziert, in denen eine nie gehörte Anklage ertönt, und all das kribbelt mir in den Fingerspitzen, wie es nur unvergessliche Songs können.

Songs, die ich wieder und wieder spielen möchte.

»Du hast das Album doch gehört, oder?«, fragt sie und wendet sich ihrem verschwommenen Spiegelbild im Fenster zu.

»Hatte noch nicht die Gelegenheit«, gebe ich zu.

Sie wirbelt herum, Ungläubigkeit hat ihre Nervosität komplett vertrieben. »Du gehst nicht zu meinen Konzerten und hast mein Album nicht gehört. Du bist wirklich alles andere als ein Fan von mir.« Sie nickt, während sie die Information verarbeitet. »Gut. Das habe ich gebraucht. Der Ruhm kann einem auch zu Kopf steigen. Da ist es doch gut, wenn der Ex-Freund aus dem College einen wieder auf den Boden der Tatsachen zurückholt.«

»Hey«, verteidige ich mich. »Stell dir mal vor, wie es ist, wenn deine Ex … *du* bist.«

Riley lacht. Und die Freude, das zu hören, führt bei mir beinahe zu einem Kurzschluss. *Hunderte Lichter blitzen auf.* »Max, ich war mit drei ziemlich bekannten Musikern zusammen.«

»Und hörst du dir ihre Sachen an?«

»Na klar«, ruft sie. »Einer hat einen total fiesen Song über mich geschrieben. Und ich liebe ihn.«

Jetzt lache ich. »Tust du nicht«, sage ich. Doch eigentlich weiß ich, dass ich falschliege.

»Doch«, beharrt sie. »Es ist mein Workout-Song.«

Mein hinterhältiges Gedächtnis versorgt mich unaufgefordert mit einem Bild von Riley in Sportklamotten, ihr Körper, den ich so gut kenne wie die Tasten meines Klaviers, in hautengem Stoff. Sofort verscheuche ich den Gedanken. »Also, wenn ich ihn jetzt abspielen würde …« Ich strecke die Hand nach dem Laptop aus.

»Würde ich mitsingen. Er heißt ›Nightmare Girl‹.«

Ich fasse es nicht. »Was – ernsthaft?« Selbst die jugendfreie Radioversion dieser besagten Feindseligkeit ist unfassbar fies. Was aber keine Überraschung sein dürfte, wenn man an den stets in Leder gekleideten Schöpfer dieses Stücks denkt und seinen Hang zu narzisstischer Verachtung. »Du warst mit Hawk Henderson zusammen?«

»Leider ja«, sagt Riley trocken. »Ganz ehrlich, ich glaube, du warst der letzte nette Typ, mit dem ich zusammen war.«

Ich weiß nicht, was ich dazu sagen soll, und klappe den Laptop auf.

Natürlich erscheint in dem Moment Rileys Gesicht auf der Spotify-Seite mit ihrem Album.

Riley stürzt sich sofort darauf, ihre Augen leuchten siegesgewiss. »Na, na, na«, stichelt sie. »Was haben wir denn da?«

Ich will den Laptop wieder zuklappen, aber ihre Hand auf meinem Arm stoppt meine Bewegung, ganz zu schweigen von meinem Herzschlag. Selbst diese kurze Berührung ist schockierend, eine glühend heiß aufgeladene Erinnerung an andere Male, in denen ihre Haut auf meine traf, wenn sie neben mir am Klavier saß, oder …

»Dann hast du es also doch gehört«, sagt sie.

»Ich … habe drüber nachgedacht«, erwidere ich nervös. »Aber ich bin noch nicht dazu gekommen.«

Sie zieht ihren Stuhl näher heran und setzt sich wieder. Ihr Duft ist mir entsetzlich vertraut. Süß und rauchig, wie brennende Blüten. Sie funkelt mich auf eine Weise an, die mich immer dazu gebracht hat, sie zu streicheln.

Sie spricht, und es ist, als flüstere mir ein Teufelchen auf der Schulter etwas ins Ohr.

»Willst du denn nicht wenigstens deinen Song hören?«

Deinen Song.

»Ich habe mich schon gefragt, ob ich es aufs Album geschafft habe«, gebe ich zu. »Aber es ist so lange her, und wir waren so jung …«

Sie wendet den Blick nicht ab. »Du hast es aufs Album geschafft. Tatsächlich ist dein Song das Herzstück des Ganzen.«

Mein Magen geht auf Talfahrt. Meine Verneinung war wirklich

ernst gemeint, als Jess behauptete, ich wäre die Inspiration für den Song des Sommers, für das chartstürmende Meisterwerk, über das Hunderte Artikel geschrieben wurden, das alle Streaming-Rekorde knackt, der Hype auf TikTok ist und voraussichtlich einen Grammy gewinnen wird.

Es geht um mich. Um uns.

»›Until You‹«, sage ich.

Riley lächelt. Ein Hauch von Schüchternheit mischt sich in die unbändige Freude auf ihrem Gesicht.

»Bist du sicher, dass du es nicht hören willst?«, fragt sie.

»Das würde ich wohl, wenn es nicht um *mich* ginge.« Nur mit Mühe schaffe ich es, dass mir die Stimme nicht wegbricht. Tatsächlich bin ich noch immer dabei, diese Neuigkeit zu verarbeiten. Wer ist schon dafür gewappnet, dass seine große, unglückliche erste Liebe das Thema eines Songs ist, den Millionen Menschen auswendig kennen, in der Dusche singen, im Autoradio hören oder ihren Freunden vorspielen?

Riley mustert mich. »Ich verstehe dich nicht«, sagt sie dann.

»Nein, das tust du tatsächlich nicht.«

Die Antwort rutscht mir zu schnell heraus. Und Rileys Verstummen zeigt mir, dass sie genau weiß, warum. Ich gestatte mir nicht oft, in das Fegefeuer der Erinnerung an die Gründe unserer Trennung, in die Trübsal des »Was wäre, wenn« hinabzusteigen. In schwächeren Momenten frage ich mich, ob Riley das tut. Vermutlich würde ich es herausfinden, wenn ich mir den neuen nationalen Lieblingssong anhörte.

Riley seufzt verärgert, als wolle sie die Erinnerungen abschütteln. »Tja, dieser Song ist über dich. Das Problem ist«, fährt sie fort, »dass niemand *weiß*, dass er über dich ist.« Obwohl unser letztes Gespräch schon zehn Jahre her ist, entgeht mir nicht, wie sich ihr Blick verdüstert. Sie ist verletzt. »Allerdings«, fährt sie schroff fort, »behauptet mein Ex-Mann neuerdings in Interviews, *er* sei die Inspiration für ›Until You‹. Und ich finde es einfach nur unerträglich, wie er mich ausnutzt. Immerhin hat sich der Typ von mir scheiden lassen, weil ich den Song für *Only Once* geschrieben habe.«

Ich erinnere mich. Im Gefolge ihres erfolgreichen zweiten Albums, noch bevor von *The Breakup Record* die Rede war, wurde Riley gebeten, den Abspannsong für die Verfilmung eines preisgekrönten Romans zu schreiben. Am Ende wurde sie zwar doch nicht nominiert, aber eine Zeit lang war sie im Gespräch für einen Oscar.

Ich kann mir ungefähr vorstellen, wie Jameson reagiert hat.

Riley schüttelt aufgebracht den Kopf. »Er würde es niemals zugeben, aber er hat den Gedanken nicht ertragen, dass ich berühmter werden könnte als er.«

Wieder steht sie auf, tigert auf und ab wie in einem Käfig.

»Ich habe mit dem Album an dem Tag angefangen, als er gegangen ist. Er wusste, dass mein Label etwas Neues von mir wollte, und er hatte Angst davor«, erklärt Riley, und ihre Stimme sprüht Funken wie ein freigelegtes Kabel. »Ich saß allein in unserem lächerlichen Haus in Malibu und schrieb ›Until You‹, und ich … ich wusste es einfach. Dass es *der* Song ist. Für die Aufnahme habe ich dann Wochen gebraucht, hab ihn immer und immer wieder neu aufgenommen und währenddessen an den anderen Songs gearbeitet, weil ich mir sicher war, dass ich ihn perfekt hinbekommen könnte. Als ich dem Label die finale Version geschickt habe, haben sie innerhalb von ein paar Minuten geantwortet.«

Selbst inmitten ihrer frustrierten Erklärung lächelt Riley zärtlich. Aber es ist ein flüchtiges Lächeln, das verschwindet, als sie wieder den Kopf schüttelt.

»Wenn du dir den Text angehört hättest, dann wüsstest du, dass es um dich geht. Genau wie er weiß, dass es nicht um ihn geht.« Ihr Gesicht verfinstert sich. »Und doch tut er in der Öffentlichkeit so, damit mein Erfolg auch ja in seinem Schatten bleibt.«

Während sie spricht, wirkt sie auf eine Art erschöpft, die ich an ihr noch nie gesehen habe. Sie hält inne, lässt die Schultern sinken.

Ihre Worte treffen mich. Auch wenn Riley und ich einander nicht verstehen, nicht vollständig, kann ich mir vorstellen, wie schlimm es sein muss, wenn dir die Kontrolle über deine ureigenste Schöpfung so aus der Hand gerissen wird.

»Das tut mir leid«, sage ich aufrichtig. »Das ist übel.«

Rileys Lachen klingt wie Sandpapier. »So ist Wesley eben.« Ihr abwesender Blick kehrt zu mir zurück, wieder fokussiert. »Also, deshalb bin ich hier. Ich möchte verkünden, dass der Song über meinen College-Freund ist, nicht über Wesley.«

Ich nicke. »Über mich.«

»Ja. Über dich.«

Ich denke darüber nach. »Ich sehe kein Problem darin. Du würdest ja meinen Namen nicht erwähnen.«

Ihr Lächeln ist gespielt mitleidig. »Die Fans werden es in Nullkommanichts herausfinden.«

»Oh«, sage ich. »In dem Fall: Nein.«

»Nein«, wiederholt Riley, als höre sie das Wort zum ersten Mal.

»Ja, mir wäre es lieber, wenn nicht. Aber danke fürs Fragen.«

Die Verständnislosigkeit und das Erstaunen in Rileys Augen erinnern mich an die wenigen, aber unüberwindbaren Abgründe in unserer Beziehung. »Aber warum nicht, Max?«

»Schlagen dir die Leute oft etwas ab?«, frage ich höflich.

Sie zieht die Augenbrauen hoch. »Nicht sehr oft«, grummelt sie.

»Das wird dir guttun. Wie du schon sagtest, jeder muss mal auf den Boden der Tatsachen zurückgeholt werden«, ziehe ich sie auf.

»Na ja.« Riley stemmt dreist die Hand in die Hüfte, als wäre es eine einstudierte Pose für ein Musikvideo, und hebt selbstbewusst das Kinn. »Ich muss sagen, dass mir das überhaupt nicht gefällt.«

Ich kann nicht anders, als zu lachen, auch wenn mir langsam klar wird, wieso die Leute Riley selten etwas abschlagen. Schon allein ihre Erscheinung ist sehr überzeugend. Ich weiß nicht, wie sie das hinkriegt – obwohl Riley eher klein ist, wirkt sie mit ihren eins siebenundfünfzig so imposant wie ich mit meinen eins zweiundachtzig. *Hinkriegt* ist eigentlich nicht das richtige Wort, es liegt eher an der Art, wie sie *ist*.

»Denk dir einfach jemanden aus«, sage ich zu ihr. »Sag, der Song handelt von wem auch immer.«

Überrascht sehe ich, wie Rileys Augen aufblitzen. »Das wäre gelogen. Meine Songs sind keine Lügen. Komm schon«, fleht sie mich an, ihre Stimme wie kristallisierter Honig, »wie kann ich dich überreden?«

Ich rutsche auf meinem Stuhl hin und her, lege mir die Worte sorgfältig zurecht. »Das Einzige, was noch schlimmer ist, als dass deine Ex-Freundin die Singer-Songwriterin deiner Generation wird und einen Hit schreibt, der von dir handelt, wäre, dass deine Ex-Freundin die Singer-Songwriterin deiner Generation wird und einen Hit schreibt, *von dem alle wissen,* dass er von dir handelt.«

Endlich ist Riley ruhig.

Ich habe den Eindruck, dass sie gerade zu der Erkenntnis kommt, für die ich Jahre gebraucht habe. Riley ist alles, was ich nicht bin. Was komplett surreal ist, denn wir waren uns einmal so ähnlich. In den zehn Jahren seit unserer Trennung sind wir nicht nur getrennte Wege gegangen, sondern in entgegengesetzte Richtungen: Sie in ihre aufregende, von Schlagzeilen dominierte Welt der Konzerte und Blitzlichtgewitter, ich in die Welt der Pflicht, der Ordnung, in die angenehme Enge eines Zuhauses, verpackt in Notwendigkeit. Riley hat ihren berühmten Ex geheiratet, während ich dabei war, Schlussstriche unter gescheiterte Beziehungen zu ziehen. Zehn Jahre sind eine ausreichend lange Zeit, um uns in völlig verschiedene Menschen zu verwandeln, die nur noch wie die aussehen, die wir einmal geliebt haben.

Augenblicke vergehen. Als sie schließlich antwortet, ist ihre Promi-Fassade verschwunden. Jetzt ist sie einfach das verletzliche Mädchen, das ich einmal kannte. »Du lässt dich wirklich nicht umstimmen«, stellt sie fest.

»Das hättest du wissen müssen.«

Sie lächelt traurig. »Ja, hätte ich wohl.«

Obwohl es still ist im Büro, ist es, als wäre etwas zur Tür hereingestürmt und hätte die Vergangenheit mitgebracht. Die Last wehmütiger Erinnerungen, einer unvollendeten Liebe. Riley blickt zu Boden.

»Ich muss schon sagen«, beginnt sie.

Erneut erstaunt es mich, wie mühelos ich die leichte Schärfe in ihrer Stimme wiedererkenne. Ich weiß noch genau, wie Rileys Tonfall die Bühne bereitet hat, wenn sie Streit suchte. Wir haben uns zwar nicht oft, aber auch nicht *nie* gestritten. Wir waren alles füreinander, was nicht nur den Einsatz erhöht, sondern auch die Reibung vergrößert.

Ich stecke nicht in der Vergangenheit fest, in meiner Vergangenheit mit Riley – wirklich nicht. Aber in mir erwacht ein gewisser boshafter Eifer, uns zumindest in Form harscher Worte wiederaufleben zu lassen.

»Irgendwie ist es eine Erleichterung, dass du noch hier bist«, sagt Riley. »Du tust genau das, wofür du mich verlassen hast.«

Ich warte auf die Pointe. Oder auf die Auflösung. Die aus den dissonanten Tönen wieder eine Harmonie werden lässt.

»Wenigstens bist du bei dem geblieben, was dir wichtiger war als ich«, sagt sie.

Da haben wir's. Ich weiß nicht mehr, in wie vielen Nächten ich mich gefragt habe, ob wir jemals dieses Gespräch führen würden. Ob Riley Wynn, der neue Superstar, sich jemals mit ihrem ganz und gar gewöhnlichen Ex darüber streiten würde, weshalb wir uns getrennt haben.

»Du hast mich genauso verlassen«, erinnere ich sie steif. »Ich war die ganze Zeit hier. Du bist nicht zurückgekommen.«

In dem Sommer, in dem wir uns trennten, fragte ich mich jeden Tag, ob Riley mich bitten würde, in ihr Leben zurückzukehren. Ich bewachte mein Telefon, als läge meine ganze Welt darin, und so war es auch irgendwie. Es war meine einzige Hoffnung, von dem Mädchen zu hören, das dafür gesorgt hatte, dass sich Bühnen vertraut anfühlten und gewöhnliche Tage wirkten, als stehe man im Rampenlicht.

Wochen vergingen. Monate.

Aus *Vielleicht* wurde *Nein*, wie das eben so ist.

»Es gab nichts, wohin ich zurückkehren konnte«, antwortet sie.

Ihre Worte sind von schneidender Klarheit. Das ist ihr Talent, genau wie bei ihren Songtexten. *Es gab nichts, was sie wollte.* Nicht das Leben, das sie brauchte. Nur den Mann, der sie enttäuscht hatte.

»Sag mir wenigstens, dass du glücklich bist«, fordert sie mich auf. »Dass es die richtige Entscheidung war. Dass du nicht über den Weg nachdenkst, den wir zusammen hätten einschlagen können.«

Ich weiß, dass sie nicht auf Trost aus ist, dass sie nicht hören will, wie gut alles für mich ausgegangen ist. Sie provoziert mich. Dabei bin ich nicht derjenige, der einfach so in ihrem Leben aufgetaucht ist, ohne sich darum zu kümmern, wie es alles durcheinanderbringen würde. »Ich bereue nicht, dass ich bei Harcourt Homes geblieben bin«, antworte ich knapp. »Bereust du es, dass du nicht zurückgekommen bist?«

»Nein.«

»Gut. Das freut mich zu hören, Riley.« Die gezwungene Höflichkeit bringt mein Herz zum Pochen. »Freut mich wirklich.«

»Mich freut es, dass du glücklich bist, Max.« Rileys schnelle Antwort sagt alles. Ihre geröteten Wangen sagen sogar noch mehr. »Tja«, fährt sie fort, »ich glaube, dann habe ich keinen Grund mehr hierzubleiben. Ich würde dir Tickets für meine Show in L. A. besorgen, aber du hast ja bereits deutlich gemacht, dass du kein Fan bist.«

Da gerät mein Groll ins Wanken. Dass Riley mich über meine Lebensentscheidungen ausfragt und mir den Grund für unsere Trennung unter die Nase reibt, ist schon unangenehm genug. Dass sie das Gefühl hat, ich würde mich nicht für ihre Musik interessieren, ist unerträglich.

»Riley, darum geht es überhaupt nicht«, sage ich und bemühe mich, den Trotz aus meiner Stimme zu vertreiben. Sie muss wissen, wie wichtig mir ihre Musik ist, auch wenn ich nicht mehr das Privileg habe, *sie* zu lieben. Dass ich mir ihre Musik nicht anhören kann, *weil* sie mir so wichtig ist. Ich wünschte, sie würde es verstehen, aber ich kann es nicht aussprechen: *Woran mich deine Songs erinnern würden, könnte ich nicht ertragen.*

»Ist schon gut.« Sie legt die Hand auf die Türklinke und lächelt. »Ist das nicht komisch? Ich habe Millionen Hörer, aber der eine, für den ich das Lied geschrieben habe, hat es nicht gehört. Mach's gut, Max.«

Und sie verschwindet wie eine Melodie, die sich im Wind verliert.

KAPITEL 4

Riley

Ich parke vor dem veganen mexikanischen Restaurant, in dem ich mit meiner Mutter zum Abendessen verabredet bin. Es befindet sich auf dem hippen Teil der Melrose Avenue und ist eines meiner Lieblingsrestaurants. Ich bin zwar keine Veganerin, aber wenn es eine Diät gäbe, die große Mengen dieser hausgemachten Burritos mit Soja-Chorizo beinhaltet, wäre ich sofort dabei. Und ich weiß zu schätzen, dass die Betreiber aufgrund ihrer guten Beziehung zu Promis wissen, wie wichtig eine diskrete Platzvergabe ist.

Ich schalte den Motor meines Elektroautos aus. Normalerweise würde jetzt auch die Musikanlage verstummen. Aber heute Abend herrscht sowieso schon Stille. Ich habe den ganzen Weg von Harcourt Homes ohne Musik zurückgelegt, was ich nur tue, wenn ich völlig durch den Wind bin.

Um den Nachgeschmack meines Gesprächs mit Max loszuwerden, brauche ich jetzt ganz dringend eine köstliche vegane Horchata. Es ist nicht bloß seine Ablehnung, die mich so enttäuscht. Sondern die Tatsache, dass er *nicht einmal meine Musik hört.* Wenn Max Musik machen würde, würde ich ihm bei Spotify folgen und mir jedes neue Album direkt am Tag des Release anhören.

Doch Max hat die Musik noch während des Studiums aufgegeben.

Ich hätte gedacht, dass er meine Karriere zumindest mit einem gewissen Interesse verfolgt. Aber das tut er nicht, und ich weiß nicht, wie ich das finden soll. Mein Stolz ist auf jeden Fall verletzt. Und vielleicht auch mein Herz.

Ich bin nicht mehr in Max Harcourt verliebt. Aber er ist mir immer noch auf eine Weise wichtig, die meine Seele nicht vergessen will. So als wüsste man, wohin der Kompass zeigt, auch wenn einen sein Lebensweg in die entgegengesetzte Richtung führt. Wahrscheinlich habe ich mir einfach ein Zeichen gewünscht, dass ich ihm auch noch wichtig bin.

Ist auch egal. Es ist das beste Jahr meiner Karriere, und ich werde es genießen, ob Max Harcourt nun meine Musik hört oder nicht.

Die Absätze meiner schweren Stiefel klingen dumpf auf den filigranen Fliesen im Eingangsbereich des Restaurants mit seinen konischen Deckenleuchten. Das Design hier ist auf unerwartete Weise stimmig, die perfekte Mischung aus althergebracht und moderner kalifornischer Coolness. Von der Terrasse dringen Stimmen und das Klirren von Gläsern mit kunstvollen Garnierungen herüber.

Ich folge dem Klang auf die große, mit Steinplatten ausgelegte Fläche. In der Ecke sitzt Mom an unserem Tisch. Sie hat mir den von der Straße abgewandten Platz überlassen.

Schon vor *The Breakup Record* wurde ich hin und wieder erkannt, vor allem, wenn ich mit Wesley unterwegs war. Aber wenn ich heute nicht aufpasse, kann es leicht passieren, dass sich Gedränge bildet und Menschen mit Kameras und neugierigen Fragen auf mich zustürmen. In die Öffentlichkeit zu gehen fühlt sich bisweilen an, als würde ich mich selbst den Wölfen zum Fraß vorwerfen. Die Leute sind begeistert, mich zu sehen, doch die Begeisterung kann allzu schnell in etwas viel Gierigeres umschlagen.

Natürlich freue ich mich über den Ruhm, den mir *The Breakup Record* beschert, doch manchmal schüchtert er mich auch ein. Das »M« für Millionen Follower unter dem Häkchen neben meinem Namen auf Instagram, der Rummel um den SUV meiner Plattenfirma, als er von der *Tonight Show* wegfuhr, wo ich »The Final Word«, einen meiner Lieblinge unter den neuen Songs, uraufgeführt hatte. Meine Musik auf den größten Bühnen des Landes mit unzähligen Zuhörern zu teilen ist der Stoff, aus dem schon immer meine wildesten Träume waren.

Und doch ist ein solcher Ruhm auf eine Weise unumkehrbar, mit der ich noch nicht ganz klarkomme. Noch vor neun Monaten konnte ich mir in Santa Monica Sushi holen, mit einer Handvoll Fans Selfies machen und dann in mein Vor-Wesley-Haus am Crescent Heights Boulevard zurückkehren, ohne mir Sorgen machen zu müssen, ob die Hecken auch hoch genug seien, um Paparazzi abzuhalten.

Hier auf der Melrose gibt es zum Glück so viele Celebrities, dass sie nichts Besonderes mehr sind und man cool damit umgeht. Die

Hälfte der Gäste auf dieser Terrasse sind wahrscheinlich im Film- oder Musikbusiness.

Ich nehme Platz und muss trotz meiner miesen Laune lachen, als ich sehe, wie sehr meine Mutter aus dem Rahmen fällt. Carrie Wynn mit ihren kurzen blonden Haaren, die genauso aussehen wie immer, trägt inmitten all dieser High Fashion ihren lilafarbenen Lieblingspulli, der definitiv eher auf der Comfy- als auf der Style-Seite ist. Meine Mutter ist durch und durch Mittlerer Westen. Von ihr habe ich meine Unverfälschtheit, so unterschiedlich unverfälscht wir auch rüberkommen.

Sie blickt von der Karte auf und wirkt freudig überrascht. »Du bist ja schon da«, stellt sie fest. »Hast du nicht gesagt, es würde später?«

»Die Angelegenheit war schneller erledigt, als ich dachte«, sage ich leichthin.

»Alles in Ordnung?« Mom sieht mich durchdringend an. Ich tue so, als würde ich die Speisekarte lesen, und hoffe, ihrer Intuition zu entkommen.

»Alles super«, lüge ich. »Wollen wir die Nachos nehmen?«

Meine Masche funktioniert wie erwartet. Die Erwähnung von Nachos lenkt meine Mutter ab. »Nachos kann ich auch selber machen«, bemerkt sie missbilligend.

Ich presse die Lippen zusammen, um nicht aufzulachen. Meine Mutter verfolgt die unumstößliche Strategie, in einem Restaurant niemals etwas zu bestellen, wofür sie selbst ein erprobtes und für gut befundenes Rezept hat. Mir würde damit die komplette Karte offenstehen. Mom jedoch, die mein ganzes Leben lang Hausfrau und Privatköchin für meinen Dad und mich war, hat sich ein beeindruckendes kulinarisches Repertoire erarbeitet. Ich bin mir zwar nicht sicher, ob sie genau diese Nachos machen könnte – Dragonfruit und Cashewkäse mit Mole-Salsa auf unfassbar knusprigen Chips –, aber das behalte ich besser für mich.

»Okay, such du aus«, antworte ich.

»Warum nehmen wir nicht die Gorditas«, verkündet sie. Grammatikalisch ist es eine Frage, dennoch erwartet sie keine Antwort von mir.

Ich winke den Kellner heran. Als er an unserem Tisch angekommen ist, sehe ich Erkennen über sein Gesicht huschen, aber er fasst sich sofort. »Was kann ich Ihnen bringen?« Seine Stimme ist höflich, lässig. Er ist ziemlich gut.

Ich halte mich an den Ratschlag meiner PR-Managerin und erwidere seine unverbindliche Freundlichkeit. *Wenn du übermäßig freundlich bist, denken die Leute, du seist besessen davon, erkannt zu werden. Wenn du reserviert bleibst, halten sie dich für arrogant.* »Als Vorspeise die Gorditas, bitte«, sage ich lächelnd. »Und zwei Horchatas.«

Nachdem er gegangen ist, verliert meine Mutter keine Zeit. »Also, die Möbel sind alle an ihrem Platz. Ich habe die Badezimmer und die Küche eingerichtet. Aber du bist dreißig Jahre alt und erwachsen, also kannst du deine Klamotten selber auspacken. Außerdem hast du so viele, ich wüsste gar nicht, wo ich anfangen sollte. Jetzt ist es Zeit, dass ich mir mein Ticket nach Hause buche.«

Mein Lächeln verschwindet. »Du musst doch noch nicht abreisen.«

»Doch, muss ich.« Ich bin mir ziemlich sicher, dass in Moms Antwort noch etwas anderes als Ungeduld mitschwingt. »Du brauchst mich nicht und willst sicher nicht mit deiner Mutter zusammenleben. Ich muss nach Hause, meine eigenen Angelegenheiten regeln.«

Ich sage nichts und wünschte, die Horchata wäre schon da, damit ich etwas zum Festhalten habe. Meine Mom und ich haben nicht nur die gleichen braunen Augen, sondern auch beide eine Scheidung am Hals, mit bloß ein paar Monaten Abstand. Allerdings waren meine Eltern dreißig Jahre verheiratet, ich nur drei Monate. Als ich Mom gebeten habe, herzukommen und mir beim Umzug aus dem Haus, das ich gerade erst mit Wesley gekauft hatte, zu helfen, wusste ich, dass sie die Ablenkung gut gebrauchen konnte. Konnten wir beide.

»Um … zu Hause kannst du dich doch später noch kümmern, Mom«, sage ich. Ob im Glühen der Heizstrahler wohl zu erkennen ist, wie ich angesichts meiner ungelenken Ausdrucksweise erröte? Seltsam, dass mir manchmal die richtigen Worte fehlen, obwohl doch meine ganze Karriere darauf beruht, mit perfekten Textzeilen Gefühle hervorzurufen. Schnell fahre ich fort. »Wie wäre es, wenn du stattdessen mit mir auf Tour kommst?«

Mom lacht verblüfft auf.

»Die Tour wäre doch eher was für deinen Vater«, erklärt sie, als ihr aufgeht, dass es kein Witz war. »Du weißt, wie stolz ich auf dich bin, aber ich würde nur im Weg rumstehen. Ich muss mein eigenes Leben führen, Schatz.«

Ich nicke geduldig, denn mir war klar, dass sie das sagen würde. Es stimmt, Dad hat mir das Gitarrespielen beigebracht. Bei meiner allerersten Tour kam er bestimmt zu der Hälfte der Konzerte. Würde er sich freuen, mich auf meiner nächsten Tour zu begleiten? Na sicher. Das weiß ich genau.

»Ich habe mit Dad schon darüber gesprochen«, sage ich vorsichtig.

Sofort verdüstert sich Moms gezwungen sonnige Miene.

»Es war seine Idee«, füge ich hinzu.

Als ich vor ein paar Tagen zwischen den Proben für die Tour mal eine Auszeit brauchte und ziellos den Pacific Coast Highway entlangfuhr, habe ich die Gelegenheit genutzt, mich mit ihm auszutauschen. Seine raue Stimme klang aus der Freisprechanlage, füllte die Stille im Innern meines Wagens. Es war ein nettes Gespräch, wenn auch ein trauriges. Die Scheidung meiner Eltern war zwar einvernehmlich, dennoch ist keiner der beiden glücklich darüber.

Immerhin hat Dad seine Arbeit – Landvermessung in St. Louis. Mom hat ihre aufgegeben, als sie mich bekam. Ich habe keine Geschwister, und sie auch nicht. Nicht einmal die traurigsten Songs, die ich je gehört habe, kommen an die Vorstellung heran, wie meine Mom allein in ihrem Haus – früher einmal unserem Haus – sitzt und nun niemanden mehr hat. Dad fand das auch.

Mom rutscht ungehalten auf ihrem Stuhl hin und her. »Ich dachte, einer der Vorteile einer Scheidung wäre es, mir von meinem Ex-Mann keine Ratschläge mehr anhören zu müssen.«

»Du bist ihm immer noch wichtig. Er macht sich Sorgen«, sage ich sanft. »Und da ist er nicht der Einzige.«

Ich kenne meine Mutter genau, erkenne den Moment, wenn ihr

Widerstand nachlässt, obwohl sich ihr Gesichtsausdruck kaum verändert. Wortlos blickt sie an mir vorbei zu den Lichterketten, die die kunstvoll bepflanzte Terrasse beleuchten. »Mir geht es gut«, sagt sie schließlich und schnaubt wenig überzeugend.

Ich wende den Kopf, um ihr in die Augen sehen zu können. Mit jenem durchdringenden Blick, den ich von ihr gelernt habe.

Es funktioniert. »Na schön, es geht mir nicht gut«, gibt sie zu. »Aber ich arbeite dran. Und ich komme wirklich einigermaßen klar, Schatz«, sagt sie, in ihrer Stimme schwingt die aufopferungsvolle Haltung mit, die sie sich über Jahrzehnte antrainiert hat. »Du musst deine traurige, frisch geschiedene Mutter nicht mit auf Tour nehmen. Ich brauche keine Babysitterin.«

»Aber ich vielleicht?«, improvisiere ich, worin ich schon immer gut war. Auch wenn inzwischen alles, was ich tue, minutiös vorbereitet wird, kommt man ohne Improvisationstalent nicht dahin, wo ich jetzt bin. »Die Tour wird gigantisch«, fahre ich fort. »Alle in der Crew tun so, als wären sie für mich da, aber in Wirklichkeit geht es ihnen nur um sich selbst. Ich könnte jemanden gebrauchen, der einfach für mich da ist. Mich als Person – nicht *Riley Wynn.*« Ich spreche den Namen aus, als wäre er in Leuchtbuchstaben geschrieben. »Ich brauche dich«, schließe ich.

In dem Moment weiß ich, dass ich meinen Zugang zu ihr gefunden habe. Es fühlt sich an, als entfalte sich das perfekte Gitarrenriff unter meinen Fingern. Die einzige Möglichkeit, meine Mutter dazu zu bringen, etwas für sich zu tun, ist, sie in dem Glauben zu lassen, sie täte es für mich.

»Das glaubst du doch wohl selber nicht«, sagt Mom, die meinen rhetorischen Kniff offenbar durchschaut hat.

Ich muss lachen – und nehme zur Kenntnis, dass sie mir nicht widerspricht. Und so nutze ich den Augenblick, ebenso wie auf der Bühne, wenn ich merke, dass es mir gelingt, mein Publikum in den Bann zu ziehen. »Das wird lustig«, verspreche ich ihr. »Zwei Singlefrauen auf großer Fahrt. Du kannst bei mir im Bus schlafen. Wir gucken Kitschfilme und essen Junkfood.«

Mom runzelt die Stirn, aber sie gewöhnt sich ganz offensichtlich an den Gedanken.

Ich will gerade die Vorzüge von Tourbus-Filmnächten preisen, als mein Smartphone vibriert. Der Name meiner PR-Managerin erscheint auf dem Display und lässt mich den Nachrichten-Chat widerwillig öffnen.

Prompt grinst mir das Gesicht meines Ex-Manns von einem TikTok entgegen, das sie mir geschickt hat. Weil mir der Appetit eh schon vergangen ist, klicke ich den Link an. Das unverkennbare Piano-Intro von »Until You« ertönt, und ich bin froh, dass die Lautstärke leise gestellt ist. Das ist nicht unbedingt der Song, der beim Abendessen mitten auf der Melrose aus meinem Lautsprecher kommen sollte.

In dem Video putzt sich Wesley mit nacktem Oberkörper die Zähne, offensichtlich ziemlich stolz auf seine von der Dusche glänzenden Brustmuskeln, die er sich gerade für den Historienfilm antrainiert, den er demnächst drehen wird. Er ist zwar kein klassischer Schönling, sich aber seiner schwarzhaarigen, kantigen Grandezza bewusst genug, um auf den Status als »untypisches Sex-Symbol« abzuzielen.

Vor dem Spiegel in dem modernen Badezimmer, das immerhin ganze sechs Wochen lang unser Badezimmer war, tanzt er zu den Textzeilen, die dieser Tage vermutlich das ganze Land kennt. Meinen Zeilen. *Woke up with my heart under your fingers*, singe ich gegen Ende der ersten Strophe.

Bei *under your fingers* zwinkert er in die Kamera.

Mit vor Entrüstung pochendem Herzen checke ich die Details des Videos. Millionen von Views, dabei hat er es erst heute Morgen gepostet. War ja klar. Und natürlich heimst er nichts als Lob für den Scheiß ein. Er weiß, wie er mit Social Media umzugehen hat, repostet Antworten von Fans unter #WesleyTok, spielt augenzwinkernd auf Gerüchte an, und das alles nur, um seine im Internet geliebte Rolle zu spielen.

Das Video ist beileibe nicht das erste, in dem er meine Musik verwendet. Als wir noch verheiratet waren, postete er lustige Clips, in denen er irgendwelche Sachen machte, derentwegen ich angeblich »sauer auf ihn« wäre, unterlegt mit einigen meiner eher nachtragenden Songs.

Seine Zuschauer waren begeistert von diesen selbstironischen Albernheiten – und nicht wenige Alphamänner unter seinen Fans liebten es, wie nahbar ihn das Gemecker seiner ach so zickigen Frau mache. *Ignorier die Kommentare*, sagte Wesley dann immer.

Meine Plattenfirma ist natürlich begeistert. Auch wenn ich meine PR-Managerin noch nicht aufgefordert habe, ihm solche Posts zu untersagen, bin ich mir ehrlich gesagt nicht sicher, ob das Label dem überhaupt nachkommen würde, wenn ich darum bäte. Sie wünschen sich, dass ich meine Musik in den sozialen Medien mehr bewerbe, aber das will ich nicht. Die Leute von meinem Label haben keine Ahnung, was für einem Scheiß ich mich aussetze, sobald ich etwas poste.

Dass Wesley für sie die Promo übernimmt, macht ihn zu ihrem Helden, auch wenn er sich mein Werk zu seinem eigenen Ruhm unter den Nagel reißt. Einer der bekanntesten Schauspieler der Welt macht gratis Online-Werbung für meine Musik? Tja, wen kümmert's, ob es die Künstlerin verletzt.

Wut steigt in mir auf, mein Gesicht glüht unangenehm unter der Terrassenbeheizung.

Aber das ist nichts im Vergleich zu dem, was ich empfinde, als ich die Caption öffne.

Geschieden sein: gar nicht so übel, wenn man Rileys neuesten Schlager inspiriert hat

Meine Finger krallen sich um die iPhone-Hülle, die ich mir von einem aus den sozialen Medien bekannten Designer habe anfertigen lassen. Was mich wütend macht, ist nicht, dass Wesley Likes für meine Arbeit bekommt. Das nicht. Es ist seine fucking Wortwahl. *Schlager?* Es gibt genug Songs, die man als Schlager bezeichnen würde, auch einige von mir, die ich unendlich liebe. Aber »Until You« ist alles andere als ein Schlager. Wesley hat zwar nicht die geringste Ahnung, wie »Until You« entstanden ist, doch was dieses Stück ausmacht, ist die von mir in jedem einzelnen Ton offen zur

Schau getragene Sehnsucht. Diesen Song einen Schlager zu nennen spielt nicht nur seinen Wert runter, sondern seine ganze Intention. Seine Bedeutung, für die Zuhörer ebenso wie für mich.

Und das weiß er. Er hat in Yale Schauspiel studiert. Er hat Shakespeare gespielt. Er weiß um die Bedeutung von Worten, um ihre Wirkung. Er kennt mich gut genug, um genau vorherzusehen, wie sehr es mich ärgern wird, dass er dieses Werk, auf das ich so stolz bin, so missdeutet.

»Was ist los?« Aus Moms Frage spricht einerseits Beschützerinstinkt, andererseits Erleichterung darüber, dass sie nicht länger Opfer der Inquisition ist.

»Das Gleiche wie immer. Scheiß-Wesley«, sage ich. »Ich kann nicht fassen, dass ich diesen Arsch tatsächlich geheiratet habe.« Mit einem genervten Seufzer lege ich das Smartphone mit dem Display nach unten auf den Tisch. Mehr braucht Mom nicht zu hören. Wenn wir nicht gerade Silberbesteck und gerahmte Fotos ausgepackt haben, haben wir ganze Nächte damit zugebracht, meine gescheiterte Ehe auseinanderzunehmen. Mehr als genug Tränen sind dabei geflossen. Und ich wurde so viel in den Arm genommen, wie ich es nicht mehr gebraucht habe, seit ich sechzehn war.

Sie schweigt einen Moment, während ich über meine Antwort an meine PR-Managerin nachgrüble. Sie sollen nicht das Gefühl bekommen, dass ich Wesleys bösartigen Humor gutheiße, aber wenn ich mich zu erbittert wehre, könnten sie mich unter Druck setzen, dass ich mit eigenem Social-Media-Content kontern soll. Ich muss irgendetwas unverbindlich Sarkastisches sagen …

»Vielleicht kann ich ja zu einem Teil der Tour mitkommen«, sagt Mom.

Ich sehe zu ihr auf und fühle, wie mich Zuversicht erfüllt. Klar, sobald ich nicht mehr versucht habe, sie zu bedrängen, hat sie eingelenkt. Nichts erreicht Menschen besser als echtes Gefühl. Genau wie beim Songwriting. »Oh, ja bitte«, antworte ich sofort. »Das wird so lustig, versprochen.«

Mom verdreht die Augen, scheint sich aber zu freuen. »Spätestens nach drei Städten wirst du die Nase voll von mir haben«, prophezeit sie, als der Kellner mit unserer Bestellung kommt. »So viel ist sicher.«

Als die Horchata vor mir abgestellt wird, stürze ich mich darauf. Sie ist perfekt. Milchiger, süßer Trost auf Eis. »Wir werden sehen«, sage ich fröhlich, ohne es so zu meinen. Ich mag vorgehabt haben, meine Mutter über ihre Scheidung hinwegzutrösten, aber ich kann nicht leugnen, dass ich meine Mutter möglicherweise mehr brauche, als meine Mutter diese Tour braucht.

KAPITEL 5

Max

Wieso zum Teufel hast du sie gehen lassen, Maxwell?

Beim Abwaschen spukt mir Lindas selbstgefälliger Vorwurf noch immer im Kopf herum. Am Tag nach Rileys unerwartetem Besuch sind mir die neugierigen Bewohner pausenlos mit Fragen nach meiner »Freundin« auf die Pelle gerückt. Ich weiß nicht mehr, wie oft ich erklären musste, dass die superberühmte, umwerfende – okay, unglaublich heiße – Frau, die gestern hier aufgekreuzt ist, nicht meine Freundin ist.

Linda ließ sich damit natürlich nicht abspeisen. So wie sie mich beim Abendessen in die Mangel genommen hat, könnte man meinen, ich persönlich hätte die Watergate-Affäre vertuscht. *Bist du sicher, dass sie nicht deine Freundin ist? Auch noch nie gewesen? Aha, hab ich's mir doch gedacht. Wann? Wie lange? Neun Monate? Nur neun?*

Wieso zum Teufel hast du sie gehen lassen, Maxwell?

Mit keiner meiner Erklärungen wollte sie sich zufriedengeben.

Ich schrubbe den letzten Topf und lasse mich dabei von Stevie Wonder berieseln. Die Musik dieses Ausnahmekeyboarders ist meine Lieblings-Putz-Playlist – beruhigend, lebendig, fröhlich. Sein Repertoire nimmt kein Ende, genau wie der Abwasch.

»Love's in Need of Love Today« schallt aus den Bluetooth-Lautsprechern, und ich fühle mich gut. Klar, Rileys Besuch gestern hat einiges aufgewühlt. Aber ändert das nichts daran, wie es mir nach einem Arbeitstag hier geht. Dass ich zufrieden bin. Dass der Tag etwas bedeutet hat.

Heute Morgen haben meine Eltern bei einem ihrer regelmäßigen Besuche vorbeigeschaut, und ich habe mich gefreut, ihnen zu zeigen, was alles *funktioniert*, was *gut* läuft. Okay, vielleicht blättert die Farbe ab, niemals jedoch wird das Gefühl verschwinden, hier ein Zuhause zu haben. Und das gilt nicht nur für unsere Bewohner, sondern auch für mich. Für meine Familie.

»Max, können wir reden?«

Meine gute Laune verschwindet mit dem letzten Rest Angebranntem im Abfluss. Die steife Traurigkeit in der Stimme meiner Mutter ist nicht zu überhören.

Hastig schalte ich Stevie Wonder aus, denn was auch immer jetzt kommt, es soll diesen wunderbaren Song nicht mit dem Joni-Mitchell-Effekt in mein Gedächtnis einbrennen. Ich sehe Mom an, und in ihrem angespannten Gesicht ist nichts mehr von der Fröhlichkeit von vorhin zu erkennen.

»Natürlich«, sage ich und drehe das Wasser ab. »Ähm. Wieso?«

»Es geht … ums Geschäft«, bringt Mom heraus. »Wir sollten uns zusammensetzen. Alle vier.«

Mit einer seltsamen Vorahnung schaue ich mich in der Gastroküche von Harcourt Homes um: Der Platz jeder Pfanne, die Anordnung der Zutaten in dem kleinen Kühlschrank neben den Herden, das Muster der Geschirrtücher – all das ist mir so vertraut.

Ums Geschäft? Ich folge meiner Mutter aus der Küche, und meine Brust fühlt sich auf einmal ganz eng an. Im leeren, spärlich beleuchteten Speisesaal nimmt Mom bei Dad und Jess Platz. Keiner sieht mir in die Augen.

Ich setze mich auf den freien Stuhl am Tisch und lege sofort los. Alle sollen die Fakten kennen – keine übereilten Entscheidungen. »Ich weiß, dass die finanzielle Lage schwierig ist«, sage ich. »Wir müssen sparen. Entlassungen, neue Zulieferer. Ich habe mich schon umgehört …«

»Max«, unterbricht mich Mom.

Ihr gepresster Unterton lässt mich innehalten. Jetzt habe ich Carole King im Ohr statt Joni Mitchell. Der Boden unter meinen Füßen schwankt, dabei bewege ich mich doch überhaupt nicht.

»Wir wissen, wie es um die Residenz steht«, fährt Mom fort. »Das wissen wir schon lange. Es ist nicht … Wir wollen nicht …«

»Wir möchten verkaufen«, schaltet sich Dad ein.

Der Schreck wischt mir alle weiteren Beschwichtigungen von den Lippen. Wie oft habe ich mir schwierige Gespräche über die Finanzen des Heims ausgemalt, aber das habe ich nicht erwartet.

Als meine Eltern mir die Verantwortung für das Business übertragen haben, haben sie mich und Jess zu Teilhabern gemacht und selbst einen Anteil behalten. Der Plan war, dass wir sie irgendwann auszahlen und damit ihre Altersvorsorge aufstocken – eine mehr als faire Anerkennung ihres Lebenswerkes. Niemals, auch nicht in den schlimmsten Zeiten, in denen meine Eltern den Betrieb führten, stand ein Verkauf an jemanden, der nicht zur Familie gehört, zur Debatte.

»Was ist …« Mir versagt die Stimme. »Ist etwas mit euren Ersparnissen?«

Dad zuckt mit den Achseln. »Wir kommen zurecht. Die Lebenshaltungskosten in Kalifornien sind nicht ohne, aber für uns reicht es. Wir treffen diese Entscheidung nicht, weil wir das Geld brauchen.«

»Aber warum denn dann?«

Dad sieht mir nicht in die Augen. »Es geht bergab mit Harcourt Homes. Und nun haben wir ein Angebot von Investoren, die nicht nur das Grundstück kaufen wollen. Sie wollen die Residenz weiterführen.« Irgendeine leise Hoffnung schleicht sich in sein Gesicht, und er fährt fort. »Das ist vielleicht unsere letzte Möglichkeit, die Residenz als laufenden Betrieb abzugeben. Vielleicht sähe es anders aus, wenn sich das Geschäft erholt, aber das wird es nicht, jedenfalls nicht, wenn wir es so weiterführen, wie wir es immer getan haben. Und das bedeutet … nun ja, jetzt oder nie.«

Er macht eine Pause.

»Natürlich wollen sie die gesamte Anlage übernehmen. Also möchten wir, dass du deine Anteile auch verkaufst«, schließt er. »Lass diesen Ort los.«

Eine entsetzliche Stille breitet sich aus. Dad, der diese Worte kaum herausgebracht hat, blickt zu Boden. Die Furchen in seinem Gesicht wirken im Halbdunkel wie Schluchten. Ich ähnle ihm in so vielem, bloß dass seine Haare bereits ergraut sind und sein Brillengestell eckig ist statt rund. Ihn so niedergeschlagen zu sehen tut nicht nur weh, es ist erschütternd.

Ich kann mir nicht einmal ansatzweise vorstellen, wie es sich für meine Eltern anfühlen muss. Sie haben die Seniorenresidenz vor dreißig Jahren aufgebaut, sie ist ihr Lebenswerk. Ich will etwas sagen, habe aber einen riesigen Kloß im Hals.

»Verkaufen?«, bringe ich heraus. »Die neuen Eigentümer werden die Preise erhöhen. Die Hälfte unserer Bewohner kann sich das nicht leisten.«

»Und genau deshalb stehen wir kurz vor dem Bankrott«, erwidert Mom angespannt, als flehte sie mich an, es zu verstehen.

Tief im Inneren weiß ich, dass sie recht hat. Ich will es nur nicht wahrhaben. »Es ist nicht anständig gegenüber unseren Bewohnern«, widerspreche ich.

»Es wäre nicht anständig gegenüber den Angestellten, wenn Harcourt Homes …«, Dad fängt streng an, doch beim Namen der Residenz angekommen, verliert er den Schwung, »pleiteginge«, fährt er dann fort. »Sie haben Familien. Sieh mal, wir sind zutiefst dankbar für alles, was ihr hier getan habt – ihr beide. Besonders du, Max. Als du eingesprungen bist, hast du uns – den Bewohnern, dem Personal, allen – so viel Zeit geschenkt, die das Heim mit uns in der Leitung nicht gehabt hätte. Wir wollen das alle nicht.« Er seufzt schwer, dann lässt er resigniert die Schultern sinken. »Aber vielleicht hat es auch sein Gutes.«

Ich starre ihn an, als hätte er gerade gesagt, dass er *Magical Mystery Tour* besser findet als *Sgt. Pepper*.

»Vielleicht hat es auch sein Gutes?«, wiederhole ich.

Fast ein bisschen streitlustig, als versuchte er, mich von etwas zu überzeugen, woran er selbst nicht glaubt, blickt Dad auf. »Na ja, Jess zieht nach New York. Deine Mutter und ich haben uns zur Ruhe gesetzt. Wir kommen nur noch wegen der Erinnerungen her. Du musst den Laden nicht allein weiterführen, Max.«

Ich zwinge mich, ruhig zu bleiben. »Das weiß ich. Jess ...« Ich drehe mich zu meiner Schwester um, die sich so unwohl zu fühlen scheint, wie ich es bei ihr selten erlebt habe. »New York wird dir gefallen. Mom, Dad, ihr sollt diesen unglaublichen Ort, den *ihr* aufgebaut habt, weiterhin besuchen dürfen. Ich schaffe das«, behaupte ich. »Ich ... Ich kriege das hin. Wenn die meinen, sie können das Unternehmen weiterführen, anstatt alles abzureißen, dann kann ich das auch.«

Meine Ansprache erntet weder Überraschung noch Dankbarkeit. Stattdessen wechseln meine Eltern einen Blick, den ich nicht zu deuten weiß. Sie haben so viele Jahrzehnte miteinander gelebt und gearbeitet, dass sie ihre eigene stille Art, sich zu verständigen, haben.

»Was ist?«, frage ich.

Keiner der beiden sagt etwas.

»Was willst *du* machen?« Jess tastet sich behutsam vor. »Also, aus deinem Leben? Was ist dein Traum?«

Ich sehe sie an und habe mit einem Mal das Gefühl, mich verteidigen zu müssen. »Das hier *ist* mein Traum«, antworte ich.

Meine Mutter macht da weiter, wo meine Schwester aufgehört hat. »Wir glauben, es könnte vielleicht gut für dich sein, Max. Es ist wunderbar, euch beide hier zu haben, aber wir wollten nie, dass unser Traum euch zur Last fällt.«

»Das tut er nicht«, beteuere ich und spüre, wie Unmut in mir aufsteigt. Ich hatte mit einem ernsten Gespräch über unsere finanzielle Situation gerechnet, nicht damit, dass meine ganze Existenz auf den Prüfstand gestellt wird. Woher kommt plötzlich der Verdacht, ich könne meine Entscheidung von damals bereuen? Eben habe ich noch zufrieden Töpfe zu Stevie Wonder geschrubbt, oder nicht? Seit ich denken kann, habe ich mein Leben aus freien Stücken hier verbracht. Niemand hat mich je gezwungen auszuhelfen. Nach dem Studium habe ich mich gar nicht erst auf andere Stellen beworben – ich wusste, was ich wollte.

»Wir haben dich weiß Gott gebraucht«, sagt Dad. Er setzt die Brille ab und putzt die Gläser mit dem Ärmel, genau wie ich es immer tue, wenn ich Noten lesen muss. »Dass du dein Studienfach gewechselt hast, Wirtschaft studiert hast, hat uns zehn weitere Jahre geschenkt.« Er schiebt die Brille wieder zurück auf ihren Platz, als rücke er die Welt in den Fokus. »Aber zu welchem Preis?«

Ich will widersprechen.

»Schau dir Riley an«, sagt meine Schwester.

Ihr rhetorischer Seitenhieb lässt etwas bei mir klingeln, und ich drehe mich zu ihr um. Auf einmal kommt mir diese ganze Diskussion und wie sehr sie sich um mich dreht abgesprochen vor. Wie eine unangebrachte Einmischung. Als ich antworte, gelingt es mir gerade so, die Fassung zu bewahren. »Was hat Riley damit zu tun?«

Jess zuckt steif mit den Schultern. Meiner unbekümmerten Schwester sieht eine solch direkte Konfrontation gar nicht ähnlich – also muss ihr das, worauf sie hinauswill, wirklich wichtig sein. »Als du und Riley zusammen wart, habt ihr ... Songs geschrieben, seid aufgetreten ...«, erklärt Jess. »Ihr wart so gut, und jetzt ... schau sie dir an. Sie ...«

Jess stockt, eher unsicher als widerwillig.

»Sie führt das Leben, von dem du geträumt hast«, fährt sie fort.

Ich versuche, mich zu beherrschen, denn die Zukunft von Harcourt Homes ist für uns alle kein leichtes Thema. Doch die Art und Weise, wie meine Familie die Sache verdreht, macht mich einfach wütend. Glauben sie ernsthaft, ich hätte mir darüber nie Gedanken gemacht? Denken sie etwa, dass sie neues Licht auf die Situation werfen?

Ja, meine Ex-Freundin, mit der ich begeistert zusammen Musik gemacht habe, ist inzwischen eine der berühmtesten Sängerinnen der Welt. Ist ihnen denn nicht klar, dass mich das längst zerfressen hätte – wenn ich mit meinem bisherigen Leben unzufrieden gewesen wäre?

»Ich freue mich für Riley«, presse ich hervor. Ich möchte überzeugt klingen, nicht frustriert, obwohl es mich nervt, dass Jess sie in dieses Gespräch hineingezogen hat. »Wirklich. Sie hat ihren Traum wahr gemacht. Und ich habe die Musik aufgegeben für etwas, das *ich* wollte.«

Hatte ich einmal den gleichen Traum? Habe ich mir gewünscht, dass Menschen auf der ganzen Welt meine Musik lieben? Natürlich. War dieser Traum einer der Gründe, weshalb Riley und ich uns Hals über Kopf ineinander verliebt haben? Die gemeinsame Hoffnung auf eine große Zukunft, wie zwei Harmonien zur selben Melodie?

Natürlich.

Unsere Beziehung zerbrach erst, als ich etwas tat, was meine Familie bis heute nicht verstehen kann. *Ich habe meine Meinung geändert.* Unsere Beziehung zerbrach nicht, weil ich Riley nicht mehr liebte, sondern weil ich den Traum nicht mehr liebte, weil ich das Feuer, das Riley stets neu entfachte, nicht mehr schürte.

»Schatz«, unterbricht Mom mich sanft. »Du wolltest immer Musiker werden. Du hattest nur nie die Gelegenheit, deinen Traum zu verfolgen. Ich weiß, wie sehr du die Musik immer noch liebst. Wenn du hier spielst, ist das einfach umwerfend. Du verdienst es, vor einem größeren Publikum aufzutreten als …«, sie deutet auf das Klavier im Halbdunkel, »als in diesem alten Speisesaal.«

Aus einem Impuls heraus stehe ich auf. Meine Mutter schaut verblüfft drein, und ich weiß genau, warum. So schwer, wie Jess diese Frage eben fiel, so schwer fällt es mir, hart zu sein. Aber jetzt kann ich nicht länger an mich halten. Mir reicht's. Es ist eine Sache, wenn meine Eltern unser geliebtes Familienunternehmen dichtmachen möchten. Aber es so darzustellen, als täten sie mir damit einen Gefallen? Das halte ich nicht aus.

»Ihr glaubt also …«, ich schiebe meinen Stuhl unter den Tisch, »dass ich der edle, pflichtbewusste Sohn bin, der darunter leidet, an die Residenz gefesselt zu sein? Ich weiß nicht, wie ich euch davon überzeugen soll, dass ich das nicht bin. Das hier *ist*, was ich will.« Ich schüttle den Kopf und wende mich zum Gehen.

»Max.«

Die Schärfe in Jess' Stimme lässt mich innehalten. Ich drehe mich zu ihr um, in ihrem Blick liegt keine Angriffslust. Es geht ihr nicht um das letzte Wort. Es geht ihr um eine letzte Chance, mich zu überzeugen.

»Sieh mich an und sag mir, dass du glücklich bist«, verlangt sie. In ihren Worten höre ich Rileys Echo. *Sag mir wenigstens, dass du glücklich bist.* »Du arbeitest den ganzen Tag in diesem winzigen Büro da oben, spielst jede Woche die gleichen Stücke und gehst dann zurück in deine leere Wohnung, wo du noch nicht einmal Gardinen aufgehängt hast.«

Ich verstehe nicht, warum sie so viel Wert auf meinen Fensterbehang legt. Ich arbeite zwar gern hier, aber ich schwimme nicht gerade im Geld. Fünfzig Dollar für billige Teleskopstangen und grünen Stoff von HomeGoods auszugeben hat für mich keine Priorität.

Ich bekomme keine Gelegenheit, mich zu erklären, denn Jess fährt mit ihren Vorwürfen fort. »Als Kendra mit dir zusammenziehen wollte, hast du Schluss gemacht. Genau wie bei Elizabeth.«

Darauf kann ich nichts erwidern. Ich frage mich, ob Jess klar ist, dass sie einen wunden Punkt getroffen hat. Denn so sehr ich mich für sie freue – über ihren bevorstehenden Umzug und ihre Beziehung mit April –, so wenig kann ich ignorieren, dass mein Liebesleben das genaue Gegenteil zu diesem Glück ist. Manchmal überrascht es mich selbst, dass ich den Typen, der in der Mathevorlesung mit rauschenden Kopfhörern Musik gehört hat, durch einen fleißigen Manager ersetzt habe, der sich um die Gebäude, Mitarbeiter, Gehälter und die Zukunft seines Familienunternehmens kümmert. Doch während meine Schwester auszieht und die Liebe genießt, bin ich nicht in der Lage, weder meine leere Wohnung noch meine gescheiterten Beziehungen hinter mir zu lassen.

Weil ich nichts sage, wird Jess' Ton milder. »Du kämpfst nie für das, was du willst. Du sagst, das Heim sei deine Leidenschaft, aber seit Monaten gehst du diesem Gespräch aus dem Weg. Du wartest, bis dich jemand dazu zwingt. Du lässt dein Leben in der Schwebe«, sagt sie. »Du merkst es nicht, aber du brauchst mehr als das hier.«

Ich reiße mich nur zusammen, weil ich Jess liebe und weiß, dass sie es gut mit mir meint. Trotzdem – ich bin dreißig Jahre alt und bisher auch ganz gut klargekommen, ohne dass mir meine liebe kleine Schwester vorschreibt, wie ich zu leben habe, und darauf beharrt, ich bräuchte *mehr* – als sei ich eine Zimmerpflanze, die zu wenig Licht bekommt.

Weil ich es nicht noch schlimmer machen will und weil meine Familie Riley ohnehin schon heraufbeschworen hat, tue ich, was ich damals, als ich noch Songs geschrieben habe, immer getan habe: Ich bleibe bei der Wahrheit.

»Ihr liegt falsch«, sage ich. »Alle.«

Jetzt zögere ich nicht mehr. Ich verlasse den Speisesaal, ohne auf das resignierte Seufzen meines Vaters und das weinerliche Rufen meiner Mutter zu hören.

»Siehst du? Du tust es schon wieder«, ruft Jess mir nach. »Du läufst weg, anstatt zu kämpfen.«

In der Lobby knirsche ich mit den Zähnen. *Jetzt* will sie das letzte Wort haben. Nicht bereit nachzugeben, marschiere ich zum Haupteingang hinaus.

Die Nächte im Valley sind mit Straßenlaternen gesprenkelt. Wohin man auch geht, vorbei an Bäumen, Stromleitungen, Waschsalons oder den Vordächern der Restaurants – die einzige Konstante sind die Straßenlaternen, die in sauberen gelben Reihen die Alleen säumen wie eine Formation von Glühwürmchen. Unter einem fahlen Lichtkegel steht einsam mein Auto. Zum Glück läuft nicht Joni Mitchell oder Stevie Wonder, als ich den Motor starte. Seit ein paar Jahren stille ich meine musikalische Neugier, indem ich zwischen den Sendern hin und her schalte und mich von aktuellen Hits oder Oldies berieseln lasse.

Vertraute und unbekannte Songs wetteifern um meine Aufmerksamkeit, während ich versuche, das Gespräch mit meiner Familie zu verdrängen. Ich wechsle den Sender, lasse die Hügel hinter mir, Chaparral-Vegetation weicht Beton, die Straßen der Stadt begrüßen die Autofahrer aus dem Laurel Canyon. Ich folge meiner üblichen Route über den Sunset Boulevard in Richtung West Hollywood.

Der Sunset Boulevard ist nur noch die leere Hülle der sündigen, von Stars bevölkerten Vergnügungsmeile, wie man sie aus Rockdokumentationen kennt, wo Janis Joplin gefeiert hat, Tom Petty mit Bruce Springsteen um die Häuser zog und The Doors aus dem »Whisky a Go Go« taumelten. Wahrzeichen wie das Whisky gibt es heute zwar immer noch, aber sie verstecken sich zwischen austauschbaren Restaurants unten in den Hochhaustürmen der Medienkonzerne. Finanzheinis, die Sneaker zum Anzug tragen, strömen in Scharen ins Soho House, in den Möbelgeschäften sind trostlose, minimalistische Teile ausgestellt, und in den ehemaligen Räumlichkeiten von Tower Records finden instagramtaugliche Pop-up-Veranstaltungen statt.

Über dieser Landschaft prangt Rileys riesige Plakatwand.

Natürlich genau über der Ampel mit der längsten Rotphase, wo ich warten muss. Doch heute tue ich nicht so, als wäre das Plakat gar nicht da. Heute blicke ich auf zu ihr – in Flammen, empört und wunderschön.

Dann läuft auch noch einer ihrer Songs im Radio. Instinktiv will ich umschalten, doch dann halte ich inne.

Es ist nicht »Until You«. Ich erkenne den Titel, der auf dem Radiodisplay eingeblendet wird, von der Spotify-Seite wieder, die ich gestern stundenlang angestarrt habe. »Homemade Rollercoaster« ist temporeich und ruhig zugleich, in Rileys Stimme mit dem leichten Country-Einschlag nehme ich eine angespannte Dringlichkeit wahr. Als der Refrain einsetzt, begegne ich unwillkürlich ihrem Blick auf der Plakatwand, und es fühlt sich an, als sänge sie nur für mich. Die Sirene vom Sunset Strip.

Ich weiß, dass der Song nicht von mir handelt, und genau darum kann ich ihn genießen. Riley hatte schon immer ein unglaubliches Talent für das Schreiben von Songs. Ihr Gespür für Melodien ist unvergleichlich, und auf dem College hat sie nicht etwa Musik studiert, sondern Literatur, um Lyrikkurse belegen zu können. In den zehn Jahren, die seitdem vergangen sind, sind ihre Texte noch prägnanter geworden. Auch ihre Stimme ist noch stärker.

Ich bin … fasziniert. Gefesselt. Hier in meinem Auto, das von ihrer Stimme erfüllt wird. *Verdammt, Riley.*

An der nächsten Ampel schalte ich vom Radio auf mein Handy um. »Homemade Rollercoaster« ist der erste Song des Albums. Bevor ich es mir anders überlegen kann, öffne ich Spotify und starte den zweiten. *The Breakup Record* ist das Pop-Portrait einer Riley, die sich entliebt hat. Einer der Songs ist für Wesley – ich möchte nicht spekulieren, welcher. Aber sie alle sind von Riley erfüllt – ihr rastlos pochendes Herz schlägt in jedem Ton, jedem Akkord, jeder Strophe.

Who ever made music of a mild day?

Ich weiß noch genau, wie ich den Blick kaum von den Worten auf ihrer Haut abwenden konnte, als wir zum ersten Mal miteinander schliefen. Für keinen von uns war es das erste Mal, und doch hatten wir beide das Gefühl, dass es bedeutsam war. Als Riley ihr Shirt auszog und der Schriftzug auf ihrer Brust zum Vorschein kam, hielt ich fasziniert inne. Mit typisch trockenem Humor fragte Riley, ob wir lieber aufhören und uns Gedichte vorlesen sollten.

Alles an dir ist ein Gedicht, antwortete ich.

Den ganzen Heimweg über hält Riley mich in ihrem Bann. Zu Hause angekommen, höre ich mit Bluetooth-Kopfhörern weiter, und gerade als ich meine – ja, okay – leere, langweilige Wohnung ohne Gardinen betrete, beginnt »Until You«.

Ich erkenne das leise Murmeln des Klavier-Intros, das normalerweise mein Stichwort zum Umschalten ist. Doch heute lasse ich mich von Rileys Spiel mitreißen. Noch so eine ihrer außergewöhnlichen Fähigkeiten: Songs mit einem unwiderstehlichen Sog zu beginnen.

Ich stehe mitten in meinem dunklen Wohnzimmer und lausche.

Sofort beginnt der Musiker in mir, den Song auseinanderzunehmen. »Until You« ist nicht einfach ein Hit. Er ist nicht nur hip, nicht bloß der »Song des Sommers« – er ist ein Meisterwerk. Riley hat ihn geschickt strukturiert, die erste Strophe in der Vergangenheit, die zweite im Präsens und die dritte im Futur geschrieben, was sie im Refrain durch Variationen des Verbs wiederholt – eine Form der poetischen Verzierung, wie sie ihr schon früher wie nebenbei gelungen ist:

I didn't know what love is
I don't know what love is
I won't know what love is
Until you

Nach meinem Verstand schaltet sich nun mein Herz ein.

Der Gedanke, dass Riley jemals so für mich empfunden hat, lässt mich nicht los. Natürlich war ich bis über beide Ohren in sie verliebt, aber entweder hat sie in unserer Liebesgeschichte, die so lange vorbei ist, einfach eine gute Story gefunden, oder … sie hat mich einmal genauso sehr geliebt wie ich sie.

Ich wünschte, ich könnte in diesem Gefühl schwelgen. Oder einfach nur das Lied genießen – mich darüber freuen, dass meine Ex-Freundin eine so erfolgreiche Musikkarriere hinlegt. Ich wünschte, mein Herz würde sich an das Ende unserer Liebe so gelassen zurückerinnern, dass dieses Lied in meinen Ohren nichts anderes wäre als bezaubernde Musik.

Stattdessen ... hasse ich es.

Nicht Rileys musikalisches Talent und auch nicht ihren Erfolg. Ich hasse es, wie sie das herzzerreißende Mysterium meines Lebens auf eine kurze Single eingedampft hat. Jahrelang hat es mich beschäftigt – aber es dauert keine drei Minuten, bis ich nach *Strophe-Refrain-Strophe-Refrain* auf den *Repeat*-Button tippe.

In so vieler Hinsicht ist Riley der unbestreitbare Wendepunkt in meinem Leben. Ich habe unzählige unwiederbringliche Nächte damit verbracht, die Wunden zu untersuchen, die unsere Beziehung bei mir hinterlassen hat, während sie langsam heilten. Diese Narben sollten das Vermächtnis unserer Liebe sein. Stattdessen hat Riley die Geheimnisse meines Herzens abfotografiert und sie fünfzehn Meter hoch über dem verdammten Sunset Boulevard ausgestellt.

Der Song fängt von vorn an. Ein masochistisches Vergnügen, das meinen Groll noch größer macht. *Ist es das, was du wolltest, Riley? Ist es das, was wir waren?*, frage ich in die Dunkelheit. *Du hast uns in Akkorden und Klängen beschrieben, die selbst ich mir nie vorstellen konnte, nur um so zu tun, als sei das unsere Liebe gewesen. Du hast gewonnen.*

Mach mich zu deinem Song, Riley.

Beim nächsten Durchlauf fallen mir Details in der ersten Strophe auf.

Late nights, new homes
Your hands on the piano
Woke up with my heart under your fingers
Played me slowly so the notes would linger

Die Nacht, in der wir uns kennengelernt haben. Riley hat mir einmal ohne den leisesten Anflug von Verlegenheit erklärt, warum sie sich in mich verliebt hat, in den Typen, der sie unabsichtlich mit seinem nächtlichen Klavierspiel geweckt hat.

Ich lasse mich auf die Couch sinken und merke, wie hässlich der graue Stoff jetzt wirkt, wie Jess' Darstellung meines uninspirierten Lebens allem hier einen erbärmlichen Anstrich gibt. Was hat meine Familie gesagt? Es war Rileys Traum, als Songwriterin zum Superstar zu werden, ein Traum, den sie um jeden Preis verwirklichen wollte. Mit *The Breakup Record* hat sie ihn wahr gemacht, indem sie die Menschen aus ihrer romantischen Vergangenheit zu Charakteren ihrer Songs gemacht hat.

Mich eingeschlossen. »Until You« ist ein Song. Ein Song, in dem Riley ein bestimmtes Bild zeichnet, um ihre Hörer in den Bann zu ziehen, ebenso wie sie mich in ihren Bann gezogen hat. Das sind nicht ihre echten Gefühle, die sie heute empfindet – dieses Bild zeigt nur eine der vielen Figuren, die Riley für ihr Publikum spielt. Und es hat schon gar nichts damit zu tun, wie sehr ich unter dem Ende unserer Beziehung gelitten habe.

Und doch …

Als ich selbst noch Songs schrieb, kam das Prinzip »Immer bei der Wahrheit bleiben« nicht von mir. Es kam von Riley. Es war ihr Leitsatz, den sie an mich weitergab.

Ich glaube nicht, dass sie dem untreu geworden ist. Und das heißt, irgendwo tief im Inneren ist sie noch immer das Mädchen, das ernst meint, was es in »Until You« singt.

Ich höre den Song fünfmal, ertappe mich dabei, wie sehr ich ihn hasse, was vielleicht nur bedeutet, dass ich ihn liebe. Ebenso wie der Kummer eines gebrochenen Herzens die Liebe nicht verneint – er spiegelt sie wider.

Mit jeder Wiederholung frage ich mich mehr, ob meine Familie nicht doch recht hatte. *Gebe ich auf? Habe ich Angst, für meine Ziele einzustehen?* Jetzt, mit Rileys Stimme in meinem Kopf, bekommen die Worte meiner Familie mehr Gewicht.

Immerhin sind sie nicht die ersten, die sie aussprechen. Auch Riley sagte sie, als wir Schluss machten.

Wir wollten den Sommer in Nashville verbringen, der Stadt, in der auf den kleinen Bühnen überfüllter Lokale Superstars gemacht werden. Riley hatte alles geplant. Unsere »Tour«, wie sie sie halb ehrfürchtig nannte. Open-Mic-Veranstaltungen, den einen oder anderen gebuchten Gig, eine günstige Unterkunft. Alles, was wir brauchten, um wochenlang zusammen Musik zu machen, weit weg von zu Hause.

Und dann stieg ich aus. An dem Tag, an dem wir abreisen wollten, sagte ich ihr, dass ich in Harcourt Homes gebraucht werde. Dass ich nicht mitkommen werde. Und ich sah die Skyline von Nashville in Rileys Augen zerbröckeln.

»Until You« geißelt mich durch die Kopfhörer.

The day of, I want you
High roads, see us through
You look like you're hoping I'll be fine
I know I'm helpless even when I try
We know it isn't true
When you say you'll see me soon
Cut me cleanly with your gemstone eyes
Which is when I realize …

Ich fuhr nach Hause und wusste, sie würde ohne mich auf diese Tour gehen. Sie hatte mir das Herz gebrochen, doch ich hatte ihres zuerst gebrochen, wenn auch anders. Und dann ließ ich sie gehen.

Hätte ich härter kämpfen sollen?

Um Riley? Um die Musik? Um unsere gemeinsamen Träume?

In der Dunkelheit wirkt die Leere meiner Wohnung bedrückend. Auf der Küchendurchreiche steht ein Foto von meiner Familie, als wir im Grand Canyon waren. Meine Möbel sind billig, praktisch. Ich habe zwar tatsächlich keine besondere Freude an Gardinen, aber ich kann es nicht leugnen: In dieser Wohnung gibt es schlicht *gar nichts,* in das ich Stolz, Ausdauer oder Liebe investiert hätte. Wenn meine

Ex-Freundinnen hier Nächte oder Wochenenden verbrachten, ließen sie Jacken oder Haarbürsten oder andere Kleinigkeiten zurück, wie um beiläufig auf sich aufmerksam zu machen. Jetzt sind sie verschwunden, sind Erinnerungen geworden.

Ich muss daran denken, wie meine Familie mein Leben beschrieben hat, und stelle fest, dass sie sich nur in einer Hinsicht geirrt haben. Ich liebe Harcourt Homes. Und das macht es noch schlimmer. Wir werden das Einzige verlieren, das ...

Ich setze mich auf, schalte Rileys Song aus.

Was, wenn ich meinem Traum von damals eine letzte Chance geben und gleichzeitig Harcourt Homes retten kann?

Das Einzige, was der potenzielle Käufer hat, mir jedoch fehlt, sind die finanziellen Mittel. Was, wenn ich genug Geld für die nötigen Sanierungen auftreibe?

Mit zitternden Fingern schreibe ich Jess eine Nachricht.

Hat Riley dir gestern zufällig ihre Nummer gegeben?

Jess antwortet sofort, ohne auf unseren Streit einzugehen. Wir sind uns als Familie zu nah, um zuzulassen, dass so etwas einen Keil zwischen uns treibt.

Sie hat sie nie gewechselt.

Ich atme tief aus. Jetzt steht mir nichts mehr im Weg, niemand hält mich davon ab, den größten Sprung meines Lebens zu wagen. Nur eines ist furchteinflößender, als eine Chance zu ergreifen: eine *zweite* Chance zu ergreifen.

Ich scrolle in meinen Kontakten bis zu der Nummer, die zu löschen ich nie über mich gebracht habe – und die ich seit zehn Jahren nicht mehr gewählt habe.

KAPITEL 6

Riley

Ich habe mich gerade mit Waschmittel bekleckert, als es an der Tür klingelt. Dem Fleck nach zu urteilen, der sich auf meiner Jeans ausbreitet, muss es die halbe Flasche gewesen sein.

Vor Verzweiflung steigen mir Tränen in die Augen. Nicht nur wegen der Sauerei, sondern wegen allem. Weil sich die hallenden Flure in diesem Haus so leer anfühlen. Weil Mom gestern abgereist ist, um für die Tour zu packen. Weil ich mir so sehr wünsche, sie wäre noch hier.

In meinem ganzen Leben habe ich noch nie allein gewohnt. Am College hatte ich Zimmergenossinnen. Nachdem ich mein Studium geschmissen hatte, habe ich mir andere Mitbewohner gesucht. Für eine eigene Wohnung hatte ich kein Geld – mit sporadischen Auftritten und einem Job als Eisverkäuferin in Los Feliz wird man nicht gerade reich.

Auch als meine Karriere Fahrt aufnahm, zog ich nicht aus. Zwischen Studioterminen, Meetings mit meinem Label und Konzerten hatte ich einfach keine Zeit für Hausbesichtigungen, und ich brauchte ohnehin noch nie viel Platz.

Erst durch die Hochzeit mit Wesley war ich dazu gezwungen, ein Haus zu kaufen. Eine Villa in Malibu mit riesigen Panoramafenstern. Ich hatte nichts dagegen, dass er das Haus behalten wollte, und jetzt taucht es hin und wieder in seinen TikToks auf wie ein Fragment eines vergessenen Traums.

Ich wünschte, ich hätte mich in meinem neuen Haus schon eingelebt. Wann immer ich in den letzten Wochen durch die Flure gelaufen bin, habe ich darauf gewartet, dass es sich irgendwie richtig anfühlt. Mit seinen perfekten Details, alles frisch renoviert, und den vier Schlafzimmern verhöhnt mich das Haus, erinnert mich daran, dass es überhaupt keinen Grund gibt, es nicht zu lieben.

Mitten in den Hollywood Hills gelegen, ist es wirklich wahnsinnig schön mit seinen freiliegenden Deckenbalken, den warmen Parkettböden, die perfekt zu den Teppichen passen, und der geräumigen Küche, von der aus man auf den Canyon und seine Salbeibüsche blickt. Ich war fest davon überzeugt, ich würde hier glücklich sein. Bis ich die Tür hinter mir schloss und allein war.

Vermutlich bin ich einfach nicht dafür geschaffen, allein zu leben. Letzte Nacht bin ich fünfmal aufgewacht, weil ich überzeugt war, in meiner bildschönen Küche einen Geist gehört zu haben, wie er mit den hübschen Kupfertöpfen herumklapperte, mit denen ich so gar nichts anfangen kann. Ich würde mir gern einen Hund zulegen, aber ein Haustier passt wohl kaum zu meinem Tourplan. Ich könnte mir

Mitbewohner suchen, aber ich fürchte, dafür bin ich mittlerweile zu bekannt. Ich könnte meine Mutter bitten, dauerhaft bei mir einzuziehen, allerdings wären meine Vibes als sorgloser Rockstar damit erledigt.

Also bleibt es bei mir und meinen Geistern.

Gott, ich kann die Tour kaum erwarten. Es ist mir egal, wie anstrengend es ist. Immerhin werde ich von *Menschen* umgeben sein.

Wieder klingelt es, der Klang trällert fröhlich bis in die Waschküche.

Ich ziehe die Jeans aus, stopfe sie in die Trommel und schalte die Waschmaschine an. Dann trete ich rasch in den unvertrauten Flur meines Hauses. Im Wohnzimmer zeichnet das Sonnenlicht verspielte geometrische Formen auf den Boden. Ich öffne die Haustür.

Auf der Schwelle steht Max. Sein cremefarbenes Button-Down-Poloshirt sieht aus wie Urlaubskleidung aus den Fünfzigern, so was von nicht-trendy, dass es schon wieder cool ist. Die Haare sind gekämmt und noch feucht vom Duschen.

Er will etwas sagen, dann wandert sein Blick zu meinen nackten Beinen und der Unterhose unter meinem knappen Shirt. Er verschluckt seine Begrüßung.

»Sorry«, sage ich, selbst verwirrt. »Wenn du willst, ziehe ich mir was an.«

Er richtet die Augen – denen ich in der zweiten Strophe von »Until You« ein Denkmal gesetzt habe – auf mich. Sie sind ungewohnt schwer zu lesen, und deshalb kann ich nicht wegschauen. Und weil es seine sind.

»Wenn ich will?«, wiederholt er.

»Ich ziehe mir was an«, erlöse ich ihn, öffne die Tür weiter und lasse ihn in mein spärlich eingerichtetes Wohnzimmer treten. »Irgendwie habe ich mich daran gewöhnt, in Gegenwart Wildfremder halb nackt zu sein«, versuche ich mich an einer Erklärung. »Du bist natürlich kein Wildfremder. Mist, Moment, das klingt noch schlimmer. Also ... Meine derzeitige Nacktheit war nicht beabsichtigt.«

»Ist schon gut, Riley.« Sein Gesicht zeigt keine Regung, aber in seiner Stimme schwingt ein Lächeln mit.

Ich klappe einen der Umzugskartons mit der Aufschrift *Kleiderschrank* auf, die auf der Treppe stehen, und hoffe, dass irgendetwas zum Anziehen drin ist und nicht bloß Schuhe oder – zu viel der Ironie – noch mehr Unterwäsche. Zum Glück liegt gleich obenauf eine Sweatshorts, die ich seit dem College nicht mehr getragen habe. Ich ziehe sie an.

Als ich wieder zu Max zurückkehre, steht er mitten im Wohnzimmer und lässt den Blick schweifen, betrachtet alle Details.

Cut me cleanly with your gemstone eyes.

Ohne dass er es merkt, schüttle ich den Kopf. Was ist das für eine Angewohnheit von mir, ständig alles, was ich jemals geschrieben habe, seien es nun Texte oder Melodien, überarbeiten, anpassen, verbessern zu wollen. *Gemstone eyes* singe ich im Lieblingslied der Nation, aber das trifft es nicht. Max' Augen funkeln nicht wie Edelsteine, und sie schneiden auch nicht. Sie ziehen mich an.

Dunkle Magneten.

Dumm gelaufen, jetzt kann ich es nicht mehr ändern.

Ich hatte damit gerechnet, dass es seltsam sein würde, den Mann wiederzusehen, der die Inspiration für meinen Song war. Doch jetzt empfinde ich etwas ganz anderes. Ich hätte es wissen müssen. Der Max aus »Until You« ist der Max meiner Erinnerung, vermischt mit dem Max meiner Vorstellung. Doch vor mir steht jemand anderes, etwas anderes. Dieser Mann ist nicht meinem Song entsprungen, er ist die lebende Korrektur meines Textes, hier in meinem Haus.

Im staubigen Eingangsbereich meines Hauses, um genau zu sein, zwischen den Umzugskartons.

Ich bin verlegen. Als er mir gestern Abend eine Nachricht geschrieben hat, in der er sagte, er wolle etwas mit mir besprechen, und ich ihn eingeladen habe, hätte ich wohl aufräumen sollen.

»Schönes Haus«, sagt er. »Bist du gerade erst eingezogen?« Er schaut mich an, sein Blick bleibt an meiner Shorts hängen. Er erinnert sich. An Nächte in seinem viel zu schmalen Bett, gemeinsames Duschen im Wohnheimbad, an chinesisches Essen auf dem Zimmerboden, während wir Songs schrieben.

»Wenn man es Einziehen nennen kann. Meine Mom ist gerade abgereist, weil sie fand, dass ich den Rest allein auspacken kann«, erzähle ich. »Offensichtlich kann ich es nicht.«

»Carrie?« Er erinnert sich mühelos an Moms Vornamen. »Wie geht es ihr?«

»Gut.« Ich ertappe mich bei dem Impuls, belanglose Höflichkeiten auszutauschen. »Obwohl, eigentlich nicht. Sie ist auch frisch geschieden. Also sind wir wohl zwei geschiedene Mädels.«

Er lässt kaum merklich die Schultern sinken. Ich stelle fest, wie gierig ich alle Details über den neuen Max aufsauge.

»Tut mir leid, ich wusste nicht, dass sich deine Eltern getrennt haben«, sagt er aufrichtig. Er ist immer aufrichtig. Das macht ihn so entwaffnend. Die meisten Musiker müssen erst lernen, Gefühl in ihre Auftritte zu legen. Max nicht. Ihm fällt es leicht.

»Danke. Es ist ... na ja.« Meine eigenen Ausflüchte gefallen mir nicht. »Ich bin dreißig und erwachsen.«

Max schiebt die Hände in die Hosentaschen. Durch die minimale Veränderung seiner Haltung fällt ein Sonnenstrahl genau auf seine Lippen. »Ich glaube nicht, dass man aus dem Wunsch nach einer intakten Familie je herauswächst.«

Ich weiß nicht, wieso, aber ich bin erleichtert. Dieses Jahr haben sich so viele meiner Träume erfüllt, dass mir meine Trauer über die Trennung meiner Eltern kindisch, ja egoistisch vorkam. Ich habe all die widerstreitenden Gefühle unter den Teppich gekehrt und so getan, als wäre die Riley Wynn im Rampenlicht eine andere als die Riley, die der Vorstellung nachtrauerte, ihre Eltern unter einem Dach besuchen zu können. Dass Max diese Gefühle anerkennt, ist schön.

Ich setze mich auf die Ottomane, ziehe ein Bein unter mich. All die Möbel hier sind Requisiten, das ganze Haus eine Kulisse. Diese leicht flippige California-Coolness, die ihre Exklusivität verleugnet. Wie in so vielen Räumen, in denen ich schon für Zeitschriftenfotos posiert habe, idealisierte Räume, die man sich für jemanden wie mich vorstellt.

Für jemanden wie mich. So hat ein Produzent mal umschrieben, für wen ich Musik machen solle. Denn auch wenn es meine Texte sind, um mein Leben geht, schreibe ich meine Songs nicht allein für mich. Ich kenne andere Musiker, die das unvorstellbar, ja sogar übergriffig finden. Ich nicht. Ich mag die Herausforderung genauso wie die Ergebnisse. Und ich habe nicht das Gefühl, Teile meiner selbst für andere abzuschneiden. Ich teile sie. Ich wage es, die Grenzen auszudehnen, wo aus einem *Ich* ein *Wir* wird.

»Du wolltest mit mir über den Song reden. Dann hast du ihn also gehört?«

Max setzt sich auf die weiche karamellfarbene Ledercouch. »Hab ich«, sagt er. Neugierig beuge ich mich vor. »Er ist gut.«

Ich lache auf, aber ich bin getroffen. *Er ist gut.* Seine sparsame Reaktion sagt alles. Ich weiß noch genau, wie ihn früher, als wir zusammen waren, meine Arbeit begeistert hat. Seine Augen leuchteten, als sehe er völlig neue Farben. Er feierte jede meiner Akkordfolgen und was sie für ihn bedeuteten. Ich weiß also nur zu gut, wie es sich anhören würde, wenn er »Until You« wirklich mögen würde, wenn es ihn auf die Weise erreicht hätte, die ich beabsichtigt habe – manchmal, in schwachen Momenten, habe ich mir das sogar vorgestellt.

Jetzt weiß ich, wie er sich anhört, wenn es nicht so ist.

»Nein, wirklich, es ist …«, beginnt er. »Du bist … eine unglaubliche Geschichtenerzählerin. Es fällt so leicht, sich davon mitreißen zu lassen.«

Ich runzle die Stirn. »Das ist nicht bloß irgendeine Geschichte«, sage ich. »Das ist mein Leben. Und es kommt von Herzen.« Ist er deshalb so herablassend? Glaubt er, ich übertreibe meine Gefühle und Erfahrungen für radiotaugliche Mitleidhits? So was erwarte ich von Kritikern, pseudointellektuellen Feuilletonisten, die meine Songs für die ausgelutschten Klischees eines dramatisierenden Mädchens halten. Von Max hätte ich sie nicht erwartet.

Er wendet den Blick ab. »Wenn es wirklich komplett wahr wäre«, erwidert er, »würde es das restliche Album gar nicht geben.«

Als wisse er nicht, wohin mit ihm, landet sein Blick auf der Teppichkante. Irgendwas in seinen Augen verrät mir, er weiß, dass ich diese Möbel nicht selbst ausgesucht habe.

»Aber deswegen bin ich nicht hier. Du hast gefragt, ob du öffentlich machen dürftest, dass es in dem Song um mich geht«, sagt er und sieht mich wieder an.

»Und du hast Nein gesagt«, rufe ich ihm in Erinnerung.

»Ich kann dir stattdessen etwas anderes anbieten.«

Die Erinnerung trifft mich wie ein Blitz. *Meine Gitarre auf meinem Schoß. Ich klimpere, Max spielt Keyboard. Wir sind in seinem Zimmer. »Noch ein Durchgang, bevor dein Mitbewohner zurückkommt?«, frage ich.*

»Oder ... « Max nimmt mir die Gitarre aus der Hand und küsst mich langsam. »Ich kann dir stattdessen etwas anderes anbieten.«

Ich konzentriere mich auf Max vor mir und versuche, mir nicht anmerken zu lassen, wie atemlos diese Erinnerung mich macht. Aber ihm scheint das Echo seiner Worte nicht bewusst zu sein, so gelassen, wie er bleibt.

»Ich möchte ›Until You‹ mit dir auf Tour spielen«, sagt er. »Du darfst enthüllen, um wen es in dem Song geht, aber ich werde auch etwas davon haben.«

Jetzt stockt mir der Atem aus einem anderen Grund. Der Vorschlag überrascht mich so sehr, dass ich ein paar Sekunden lang nichts sagen kann. Der erste zusammenhängende Gedanke, der mir durch den Kopf schießt, kommt quietschend heraus. »Wieso? Du hast die Musik aufgegeben.«

Er nickt, als hätte er den Einwand erwartet. »Ich habe die Musik nicht aufgegeben. Du hast mich spielen sehen. Ich trete bloß nicht mehr für Geld auf«, erklärt er. In seinem Schoß presst er die Hände zu einer Raute. »Ich werde nicht all meinen emotionalen Ballast auf dir abladen, aber Harcourt Homes läuft schlecht ... und ich möchte der Musik eine letzte Chance geben. Ich möchte wissen, ob ich vor zehn Jahren die falsche Entscheidung getroffen habe.«

Die Worte fühlen sich zweischneidig an. Was er sagt, stellt das Rätsel auf den Kopf, das mir, anders als er, all die Jahre ein treuer Begleiter war. Wir waren perfekt füreinander, in jeder Hinsicht – abgesehen davon, dass er seine Musikkarriere aufgegeben hat, während ich meine mit allen Mitteln vorangetrieben habe.

Wenn das zwischen uns keine unüberbrückbare Differenz mehr ist, habe ich keine Ahnung, wo wir stehen. Dann ist es mit einer bloßen Überarbeitung nicht getan, dann hat er die ganze Seite herausgerissen.

»Du möchtest, dass ich dich dafür bezahle, mit auf Tour zu kommen«, stelle ich klar. Gerade kann ich mich nur auf Formalitäten konzentrieren.

»Nur, was du einem regulären Bandmitglied auch zahlen würdest.«

Ich stehe auf, zum Nachdenken muss ich mich bewegen. Das erdet mich, denn es erinnert mich daran, wie ich auf der Bühne hin und her laufe. Ich spüre das imaginäre Gewicht meines Gitarrengurts auf der Schulter.

Ich misstraue diesem Vorschlag sofort. Ich wollte meine frühere Liebe zu Max öffentlich machen, weil mein Ex-Mann die Lorbeeren für meinen Erfolg einheimsen und sich in meinem Licht sonnen will. Max mit auf Tour zu nehmen, ihn im wahrsten Sinne des Wortes auf die Bühne zu holen, fühlt sich genauso an.

Doch dann frage ich mich, ob ich das vielleicht nur wegen Wesley glaube. Er hat mich an mir zweifeln lassen, wie ich es bis dahin nicht kannte. Wie er sich bei der Premiere seines Indie-Films auf dem roten Teppich neben mich stellte oder wie er in Interviews beiläufig meinen Namen erwähnte – ständig benutzte er mich auf subtile Weise, um seinen Ruhm zu unterstreichen.

Aber Max ist nicht Wesley. Als wir zusammen waren, hatte ich nie den Eindruck, dass seine Beweggründe andere waren, als er offenbart hätte.

Trotzdem … die Breakup Tour ist *meine* Tour. Teil meines Weges.

Ich halte inne. Max, von der Sonne strahlend beleuchtet, sieht mir in die Augen. »Wenn wir das machen …«, setze ich an, »wenn du mit auf Tour kommst, dann nur zu meinen Bedingungen. Es ist mein Album, meine Geschichte, und ich werde sie erzählen.«

»Natürlich«, antwortet er.

Meine Nervosität lässt nach, und ich beginne zu überlegen, wie wir das am besten angehen – mit der Musikpresse, den unberechenbaren Internetdiskussionen, die es stets um mich herum gibt, einfach allem.

»Du bist also mit auf Tour«, sage ich. »Zu ›Until You‹ kommst du raus auf die Bühne und spielst mit. Ich stelle dich als einen alten Freund vom College vor. Dann schreibt sich die Geschichte wie von selbst. Das Rätselraten wird Fahrt aufnehmen und Wesley überstimmen, viel mehr, als wenn wir bloß behaupten, dass es bei dem Song um dich geht. Lassen wir sie mutmaßen und jeden unserer Blicke analysieren.«

Es überrascht mich nicht, dass er sich versteift. Er wollte Ruhm nie als das sehen, was es ist – ein Kampf, der jeden Tag, jede Minute neu ausgefochten werden muss. Von meiner nicht selbst ausgesuchten Couch aus mustert er mich, aber ich habe keine Angst vor seinem Urteil. In diesem Moment wirken seine Augen wirklich wie Edelsteine.

»Verstehe«, sagt er.

Er steht auf und streckt mir die Hand entgegen. Ich lache.

»Max, du musst trotzdem vorspielen«, erkläre ich ihm. »Ich kann dich nicht einfach für die größte Tour des Jahres anheuern, ohne gehört zu haben, wie du den Song spielst.«

Er richtet sich auf. Selbstvertrauen funkelt in seinen Augen. »Ich spiele es gern für dich.«

Unsere Blicke treffen sich. In meinen Ohren ertönen Harmonien.

»Hast du hier ein Klavier oder ein …«, setzt er an.

»Komm mit.« Ich führe ihn an der Küche vorbei ins Esszimmer, das ich zu meinem Musikzimmer gemacht habe. Es ist der einzige Raum im Haus, der in irgendeiner Weise belebt aussieht. Eine Gitarre lehnt an der Samtcouch, mein Bass liegt auf dem Boden neben einer angefangenen Dose aromatisiertem Wasser. Capos und Plektren und anderer Kleinkram für meine Gitarren liegen auf dem Couchtisch verstreut.

Vor dem Fenster, von dem aus man den Orangenbaum sehen kann, steht mein Klavier.

Zuerst schaut Max auf das Instrument, dann wandert sein Blick durch den Raum, nimmt jedes Detail meines Arbeitsprozesses in sich auf.

Habe ich mich auch so umgesehen, als ich in sein Büro kam? So wie er alles mustert, fühle ich mich entblößter als eben in Unterwäsche. In diesem Zimmer – und vielleicht nur hier – bin ich mein verletzlichstes Selbst.

Max tritt ans Klavier. »Darf ich?« Er deutet auf den Hocker.

»Bitte«, antworte ich und hebe eins von den Blättern auf dem Teppich auf – hektisch hingekritzelte Songzeilen. Aber wo ist der Stift? »Ich suche kurz was, um dir die Akkorde aufzuschreiben ... «, fange ich an.

Max setzt sich. »Nicht nötig«, sagt er.

Er legt die Finger auf die Tasten. Im Zimmer erklingen die ersten Töne von »Until You«, er spielt es aus der Erinnerung, und es ist perfekt.

Ich bin sprachlos. In den letzten paar Tagen hat er den Song nicht nur angehört, er ist vollkommen darin eingetaucht, kann jeden Ton auswendig. Allein mein Herz pocht unermüdlich, während mich sein Spiel zur Ruhe kommen lässt. Max heißt die Melodie willkommen, liebkost sie, als kehre das Lied zu ihm nach Hause zurück.

Und in gewisser Weise tut es das auch. Er spielt es genau richtig. Nein, besser. Das Klavier ist nicht mein stärkstes Instrument. Ich habe es nur für »Until You« gewählt, weil es Max' Instrument ist, der Song sollte von seinem Sound geprägt sein.

Ich kann die Akkorde nicht so zum Leben erwecken wie er. Seine Ausschmückungen, die neuen harmonischen Linien, die er einwebt, übersteigen meine Fähigkeit und sind dennoch genau richtig. Er spielt den Song so, wie ich ihn beim Schreiben im Kopf hatte.

Während ich ihm zusehe, wird mir klar, dass ich mich geirrt habe. »Until You« ist nicht länger allein meine Geschichte. Nicht, wenn Max es mit mir gemeinsam spielt.

Ihn bei mir auf der Bühne zu haben wird den Song formen, so wie sich die Melodie schon jetzt unter seinen Fingern verändert.

Aber das fühlt sich weder falsch noch beängstigend an, sondern aufregend. »Until You« war dazu gedacht, sich zu entwickeln, zu inspirieren, und genau deswegen liebe ich es, live zu spielen. Livemusik verwandelt Aufnahmen in *Songs*, glühende Geister, die Nacht für Nacht im Rampenlicht wiedergeboren werden.

Genau diese Magie umgibt uns jetzt, Max' Klavierspiel hält mich mit seinem perfekten Lauf durch mein Stück gefangen. Der Klang vibriert in den Ecken des weißen Zimmers, und zum ersten Mal fühlt sich mein Haus nach einem Zuhause an.

Er beendet den Song ohne viel Aufhebens, das Klavier verstummt.

Er hebt den Blick und schaut mich herausfordernd an. »Und?«, fragt er. »Bin ich für den Gig gebucht?«

Lächelnd strecke ich die Hand aus.

»Max Harcourt, du bist engagiert.«

KAPITEL 7

Max

Ich weiß nicht, ob ich für New York geschaffen bin.

Als ich aus der Subway auf den überfüllten Bahnsteig trete, habe ich das Gefühl, dass hier sogar die Zeit anders vergeht. Ungeduldig – als ob irgendein unsichtbarer Dirigent die Stadt unablässig zu schnellerem Tempo antreibt.

Ich bin mit Jess hergeflogen und habe mit ihr und April, die schon hier wohnt, den ganzen Vormittag Wohnungen besichtigt, da Jess in ein paar Monaten nachkommen will. Natürlich war meine Schwester von jeder Wohnung begeistert, und April, die letzte Woche ihre neue Stelle bei der New York Foundation for the Arts angetreten hat, liebt Jess, also befürchte ich, dass der Entscheidungsprozess nicht einfach werden wird. Es war schön zu sehen, wie sich meine Schwester gefreut hat, sich ihre Zukunft auszumalen. Ich hingegen musste in den beengten Räumen nur daran denken, wie anders sie sind als zu Hause. Tag eins dieser viermonatigen Tour, und ich vermisse Harcourt Homes jetzt schon.

Deshalb bin ich hier, rufe ich mir in Erinnerung, steige die schmutzigen Stufen hinauf, vorbei an all den Schildern rund um den Eingang zur Subway, und trete auf die Straße, wo der Februarschnee zu Eis erstarrt. Ich muss das tun. Nicht nur für das Geld, sondern um herauszufinden, ob ich vor zehn Jahren einen Fehler gemacht habe. Damit ich weiß, wie hart ich für die Zukunft der Residenz kämpfen soll.

Dieses Viertel ist ganz anders als Williamsburg, wo ich den Tag mit Jess verbracht habe, auch wenn es genauso ein New-York-Flair hat. Statt der wilden Mischung einladender Geschäfte überragen hier Wolkenkratzer mit Leuchtreklame die von Fußgängern verstopften Straßen.

Ich folge der Wegbeschreibung auf meinem Smartphone zum Bühneneingang, wo Metallabsperrungen Neugierige fernhalten sollen, gehe auf einen der Sicherheitsmänner zu und zeige ihm meinen Ausweis.

In den letzten Wochen habe ich mich ganz in meine Pflichten bei Harcourt Homes vertieft, um mich von meiner Aufregung abzulenken. Natürlich habe ich »Until You« geübt, damit sich jeder Akkord unauslöschlich in mein Gedächtnis einbrennt. Aber das war nicht schwer. Rileys Song liegt mir auf wunderbare, irritierende Weise im Blut.

Das hier allerdings ist nicht bloß *Üben*. Es ist die erste große Stadionprobe der Breakup Tour.

Vor mir erhebt sich der imposante Zylinder der Arena. *Madison Square Garden*. Einen furchteinflößenderen Ort hätte ich mir für den Auftakt meiner ersten Tour nicht aussuchen können.

Hinter dem Zaun fällt mein Blick auf die Tourbusse. Drei Stück, jeder davon größer als die Wohnungen, die ich mit Jess besichtigt habe. Wie imposante, beeindruckende Wächter warten sie vor dem Stadion. Leute schleppen Gepäck und Gitarrenkoffer rein und raus, und je länger ich die Logistik des Ganzen beobachte, desto mehr überkommt mich das Lampenfieber.

Dann sehe ich Rileys Namen in großen Buchstaben auf den Bussen und bin einfach nur stolz. Ich weiß zwar nicht, ob es mir zusteht, stolz auf Riley Wynn zu sein, aber wie könnte ich es nicht?

Ich schiebe den Gurt meiner Reisetasche höher die Schulter hinauf und gehe weiter.

Sofort entdecke ich sie. Sie ist kaum zu übersehen. Sie beugt sich über die Barrikade und posiert mit Fans für Selfies. Ihr Lächeln überstrahlt alles, ihre Haare glänzen wie gesponnenes Gold in der Februarsonne, und ihr Wollmantel sieht aus, als könne er augenblicklich Kultstatus erlangen. Die Fans sind hingerissen.

Wie beim Anblick der Tourbusse trifft mich die Erkenntnis von Neuem: Riley ist *echt* berühmt. Das war mir natürlich klar, immerhin habe ich sie oft genug im Fernsehen und auf Fotos von roten Teppichen gesehen. Aber sie so zu sehen hat noch eine ganz andere Wirkung auf mich, hier verschmilzt der Star auf völlig neue Weise mit der Frau, die ich kannte. Sie wirkt überlebensgroß. Unerreichbar.

Und das ist sie tatsächlich – so energiegeladen, so atemberaubend, wie sie ist, scheint die Vorstellung, sie zu berühren, als wollte man einen Blitz festhalten. Wahrscheinlich würde man auf der Stelle vom Schlag getroffen.

Nicht, dass ich mir vorstelle, Riley Wynn zu berühren. Solche Gedanken habe ich schon lange aus meinen Träumen verbannt, so gründlich, dass sie nicht mehr zurückkehren.

Oder zumindest fast. So ganz konnte ich mein Verlangen nach Riley nie auslöschen.

»Keys?«

Ich drehe mich zu der unbekannten Stimme um. Hinter mir steht eine große Frau, die mich erwartungsvoll ansieht.

»Du bist der Keyboarder, richtig?«, stellt sie klar.

»Ja, sorry«, sage ich. »Ich war ... «

Sie grinst. »Hingerissen von unserem Star, so wie es aussieht.«

Ich widerspreche nicht. Sie hat recht, auch wenn sie keine Ahnung hat, dass ich schon lange, bevor Rileys erste Single erschienen ist, von ihr hingerissen war.

»Du bist neu hier«, bemerkt sie. »Tourst du normalerweise an der Westküste? Ich bin Vanessa.« Sie gibt mir die Hand.

»Max«, sage ich. »Und nein. Das ist meine erste Tour, ehrlich gesagt.«

Falls sie überrascht ist, lässt sie sich nichts anmerken. »Interessant. Also ich bin die Schlagzeugerin«, sagt sie.

Sie strahlt Ruhe und Beständigkeit aus. Sehr passend für die Musikerin, die das rhythmische Gerüst für unsere Songs liefern soll.

»Hamid«, sie deutet auf einen schlaksigen Kerl im Eagles-T-Shirt in der Nähe, »Gitarre. Kev spielt den Bass, und Savannah singt Background.« Sie deutet auf einen rothaarigen Mann, der gerade sein Gepäck verlädt, und eine Frau mit Kurzhaarschnitt, die telefoniert. Eine

Frau mittleren Alters beobachtet das Ganze mit einem leicht gestressten Gesichtsausdruck. »Das ist Eileen Yeh, Rileys Managerin«, sagt Vanessa, die meinem Blick gefolgt ist. »Hier läuft auch ein Junge für alles herum, aber den habe ich noch nicht kennengelernt.«

Ich nicke dankbar. Das Lampenfieber ist zwar noch da, aber die Verwirrung lässt nach. »Danke. Ihr kennt euch alle untereinander?«, frage ich.

Vanessa lächelt. »Kev kenne ich seit Jahren und war schon öfter mit ihm auf Tour. Aber wir sind uns alle schon ein paarmal über den Weg gelaufen. Wenn mal jemand aus der Band krank ist und eine Show nicht spielen kann, ist es gut, in jeder Stadt jemanden zu haben, mit denen man gern arbeitet. Wer hat dich für diesen Gig vorgeschlagen?«

»Ich«, sage ich.

Diesmal ist die Überraschung der Schlagzeugerin nicht zu übersehen. Sie zieht die Augenbrauen hoch.

Verlegen trete ich von einem Fuß auf den anderen. Wie erkläre ich das? »Ich habe bei Riley vorgespielt«, sage ich schließlich. Die Erinnerung daran fühlt sich an wie das Bruchstück eines Traumes, an das man sich beim Aufwachen gerade noch erinnert – wie wir »Until You« in ihrem Musikzimmer gespielt haben, in ihrem neuen Haus.

In diesem Haus kann man sich Riley nur vorstellen, wenn man sie nicht kennt. Es kann noch so gemütlich und schick eingerichtet sein, es passt einfach nicht zu der Frau, die unsere Beziehung einst für eine Tour beendet hat, von der ich weiß, wie unendlich viel sie ihr bedeutet hat. Ohne Leben darin, ohne Menschen kann dieses Haus für

Riley Wynn niemals ein *Zuhause* sein. Und so stand sie mitten im Zimmer, als ob sie posierte, nicht, als ob sie dort lebte.

Ganz anders als jetzt.

»Gibt's ja nicht«, sagt Vanessa. Sie ruft über die Schulter: »Hey, Kev, komm mal her. Unser Keyboarder kennt Riley.«

»*Kennen* wäre zu viel gesagt«, setze ich an, während der Rotschopf zu uns herüberkommt und mich genauso abschätzig mustert wie Vanessa eben.

»Wie ist sie denn so?«, fragt Kevin. »Worauf müssen wir uns einstellen? Bis jetzt hat Wynn noch keinen Ruf unter Tourmusikern.«

Ich weiß wirklich nicht, was ich darauf antworten soll, so traurig es ist. Wären wir immer noch auf dem College, wäre nicht das Leben dazwischengekommen, dann wüsste ich genau, was ich sagen sollte. Dann wüsste ich über all ihre Abläufe und Eigenheiten vor der Show bestens Bescheid. Damals waren solche Details für uns intimer, als zu wissen, auf welcher Seite vom Bett jemand schläft oder wie jemand ohne Parfüm riecht. Aber heute habe ich keine Ahnung, wie Superstar Riley »denn so ist«.

Ich zucke mit den Achseln und gebe mir Mühe, nicht zu steif oder unsicher zu wirken. »Ich kenne sie wirklich nicht gut genug, um darüber zu spekulieren.«

Die Antwort scheint sie zu enttäuschen. Aus dem Augenwinkel sehe ich, wie Riley hinter Kev mit den Fanfotos fertig ist. Ihr Blick huscht zu uns, und ich kann genau den Moment ausmachen, in dem sie bemerkt, dass ich da bin. Sie kommt zu uns herüber – und fällt mir prompt um den Hals.

Ich bin so überrascht von dieser vertrauten Geste, dass ich sie gerade noch rechtzeitig erwidere. *Wie einen Blitz festzuhalten,* schießt es mir durch den Kopf. Ich weiß nicht, was mich mehr verblüfft – dass mich eine der berühmtesten Frauen das Landes umarmt oder dass es sich noch genauso anfühlt wie damals.

»Da bist du«, jubelt sie.

Die Fans, die eben noch Fotos mit Riley gemacht haben, machen jetzt Fotos von mir und Riley. Was mir aber nur halb bewusst ist, denn ich muss gerade noch verarbeiten, wie sich Rileys Brust an meine drückt.

»Da bin ich«, bestätige ich. Es ist so was von typisch für Riley, dass sie mich dazu bringt, im ersten Satz, den ich zu ihr sage, ihr Echo zu spielen. Die restliche Band probt schon die ganze Woche miteinander, aber weil ich nur für »Until You« dazukomme, wurde ich bisher nicht gebraucht.

Riley löst sich aus der Umarmung und schaut mir direkt in die Augen. Sie lächelt. Sie ist umwerfend wie immer, trotzdem werde ich das Gefühl nicht los, dass sie den Moment absichtlich in die Länge zieht. »Leb dich erst mal ein«, sagt sie. »Ich muss los, wir reden später.«

Ehe ich antworten kann, ist sie auch schon weg, verschwindet in einem der Busse außer Sichtweite der Zuschauer.

»So wie es aussieht, kennst du sie tatsächlich«, stellt Vanessa trocken fest.

Auf einmal kommt mir der Gehsteig seltsam leer vor. »Wir sind alte Freunde vom College. Aber wir hatten zehn Jahre keinen Kontakt«, erkläre ich kühl, während ich das Gefühl von Riley an meinem Körper zu vergessen versuche.

Ganz nüchtern verarbeite ich, was gerade passiert ist. Riley hat nicht *mich* umarmt. In Harcourt Homes und in ihrem Haus in den Hills hat sie mich schließlich auch nicht umarmt. Weil niemand da war, der es sehen konnte.

Riley ist eine Show-Frau. Sie braucht keine Bühne, um ihr Publikum zu fesseln und zu begeistern. Das darf ich nicht vergessen.

Ich wende mich wieder den anderen Musikern zu, die mich skeptisch beäugen und offensichtlich genau die Schlüsse ziehen, die Riley beabsichtigt hat. Und über die ich nicht weiter diskutieren möchte. »Wisst ihr, in welchen Bus ich meine Sachen packen soll?«, frage ich.

In Vanessas Augen flackert Erkenntnis, dennoch spricht sie mich nicht weiter darauf an, wofür ich ihr dankbar bin. »Die Listen hängen an den Türen aus«, antwortet sie.

»Danke«, sage ich. »Es war nett, euch kennenzulernen.«

Ich gehe zu dem Bus, in den Savannah gerade eingestiegen ist, und finde die Liste an der Tür. Mein Name steht nicht darauf. Entschlossen gehe ich zum nächsten Bus. Dort finde ich Vanessas Namen unter Kevins, nicht aber meinen. Damit bleibt nur noch ein Bus übrig.

Ich atme durch die Nase ein. Nun, da ich weiß, was mich erwartet, nähere ich mich der letzten Tür.

Ich spüre, dass alle Blicke auf mich gerichtet sind. Auf Max Harcourt, von dem Rileys Fans noch nie gehört haben, den sie jedoch bald kennenlernen werden. Max Harcourt, der sein ganz gewöhnliches Leben verlassen hat und in den Song eingetreten ist, der dieser Tage allen auf den Lippen liegt. Lippen, die jetzt aufgeregt miteinander flüstern, während die Handykameras mich neugierig verfolgen.

Max Harcourt. Natürlich steht mein Name an dieser Bustür, direkt unter dem obersten Namen auf der Liste.

Riley Wynn.

KAPITEL 8

Riley

Ich halte den Kleidersack in die Höhe, den meine Mutter mitgebracht hat, und spüre das typische elektrisierende Kribbeln in jeder meiner Bewegungen, wie immer vor einem Konzert. Es ist nicht bloß Aufregung, eher das Gefühl, zu mir selbst nach Hause zu kommen. Als wäre die echte Riley Wynn diejenige, die hinaus ins Rampenlicht tritt. Ich spüre sie schon ganz nah bei mir.

Ich will gerade nach dem Reißverschluss greifen, da geht die Bustür auf.

Max steht auf der Stufe, und er wirkt – es ist nicht zu übersehen – unzufrieden. Jetzt erinnern mich seine Augen an einen bewölkten Himmel, nicht an Edelsteine.

Interessant … Ich ziehe eine Augenbraue hoch und warte, dass er etwas sagt.

Das braucht er allerdings gar nicht. Ich würde lügen, wenn ich behauptete, die Umarmung vor aller Augen vorhin wäre unschuldig gewesen; mir war klar, dass Max mich durchschauen würde. Es ging darum, ein Gerücht in die Welt zu setzen, und ich kenne meine Fans gut genug, um mir sicher zu sein, dass es funktioniert hat. Und ich wollte testen, wie Max reagieren würde.

Nicht gut, wie es aussieht.

Den Blick fest auf mich gerichtet, kommt er die Stufen herauf. »Ich habe nicht zugestimmt, dass wir so tun, als wären wir zus…« Er unterbricht sich, als er die andere Person im Bus bemerkt. Meine Mutter hinter mir beobachtet ihn mit unverhohlener Neugier. Sofort verändert sich Max' Haltung, sein Ärger verpufft. »Carrie«, sagt er, offenbar genauso überrascht wie sie. »Wie schön, dich wiederzusehen. Wie geht es dir?«

Auch Mom scheint sich zu erinnern, sie schiebt sich an mir vorbei und umarmt Max. »Mir geht es gut«, sagt sie, und als sie sich von ihm löst, bleiben ihre Hände auf seinen Schultern liegen. »Lass dich ansehen. Du bist erwachsen geworden.«

Max lächelt. »Meinst du? Manchmal bin ich mir da nicht so sicher«, antwortet er sanft.

Es geht mir direkt ins Herz, so atemberaubend süß ist das. *Ja,* will ich sagen, *und nein.*

Immer, wenn ich mit ihm zusammen bin, immer, wenn ich seit meinem Besuch in Harcourt Homes an ihn denken musste, hadere ich mit seinen zwei Seiten. Mir ist voll und ganz bewusst, dass der Max, der da vor mir steht, mit dem markanteren Kinn und dem kräftigeren Körperbau, die letzten zehn Jahre ohne mich verbracht hat.

Und doch, wenn das Licht in einem bestimmten Winkel auf ihn fällt oder er wie jetzt mit meiner Mutter redet, dann blitzt ein flüchtiges Trugbild des Max auf, den ich einmal kannte. Jenes Max, der alles für mich war.

Ich denke daran, wie ich ihn zu Weihnachten, als wir zusammen waren, mit nach Hause gebracht habe. Er lernte meine gesamte Verwandtschaft kennen. Wir schlichen uns unter dem Vorwand irgendeiner Besorgung aus dem Haus und hatten in einer verlassenen Seitenstraße Sex in meinem eiskalten Auto. Ich weiß noch, wie ich ihm auf dem Weg zurück zum Weihnachtsessen das verknitterte Hemd glatt strich und wie wir einander ein Lächeln zuwarfen, das nur wir verstehen konnten. Die Weihnachtsbeleuchtung hüllte uns in einen warmen Glanz, der genauso aussah, wie ich mich in seiner Nähe fühlte. Damals glaubte ich nicht, dass ich die Liebe in meinem Herzen jemals würde in Worte fassen können.

Doch selbst wenn ich kein Liebeslied über uns schreiben könnte, war mir schon damals klar, was ich würde schreiben können. In diesem Augenblick beschloss ich, Max mein Herz zu schenken. Sollte er es je brechen, würde ich aus unserer Trennung einen Song machen. Und zu wissen, dass ich nicht mit leeren Händen dastehen würde, selbst wenn er mir wehtäte, gab mir den Mut, mich voll und ganz auf ihn einzulassen.

Little lights, close hearts
I felt the end in the start
Ich stand nicht mit leeren Händen da.

»Bist du hier, um Riley zu verabschieden?«, fragt Max meine Mutter. Sein höfliches Verhalten verrät mir, dass ich gerade als Einzige in Tagträumen versunken bin. Es ist mir fast peinlich, bis ich mir in Erinnerung rufe, dass das nicht nötig ist. *Fühle, ohne Angst zu haben.* Mein eisernes Songwriting-Prinzip, in jahrelanger Übung in mein Herz eingraviert.

Ich lege den Kleidersack über einen Sessel. »Mom kommt mit uns auf Tour«, sage ich. »Ich wollte ihr gerade alles zeigen.«

»So wie es aussieht, sind wir Zimmergenossen«, freut sich meine Mutter. Ihr ist die Spannung im Raum offensichtlich nicht entgangen. Aber sie weicht ihr nicht aus. Sie lächelt ihr entgegen und sagt: *Du machst Carrie Wynn keine Angst.*

»Das ist doch okay für dich?« Ich schenke Max mein fröhlichstes Lächeln, gebe meine beste Kopie von Moms unerschrockener Midwestern-Lässigkeit. »In den anderen Bussen ist einfach kein Platz mehr frei. Ich könnte irgendwen bitten zu tauschen, aber dann würden sie sich wundern, warum.« Vielsagend lasse ich meinen Blick auf ihm ruhen, sehe, wie er meine Worte abwägt und erkennt, dass das nur noch mehr Gerede innerhalb der Crew nach sich ziehen würde.

Er sieht mich an, die Stille zieht sich in die Länge. Schweigen kann er gut, das muss ich zugeben. Wie jede Pause in der Musik hat auch dieses Schweigen eine Bedeutung.

Schließlich lässt er die Reisetasche von der Schulter gleiten.

»Auf den Bussen steht dein Name«, sagt er. »Ich gehe dahin, wo du mich willst.«

Ich wollte, dass du dahin gehst, wohin ich gehe, schreit etwas in mir auf. *Ich wollte, dass du dahin gehen* willst, *wohin ich gehe.* Ist ihm denn nicht klar, wie anders unser Leben hätte verlaufen können, wenn er damals mitgekommen wäre?

Wahrscheinlich ist das der endgültige Beweis dafür, welcher Max hier in diesem engen Gang vor mir steht. Sicher nicht der Max, von dem ich immer noch glaube, dass er mein Ein und Alles hätte sein können, der Max meiner Erinnerung. Sondern der Max, der nicht mitkommen wollte, sosehr ich es mir auch gewünscht habe.

Denn eines hat er mir gerade klargemacht: Ganz egal, was wir einmal füreinander waren, jetzt ist er nur hier, weil mein Scheiß-Name auf dem Busfenster steht.

Doch ich lächle nur und verberge meinen Gedankenstrudel vor ihm. »Perfekt. Jetzt, wo ihr beide hier seid, bekommt ihr eine kleine Führung.« *Ablenkung,* rede ich mir ein. »Hier ist der Koch- und Wohnbereich, der mit allem ausgestattet wird. Was auch immer ihr braucht, bestellt ihr bei dem Jungen für alles.«

Ich deute auf die Schränke über der Arbeitsplatte, im glänzenden Holz spiegelt sich die Deckenbeleuchtung. Neben mir befindet sich eine eingebaute Sitzgruppe aus weichem weißem Leder. Gehobener Wohnmobil-Standard, angenehm seelenlos.

Allmählich verwandelt sich mein rastloser Herzschmerz in etwas anderes, gegen die Aufregung kommt nichts an. Die beengte Unterbringung und die Campingausstattung machen mir nichts aus. *Hier* bin ich zu Hause.

Ich führe sie in den hinteren Teil des Busses und bleibe vor einer Tür stehen. »Da drin ist die Toilette.« Wir gehen an den engen Kojenreihen vorbei und erreichen das Schlafzimmer. »Mom, hier schläfst du.«

Ich schiebe die Tür auf. Als Mom eintritt, hält sie verblüfft inne, so geräumig ist es. Breite Fenster lassen von drei Seiten Wintersonnenlicht herein. Das große Bett ist mit einer überraschend luxuriösen Decke bezogen und lässt gerade noch Platz für einen kleinen Waschtisch in der Ecke.

»Riley, ich glaube, das ist eigentlich dein Zimmer«, sagt sie vorsichtig, als wolle sie mich nicht vor den Kopf stoßen. »Wo schläfst du?«

Ich trete zurück und tippe auf die nächstgelegene Koje. »Gleich hier.«

Mom runzelt entrüstet die Stirn, so wie immer, wenn sich jemand ihr gegenüber großzügig zeigt. »Nein. Das ist *deine* Tour. Du arbeitest hart und brauchst deine Ruhe. Ich bin einfach nur … dabei.«

»Aber ich habe dich eingeladen«, sage ich mit Verweis auf ihren Sinn für Umgangsformen. »Nimm das VIP-Paket einfach an.« *Lass dich doch zur Abwechslung einfach mal umsorgen,* möchte ich sagen, lass es dann aber bleiben.

Mom klappt den Mund auf, um zu protestieren.

»Ich schlafe sowieso lieber in der Koje«, fahre ich eilig fort. »Das gehört zum Zauber einer Tour.«

Auch wenn sie nur halb überzeugt wirkt, bekommt sie keine Gelegenheit zum Widerspruch. Die Bustür geht auf, und ein älterer

Mann mit einem eindrucksvollen grau-schwarzen Bart und einer glänzenden Glatze kommt herein.

»Frank!«, quietsche ich vor Freude. Er war der Fahrer bei meiner allerersten Tour, und für diese habe ich ihn ausdrücklich angefordert. Er arbeitet seit vierzig Jahren in der Branche, hat mich aber nie herablassend behandelt. Während unserer Nächte unterwegs ist er zu so etwas wie meinem Tour-Dad geworden. Wenn ich nach einem Auftritt zu aufgedreht war, versorgte er mich bis Sonnenaufgang mit seinen Lieblingsanekdoten aus der Musikbranche. Wenn nicht, fuhr er so sanft, dass ich tatsächlich schlafen konnte.

Er erwidert das Lächeln, die Lachfältchen um seine Augen sind genauso, wie ich sie in Erinnerung hatte. »Hey, Ri«, sagt er. »Glückwunsch zum Album. Ich bin mir ziemlich sicher, dass ich ein paar Riffs von deinen nächtlichen Schreibsessions wiedererkannt habe. Gut gemacht, Kleine.«

Es bedeutet mir etwas, dass er sich daran erinnert. Und er hat recht. Teile dessen, was später *The Breakup Record* werden würde, habe ich vor Jahren im Tourbus geschrieben. Es gibt viele Songwriter, die unterwegs nicht gern schreiben, obwohl die enge Taktung der Releases genau dies oft erfordert. Ich bin das Gegenteil – ich liebe es, wenn ein Song mich unvorbereitet erwischt. Als wollte er mich daran erinnern, dass er sein eigener Herr ist.

»Das ist Max«, sage ich. »Unser Pianist. Und das ist meine Mutter Carrie.«

Frank streckt ihnen die Hand hin, ehrlich erfreut. Diese Offenheit mag ich am liebsten an ihm. Jede seiner Gesten ist wie die Falten um seine Augen – sie verraten, was er fühlt, und zwar direkt an der Oberfläche.

»Von Ihnen hat Riley das also«, sagt er zu meiner Mutter.

Mom lacht und ist sichtlich verwirrt. »Ganz sicher nicht«, sagt sie. »Ich kann nicht singen oder gar vor einer Menge auftreten.«

»Ich meinte ihre Augen«, erwidert er.

Ich muss die Lippen zusammenpressen, um mir meine Überraschung nicht anmerken zu lassen. Die Wangen meiner Mutter werden so rosa, wie ich es noch nie gesehen habe. »Oh«, bringt sie heraus. Doch gleich darauf hat sie sich wieder gefasst. »Genau, das ist mein Verdienst.«

»Sie könnten eigentlich einen Anteil an den Tantiemen verlangen«, antwortet Frank leichthin und sieht mich an, bevor ich beleidigt sein kann. »Eigentlich, habe ich gesagt. Dein Talent spricht für sich, Riley Wynn.«

Besänftigt nicke ich.

»Wie lange sind Sie schon Tourfahrer?«, erkundigt sich meine Mutter.

Diese Geschichte kenne ich schon – es geht um jede Grunge-Band, von der ich je gehört habe, mit denen Frank unzählige Male das Land durchquert hat. Ich lasse ihn mit meiner Mutter allein und wende mich zu Max, der sich in den Gang mit den Kojen zurückgezogen hat und die Klamotten aus seiner Reisetasche in dem schmalen Spind verstaut.

»Also«, setze ich an. Ich stelle Fragen lieber direkt, Drumherumreden würde dieses Gespräch ohnehin nicht leichter machen. »Was ärgert dich mehr, mit mir den Bus zu teilen oder dass ich dich vor der Band umarmt habe?«

Er dreht sich nicht um, packt ungerührt weiter aus. Ich sehe zu, wie die Jacke den Hemden in den Schrank folgt.

Ich habe nicht vor lockerzulassen. Stille ist nicht zum Ausweichen da. Stille will gefüllt werden. »Weißt du noch, wie ich dir gesagt habe, dass es meine Tour ist und ich diese Geschichte so erzählen werde, wie ich es für richtig halte?«

Jetzt sieht er mir direkt in die Augen.

»Habe ich nicht genau das getan, wovor ich dich gewarnt habe?«, frage ich.

In seinen Augen tobt ein Sturm. Ich halte ihm stand, erwidere seinen Blick und bin auf irgendeine verdrehte Weise froh. Max hat sich schon einmal von mir abgewandt. Damals habe ich ihn und jeden Anspruch auf ihn verloren. Umso mehr hoffe ich, dass er sich jetzt nicht vor dem drückt, was er mir sagen will.

Als er endlich ausatmet, sacke ich beinahe zusammen.

»Ich hab einfach nicht damit gerechnet, dass du andeuten würdest, wir wären zusammen«, erklärt er zurückhaltend. »Ich möchte abseits der Bühne nicht Teil irgendeiner vorgetäuschten Show-Romanze sein.«

»Gut«, sage ich und richte mich auf. »Ich nehme es vor der Crew zurück. Aber die Sache mit dem Bus war wirklich nur, weil irgendjemand mit meiner Mutter und mir zusammenwohnen muss. Du schienst mir die beste Option. Außerdem«, ich lächle mein Zugabenlächeln, »wir sind hier in einem Bus mit *meiner Mutter*. Wenn die anderen sie kennenlernen, wird ihnen sofort klar sein, dass an unserer Schlafsituation überhaupt nichts sexy ist.«

Max lacht leise, aber offen. Das ist meine liebste Art von Flashback. Ich spüre, wie sich die Anspannung, die mir gar nicht bewusst war, legt.

»Noch was – wenn wir unter uns sind«, sagt er, »dann will ich die Wahrheit. Hier drin möchte ich nicht das Gefühl haben, vor einem Publikum zu stehen.«

Ich starre ihn an, und Wirklichkeit und Lyrics überlagern sich direkt vor meinen Augen. *Die Wahrheit.*

Ich schreibe *immer* die Wahrheit. »Until You« kommt aus meinem tiefsten Inneren, den düstersten Ecken meiner Seele. Die Gefühle, die ich in diesen Song gelegt habe, verblassen nie, sie schwingen immer mit. Diese Liebe verblasst nie, ebenso wie die Erinnerung an den Mann, den ich einmal geliebt habe, immer auf den Mann scheinen wird, der jetzt vor mir steht. Ich weiß nicht, ob die Songs sie bewahren oder ob ich sie für die Songs bewahre, aber sie sind niemals wirklich fort.

»Ich stehe immer vor einem Publikum, Max«, sage ich sanft.

Sein Lächeln verschwindet.

»Tja, da hast du wohl recht«, sagt er.

Ich brauche kein ausgebildetes Gehör, um die Enttäuschung in seiner Stimme zu erkennen. Er verurteilt mich nicht einfach, er versteht mich bloß nicht, zumindest nicht diesen Teil von mir. Genau wie all die anderen, die Kritiker, die meine Songs über Liebeskummer verachten, glaubt er, was ich auf der Bühne vortrage, sei die Lüge. Dass die Riley, die auf der Bühne oder im Blitzlichtgewitter der Paparazzi steht, nicht die echte sei.

Ich habe ihn nicht zu dieser Tour gezwungen, rufe ich mir in Erinnerung. Ich habe ihn nicht einmal gebeten. Es war seine Idee. Ich bin ihm nichts schuldig, schon gar nicht, eine Lüge zu leben, die er für die Wahrheit hält. Ich werde nicht so tun, als wäre die Frau im Rampenlicht, die immer wieder denselben endlosen Song durchlebt, eine andere als die abseits der Bühne.

Doch bei dem Gedanken, dass er jetzt gehen könnte, krampft sich mein Herz zusammen. Seit Tagen hallt unser Duett in meinem Kopf und in meinen Träumen nach. Es würde etwas aus mir herausreißen, wenn wir es nie zur Aufführung brächten.

Aber er geht nicht.

Entschlossen dreht er sich zu seiner Koje um. »Ich kann meine Sachen wegräumen, falls du dieses Bett haben wolltest«, sagt er.

»Oh.« Mit einem Mal erinnere ich mich erleichtert an Max' indirekte Art, sich zu äußern, und erkenne seine praktische Bemerkung als das, was sie ist: ein Friedensangebot. »Nein«, antworte ich. »Schon gut. Ich nehme das hier.« Ich klopfe auf die Koje, die keinen Meter von seiner entfernt ist.

Ohne Antwort packt er weiter aus. Ich bin zwar froh, dass er noch da ist, aber es ist klar, dass dieses Gespräch noch nicht zu Ende ist. Ich habe keine Ahnung, wie es morgen mit uns weitergehen wird.

Während ich noch im Gang herumtrödle, habe ich das Gefühl, dass Max unser gemeinsames Schweigen irgendwie als Duett erklingen lässt. Vielleicht liegt es daran, dass uns beiden gerade eines klar geworden ist. Wir werden Seite an Seite schlafen, so nah, dass wir uns an den Händen halten könnten.

Dumpf hallen meine eigenen Worte in meinem Kopf nach.

Es ist überhaupt nichts sexy an unserer Schlafsituation.

KAPITEL 9

Max

Während der zweiten Strophe von »One Minute« gerate ich in Panik.

Die Band ist unglaublich. Sie spielen unfassbar synchron, lesen mit verblüffender Intuition, was die jeweils anderen als Nächstes tun werden. Es ist total klar, dass sie nicht erst seit zwei Wochen miteinander proben – das sind Profis mit jahrelanger, vielleicht jahrzehntelanger Live-Erfahrung. Und Riley fügt sich mühelos in die Gruppe ein.

Ich bin derjenige, der aus dem Rahmen fällt. Ich bin Max Harcourt, der bis letzte Woche Sinatra-Songs unter schwächelnden Halogenlampen für dreißig Achtzigjährige gespielt hat. Was mich auf keinen Fall auf das hier vorbereitet hat. Was habe ich mir nur dabei gedacht, als ich Riley vorgeschlagen habe, sie auf Tour zu begleiten? Ich kann das nicht. Ich konnte es schon mit zwanzig nicht. Und heute kann ich es erst recht nicht.

Ich stehe in der von Metallzäunen abgegrenzten Front Row im Zuschauerraum und bin schweißgebadet. Das überheizte Innere des Madison Square Garden ist meinem Lampenfieber nicht förderlich, genauso wenig wie die Tatsache, dass es noch eine Weile dauert, bis ich auf die Bühne muss, denn »Until You« steht erst weit hinten auf der Setlist. »One Minute« ist der Opener.

Das Stadion hinter mir ist leer bis auf die Security und den Rest der Crew. In der Mitte ist eine Plattform aufgebaut, auf der Riley auftreten wird. Die Beleuchtungsbrücken erstrecken sich darüber, während hinter der Bühne ein ganzes Lager mit Zelten für die Backstage-Logistik aufgebaut ist.

Ich stehe mitten im Raum und glaube zu spüren, wie eine Sitzreihe nach der anderen den Atem anhält. Selbst in diesem unfertigen Zustand vor der Show kann ich die beeindruckende Präsenz dieses Ortes nicht ignorieren – so ähnlich wie Riley selbst.

Sie wirbelt über die Bühne und hält die Band zusammen, als befehligte sie den Klang selbst. Sie ist alles. Rockstar, Engel, Mädchen von nebenan.

Ich sehe ihr zu, und dann verstehe ich, was sie im Bus meinte. Die Frau vor mir ist die wahre Riley, während die ohne Mikrophon es nur zur Hälfte ist.

Nach dem dritten Song gibt es eine Pause, damit Riley zur Anprobe gehen kann. Überwältigt verziehe ich mich in einen der Betontunnel, aus dem bei Sportveranstaltungen die Spieler das Spielfeld betreten. Eine sinnlose Flucht, das ist mir klar, immerhin ist mein Lampenfieber kein Monster aus einem Horrorfilm, vor dem ich mich im Schatten verstecken könnte. Aber ich brauche einfach Abstand.

Hinter der Bühne sehe ich die anderen Musiker, die sich unterhalten, Riffs üben, Mikrophone checken. Sie sehen entspannt aus, voller Vorfreude.

Ich dagegen möchte mich hier im Gang verkriechen, dem Gefühl entkommen, dass ich nicht dazugehöre. Was ich definitiv nicht tue. Denn ich bin alles andere als ein erfahrener Tourmusiker. Als ich Riley den Vorschlag gemacht habe, hatte ich nur eine vage Vorstellung von der Größenordnung des Ganzen. Doch nun, mit den schier endlosen Sitzreihen über mir, die auf ein Publikum warten, packt mich die nackte Angst, dass ich mich ans Klavier setze und keinen Ton mehr spielen kann. Ich werde mich blamieren und Rileys großen Augenblick ruinieren.

Ich hole mein Handy hervor.

Ich schmeiße hin. Ich kann das nicht.

Jess antwortet sofort.

Klar kannst du. Die Senioren von Harcourt Homes sind ein viel anspruchsvolleres Publikum als Rileys hingebungsvolle Fans. Du musst ihnen nicht mal beibringen, dass es keinen Schokopudding mehr gibt.

Trotz meiner Aufregung muss ich lachen. Eins muss man Jess lassen, sie bringt mich zum Lachen, während ich damit ringe, ob ich die Frau, die ich einmal geliebt habe, enttäuschen oder doch lieber bei YouTube enden soll, wie ich den Lieblingssong der Nation verpatze.

Auch wenn ich über die Erinnerung an das Schokopudding-Fiasko schmunzeln muss, werden meine Zweifel nicht weniger. Ich bin gerade dabei, meine nächste Nachricht zu tippen, da kommt eine weitere von Jess an. Es ist ein Video.

Neugierig klicke ich es an.

Es ist ein im Hochkantformat aufgenommenes Handyvideo von mir am Klavier bei Harcourt Homes. Neben mir auf dem Hocker sitzt Riley, sie hat den Kopf auf meine Schulter gelegt, während ich die ersten eleganten Takte von »Bridge Over Troubled Water« spiele. Es ist aus den ersten Tagen unserer Beziehung. Der Anblick unserer jüngeren Versionen bringt irgendetwas in mir zum Klingen – wie ein Akkord, den ich zu spielen verlernt habe.

Als sie sich aufrichtet, um zu singen, lächelt mein Ich in dem Video zärtlich auf die Tasten hinunter. Dann treffen sich unsere Blicke, und es ist, als performten wir nur füreinander.

Und irgendwie stimmt das auch. Niemand im Speisesaal hört zu.

Ich weiß noch genau, wie es sich angefühlt hat. Nicht exakt der Moment in dem Video, aber mit Riley zu spielen. Alle sollten unseren gemeinsamen Sound hören, wie sich die eine Seite durch die andere ergänzte, herausforderte, bis zur perfekten Verbindung ihrer und meiner Musik. Doch mit jedem Ton, mit dem sie mich direkt in meinem Innersten berührte, wuchs meine Gewissheit, dass *niemand* jemals hören würde, was wir hörten, dass niemand jemals erleben würde, wie es klang, wenn die Lieder zweier Herzen zu einem einzigen verschmolzen. Dieser Widerspruch ließ mich bei keinem Auftritt los.

Und schon damals tat er mir in der Seele weh.

Nun, da ich dieses Video anschaue, überkommen mich wieder genau die gleichen Gefühle. Schwach, verdeckt von der schrillen Aufregung, aber sie sind da.

Ich wusste nichts von diesem Video. Jess hatte verständlicherweise keinen Grund, es mir zu schicken, nachdem Riley und ich uns getrennt hatten. Ich erinnere mich nicht einmal mehr an diesen konkreten Auftritt – damals war es mir ziemlich egal, welchen Song wir spielten, denn jedes Lied fühlte sich sofort wie unseres an. Ich verstehe aber, warum Jess es mir geschickt hat. Es geht nicht nur darum, wie souverän ich aussehe. Es geht darum, wie ich mit Riley aussehe. Als wären wir dazu bestimmt, zusammen zu spielen.

Eine weitere Nachricht von Jess erscheint auf meinem Display.

Du schaffst das.

Ich speichere das Video auf meinem Handy.

Ich fasse es nicht, dass du das die ganze Zeit hattest.

Tja, falls du auf der Bühne komplett versagen solltest, kann ich das immer noch für genug Geld an die Klatschpresse verkaufen, um die Residenz für ein paar Monate am Laufen zu halten.

Ich lache leise, bis ich das Intro von »Novembers« höre, dem vierten Track auf *The Breakup Record*. In den letzten Wochen habe ich Rileys Album so oft gehört, dass ich diesen Song liebe und wünschte, ich könnte ihn genießen. Allerdings ist er mein Weckruf, dass meine Nummer als Nächstes dran ist.

Ich schiebe das Smartphone zurück in die Tasche und denke an Jess' Video und mit welchem Bild vor Augen ich auf die Bühne gehen soll: Es sind bloß Riley und ich.

Ich laufe zu einem der Zelte am Rand der Bühne und gehe in Gedanken meinen Song durch. Trotz aller Aufregung bin ich beeindruckt von der Komplexität und Funktionalität der Abläufe rund um die Bühne. Die Crewmitglieder wuseln mit rhythmischer Effizienz in alle Richtungen. Jemand drückt mir einen In-Ear-Monitor in die Hand und erklärt, dass sie mich einzählen und mir auch ein Metronom besorgen können, wenn ich möchte. Ich lehne ab, denn ich bin mir ziemlich sicher, dass mich das nur ablenken würde.

Als »Novembers« vorbei ist, betrete ich zurückhaltend die Bühne, den Blick gesenkt, um die leeren Ränge nicht sehen zu müssen. Ich brauche keine zusätzliche Erinnerung daran, wie viele Menschen morgen Abend hier sein werden. Am Bühnenrand sehe ich Riley, das strahlende Zentrum des Sonnensystems, in dem ich bloß ein unbedeutender Mond bin. Sie redet mit jemandem vor der Bühne über die Beleuchtung. Ich richte meine Aufmerksamkeit auf das Klavier.

Es ist ein Stutzflügel. Seit Jahren habe ich auf keinem mehr gespielt.

Ich betrachte die Klaviatur und rufe mir ins Gedächtnis, dass es immer die gleichen achtundachtzig schwarzen und weißen Tasten sind, ganz egal, wo man spielt. Ob im Madison Square Garden oder in Harcourt Homes. Fast gelingt es mir, mich davon zu überzeugen, ich säße gerade dort.

Bis Riley zu mir kommt und ich sehe, was sie anhat.

Ein Brautkleid.

Nein, *das* Brautkleid. Ganz und gar Riley, in jeder Hinsicht. Schlichter Satin umschmeichelt ihren Körper, schmiegt sich an ihre Kurven, am Rücken gewagt tief ausgeschnitten. Der Saum streift über ihre schwarzen Schlangenlederstiefel.

Für einen Moment ist mein Kopf wie leergefegt. Es liegt nicht daran, dass Riley aussieht, als wäre sie direkt dem Albumcover entstiegen. Diese ganze Tour ist darauf ausgelegt, die Trennung zwischen der Person Riley und der Musikikone Riley aufzuheben.

Nein, es ist, als wäre sie direkt meinen vergessenen Träumen entsprungen.

Als wir noch zusammen waren, gab es ein paar Monate, in denen ich anfing, mich dem süßesten aller heimlichen Wünsche hinzugeben. Ich wusste, dass es dafür noch viel zu früh war, aber ich konnte einfach nicht anders, ich musste mir vorstellen, wie ich Riley eines Tages heiraten würde.

Tief in meinem Innersten, instinktiv wusste ich, dass ich es wollte, so sicher wie ich Noten vom Blatt lesen kann. Genau wie ich aus der kompliziertesten Notation sofort Melodien heraushöre, hörte ich Hochzeitsglocken, wenn ich mit Riley zusammen war. Schreibsessions, kleine Konzerte in der Umgebung für fünfzehn Dollar, toller Sex. *Late nights, new homes.* Ich hörte unsere ganze Zukunft in den Akkorden, die wir miteinander spielten.

Und in diesem weißen Satinkleid ist sie buchstäblich die Riley meiner Träume. Diese Träume stehen jetzt auf der Bühne.

Mein Magen verkrampft sich. Ich wünschte, mein Auftritt wäre meine einzige Sorge. Stattdessen muss ich damit klarkommen, dass mein geheimster Herzenswunsch auf den überdimensionierten Videoscreens des Madison Square Garden erscheint.

»Hey, in einer Minute geht's los«, sagt Riley unglaublich beiläufig. »Mit dem Licht ging etwas durcheinander, was ich erst noch klären wollte.«

Ich höre kaum, was sie sagt. »Was hast du da an?«, bringe ich mühsam heraus.

Riley blickt an sich hinab, als hätte sie es vergessen. Sie runzelt die Stirn. »Nicht das richtige Outfit. Das hier ist für ›One Minute‹, ich müsste schon längst umgezogen sein. Nichts ist fertig. Na, die Premiere wird ein Spaß.«

»Krasses Kostüm«, sage ich. Ich komme einfach nicht darüber hinweg.

Sie lacht. »Es ist mehr als ein Kostüm. Es ist echt. Wenn die Ehe schon in die Brüche gegangen ist, dann wollte ich dieses Kleid wenigstens nicht umsonst gekauft haben«, erklärt sie, und in ihren Augen funkelt Triumph.

Verständnislos starre ich sie an und sage nichts. In meinem Earpiece höre ich eine Frauenstimme, die sagt, dass die Crew jetzt bereit sei. Riley zeigt ein breites, ansteckendes Grinsen und tritt an die Bühnenrampe, wo sie ihre Ansage beginnt.

Ich weiß, ich sollte mich auf die Tasten konzentrieren, mich auf unseren Song vorbereiten, aber ich kann nicht. Ich bin verloren. Ich stecke in dieser verzerrten Realität fest, die Riley heraufbeschworen hat, in der der Boden unter mir wie in einem Spiegelkabinett nachzugeben scheint. Sie benutzt ihr eigenes Hochzeitskleid als *Requisite*.

Wie sie mich benutzt.

Wenn Riley Teile ihrer Vergangenheit in Gimmicks für die Öffentlichkeit verwandeln will, ist das ihr gutes Recht. Ich bin mir nur nicht sicher, ob ich eines davon sein möchte. Ist es das, was sie jetzt in mir sieht? Monate des Glücks, der Liebe, bei denen sie sichergehen will, dass sie nicht umsonst waren?

Als ich mein Stichwort höre, spielen meine Finger die ersten Takte von »Until You«. Aber mein Herz ist nicht bei der Sache. Ich bemühe mich vergeblich, mich in dem Lied zu verlieren. Und als Riley zu singen beginnt, kann ich sie nicht anschauen.

Ihre Stimme ist herzergreifend, ich spiele perfekt. Aber ich kann ihr einfach nicht in die Augen sehen, wie ich es in dem Video getan habe. Als das zwischen uns noch echt war.

Das hier ist das Gegenteil. Noch nie war sie mir so fremd wie jetzt, da ich sie in dem Kleid meiner kühnsten Träume singen höre.

KAPITEL 10

Riley

Es ist Mitternacht vor dem größten Tag meines Lebens. Die erste Show der Breakup Tour. Ich bin so krass aufgedreht. Alles im Kopf behalten zu müssen, von den Kostümwechseln über die Beleuchtung bis zu den Texten, fühlt sich an, als versuchte ich, die Musik selbst festzuhalten. Nahezu unmöglich.

Ich sitze in meiner Hotelsuite auf dem Boden und versuche, mich zu erden. *Erden.* Die Songwriterin in mir lässt sich sofort ablenken und erörtert instinktiv die metaphorischen Optionen. Flugzeuge? Nein. Blitzableiter. Ich möchte geerdet werden, weil ich mich wie ein Blitz fühle.

Eileen sitzt auf der Couch in der Nähe, während ich die Punkte von meiner To-do-Liste auf dem Handy vorlese. »Das Mikro …«, setze ich an.

Eileen unterbricht mich. »Wird gerade nachgebessert. Keine fehlenden Strasssteine mehr. Vorm Soundcheck ist es fertig.«

Ich nicke. »Und der Gitarrenständer wird dahin verschoben, wo ich es markiert habe, ja?«

Eileen lächelt geduldig. »Riley, alles ist in der Mache. Ich regle das schon.« Gähnend steht sie von der Couch auf. Mein Magen zieht sich vor Angst zusammen. »Du musst dich jetzt nur darum kümmern, genug Schlaf zu bekommen. Dir stehen ein paar lange Nächte bevor.«

Ich antworte nicht und wünschte mir, sie würde bleiben. Aber das ist egoistisch, und natürlich werde ich sie nicht dazu zwingen. Aber ich stecke fest. Morgen muss alles glattgehen. Vielleicht werde ich einen Moment wie diesen nie wieder erleben. Wahrscheinlich nicht. Da ist dieser ganz spezielle Druck, die eigenen Träume zu verwirklichen, ihnen jedes Quäntchen Freude abzuringen. In meiner Aufregung zähle ich die Sekunden.

Noch nichts fühlt sich so richtig an, wie ich es will. Vor allem nicht »Until You«. Was nicht an Max liegt, er spielt es wunderbar. Das ist einfach noch kein Groove zwischen uns. Ich wollte es aber auch nicht zu Tode proben, denn das Problem ist keines, das sich mit Übung beheben ließe.

Unsere Verbindung soll sich echt anfühlen. Natürlich. Und wenn nicht, dann muss ich auf den Schauspielunterricht zurückgreifen, den ich wohl oder übel erhalten habe, während ich mit meinem Ex-Mann seine Texte geübt habe.

Eileen ist an der Tür, und ich blicke auf. »Gute Nacht«, sage ich und fühle mich wie in einem Gefängnis aus Zweifeln eingesperrt. »Du solltest auch etwas schlafen.«

»Das werde ich, wenn du es tust«, sagt sie und wirft mir einen wissenden Blick zu, dann geht sie.

Ich stehe vom Boden auf und sehe auf das riesige Bett. Alle Teilnehmer der Tour haben bis zur Show ein Hotelzimmer, danach steigen wir in die Busse, in denen unsere Sachen auf uns warten. Ehrlich gesagt, würde ich jetzt lieber im Bus sitzen. Dieser Raum ist so bedrückend ruhig und beeindruckend luxuriös. Es ist absurd, aber das sanfte Licht auf dem weißen Marmor macht mich unruhig, die schiere Größe des Zimmers gibt mir das Gefühl, eingeengt zu sein. Hier drinnen fehlt es mir an Inspiration, ich ersticke in den Glaswänden.

Außerdem habe ich den Punkt der Erschöpfung überwunden und bin so zappelig, dass ich mir sicher bin, in meinem gut gemeinten, aber ungemütlichen Hotelzimmer in nächster Zeit keinen Schlaf zu finden. Ich muss aufstehen und etwas tun.

Sogar meine Muskeln machen den Eindruck, sie seien lieber woanders. Ich durchquere das Zimmer, um meine Schuhe zu holen, und gehe der erstbesten Idee nach, die ich habe. Im Flur – von schlichter Eleganz, aber ohne jedes Gefühl – bleibe ich vor Moms Tür stehen. Es war mein Ernst, als ich ihr Filmabende im Tourbus vorschlug, um sie zu überreden, mich auf der Tour zu begleiten. Jetzt wäre die perfekte Gelegenheit.

Ich klopfe ganz leise, um sie nicht zu wecken, falls sie schon eingeschlafen ist.

Und das ist sie, wie ich enttäuscht feststellen muss, als ich keine Antwort erhalte. Ich könnte fester klopfen. Sie einfach aufwecken.

Aber das kommt mir kindisch vor. Ich muss nicht von meiner Mutter bespaßt werden.

Es ist schon komisch – ich möchte nicht dem abgedroschenen Klischee des Poststars entsprechen, der sich keine Sekunde lang mit sich allein beschäftigen kann, und finde gleichzeitig, dass ich ein gewisses Recht darauf habe. Was, wenn ich nie gelernt habe, allein zu sein? Manche Menschen können das eben nicht. Darf ich nicht so sein, wie ich bin?

In letzter Zeit muss ich mich öfter als sonst daran erinnern, dass ich *ich* bin, ein Mensch mit Bedürfnissen, der etwas will, sich langweilt, nervös oder einsam ist. Ich bin gern die RILEY WYNN auf den Plakatwänden, wirklich. Es ist einfach neu – das Gefühl, die Person in der öffentlichen Figur zu sein. Seltsam, mit dreißig komme ich mir viel zu jung vor, um *so weit* gekommen zu sein und mit *so viel* Herzschmerz so viel Ruhm erlangt zu haben, und gleichzeitig zu alt, um vor der Zimmertür meiner Mutter zu stehen.

Ich sollte mich zusammenreißen. Das Grübeln über Unwägbarkeiten ist zum Songschreiben da, nicht für schlaflose Nächte. Ich muss einfach irgendwas *tun*. Diese Tour hat mir Hunderte, ja Tausende von Entscheidungen abverlangt – Setlist, Kostüme, Beleuchtung, alles. Da kommt es auf eine mehr auch nicht mehr an.

Mit neuer Entschlossenheit mache ich mich auf den Weg zum Aufzug. Streng genommen sollte ich wahrscheinlich nicht allein rausgehen. Aber die Rooftop-Bar des Hotels ist nur für Gäste, ohne großen Publikumsverkehr, denn für den Aufzug braucht man einen Zimmerschlüssel. Außerdem bin ich ungeschminkt und trage ein einfaches schwarzes Baumwollkleid, sehe also kaum nach einem Promi aus.

Ich fahre nach oben, nach Sekunden der Stille gleiten die Edelstahltüren auf und heißen mich auf der stimmungsvollen Dachterrasse willkommen.

Es ist schön hier – das Hotel ist für die schneidende Kälte des New Yorker Winters gerüstet. Heizstrahler wärmen die Terrasse, während der leichte Nachtwind, der von der Glasumfassung herüberweht, die Cocktailservietten flattern lässt.

Auf dem Weg zur Bar vermeide ich Blickkontakt mit den Gästen, deren Blicke länger an mir hängen bleiben. Ich habe festgestellt, dass die Leute sich in der Regel nicht trauen, auf mich zuzugehen, wenn ich nicht aufgeschlossen wirke. In den nächsten paar Monaten werde ich ganz für meine Fans da sein. Heute ist mein letzter Abend nur für mich.

An der Bar angekommen, fällt mir ein Mann auf, der ganz am Ende des langen Tresens sitzt. Als er den Kopf hebt, huscht sein Blick über mich hinweg. *Perfekt.*

Er ist etwa in meinem Alter, sein Hemdkragen ist aufgeknöpft, die Ärmel in der Wärme der Heizstrahler hochgekrempelt. Bestimmt auf Geschäftsreise. Versucht, Zeit totzuschlagen, genau wie ich. Er sieht gut aus. Und was noch viel wichtiger ist: Er wirkt interessant. Mit ihm die Nacht zu verbringen, könnte Spaß machen. Am nächsten Morgen aus seinem Zimmer zu schleichen ist der Stoff für Songs, die noch geschrieben werden wollen.

Ich setze mich neben ihn.

Er schaut kurz zu mir herüber, und ich lächle ihm freundlich zu, dehne alte, verkümmerte Muskeln, die ich seit Wesley nicht mehr gebraucht habe. Damals war ich noch nicht annähernd so bekannt, also bin ich mir unsicher, wie ich das jetzt angehen soll. Ich habe noch nie geflirtet, während mein Gesicht auf riesigen Leuchttafeln am Times Square prangt.

Aber natürlich lasse ich mich von meiner Unsicherheit nicht davon abhalten, zu verfolgen, was ich will.

Wobei *wollen* hier vielleicht das falsche Wort ist. Ich bin Single, frisch geschieden und werde die nächsten paar Monate mit meinem Ex in einem Bus verbringen. Ich *brauche* es. »Darf ich dir was zu trinken ausgeben?«, frage ich.

Der Fremde zieht eine Augenbraue hoch. »Müsste ich das nicht sagen?« Seine Stimme ist fest, sicher. Sie passt zu ihm, zu seinen glatten braunen Haaren und dem glatt rasierten Kinn. Er strahlt das ruhige Selbstvertrauen von jemandem aus, der genau das ist, was von ihm erwartet wird. Ich freue mich darauf, ihm das Unerwartete zu geben.

»Hast du aber nicht«, antworte ich.

Sein verlegenes Lachen lässt seine Fassade bröckeln. Ich lächle fasziniert. *Rooftop laughter, no happy-ever-after.* Yes! Ich klammere mich an den hauchzarten Halm der Inspiration. Den werde ich später zu etwas spinnen.

Er schiebt die Hand in die Hosentasche. Wahrscheinlich, um Geld oder seine Karte herauszuholen. Die Szene schreibt sich in meinem Kopf wie von selbst. Er wird mir einen Drink ausgeben. Wir werden

Nichtigkeiten austauschen, vage Zusammenfassungen dessen, was wir hier in der Stadt machen, Zeit mit diesem modernen Balztanz verlieren.

Einer von uns wird sagen: *Langsam wird es spät.* Der andere: *Mein Zimmer ist im fünfzehnten Stock.* Es ist die älteste Geschichte der Welt, aber ich kann ein neues Lied darüber schreiben.

Ich nenne es »It's Getting Late«.

Stattdessen holt er eine schwarze Schmuckschachtel hervor.

Ich reiße die Augen auf. »Du hast es aber eilig«, bemerke ich.

»Morgen mache ich der Liebe meines Lebens einen Heiratsantrag«, erzählt er.

Ich bin nicht verlegen oder enttäuscht. Er hat zwar meinen ersten Songtextentwurf zerfetzt, aber jetzt ist meine Neugier geweckt. Ich beuge mich vor, begeistert von dieser unerwarteten Wendung. »Glückwunsch«, sage ich. »Darf ich dir trotzdem einen Drink ausgeben? Einfach so. Erzähl mir von ihr.«

Leichte Verwirrung steht in seinem Gesicht. »Das brauchst du nicht«, sagt er schließlich.

»Ich bestehe drauf. Ich liebe Liebesgeschichten.«

Er rutscht auf seinem Barhocker hin und her, und das Funkeln der Lichterketten spiegelt sich in seinen Augen. »Tja, unsere ist eine von den guten.«

»Wie heißt sie?«

»Nina«, sagt er zärtlich. Ich bestelle zwei Gläser Wein beim Barkeeper und schiebe eins meinem No-Night-Stand hin. »Willst du sie wirklich hören? Sie ist ganz schön lang«, warnt er mich.

»Na klar«, sage ich. »Nimm's mir nicht übel, aber das ist viel besser, als dich abzuschleppen.« Die Nacht, die ich für uns im Sinne hatte, egal wie leidenschaftlich, wäre in keiner Weise originell. Aber ich erzähle diese Geschichte nicht, ich folge ihr einfach.

Er lacht liebenswert verlegen. Ich stelle mir vor, wie er Ninas Wangen zum Erröten bringt. »Sie war vier Jahre lang die Freundin meines Zimmergenossen auf dem College. Ich konnte den Kerl nicht ausstehen. Ich war nur im ersten Jahr sein Mitbewohner, aber sie kamen schon früh zusammen, also hat sie quasi bei uns mit im Zimmer gelebt. Es war … die Hölle.«

Ich verziehe mitleidig das Gesicht. »Und du warst von Anfang an in sie verliebt?«

Er lächelt sanft. »Immer, wenn sie die Nacht bei uns verbrachte, hat sie mir Cupcakes mitgebracht. Ich bekam mit, welche Filme sie mag, worüber sie gerade recherchierte, wie ihr Tag war. Sie ist so klug und begeisterungsfähig. Natürlich war ich sofort verliebt.« Er trinkt einen großen Schluck, in seinen Augen erkenne ich vertraute Dämonen. Auch »Until You« ist nichts anderes als meine Erfahrung mit einer Sehnsucht, die nie vergeht. »Aber wir waren immer bloß gute Freunde, selbst nachdem ich nicht mehr mit ihrem Freund zusammengewohnt habe.«

Er schweigt, in Erinnerungen versunken, und ich reiße zum Spaß die Augen auf. »Und dann – hast du sie auseinandergebracht?«, frage ich.

Er runzelt die Stirn. In dem Moment fegt ein kalter Windhauch über das Dach und versetzt die Lichterketten in Bewegung. Es ist perfekt, eine Bildsprache, wie ich sie mir beim Schreiben kaum besser hätte ausdenken können. »Ich wünschte, das hätte ich«, seufzt er. »Aber ich dachte, sie wäre sowieso unerreichbar für mich, also habe ich nichts unternommen. Bis sie sich von ihm getrennt hat. Am nächsten Tag stand ich mit Cupcakes vor ihrer Tür.«

Beeindruckt proste ich ihm zu. »Nice.«

Er nickt und wirkt zufrieden mit sich.

»Lass mich raten«, füge ich hinzu. »Das Warten war es wert?«

»Um Gottes willen, nein«, platzt er heraus, um dann zu erklären: »Nein, also, natürlich hätte ich gewartet. Eine Ewigkeit, wenn nötig. *Aber es wäre überhaupt nicht nötig gewesen.*« Sein Blick verrät mir, dass ich einen wichtigen Punkt getroffen habe. »Die Jahre, die ich auf sie gewartet habe, waren keine Brücke in die Zukunft«, sagt er. »Sie waren einfach nur verschwendete Zeit, in der ich nicht mit ihr zusammen war.«

Ich sage nichts, lasse einfach die Worte auf mich wirken. Ich hatte mich schon gefragt, ob wir an diesen Punkt kommen würden, zu dieser Wahrheit. Songwriting kann so einfach sein, wenn man nur zuhört.

Ich tippe mit einem Finger auf die Ringschachtel. »Und deshalb wird jetzt nicht mehr gewartet.«

Er grinst ansteckend. »Genau.«

Ich kippe den restlichen Drink hinunter und stehe auf. »Nicht, dass du es brauchen würdest, aber viel Glück für morgen.«

»Danke. Echt nett, dass wir gesprochen haben, ich bin gleich viel weniger nervös.« Er hält mir die Hand hin. »Ich bin übrigens Jason.«

»Riley.«

Er stockt, seine Hand in meiner. Zu sehen, wie meine Worte bei ihm ankommen, ist ein vertrauter Moment. »Nein«, sagt er.

»Was, nein?«, antworte ich pflichtschuldig.

»Du bist nicht Riley Wynn, oder?« Er hört sich an, als hätte er den Kampf gegen seine Zweifel verloren.

Ich beiße mir auf die Lippe. Das ist Antwort genug. Ich hätte es wissen müssen, schelte ich mich. Ich hätte wissen müssen, dass es mit irgendeiner Variante dieses Dialogs enden würde. Jason wirkt zwar vernünftig, aber das scheinen viele Menschen bis zu einem gewissen Punkt. Ich stelle mich auf den Ausdruck plötzlicher Gier ein, den ich in der letzten Zeit leider viel zu oft sehen musste.

Stattdessen löst er seine Hand aus meiner und schlägt sie sich gegen die Stirn.

»Jetzt habe ich ein schlechtes Gewissen«, stöhnt er. »Nina ist so ein Riesenfan. Ich hatte kurz gedacht, ich hätte dich erkannt, aber na ja, ich bin so aufgeregt wegen morgen, da habe ich nicht weiter drauf geachtet. Wenn sie erfährt, dass ich dich getroffen habe und sie nicht angerufen habe, damit sie ein Foto mit dir machen kann, dann bringt sie mich um. Aber wenn ich sie jetzt anrufe, dann ist meine Überraschung dahin, weil ich behauptet habe, ich wäre auf Geschäftsreise.«

Vor Erleichterung beruhigt sich mein Herzschlag. Ich schnappe mir den Kugelschreiber von hinter der Bar. »Schreib dieser Frau eine Mail«, sage ich, während ich Eileens Kontakt auf meine Serviette kritzle. »Ich spiele hier morgen Abend. Wenn du möchtest, organisieren wir euch ein Meet and Greet.«

Seine Augen leuchten. »Echt? Also jetzt sagt sie ganz sicher Ja.«

Ich muss lachen und freue mich für ihn. Die nächsten Monate werde ich damit verbringen, zerbrochener Beziehungen zu gedenken. Offensichtlich wird es Zeit, zur Abwechslung mal eine zu unterstützen.

»Dann sehe ich euch morgen – dich und deine *Verlobte*«, betone ich vielsagend.

Jason grinst überglücklich. Es ist wirklich süß.

Doch als ich die Bar verlasse, bin ich auf einmal traurig. Die Hoffnung, die ich stellvertretend für ihn empfunden habe, verflüchtigt sich. Ich erinnere mich schmerzlich genau, wie es war, in Ninas Lage zu sein. An den Tag, an dem Wesley mir den Antrag machte. Er war mit mir nach Kroatien geflogen, wo er kurz zuvor noch gedreht hatte, hatte mich mit dem Flug überrascht. Ich weiß noch, wie mir der Wind die Haare zerzauste und ich Ja kreischte. Wie glücklich ich war. Wie sehr ich mich darüber freute, was er für uns tat.

Heute weiß ich, er tat es nur für sich.

Ich steige in den Aufzug und fahre nach unten. Die Spiegel an den Wänden zeigen nur mich. Zum dreizehnten Mal bin ich wieder allein. Bin kein Teil einer Liebesgeschichte, außer denjenigen, auf die ich nur von außen einen kurzen Blick werfe, oder all denen ohne Happy End. Es tut mir weh, wofür ich mich zugleich schäme. Immerhin hat mich mein Liebeskummer an diesen Punkt gebracht, dank ihm sind meine Träume wahr geworden. Ich sollte dankbar sein.

Auf dem langen Flur zu meinem Zimmer lasse ich mir die Ausbeute meiner nächtlichen Herzschmerzjagd durch den Kopf gehen.

Waiting was the worst thing I ever knew
Until I felt having and then losing you …
In meinem Zimmer fühlt es sich nicht mehr still an.

KAPITEL 11

Max

Als ich heute Morgen aufgewacht bin, ging es mir noch gut. Alles war zum Greifen nah, wie die Quinten auf dem Klavier. Ich kann »Until You« auswendig. Die Proben gestern liefen perfekt. Ich brauche Riley beim Spielen noch nicht einmal anzusehen. Solange ich den Song nicht verpatze, wird alles in Ordnung sein. Ich kriege das hin.

Ich, Max Harcourt, würde vor Tausenden Zuschauern im Madison Square Garden auftreten. Klar, ich war ein bisschen nervös, aber im Großen und Ganzen ging es mir gut.

Bis eine Nachricht von Mom auf meinem Smartphone erschien.

Der Link darin kam mir vage bekannt vor, ein Instagram-Account, wo Leute Bilder von Promis einstellen, die sie irgendwo entdeckt haben. Ich habe wirklich keine Ahnung, woher Mom den kennt. Ist aber auch egal, denn das Foto war jedenfalls eindeutig.

Riley sah umwerfend aus. Sie hat eine Art, aus Fotos herauszustechen, die ich noch nie verstanden habe – als ob sie persönlich das Licht krümmt, die Gesetze der Physik sich ihrer unausweichlichen Präsenz beugen. Aber natürlich waren die Fotos nicht deswegen bei Instagram gelandet. Ich erkannte die Location – die Rooftop-Bar unseres schicken Hotels. Das Gesicht des Mannes neben Riley war nicht zu sehen, aber dafür Rileys strahlendes Lächeln, während sie ihm einen Drink rüberschiebt.

Mom hatte mir die Nachricht nicht grundlos geschickt. Ihre Frage unter dem Link war unbeschwert geradeheraus:

Warum gehst du nicht mit Riley aus, wenn sie doch so offensichtlich über ihren Ex hinweg ist?

Ganze vier Minuten stand ich mit vom Schlaf zerzausten Haaren in meinem unpersönlichen Hotelzimmer und hatte keine Ahnung, was ich darauf antworten sollte. Die Bar schwebte über mir wie eine Gewitterwolke. Die Sonnenstrahlen, die durch den Spalt zwischen den Vorhängen hereinfielen und die mir gerade noch einen neuen Tag verheißen hatten, schienen mir auf einmal grell wie die Bühnenscheinwerfer, unter denen ich gestern gespielt hatte.

Schließlich wimmelte ich meine Mutter mit nichtssagender Lässigkeit ab. Und es war nicht einmal gelogen.

Ich bin nicht wegen der Romantik hier, sondern um Musik zu machen.

Ganz sicher nicht, um wieder mit Riley Wynn zusammenzukommen.

Trotzdem ließen mir die Fotos den ganzen Vormittag über keine Ruhe.

Rileys Lächeln blieb in meinem Herzen, als ich in meinem modernen weißen Badezimmer unter der Dusche stand, es begleitete mich, als ich mir in dem überfüllten Bagel-Laden um die Ecke Kaffee und Frühstück holte, und es folgte mir den ganzen Weg zum Stadion. Offenbar sind vier verschwommene Handyfotos von Riley, die mit einem Fremden zusammensitzt, das Einzige, das mich von meinem Lampenfieber ablenken kann.

Ich habe ein schlechtes Gewissen, weil ich mir die Bilder so oft angesehen habe. Riley hat in Interviews immer wieder betont, sie wünsche sich, ihr Liebesleben würde nicht so sehr unter die Lupe genommen. Sie findet es anstrengend, private Entscheidungen nie im Privaten treffen zu können. Sie möchte für ihre Kunst bekannt sein und ärgert sich darüber, dass die Leute sich anscheinend nur für ihre Beziehungen interessieren. Das ist einer der Gründe, warum sie *The Breakup Record* geschrieben hat, wie sie erklärt – um den Leuten ihre Anspruchshaltung und ihre Gier nach Rileys Privatleben unter die Nase zu reiben.

Diese Bilder verletzen ihre Privatsphäre, das ist mir bewusst. Ich will ihnen nicht die Klicks verschaffen, auf die sie aus sind, will dem Drang widerstehen, mir jedes einzelne ganz genau anzusehen, zu wissen, wo sie war, mit wem sie mitgegangen ist, wie sie gelächelt hat.

Aber ich kann nicht. Ich bin machtlos.

Verbittert überlege ich, ob ich mir selbst eine ebensolche Ablenkung suchen sollte. Immerhin bin ich kein Anfänger im Flirten. Ich bin ein Profimusiker – zumindest im Moment –, der bei der angesagtesten Tour des Jahres dabei ist. Ich könnte mich auch in irgendwelchen Armen, zwischen irgendwelchen Laken verlieren und vergessen, welche Gefühle Riley in mir weckt.

Aber das wird nicht klappen, erklärt mir mein pessimistisches Hirn.

Ganz egal, mit wem ich nach Hause ginge, ich würde immer wissen, wovor ich davonlaufe.

Nun sitze ich also im Green Room des Madison Square Garden, und die Fotos lungern wie ungebetene Gäste in meinem Gedächtnis herum. An der Wand hängt ein Bildschirm mit einem Countdown bis Showbeginn, aber ich bin nicht einmal mehr nervös – ich bin frustriert.

Frustriert, weil ich eifersüchtig bin. Ich kann es nicht leugnen, so kindisch und ungerechtfertigt dieses Gefühl auch ist. Während meine Zuversicht heute Morgen noch an unbeschwerte Akkorde erinnerte, fühlt sich das hier so an, wie wenn man ein Stück zum ersten Mal vom Blatt spielt und eine Note übersieht – ein kurzes Zusammenzucken beim unbeabsichtigten Missklang.

Ich weiß, dass es nichts ändern würde, Riley jetzt zu sehen. Sie ist den Großteil des Tages unterwegs, für PR oder irgendwelche anderen Verpflichtungen. Und je länger ich warte, desto mürrischer werde ich.

Der Green Room ist nicht so, wie ich ihn mir vorgestellt habe. Er ist halb Hotelsaal, halb Wohnzimmer für die zusammengewürfelte

Tour-Familie. Auf den Sofas liegen Jacken von Crewmitgliedern, die Tische sind voller Wasserflaschen. Der Boden ist mit sonnengelbem Teppich ausgelegt, an den Wänden hängen gerahmte Fotos zur Erinnerung an legendäre Auftritte, und von einem großen Fenster aus kann man Manhattan überblicken.

Als Riley schließlich hereinkommt, geht es richtig los. Lebhaft telefoniert sie mit ihrem Dad, begrüßt Band und Crew. Dann versorgt sie ihre Follower in den sozialen Medien mit schnellen, ungeduldigen Schnappschüssen vor der Show.

Ich möchte den Blick abwenden, mich auf die Musik, meinen Auftritt konzentrieren.

Aber ich kann nicht.

Sie trägt einen kurzen seidenen Morgenmantel über einem paillettenbesetzten Body, der ihre endlos langen Beine betont. Sie funkelt unter der Deckenbeleuchtung. Ich kann nicht wegschauen, jedes Detail wird mir mit diamantener Präzision in mein hilfloses Herz eingeritzt.

Sie ist umwerfend. Dabei ist es nicht ihr Anblick, der mich am meisten berührt, sondern wie sie strahlt vor Stolz und Aufregung. Sie ist immer bezaubernd, aber wenn sie sich freut, leuchtet sie förmlich.

Ich habe kein Recht, das zu bemerken, rufe ich mir in Erinnerung. *Genauso wenig wie ich das Recht habe, eifersüchtig zu sein.* Die Säure in meinem Herzen ist vollkommen unangemessen. Riley hat zehn Jahre lang andere Männer getroffen, ohne dass es so eine Wirkung auf mich hatte. Ich war selbst mit anderen zusammen und habe mich nicht darum gekümmert, was Riley macht. Also alles wie immer.

Und doch ... irgendwie nicht. Ich werde mit ihr in einem Tourbus reisen. Wird sie jemanden in ihre enge Koje mitnehmen? Oder wäre es noch schlimmer, wenn sie es nicht täte? Jede Nacht, die sie nicht im Bus verbringt, wüsste ich, dass sie bei irgendjemand anderem ist. Riley ist vielleicht der Star hier, aber wenn sie traurige Songs über ihr verletztes, kleines Herz schreiben kann, dann kann ich das auch.

Das ist der letzte Stupser, der nötig ist, damit meine Stimmung von schlecht in elend kippt. Ich hole mir ein Getränk aus dem Kühlschrank im Green Room und verziehe mich in eine Ecke, wo ich zumindest so etwas Ähnliches wie Ruhe finde. Ich muss mich nur so lange zusammenreißen, bis ich vor den jubelnden Fans meiner Ex das perfekte Trennungslied über uns gespielt habe. *Kein Problem.*

»Max, darf ich mich zu dir setzen?«

Eine bekannte Stimme reißt mich aus meiner Grübelei. Rileys Mutter Carrie setzt sich neben mich auf die Couch, auf ihrem sonst so sachlichen Gesicht erkenne ich Mitgefühl. Natürlich nicke ich, obwohl ich keine Ahnung habe, was der Grund dafür ist. Als ich mit Riley zusammen war, habe ich ihre Eltern nur einmal kurz zu Weihnachten getroffen, wobei ich ihre Familie jedoch nicht wirklich kennengelernt habe, weil ich nur Augen für Riley hatte. Wir haben uns einfach bei jeder Gelegenheit davongeschlichen, um unter uns zu sein.

Inzwischen ist mir klar, dass Carrie bestimmt wusste, was wir trieben. Wie dem auch sei, ich habe mich nur selten mit ihr unterhalten.

»Ich weiß nicht wirklich, was ich hier mit mir anfangen soll«, gesteht sie. Sie klingt nicht traurig, sondern einfach nur ehrlich, und vielleicht haben Rileys Songtexte daher ihre Aufrichtigkeit. »Riley braucht mich nicht, und jedes Mal, wenn ich meine Hilfe anbiete, habe ich das Gefühl, dass ich nur einer gut geölten Maschinerie in die Quere komme.«

Ich schaffe es, meinen Blick von Riley loszureißen, und schaue ihre Mutter an. »Braucht Riley überhaupt irgendwen von uns? Sie könnte ganz allein auf die Bühne gehen und das Haus zum Beben bringen.«

Carrie lacht. Ein kurzes, echtes Lachen.

»Trotzdem«, fahre ich fort, »ich glaube, sie ist froh, dass du hier bist.« Ich muss an Riley in ihrem hübschen, einsamen Haus denken. Sie ist nicht gern allein. Auf dem College waren wir gerade mal eine Woche zusammen, als sie anfing, Ausreden zu erfinden, warum sie bei mir übernachten müsse. Es dauerte fünf Tage, bis ich ihr sagte, dass sie keine Ausrede brauchte.

Ich weiß, warum sie unruhig wird, sobald sie allein ist. Sie versucht, die Stille mit Klang, mit Licht, mit Präsenz zu füllen, und diese Anstrengung zermürbt sie. Für Riley ist das Alleinsein wie ein Auftritt vor einem leeren Stadion.

»Ich wusste gar nicht, dass du meiner Tochter noch nahestehst«, bemerkt Carrie neugierig.

Ich rutsche auf meinem Sitz hin und her und werde rot vor Verlegenheit. »Ach«, bringe ich mühsam hervor. »Das tue ich eigentlich gar nicht. Nur, weißt du, als wir noch zusammen waren …« Carrie hat recht. Es ist anmaßend von mir, so zu tun, als würde ich Rileys Gefühle kennen. Genauso anmaßend, wie eifersüchtig zu sein.

»Ich mache nur Spaß«, antwortet Carrie. Sie lächelt amüsiert, weil ich drauf hereingefallen bin, und ich bin erleichtert. »Riley hat mir erzählt, wie sie bei dir in der Seniorenresidenz vorbeigeschaut hat und wie gut sie immer noch mit dir reden kann. Ich finde es sehr reif von euch, dass ihr beide das zusammen angeht, als Freunde. Ihr seid erwachsen geworden, seit ihr euch aus dem Haus geschlichen habt, um in Rileys Auto rumzumachen«, sagt sie leicht sarkastisch.

Eigentlich wäre mir das gerade sehr peinlich, wenn ich nicht so wahnsinnig neugierig wäre, was Riley über ihren Besuch bei Harcourt Homes erwähnt hat. Sie hat gesagt, dass man gut mit mir reden kann? Was noch? Was hat sie erzählt? Was genau waren ihre Worte? Könnte bitte jemand dieses Gespräch transkribieren, damit ich es analysieren kann?

Ich komme nicht dazu, sie zu fragen. Vanessa ruft Rileys Namen, und das erregt meine Aufmerksamkeit.

»Hey, Riley, kommt der heiße Typ von gestern Abend auch zur Show?«

Aus dem Augenwinkel sehe ich, wie Vanessa ihr Handy hochhält. Ich weiß ganz genau, was auf dem Display zu sehen ist. Die erste einer ganzen Reihe von Instagram-Storys.

Riley bringt sie zum Schweigen. »Geht es vielleicht noch ein bisschen lauter?«, fragt sie. »Ich glaube, meine Mutter hat dich nicht gehört.«

Sie lachen zusammen. Ich wäre beeindruckt, wie schnell Riley mit ihrer Band einen freundschaftlichen Ton gefunden hat und sie wie ihresgleichen behandelt, wenn ich nicht so sehr mit dem Thema ihrer Unterhaltung beschäftigt wäre.

»Er kommt«, sagt Riley etwas leiser. »Aber ich hatte nichts mit ihm.«

»Mmm«, brummt Vanessa, offensichtlich nicht überzeugt.

»Wirklich«, beharrt Riley. »So war das nicht. Er bringt seine Verlobte mit. Eileen hat ihnen Karten besorgt.«

Vor Erleichterung wird mir ganz flau. Ich weiß, dass ich ein schlechtes Gewissen haben sollte, aber das ist mir jetzt egal. Riley bringt mich dazu, Siege in Kriegen mit mir selbst zu feiern, die ich nicht führen sollte. Ich lächle auf meine Schuhe hinunter, bis ich Carries Blick auf mir spüre. Sie sagt nichts. Trotzdem weiß ich, dass sie mich beim Lauschen ertappt hat und, noch schlimmer, dass sie mitbekommen hat, wie ich es finde, dass Riley letzte Nacht mit niemandem etwas hatte.

Ich hadere mit der Stille. Soll ich etwas sagen, oder mache ich alles nur noch schlimmer, wenn ich meine Reaktion herunterspiele?

Letztlich ist es Riley, die einen Augenblick später zu uns herüberkommt und das Schweigen bricht. Carrie wirft mir ein verschwörerisches Lächeln zu, bevor sie sich zu ihrer Tochter wendet. »Mom, ich glaube, es ist Zeit, dass du auf deinen Platz gehst«, sagt Riley mit unverhohlener Vorfreude.

Carrie steht auf. Sie umarmt Riley und schaut uns dann an. »Hals- und Beinbruch«, sagt sie. »Ihr werdet das toll zusammen machen.«

An dem scharfen Blick, den sie mir zuwirft, erkenne ich, dass sie noch etwas anderes meint.

Sie folgt einem Crewmitglied nach draußen, und ich bleibe mit Riley in dem überfüllten Green Room zurück. So allein es, umgeben von allen anderen, eben geht.

»Danke, dass du meiner Mutter Gesellschaft geleistet hast«, sagt sie.

»Ach, nichts zu danken«, antworte ich ehrlich. »Es war ... aufschlussreich.«

»Oh-oh.« Rileys Stimme ist fröhlich, unbeschwert. »Was hat sie über mich erzählt?«

»Über dich? Nicht so viel.« Ich ziehe den Augenblick in die Länge, wage es, mit ihr zu scherzen. »Aber was hast du über mich erzählt?«

Rileys Grinsen wird breiter, womit ich nicht gerechnet habe. Dabei hätte ich es wissen müssen. »Oh, eine Menge«, sagt sie fröhlich. »Sag nicht, das überrascht dich, Max. Du warst meine erste Liebe. Ich habe einen ganzen Song über dich geschrieben. Natürlich bist du auch in Gesprächen mit meiner Mutter vorgekommen.«

»Stimmt«, sage ich. »Aber auch vor Kurzem?«

Sie hält inne. Oder stockt. Gelassenheit und Überraschung streiten in ihr wider. Ihre Haare sind frisch blondiert, ihr Make-up spektakulär. Trotzdem bemerke ich, wie sich Rosa auf ihre Wangen schleicht. »Wird Riley Wynn etwa rot?«, frage ich.

Sie lacht, als würde sie sich über ihr eigenes Gefühl amüsieren. Zinnoberrot fällt in diesem Augenblick die untergehende Sonne zum

Fenster herein. Der Effekt ist atemberaubend, als würde die Skyline mit ihr lachen.

»Wow, tatsächlich«, sagt sie.

Ich sehe ihr in die Augen. »Also«, frage ich, »was hast du ihr erzählt, das dich rot werden lässt? Vielleicht, dass man gut mit mir reden kann?«

»Klingt richtig«, antwortet sie.

Ihr leichtes Achselzucken ermutigt mich. Ich freue mich über das Gespräch, diesen spontanen Schlagabtausch mit dem Mädchen, für das ich in meinem Wohnheimzimmer Klavier gespielt habe. Zum ersten Mal auf dieser Tour habe ich das Gefühl, hier richtig zu sein. Riley ist vielleicht für die Bühne geschaffen – ich bin es für Green Rooms.

»Und vielleicht auch, dass es schön war, mich wiederzusehen?«, bohre ich nach.

Riley hebt kaum merklich das Kinn, Widerspruch und Einladung zugleich. »Gut möglich«, sagt sie.

Ich beuge mich etwas weiter vor, um ihr zu zeigen, dass dieses Gespräch trotz des wuseligen Raumes nur für uns bestimmt ist. Ich gehorche der kleinen Stimme in mir, die verlangt, dass ich weitermache – um mir selbst, ihr und allen dahergelaufenen Typen zu beweisen, dass ich immer noch mit ihr flirten kann, wenn auch nur zum Spaß. Ich kann immer noch die Akkorde anschlagen, die wir voneinander gelernt haben, als wir uns kennenlernten.

»Wie wäre es damit«, taste ich mich weiter vor, »dass ich noch attraktiver bin als vor zehn Jahren?«

»Ich bin mir ziemlich sicher, dass das zur Sprache kam, ja.« Riley sieht mir direkt in die Augen.

Auch wenn der Preis dieses Gesprächs immer höher wird, bin ich überrascht. Ich habe ganz vergessen, dass wir gleich auf die Bühne müssen. »Echt?«, frage ich.

Riley verdreht die Augen. Das verlegene Flackern in ihrem Gesichtsausdruck ist ausgesprochen charmant. »Die Jahre haben es gut mit dir gemeint, Max«, sagt sie zu mir. »Du siehst gut aus. Ich schäme mich nicht, das zu sagen. Das ist keine große Liebeserklärung.«

Die Lichter blinken auf, geben das Signal, dass die Show gleich losgeht. Meine Courage schwindet, unser Flirt wird von der Verheißung des Rampenlichts erstickt. »Schon klar«, sage ich, und meine Stimme klingt jetzt wieder nach mir, wie ich es gewohnt bin. »Aber trotzdem danke. Du siehst auch gut aus.«

Gut? Ich verachte mich für meine fade Wortwahl. Auch wenn ich bloß Rileys Worte wiederhole, kommt mir die Untertreibung ungeheuerlich vor. *Du bist Harmonie in Menschengestalt,* könnte ich sagen. Stattdessen bewege ich mich innerhalb der Grenzen, die sie gezogen hat. *Du siehst gut aus.*

Um uns herum bricht Hektik aus. Riley sieht sich voller Tatendrang um, als zwinge irgendeine Urkraft sie, sich dem Zug zur Bühne anzuschließen. Doch dann hält sie inne und dreht sich noch einmal zu mir um. »Max …«, setzt sie an.

Ich warte, gespannt, was jetzt kommt. Doch der Moment ist vorbei, der Gedanke an das erwartungsvolle Publikum treibt uns auseinander.

»Viel Spaß da draußen«, sagt sie schließlich steif. Offensichtlich nicht das, was sie sagen wollte.

Ich nicke enttäuscht. Sie tritt in die Mitte des Raumes und wendet sich an die Band.

Solange ich noch kann, reiße ich den Blick von ihr los, denn ich habe das Gefühl, dass unsere Duette nur dann harmonisch klingen, wenn niemand zuhört.

KAPITEL 12

Riley

Am Ende von »Novembers« glitzert mir Schweiß auf den Armen, und ich fühle mich, als wäre ich einen Marathon durch meine Erinnerungen gelaufen. Ich war komplett in den Song versunken und löse mich nur langsam von der Person, die ich beim Singen war: das Mädchen, das sich von dem Singer-Songwriter verabschiedet, mit dem sie exakt ein Jahr zusammen war.

Sie war siebenundzwanzig und saß in Crescent Heights in ihrem Auto unter einer Straßenlaterne und öffnete die Notizen-App, damit ihr die Zeilen nicht wieder entflogen. Sie war gerade verlassen worden – auf den Tag genau ein Jahr nach der allerersten Nacht mit dem Typen, den sie vor dessen Auftritt im Palladium kennengelernt hatte. Als sie über diese kalendarische Kuriosität nachdachte, hatte sie das Gefühl, dass jeder Anfang nur der Anfang von einem Ende ist. *What's November in love over November in pain? What's November mean when every one's the same?*

Unter dem Jubel der Menge werde ich wieder zu der Riley hier auf der Bühne, die nicht mehr und nicht weniger ich ist als die Riley aus dem Song.

Ich lebe für die Bühne. Ich liebe es, mich wie in einem Kaleidoskop durch Splitter meiner Vergangenheit zu bewegen. Erinnerungen, heraufbeschworen von Gitarrensaiten. Dreiminütige Scheibchen meiner Seele, die ich überstreife wie die Kostüme in meiner Garderobe.

Jeder Song deckt eine vergangene Version von mir auf. Frühere Rileys, die sich verliebt haben, denen das Herz gebrochen wurde. Es spielt keine Rolle, wie viele Tausend Menschen hier vor mir stehen und in voller Lautstärke mitsingen. Meine Hände halten die Gitarre, ich presse das Mikro an meinen Mund, und jeder einzelne Song wird zu einer Zeitkapsel, in der ein Stück meines Herzens liegt.

Als die letzten Töne verklingen, fühle ich mich eins mit all den Menschen um mich herum, der funkelnden Masse an Smartphones, die hoch über die Köpfe gehalten werden. Vor allem aber spüre ich eine Verbindung zu mir selbst.

Das Licht wechselt, und ich stelle meine Gitarre in den Halter, der exakt dort steht, wo ich ihn haben wollte. Mit einem Schluck Wasser sammle ich mich. Ich verabschiede mich von dem Mädchen, das »Novembers« geschrieben hat, schließe die Augen, lasse mich auf die Geräuschkulisse des Stadions ein und bereite mich darauf vor, zur nächsten Riley zu werden.

Jede Bühne bedeutet ein ganz eigenes Spielfeld, mit einer eigenen Atmosphäre und einer eigenen Beziehung zu dem Raum, der sie umgibt. Ich trete an den Mikrophonständer und lasse das Mikro in die Halterung einrasten.

Das Publikum wartet. Ich lächle. »Hat sich euer Leben je von einem auf den anderen Augenblick verändert?«, frage ich.

Sie jubeln, und dieses Brüllen ist die reinste Freude. Genau das soll Popmusik, populäre Kunst leisten. Es geht nicht nur um Vergnügen, es geht um Gemeinschaft.

»Der nächste Song hat mein Leben für immer verändert. Dank euch.« Die Menge jubelt lauter, und ich blicke über das endlose Lichtermeer hinweg.

Das war es wert. Jeder Schmerz, jede Trennung war es wert, weil ich jetzt hier stehe.

»Der Mensch, um den es in diesem Song geht, weiß wahrscheinlich gar nicht, dass er mein Leben zweimal verändert hat«, fahre ich fort. »Einmal, als er mich zum ersten Mal auf einem Klavierhocker küsste, und dann noch einmal, als ich Jahre später an diesen Kuss dachte und mitten in der Nacht meine Gitarre hervorholte, um einen Song zu schreiben.«

Mein Herz pocht. Es ist keine Nervosität, es ist die neue Riley. Sie öffnet sich, entblößt ihre Seele.

Ich weiß, dass Max zuhört, und schäme mich nicht. Wenn man einen Song über den Mann schreibt, der einem vor zehn Jahren das Herz gebrochen hat, schämt man sich für fast gar nichts mehr. Die Verletzlichkeit in meiner Stimme ist keine Bühnenrolle, nicht einstudiert. Sie ist echt.

Und ich merke, wie meine Einleitung im Rund vom Madison

Square Garden funktioniert. Die Zuschauer sind begeistert. Ich höre Jubel, Schreie, sogar Schluchzen. Die Vorfreude schwappt in hitzigen Wellen auf die Bühne zu.

Ich heiße sie willkommen.

Schließlich spreche ich weiter.

»Das nächste Stück heißt ›Until You‹.« Im aufbrandenden Beifall fahre ich fort. »Und ich möchte einen alten Freund zu mir auf die Bühne bitten, um das Stück mit mir zu spielen.«

Erwartungsvoll werfe ich einen Blick über die Schulter.

Max stolpert auf die Bühne. Er wirkt augenblicklich fehl am Platz. Nicht, weil er in seinen Slacks und dem Button-Down-Hemd so überhaupt nicht nach Rockstar aussieht, sondern weil er ein Teil meiner Vergangenheit ist, der in meine Gegenwart tritt, ein Geheimnis, das mit einem Mal für alle sichtbar ist. Ein Name, den ich früher nur geflüstert habe und der nun aus den riesigen Lautsprecherboxen dröhnt.

»Max Harcourt und ich haben mit zwanzig zusammen Musik gemacht«, erkläre ich und habe das Gefühl, als träte ich an einen Abgrund. Die Fans kennen einen Teil unserer Geschichte, doch sie wissen nicht, dass es *unsere* Geschichte ist. Noch nicht. »Er ist bis heute einer der besten Pianisten, mit denen ich je zusammengearbeitet habe, und da dieses Stück auf dem Klavier gespielt werden muss, wusste ich einfach, dass ich es mit Max performen muss.«

Max blickt auf, als das Publikum ihn begrüßt. Das helle Strahlen der Bühnenscheinwerfer spiegelt sich in seinen Brillengläsern. Als wolle er das Rampenlicht lieber reflektieren, als darin zu stehen.

Der Flügel steht am Bühnenrand, der schwarze Lack glänzt, die weißen Tasten bilden einen starken, übersättigten Kontrast. Als Max vortritt, verstummt das Publikum. In diesem Moment empfinde ich zum ersten Mal einen Anflug von Nervosität. Was, wenn es nicht funktioniert? Was, wenn unsere gemeinsame Performance so steif gerät, dass niemand Max wahrnimmt?

Dann setzt sich Max an die Tasten, und sein Blick begegnet meinem.

Ich nicke, und er beginnt mit dem Intro.

Innerhalb weniger Takte verwandelt er sich, wird zu einem völlig anderen Menschen – zu dem Menschen, in den ich mich vor Jahren verliebt habe. Die Gefühle überwältigen mich. Kaum zu glauben, dass sie aus der Vergangenheit kommen, wenn er doch direkt vor mir ist. *Ich bin nicht verliebt,* rufe ich mir in Erinnerung. Ich habe bloß die Zeitkapsel geöffnet.

Er spielt so konzentriert wie anmutig, seine Schultern heben und senken sich, während seine Finger über die Tasten gleiten. Die Haare, die er sich anscheinend hektisch aus der Stirn gekämmt hat, drohen ihm ins Gesicht zu fallen. Den Blick hat er konzentriert auf das Instrument gerichtet. Unter seinen hochgerollten Ärmeln kommen vertraute, muskulöse Unterarme zum Vorschein.

Ich denke daran, wie ich diese Unterarme bewundert habe, wenn er mich mit seinen Händen berührte, und auf einmal scheint mir Klavierspielen zu den sinnlichsten Dingen zu gehören, die ein Mann tun kann.

»*Late nights, new homes*«, stimme ich perfekt in sein Spiel ein. Ich spüre ihn, und ich weiß, dass er mich auch spürt, es ist die Sprache, in der wir uns früher ausgetauscht haben.

Beim ersten Refrain angekommen, schaut er endlich auf. Sieht mich direkt an.

Seine Augen leuchten, und ich bin mir ziemlich sicher, dass es nicht an den Scheinwerfern liegt. Es ist, als könne er den Blick nicht abwenden. Genau diesen Blick hat er mir immer zugeworfen, wenn wir gemeinsam Musik gemacht haben, als wir noch zusammen waren. Diesen Blick kenne ich aus alten Videos von unseren ersten gemeinsamen Auftritten. Es kommt mir vor, als wäre ich im Besitz von etwas Gestohlenem, einer Erkenntnis, die die Umstände mir eigentlich versagen wollten. Seine Finger auf den Tasten sollten mir nicht so vertraut sein. Mein Herz sollte nicht so voll Sehnsucht sein, wenn seine Augen mir verraten, dass er im Traum meine Stimme hört.

Ich wende den Blick von ihm ab.

Während der letzten Takte des Refrains steigt eine glühende Wut in mir auf. Ich sollte mich nicht daran *erinnern*, wie Max aussieht, wenn seine Finger die Tasten liebkosen – ich hätte die letzten zehn Jahre mit ihm zusammen sein sollen. Nicht die Umstände haben es mir versagt, sondern er selbst.

Und dann passiert etwas. Die Riley, in die ich mich verwandle, habe ich bei all den früheren Malen, als ich den Song gesungen habe, nicht so verkörpert wie jetzt. Ich habe eine Erinnerung an sie gespürt, ihren Geist. Sie hat mich in Aufnahmekabinen oder Fernsehstudios auf den traurigen Pfaden von »Until You« begleitet.

Aber erst jetzt ist sie vollständig da, hervorgelockt von dem einzig Neuen bei der heutigen Show.

Max.

Ich bin wieder zwanzig und belade mit freudig klopfendem Herzen mein Auto. Unsere Verstärker, Max' und meinen. Die Gitarre. Das Gepäck, Kleidung für fünfzehn Tage in Nashville. Die Junisonne brannte auf die Auffahrt vor meiner Wohnung hinunter, von der aus wir losfahren wollten, weil sie näher am Freeway lag. Es störte mich noch nicht einmal, wie sehr ich schwitzte. Nichts konnte meine Vorfreude trüben. *Nichts.*

Bloß Max fehlte, der mit seinem Gepäck und natürlich seinem Keyboard zu mir kommen wollte. Ich weiß noch, wie ich bei jedem Auto, das ich auf meiner ganz und gar gewöhnlichen Straße hörte, die gleiche berauschende Hoffnung verspürte.

Damals bedeutete Musik nur Freude für mich. Harmonie. Gemeinschaft.

Nur Liebe.

Irgendwann kam Max dann angefahren. Den Ausdruck, als er in die gleißende Sonne ausstieg, hatte ich auf seinem Gesicht noch nie gesehen.

Er sagte nichts. Und das sagte alles.

Ungläubig starrte ich an ihm vorbei ins Auto. Durch die Fenster des Camry war es unverkennbar. Nirgendwo war Gepäck zu sehen. Kein Keyboard. Das Herz schlug mir bis zum Hals.

»Was ist los?«, brachte ich heraus.

»Es tut mir so leid«, setzte Max an. Es schockierte mich, dass kein *Baby* oder *Liebling* folgte, die Kosenamen, die er seit ein paar Monaten schüchtern benutzte. Sie waren so typisch für ihn. Nichts Übertriebenes, aber von Herzen.

»Ich komme nicht mit«, fuhr er fort.

»Warum?«, stieß ich hervor.

Hier im Scheinwerferlicht des Madison Square Garden schäme ich mich noch immer dafür, wie schnell ich nach Erklärungen suchte. *Hoffentlich ist nichts mit seiner Familie.* Oder: *Vielleicht hat er sein Keyboard fallen lassen, und es ist in tausend Teile zerbrochen.* Oder …

Dann gingen mir die Alternativen aus. *Nichts davon war es,* ruft mir meine fiese innere Stimme zu. *Es lag an dir, Riley. Er wollte dich nicht mehr.*

»Ich muss hierbleiben. Ich muss Harcourt Homes übernehmen«, erklärte er.

Die Schwere in seiner Stimme verriet mir, was seine knappe Erklärung nicht preisgab. Er behauptete nicht, dass das Dach einstürzen oder das Geld ausgehen würde oder die Bewohnerinnen und Bewohner randalieren würden, wenn er, Max Harcourt, in diesem Sommer nicht persönlich mit ihnen Bingo spielte. Er meinte nicht, dass das Heim ihn brauchte. Er meinte, dass er das Heim brauchte.

»Ich kann nicht …« Er suchte nach den richtigen Worten. »Ich bin … nicht dafür geschaffen, mit dir Musik zu machen. Das … passt einfach nicht zu mir«, sagte er.

Es war seine Entscheidung. Natürlich hatte er das Recht, das Leben zu führen, das er wollte. Er ist, wer er ist, und er traf seine Wahl nicht, um mich zu ärgern. Und deshalb habe ich mich die letzten zehn Jahre nicht damit aufgehalten, ihn zu hassen.

Und doch war ich – vielleicht egoistisch, wie mir jetzt klar wird – verletzt. Es war ja nicht so, als hätten wir einfach gemerkt, dass wir nicht zueinander passten. Ich fühlte mich zurückgewiesen. Es verletzte mich, dass der Mann, in den ich bis über beide Ohren verliebt war, plötzlich bemerkt hatte, dass ihm all das, worauf ich hoffte, wovon ich träumte, nichts bedeutete.

Ich tat etwas, das mir seitdem nicht mehr oft passiert ist. Ich brach in Tränen aus. »Bitte, Max«, schluchzte ich. »Wir planen das seit Monaten.«

Er schüttelte den Kopf.

»Ich kann nicht«, sagte er.

Nicht: *Ich will nicht.* In *Ich will nicht* hätte ich noch Hoffnung finden können. *Ich will nicht* kann sich in *Vielleicht* verwandeln, eines Tages sogar in *Ja.*

Ich kann nicht war endgültig.

Oder vielleicht auch nicht. Denn hier ist er und entlockt den Tasten Wunder, genau wie ich es von ihm erwartet habe. *Ich kann nicht.* Monatelang hatte Max mein Herz mit drei kleinen Worten erfüllt. Mit drei anderen zerschmetterte er es, und ich glaubte, es ließe sich nie wieder kitten. Das hier, zusammen auf Tour zu gehen, war vor zehn Jahren unser Plan. Doch erst jetzt sind wir hier.

Und zwar nicht, weil er unseren alten Traum wiederaufleben lassen möchte. Nein, er möchte nur einmal kurz mein Leben anprobieren und dann nach Hause zurückkehren.

Ich ging damals allein auf unsere Nashville-Tour, stieg in dem unaussprechlich schäbigen Hotelzimmer ab, das ich mir mit Max hätte teilen sollen, und lenkte mich mit einer anstrengenden Folge von Auftritten von der entsetzlichen Einsamkeit ab.

Die unerwartet freie Zeit nutzte ich, um neue Songs zu schreiben – meine ersten Trennungssongs. Ich schrieb tagsüber einen kompletten Song, führte ihn am gleichen Abend vor dem kleinen Publikum aus Stammgästen auf und wiederholte den Prozess am nächsten Tag mit etwas Neuem.

Diese elende Routine hatte einen bemerkenswerten Effekt. Meine Trennungssongs kamen beim Publikum am besten an. Während sie zu meinen Up-Tempo-Hymnen auf die jugendliche Freiheit nur abwesend mit dem Kopf nickten, konnte ich sehen, wie sich ihre Gesichter veränderten, sobald ich die kummervollen Akkorde anschlug.

Ich ging vollständig darin auf. Mit wildem Eifer schrieb ich weitere Songs, immer diente Max mir als Inspiration. Ich brachte meine Gefühle auf die Bühne, coverte jeden traurigen Song in meinem Repertoire. Es funktionierte, Abend für Abend.

Es funktioniert seit zehn Jahren.

Ich hatte eine unbestreitbare Wahrheit entdeckt: die schreckliche, mächtige Magie eines gebrochenen Herzens.

Das war Max' düsteres Abschiedsgeschenk. Indem er mir das Herz herausriss, erfand er meine ganze Beziehung zur Musik neu und bestätigte mir, was ich bisher nur geahnt hatte: Was dich nicht umbringt, macht dich zu einer besseren Songwriterin.

Die Musik ist nicht länger bloß mein Stolz. Sie ist mein erster Impuls, wenn es mir schlecht geht. Dann greife ich instinktiv nach meiner Gitarre und spanne die Saiten, damit sie dem Schmerz in meiner Brust Ausdruck verleihen. Die Musik ist der Liebhaber, zu dem ich immer kommen kann, mit meiner Traurigkeit ebenso wie mit all meiner Leidenschaft.

Diese Instinkte habe ich Max zu verdanken und der Musik, die wir nie zusammen gemacht haben.

Was für ein Vermächtnis.

In den wenigen Augenblicken, die den Refrain von der Strophe trennen, hat mich ein emotionaler Wirbelsturm mitgerissen. Der Madison Square Garden wird von Max' Klavierspiel erfüllt, die Töne durchdringen die Dunkelheit. Wenn ich noch wütender werde, wird mein Zorn meine Performance beeinträchtigen. Ich wende ihm den Rücken zu. Ich kann das Lied nicht zu Ende bringen, solange ich die Erinnerung an die verlorenen Blicke direkt vor mir habe.

»*Little lights, close hearts*«, singe ich in die Menge und bin von mir selbst enttäuscht. Ich habe Max mit auf Tour genommen, um den Mythos des Songs zu zelebrieren. Die Fans sollten sehen, wie die Musik vor ihren Augen zum Leben erwacht, spüren, wie die Lyrics sich in die Realität einschreiben. Aber wenn ich ihn beim Singen nicht einmal ansehen kann, könnte ich auch allein auf der Bühne stehen.

Beim zweiten Refrain hole ich alles aus mir heraus. Ich bin *Riley Wynn*. Ich spiele im Madison Square Garden. Ich bin nicht so weit gekommen, weil ich mich leicht entmutigen lasse. Als Max mir das Herz herausgerissen hat, bin ich nicht zusammengebrochen – nein, ich habe mich auf der Bühne neu erfunden.

Ich lasse mir diesen Abend, den Auftakt zu meiner Tour, nicht ruinieren, weil ich meinen Groll nicht unter Kontrolle habe. Ich muss nach vorn blicken.

Als ich aus Nashville zurückkam, war ich Single. Ich erinnere mich noch an den Schock, als mir klar wurde, dass mein Stolz meinen Kummer überwog. Selbst wenn ich Max nicht mehr hatte, so hatte ich doch mich. Mein Talent. Meine Stimme. Ich hatte Geschichten – traurige Geschichten, die ich nun auf fesselnde Weise zu erzählen lernte.

Ich hatte angefangen, die Songs zu leben, mit denen ich mir einen Namen machen würde, und ich hatte nicht vor, damit aufzuhören.

Beim Singen muss ich mir immer wieder klarmachen, dass Max Harcourt nicht meine große Liebe ist. Er ist bloß ein großartiger Song.

KAPITEL 13

Max

Auf der Fahrt nach Ohio verkrieche ich mich in meiner Koje.

Noch Stunden nach dem Ende der Show feiert die Band in Rileys Bus. Durch den dünnen Vorhang höre ich, wie sie sich bei Drinks Tour-Anekdoten erzählen. Sogar Carrie feiert mit. Vor allem Rileys Stimme, ihr ausgelassenes Lachen, dringt – wie immer – an meine erschöpften Ohren.

Bei unserem Auftritt hat sie gestrahlt. Und deswegen bin ich jetzt hier anstatt mit da draußen. Ich konnte den Blick nicht von ihr abwenden, von ihren Lippen, die jede Zeile formten, von ihrem Kleid, das unter den Scheinwerfern funkelte.

Ich musste sie einfach ansehen, auch wenn sie nicht für mich sang. Sie sang unseren Song für die Fans, die jede Zeile mitsingen konnten. Es war schon vorher komisch, zu wissen, dass alle unsere Geschichte hören würden. Doch es zu erleben war noch einmal etwas ganz anderes.

Ruhelos schaue ich aus dem schmalen Fenster meiner Koje. Draußen ist es stockdunkel, unter uns gleitet sanft die Straße vorbei, das schwere Fahrzeug federt jede Unebenheit ab. Mein Blick wird von einem Teil des Schriftzugs auf der Außenseite des Busses versperrt. Rileys Name. Die lange schräge Linie auf der linken Seite des großen *W*.

Ich wälze mich auf meiner Decke hin und her, unschlüssig, was ich mit mir anfangen soll. Ich habe keine Lust, mich der Party anzuschließen.

Ich muss nachdenken. Es ist nicht nur die Erfahrung, »Until You« in der Masse zu erleben, die mir durch den Kopf geht, sondern auch Riley dabei zusehen zu müssen, wie sie die anderen Songs des Albums gesungen hat. Songs über andere Typen, die ihr nahestanden. Ich habe die echten Emotionen in jedem Song gespürt, habe ihr den jeweiligen Liebeskummer angesehen. Und da habe ich verstanden: Unser Song ist nichts Besonderes. Er hat nur zufällig die Hitmelodie abbekommen.

Ich höre, wie die Tür zu dem kleinen Bad aufgeht. Schritte kommen näher, dann wird mein Vorhang zurückgezogen. Vanessa grinst mich an. Sie hat immer noch den dicken Eyeliner aufgetragen, die offenen Haare sind zerzaust von dem wilden Abend am Schlagzeug. »Weißt du, es ist echt nicht leicht, sich in einem Bus vor einer Party zu verstecken«, sagt sie. »Beeindruckend.«

Ich lächle huldvoll, weil ich nicht zugeben will, dass ich es in Rileys Nähe gerade nicht aushalten würde. »Ich bin erschöpft«, sage ich stattdessen. »Dabei habe ich doch nur einen Song gespielt.

Ich verstehe nicht, wie ihr euch noch auf den Beinen halten könnt.«

»Glaub mir, ich bin fix und fertig«, erwidert sie. »Aber ich bin noch viel zu aufgedreht.«

Sie klopft zum Abschied an meine Koje, lässt den Vorhang offen und geht zurück zur Party. Jetzt kann ich den Blick auf die Feierlichkeiten kaum vermeiden, sehe meine Musikerkollegen feiern, als könne sie nichts aufhalten.

Ich wende mich ab. Die Dunkelheit vor meinem Fenster ist tröstlich, sie erwartet nichts von mir. Ich bin nicht aufgedreht. Ich bin … Ich weiß auch nicht. Aber ich weiß, was ich brauche, um es herauszufinden: Zeit. Und Abstand zu Riley.

Riley, die heute Abend gesungen hat, als wäre sie über diese zwölf Trennungen noch immer nicht hinweg, die Tausende Menschen dazu gebracht hat, sich in sie zu verlieben. In der Mythologie gibt es Sirenen, die die Seeleute mit ihren betörenden Stimmen gegen gefährliche Felsen locken. Mir kommt es so vor, als hätte ich heute im Madison Square Garden eine singen hören – in ihrem alten Brautkleid. Ich kann Riley unmöglich ansehen, ohne dabei vollkommen gefesselt zu sein, ich muss alles tun, was ich kann, um in ihrer Nähe zu bleiben.

Bin ich heute Abend gern aufgetreten? Oder bin ich nur gern *mit ihr* aufgetreten?

Ich weiß es nicht.

Es ist frustrierend. Ganz unabhängig von der finanziellen Situation von Harcourt Homes wollte ich mit dieser Tour ja herausfinden, ob ich es bereue, meine Musikkarriere aufgegeben zu haben. Ich hatte gehofft, das Rampenlicht würde die letzten dunklen Ecken dieses Rätsels ausleuchten.

Stattdessen befürchte ich, dass diese Tour nichts weiter beweist, als dass ich mich auch nach zehn Jahren noch allzu leicht von ihr verzaubern lasse.

Ich spüre, wie der Bus langsam abbremst. Von draußen fällt das grelle Licht eines Tankstellenschilds herein. Die Party wird unterbrochen, und alle stürmen in den hell erleuchteten Shop. Als sie wieder herauskommen, bringen sie Plastiktüten mit Cheetos, Lakritzstangen, AriZona-Eistee und Hostess-Küchlein mit. Als wären sie keine Rockstars, sondern Teenager auf Klassenfahrt.

Sie steigen in ihre eigenen Busse um, wahrscheinlich um zu schlafen. Es ist schon nach drei.

Als wir wieder losfahren, ist es still. Nur noch Carrie, Riley und ich. Ohne die Band kommt mir der Bus irgendwie kleiner vor. Nicht intimer – klaustrophobischer. Die Enge erdrückt mich, auf den Schrankoberflächen spiegelt sich das grelle Deckenlicht.

Ich bin mir Rileys Nähe nur allzu bewusst. Sie und ihre Mom fangen an, die Überreste der Party einzusammeln, werfen Becher in Müllsäcke.

Ich klettere aus meiner Koje, um ihnen zu helfen. Es beeindruckt, wundert mich jedoch nicht, dass Riley Wynn immer noch selbst aufräumt. Sie schaut mich überrascht an, ihre Haare sind glatt von getrocknetem Bühnenschweiß, ihre Augen leuchten. Sie wirkt erschöpft und als könne sie noch tagelang aufbleiben zugleich.

»Ich dachte, du schläfst«, sagt sie. »Du brauchst nicht aufzuräumen. Das ist ja nicht dein Müll.« Ihre Stimme ist rau, anscheinend machen sich die Strapazen jetzt doch bemerkbar. Unwillkürlich erinnere ich mich daran, wie sexy sie immer klang, wenn wir von unseren frühen gemeinsamen Auftritten zurückkamen.

»Macht mir nichts aus«, sage ich und meine es so. Ich wische Chips von der Ledersitzecke in die nächste Mülltüte.

Es ist still, oder so gut wie still, nur das Surren der Straße unter uns erinnert uns daran, dass wir in Bewegung sind. Irgendwann gähnt Carrie.

»So lange war ich nicht mehr auf, seit du mit sechzehn nicht wie abgemacht nach Hause gekommen bist«, sagt sie zu ihrer Tochter.

Ein Ausdruck der Reue huscht über Rileys Gesicht, aber nicht wegen der gebrochenen Abmachung. »Geh schlafen, Mom«, sagt sie, als sei ihr gerade erst wieder eingefallen, dass ihre Mutter Nächte wie diese nicht gewohnt ist.

»Wir sind hier noch nicht fertig«, widerspricht Carrie und deutet auf die Schnapsflecken auf dem Tisch.

Riley richtet sich auf und zieht streng die Augenbrauen hoch. »Ich bin keine fünf mehr. Ich kann meinen Dreck selber wegmachen.« Carrie zögert, und Riley nimmt ihr den Müllsack aus der Hand. »Ich schicke dich ins Bett.« Riley deutet in den hinteren Teil des Busses.

Carrie lacht. »Du kannst deine eigene Mutter nicht ins Bett schicken.«

»Kann ich wohl, mein Name steht auf dem Bus«, gibt Riley zurück. »Da fällt mir ein, wir müssen uns ein System überlegen. Wir drei.«

Ich bin gerade dabei, Papierservietten einzusammeln, stocke, weil ich nicht damit gerechnet habe, in diese Unterhaltung einbezogen zu werden. »Ein System wofür?«, frage ich.

»Falls wir jemanden in den Bus mitbringen möchten«, erklärt sie.

Hitze steigt mir in die Wangen. Ihre Unbekümmertheit hat die gleiche Wirkung auf mich wie ihre Songs. Sie gewährt Einblick in Orte, die ich lieber nicht erkunden möchte. Auf einmal finde ich den Fleck auf dem Tisch äußerst interessant.

Carrie sieht ihre Tochter ernsthaft verwundert an. »Wozu sollten wir jemanden mitbringen wollen?«

»Zum Spaßhaben«, sagt Riley. Ihre euphemistische Wortwahl ist wenigstens eine kleine Gnade. »Schließlich sind wir auf Tour!«

Ich wische den Fleck weg und denke darüber nach, dass keine meiner Erwartungen an diese Tour beinhaltete, mit meiner berühmten Ex-Freundin und ihrer Mutter ein Abschlepp-System zu besprechen. Vielleicht sollte ich Frank bitten, kurz anzuhalten und mich rauszulassen. Ich könnte einfach bis Ohio laufen. So weit kann es ja nicht sein.

In den erschöpften Tiefen meines Geistes kommt mir wieder in den Sinn, dass ich den Tag mit Fotos von Riley und einem Fremden begonnen habe, den sie gerade erst kennengelernt hatte und mit dem sie möglicherweise hätte Spaß haben können. Jetzt – mehrere Staatsgrenzen weiter, kurz vor Morgengrauen – fühle ich mich wieder genauso. Werden diese Gefühle denn nie nachlassen?

»Riley Eleanora Wynn«, japst Carrie, halb im Ernst. »Ich bringe ganz sicher niemanden *zum Spaßhaben* mit in den Bus. Ich gehe schlafen.«

»Klebeband an der Tür«, verkündet Riley, ohne den Abgang ihrer Mutter zu beachten. »Das ist das Zeichen. Ich lasse es hier neben der Treppe.«

»Gute Nacht, Max«, antwortet Carrie.

Ich kann mir ein leises Lachen nicht verkneifen, als Carrie die Tür hinter sich schließt.

Der Riegel schnappt zu, und in der Stille des fast schon wieder ordentlichen Wohnbereichs bin ich allein mit meiner Ex, die vorhat, Klebeband an der Tür anzubringen. Sie ist entwaffnend fröhlich, räumt methodisch weiter auf, noch immer ein Lächeln auf dem Gesicht.

Eine Weile sagt keiner von uns etwas, dann fragt sie: »Hat dir die Show gefallen?«

Der Kontext der Frage macht mich nachdenklich. Sie hat sie wahrscheinlich schon unzähligen Fans, vielleicht sogar Ex-Freunden gestellt und damit etwas völlig anderes gemeint. Das Gleiche hätte sie mich gefragt, wenn ich ihr Konzert besucht hätte. Dieser Gedanke, dieser deplatzierte Dialog wie aus einem Paralleluniversum, erinnert mich daran, dass wir bis letzten Monat überhaupt nichts miteinander zu tun hatten.

»Unser Song, meine ich«, stellt Riley klar, als hätte sie meine Gedanken gelesen. Das wäre nicht das erste Mal. »Wie fandest du unseren Auftritt?«

Das führt mich zu dem Rätsel zurück, über dem ich in meiner Koje gebrütet habe. »Wie ich es fand?«, wiederhole ich. »Ich weiß nicht. Aber es gab einen Moment, als das ganze Stadion den Text mitgesungen hat. Da habe ich … eine Verbindung gespürt.«

Riley grinst breit. »Unglaublich, oder?« Ihr Lächeln ist heller als der Mond, der schwach hinter dem beklebten Fenster zu sehen ist.

Ich nicke, und mit der kleinen Bewegung ist das Gefühl nicht mehr zu leugnen. *Es war wirklich unglaublich,* höre ich eine tiefe, drängende Stimme in mir. Vielleicht liegt es daran, dass es so spät ist, dass ich dank Adrenalin und Erschöpfung alle Vernunft längst hinter mir gelassen habe, vielleicht liegt es auch daran, dass Riley schon immer meine Gefühle aus mir hervorgelockt hat. Was auch immer es ist, es bringt mich dazu, die Stille zwischen uns erneut zu brechen.

»Das Kleid«, sage ich. Dieses Thema anzuschneiden fühlt sich ungefähr so an, wie vorhin auf die Bühne zu treten. »Fällt es dir wirklich nicht schwer, es anzuziehen? Tut dir das nicht weh?«

Ob sie wohl die versteckte Botschaft in meiner Frage hört, ob sie versteht, dass ich sie nicht nur nach dem Brautkleid frage? Sondern … nach allen Songs. So viele gescheiterte Beziehungen, die in stadiontaugliche Lyrics gegossen sind. So wie ich. Wie schafft sie es, sich jeden Abend aufs Neue ihrem Schmerz zu stellen? Wie schafft sie es, jede Verletzung zu tragen wie eine Krone?

Riley beugt sich über die Arbeitsplatte und reibt sich abwesend die Handgelenke. Die Erschöpfung in ihrem Gesicht ist kaum zu übersehen. »Natürlich tut es weh«, sagt sie.

Dieses Geständnis beruhigt mich auf gewisse Weise, beweist es mir immerhin, dass nicht alles nur Show ist – dass wir nicht nur Requisiten sind. Denn wenn der Schmerz echt ist, dann war auch die Liebe echt. Wenn sie den gleichen Verlust empfindet wie ich, dann hat sie auch die gleiche Liebe empfunden wie ich. Zugleich fühle ich mich schuldig, dass ihr Kummer mich erleichtert.

»Es war nicht der Plan, dass *das hier* das Vermächtnis dieses Brautkleids sein würde«, fährt sie fort. »Ich habe wirklich geglaubt, er und ich könnten es schaffen.«

Unwillkürlich wende ich den Blick ab. Ich wünschte, da wären noch mehr Schnapsflecken, um die ich mich kümmern muss, aber der Tisch ist blitzsauber.

»Ich wusste, dass Wesley und ich nicht füreinander geschaffen waren«, sagt sie. »Aber ich wollte unbedingt, dass es klappt. Und falls nicht, wusste ich zumindest, dass daraus ein verdammt guter Song entstehen würde.«

Bei ihren Worten hebe ich ruckartig den Kopf. Mir ist selbst kaum bewusst, wie heftig meine Antwort klingt. »Ach so? Ist das Grund genug, um jemanden zu heiraten? Für einen Song?«

Riley zuckt mit keiner Wimper. »Ja.«

Sie stemmt die Hand in die Seite, dort, wo Mary Olivers Worte stehen. Mit meinen Fingern bin ich die Schrift entlanggefahren, im Bett in meinem Wohnheimzimmer. *Who ever made music of a mild day?*

»Ich muss leben – *wirklich* leben –, um schreiben zu können«, beharrt sie. Ihre Stimme klingt nach mitternächtlichen Entscheidungen, getroffen in schlaflosen Nächten, nach Worten, die sie sich selbst immer wieder sagen musste, als sie ihr einziger Halt waren.

»Du bist mehr als deine Musik, Riley«, erwidere ich. Es klingt genau so, wie ich mich fühle, halb zärtlich, halb genervt. »Wir alle sind mehr als Musik.«

»Weiß ich doch«, sagt sie, nicht beleidigt oder abwehrend, eher, als hätte sie diese Diskussion mit sich selbst auch schon geführt. »Aber es geht nicht nur um die Musik. Wenn ich in meinem Leben nicht nach Inspiration suchen würde, dann wüsste ich nicht, ob ich überhaupt lebe. Der Stoff für großartige Songs sorgt für ein großartiges Leben.«

Ich weiß nicht, was ich sagen soll. Oder vielmehr, ich will nicht aussprechen, was mir auf der Zunge liegt. Obwohl ich an die Stille gewöhnt bin und mich manchmal sogar über ihre unerwartete Beständigkeit freue, misstraue ich der steifen, abwartenden Leere, die jetzt den Tourbus erfüllt.

Ich will Riley nicht vorschreiben, wie sie ihr Leben führen oder wie ihre Beziehung zur Musik aussehen soll. Darin bin ich wahrlich kein Experte. Eigentlich bin ich nur hier, weil ich die Zweifel zerstreuen wollte, die ich nicht mehr ignorieren konnte, weil ich mir meine abgelegten Träume überstreifen wollte, um zu sehen, ob sie noch passen.

Und schon gar nicht kann ich das letzte Wort über das Songwriting haben. Als ich meinen Weg ging, in die schwüle Starre des Valleys, ging Riley ihren – auf ihre eigene Reise, um ihr Leben mit ihrem Gesang zu verflechten.

Dennoch hoffe ich, dass sie sich im Dienst der Musik nicht selbst verliert. Dass ihr Leben ihre Lieder inspiriert, ist eine Sache. Dass ihr Leben zu ihren Liedern *wird*, eine ganz andere.

»Fragst du dich manchmal, wo wir heute sein könnten, wenn du in dem Sommer mitgekommen wärst?«, fragt sie. Auf der Bühne ist ihre Stimme explosiv, wie ein Vulkan, überall. Aber jetzt ist sie das genaue Gegenteil. Unverhüllte Ehrlichkeit.

Sie mustert mich aufmerksam. Falls sie mich mit dem rhetorischen Stachel ihrer Frage zum Schweigen bringen wollte, muss ich sie wohl enttäuschen.

»Ja«, sage ich. »Ständig.«

Was, wenn ich mit auf die Tour gekommen wäre, die wir zusammen geplant hatten? Wenn ich die letzten zehn Jahre in der Umlaufbahn ihrer Sonne gekreist wäre? Wie wäre mein Leben jetzt? Allein über die Möglichkeit nachzudenken, fühlt sich an, als würde ich einen kurvigen Highway überblicken. Bis zu einem gewissen Punkt kann ich ausmachen, wie die Straße verläuft, aber irgendwann nicht mehr. Wenn ich diese Reise als Rileys Beifahrer angetreten hätte, weiß ich nicht, ob es mir noch wichtig wäre, welche Windungen unser Weg nimmt.

Ihr Gesichtsausdruck verrät mir, dass sie mich versteht.

Verletzlichkeit spricht aus den leicht bebenden Lippen, den trotzig hochgezogenen Schultern. Wie sie hier eingerahmt zwischen den Küchenschränken steht, kann man leicht vergessen, dass sie die junge Frau ist, die fünfzehn Meter hoch über dem Sunset Boulevard prangt.

Mein Geständnis macht sie nicht glücklich. Natürlich nicht. Es reißt bloß alte Wunden auf, wie es nicht einmal ein Song kann. Wir können die Zeit nicht zurückdrehen oder unser Leben umschreiben. Diese Tour ersetzt nicht diejenige, die wir vor zehn Jahren hätten antreten sollen.

Ich weiß noch, wie ich mich erklärte, in ihrer Auffahrt an dem Morgen, als wir nach Nashville aufbrechen wollten. Oder vielmehr, mich zu erklären versuchte. Das schlechte Gewissen plagte mich. Ich wusste, wie sehr ich Riley wehtun würde, aber ich musste es tun. Ich hatte keine Angst vor der Verbindlichkeit oder der Bühne. Ich konnte einfach immer weniger mit mir selbst vereinbaren, mich in das Leben zu stürzen, das Riley sich wünschte.

Sie flehte mich an mitzukommen. Sie weinte. Ihre Stärke lag noch nie darin, ihre Gefühle zu unterdrücken. Im Gegenteil, sie fühlte alles und fand immer einen Weg aus Schmerz und Schwierigkeiten.

Unter der unpassend strahlenden Sonne konnte ich sehen, wie Riley sich zusammennahm, die zerbrochenen Teile zu neuer Entschlossenheit zusammensetzte.

»Tja«, sagte sie schließlich. »Dann fahre ich wohl ohne dich nach Nashville.«

Rileys Entschlossenheit war schon immer stark genug, um Enttäuschungen zu widerstehen.

»Lass uns reden, wenn du wieder da bist«, antwortete ich schwach.

Riley nickte nur. Ich brauchte keinen Lyrikkurs zu belegen, um die Bedeutung dieser stillen Geste zu verstehen. Und ehrlich gesagt, wunderte es mich auch nicht. Ich hatte in meinem uneleganten Auftritt existenzieller Unsicherheit den Sommer, von dem sie geträumt hatte, unter meiner Sohle zermalmt. Natürlich hätte ich damit rechnen müssen, dass sie nach ihrer Rückkehr nichts mehr mit mir zu tun haben wollte.

Und doch machte ich mir Hoffnungen.

Ich wartete fünfzehn Tage, so lange, wie die Tour geplant war. Und wartete weiter. Masochistisch verfolgte ich sie auf Social Media. Ich sah die Ankündigung ihres Auftritts im Palladium, nur fünfzehn Minuten Autofahrt von Harcourt Homes entfernt. Sie war zurück aus Nashville, aus meinem Leben jedoch war sie verschwunden.

Ich versuchte nie, Kontakt aufzunehmen. Ich hatte kein Recht dazu. Ich war derjenige, der sie verletzt hatte, und sie zeigte keinerlei Interesse an Vergebung. Was sie wollte, war bei unserem letzten Gespräch auf ihrer Auffahrt deutlich geworden, so grell wie Scheinwerfer, so brüllend wie Lautsprecher.

Ich wusste ohne jeden Zweifel, dass ihre Entscheidung gefallen war. Für uns gab es keine Hoffnung mehr, nicht so, wie wenn wir uns übereilt getrennt hätten, weil irgendwelche Nichtigkeiten wie Missverständnisse uns auseinandergebracht hätten. Als Riley zurückkam und sich nicht bei mir meldete, wusste ich, dass sie ihre Wahl ohne Vorbehalte und ohne Reue getroffen hatte.

Irgendwie war mir das recht. Wenn mein Schmerz unvermeidlich war, machte ihn das auf seltsame Weise erträglicher.

Zumindest redete ich mir das ein.

Hier und jetzt frage ich mich, ob ich in den letzten zehn Jahren wirklich nur aus Respekt vor Rileys Entscheidungen geschwiegen habe. War es vielleicht auch aus Bequemlichkeit? War es vielleicht aus Angst?

Rileys Wiederauftauchen in meinem Leben hat die Tür der Zweifel aufgestoßen. Und das ist schrecklich, denn egal, was ich finden würde, wenn ich die Tür weit aufrisse, könnte ich doch die Vergangenheit nicht ändern. Keiner von uns kann ändern, was geschehen ist. Ich habe sie verloren. Riley wurde zu *Riley Wynn*. Tränen flossen. Jahre vergingen. Am Ende blieben uns nichts als Bedauern und ein unsterblicher Song.

Langsam stehe ich auf, denn ich weiß, wir sind wortlos übereingekommen, dass diese Unterhaltung beendet ist. Als ich auf dem Weg in den Gang an ihr vorbeikomme, nehme ich ihren Duft wahr. Sie riecht nach Bühne, nach Party, nach ihr. Ich muss mich zwingen weiterzugehen, klettere in meine Koje und ziehe den Vorhang zu.

Etwas später höre ich, wie Riley in ihre klettert. Wir sind uns so nah, als schliefen wir im selben Bett.

Aber das tun wir nicht.

KAPITEL 14

Riley

Ich liebe den Bus. Ich liebe das Gefühl, ständig in Bewegung zu sein, als könnte keine Stadt mich halten. Ich mag es, wie die Szenerie vorm Fenster sich verändert, als wäre die Landschaft eine Melodie – die Berge Crescendi, die Ebenen Pausen. Ich liebe es, neue Orte und neue Menschen kennenzulernen, Quellen der Inspiration mitten aus dem Leben.

Was ich allerdings gar nicht liebe, ist, im Bus zu *schlafen.*

Als ich am Morgen aufstehe, benommen nach nur wenigen Stunden unruhigen Schlafes, steif von der Enge meiner Koje, treffe ich Max im Wohnbereich. Er sitzt am Tisch, eine Tasse dampfenden Kaffee aus der Kapselmaschine vor sich, und sieht aus, als hätte er kein Auge zugetan.

Ich weiß zwar, dass ich selbst nicht gerade der Inbegriff von ausgeruhtem Tatendrang bin, aber er sieht verdammt schlecht aus. Sein Haar ist filmreif zerzaust. Die Ringe unter seinen Augen erinnern an

Jahre nie geführter Gespräche. Sein Gesichtsausdruck ist leer und mürrisch. Ich weiß nicht, was ich nach gestern Nacht zu ihm sagen soll. Unsere Unterhaltung klingt im Raum nach, wie ein Song, wenn ich den letzten Refrain beendet habe. *Er fragt sich, wie unser Leben aussehen würde.* In jedem schlaflosen Moment verfolgte mich die Frage, was für eine Antwort er sich darauf gibt.

Wir wären zusammen auf Tour gegangen. Wären wir zusammen genauso berühmt geworden wie ich?

Spielt das eine Rolle?

Wären wir glücklich?

Was ich in Harcourt Homes gesagt habe, habe ich ernst gemeint. Ich bereue nichts. Das ist nicht nur mein *Riley-Wynn-die-Breakup-Queen*-Werbespruch. Ich bereue nicht, dass ich Max unsterblich geliebt habe. Ich bereue nicht, dass ich ohne ihn auf Tour gegangen bin. Ich bereue nicht, dass ich gelernt habe, Traurigkeit in irgendeiner verbotenen Alchemie in Songs zu verwandeln.

Wahrscheinlich wird das irgendwann der Titel meiner Memoiren: *Riley Wynn: Ich bereue nichts.*

Ich bereue nicht einmal, dass ich mich nie wieder bei ihm gemeldet habe, trotz seines nett gemeinten, aber vollkommen bedeutungslosen »Lass uns reden, wenn du wieder da bist«, oder was immer er damals gesagt hat. Ich schwieg nicht aus Groll oder dem selbstsüchtigen Drang, den Liebeskummer, den ich so inspirierend fand, noch eine Weile auszukosten. Wirklich nicht.

Ich wusste einfach, ganz tief in meinem Inneren, dass ich keinen Grund hatte, mich zu melden. Das Leben, das ich anstrebte, den

Ruhm, die legendären Songs, das Rampenlicht, das habe ich nicht *gewählt*. Das *war* ich. Das *bin* ich. Es spielte keine Rolle, ob Max den Kontakt wiederaufnehmen wollte, nachdem ich aus Nashville zurückgekommen war. In unserem letzten Gespräch hatte er mehr als deutlich gemacht, dass das Leben, was ich wollte, niemals sein Leben sein würde. Nicht umsonst hatte er an dem Morgen, an dem wir aufbrechen wollten, gekniffen. Wie viele Beweise dafür, dass wir nicht zueinander passen, brauche ich denn noch?

Und trotzdem grüble auch ich.

Deshalb hat sich jede unserer Unterhaltungen in den letzten Wochen unglaublich brüchig angefühlt, war so geladen mit Unsicherheit. Will er etwa das gegenseitige Verständnis aufheben, auf das ich ein Jahrzehnt traurigen Schweigens gegründet habe?

Oder hat er einfach vor, mich und meine Träume erneut zu verlassen?

Ich habe Angst vor der Antwort, also frage ich ihn nicht. Und ärgere mich über mich selbst, denn so bin ich normalerweise nicht. Diese Fluchtreaktion ist das Gegenteil von mir. *Fühle ohne Furcht*. Mit diesem Imperativ im Hinterkopf schreibe ich nicht bloß meine Songs. Ich lebe damit.

Außer jetzt, mit Max. Er ist meine Schwachstelle.

Den restlichen Morgen spricht keiner von uns. Schweigend trinken wir unseren Kaffee.

In den folgenden Wochen spielen wir in Columbus, Foxborough, Philadelphia und Washington. Alles läuft gut, unglaublich gut sogar – von der ehrlich beeindruckten Berichterstattung im *Rolling Stone* bis zu den schier endlosen Massen der Fans mit meinem Namen auf ihren Shirts, vom Jubel und den Blitzlichtern in der riesigen Dunkelheit der Stadien bis zur unvorstellbaren Verbindung unzähliger Herzen, vereint durch einen einzigen Songtext.

Es ist die Breakup Tour. Alles ist perfekt.

Alles, abgesehen von einem Detail, das ich nicht aus dem Kopf bekomme.

Wenn ich nicht gerade probe, checke ich wie besessen die Online-Gerüchteküche. Ein paar Fans kommentieren den süßen Pianisten, den ich für »Until You« auf die Bühne hole, aber niemand spekuliert darüber hinaus. Stattdessen bezieht Wesley den Song weiterhin auf sich.

Mein Label beglückwünscht mich sogar zu dem Medienrummel, den »Until You« dank Wesley erfährt. Auf der Fahrt von Philadelphia in die Hauptstadt fetze ich mich per E-Mail mit Larissa, meiner PR-Managerin, die unbedingt an der Verbindung zu meinem Ex-Mann festhalten will.

Fassungslos lese ich auf meinem iPad, wie sie eine Begegnung während der Tour vorschlägt, um einen Moment zu schaffen, der das Potenzial hat, viral zu gehen. Sie möchte, dass ich auf seine erfolgreichsten TikToks mit Clips aus seinen Filmen antworte. Sie möchte uns als Co-Moderatoren für irgendeine Preisverleihung vorschlagen. Der letzte Vorschlag wäre geradezu komisch, wenn er nicht so unangenehm wäre. Genau, ich reiße vor den Golden Globes einfach ein paar Witzchen mit dem Mann, der es innerhalb weniger Monate geschafft hat, ein für alle Mal meine Hoffnung zunichtezumachen, ihn lieben zu können.

Ich weigere mich, lehne alle Ideen, die mit Wesley zu tun haben, ab. Abgesehen von meinem Unmut über Larissas Hartnäckigkeit verletzt es mich, dass ich für mein Label anscheinend nichts weiter bin als eine Riley-Wynn-Ankleidepuppe, die sie herumschieben können, wie es ihnen passt. Es ist mir unangenehm, denn normalerweise entscheide *ich*, als welche Persona ich auftrete.

Ein Teil von mir hat ein schlechtes Gewissen wegen meiner nicht vorhandenen Kooperationsbereitschaft, und das nervt mich erst recht. Darf ich nicht vielleicht selbst entscheiden, inwieweit sich mein öffentliches und mein privates Leben überschneiden, ohne dass ich mich dafür rechtfertigen muss?

Zu meinem Frust kommt auch noch der Misserfolg dessen, was ich mit »Until You« vorhatte. Aber ich weiß, wieso es nicht funktioniert, warum niemand auf die Story anspringt, die ich mit Max auf der Bühne spiele – es liegt daran, dass ich nicht weiß, wie ich *zu ihm* singen soll. Vor jeder Show sage ich mir, dass ich jedes Gespräch, das wir in den vergangenen Wochen geführt haben, ausblenden, mich ganz auf meine Erinnerungen einlassen und für den Mann singen werde, den ich einmal geliebt habe.

Jedes Mal scheitere ich daran.

Aber es ist nicht bloß meine Schuld. Auch mit Max' Klavierspiel stimmt etwas nicht. Natürlich nicht mit seiner Technik – in musikalischer Hinsicht hat er sich von Show zu Show verbessert, hat ein immer feineres Gespür für Pausen, für Akzentuierungen entwickelt, um die Stadien ganz und gar mit seiner Musik zu füllen.

Nein, es ist etwas anderes. Ich *erinnere* mich noch daran, wie Max klingt, wenn er alles in einen Song legt – ich habe es nie vergessen. Und bislang kann ich nichts von diesem einzigartigen Zauber hören. Er hält irgendetwas zurück. Seine Performance von »Until You« kommt aus seinen Händen, aus seinem Kopf. Nicht aus seinem Herzen.

Mit jeder Show schleichen sich mehr düstere Ängste in mein unerbittliches Herz. *Das muss etwas zu bedeuten haben,* beharren meine Unsicherheiten jeden Tag. Irgendetwas in mir schiebt es auf die Entfremdung zwischen Max und mir. Mein Plan, die öffentliche Geschichte von »Until You« umzudeuten, baute darauf auf, dass wir zusammen auf der Bühne stehen und auch nur einen Hauch der Emotionen rüberbringen, die unsere Duette früher hatten. Stattdessen stehen wir da oben, jeder für sich, geradezu misstrauisch dem anderen gegenüber.

Ich weiß, wir haben uns verändert und müssen uns nach Jahren der Funkstille musikalisch erst neu kennenlernen. Aber meine Angst geht tiefer – es fühlt sich an, als hätte nicht genug von unserer Liebe überlebt.

Das Dilemma sitzt mir in jeder freien Minute im Nacken, macht mich rastlos. Die Fahrt von Washington nach Nashville ist die bislang längste während dieser Tour. Wir lassen Straßen hinter uns, an denen die ersten Kirschblüten des Jahres sprießen, und fahren stundenlang über Green Highways, die sich durch die berühmten sanften Hügel des Landes winden. Das Wetter ist deprimierend schön, der weite Himmel steht im Kontrast zu meinem missgelaunten Stress.

In der Nähe der Staatengrenze halten wir an einem Ort namens Gray, damit Frank und die anderen Fahrer eine Pause einlegen können. Kaum steht der Bus, stürmen alle hinaus, um sich die Beine zu vertreten, und steuern den Diner an der Hauptstraße an.

Ich komme nicht mit. Die letzten paar Stunden habe ich nur wenige Meter von Max entfernt verbracht, und unsere unbeendeten Gespräche, verstohlenen Blicke und das unangenehme Schweigen belasten mich. Ich muss herausfinden, wie ich unsere Performance retten kann, und meine innere Perfektionistin gestattet mir nicht, den Nachmittag zu genießen, bis es mir gelungen ist.

Mit meinem Laptop setze ich mich an den Tisch, um jedes Video von »Until You« anzuschauen, das irgendwelche Leute hochgeladen haben. Es ist eine Strafarbeit, mich wieder und wieder anzusehen, die Phrasen auszumachen, hinter denen ich auf der Bühne meine Nervosität verberge, die unbeholfenen Gesten, die ganz und gar nicht so aussehen, wie ich es mir vorgestellt habe. Ich studiere alles. Jeden Moment, in dem Max meinem Blick ausweicht, jeden Moment der Entfremdung. Jeden Patzer.

Bis mein Laptop zugeklappt wird.

Frank steht vor mir, den Mund zu einem schmalen Strich zusammengepresst.

»Äh, hallo, Frank«, sage ich unsicher. »Ich war gerade beschäftigt.« Ich will nach meinem Laptop greifen.

Er schiebt ihn aus meiner Reichweite und schüttelt den Kopf. »Ich werfe dich aus dem Bus.«

Ich lache erbost auf. »Das ist mein …«

»Dein Name steht drauf, aber solange ich fahre, ist es mein Bus«, berichtigt er mich, aber ich sehe die Belustigung in seinen Augen. »Du brauchst frische Luft.«

»Danke, dass du dir Sorgen um mich machst, aber ich brauche keine frische Luft.«

»Ich mache mir keine Sorgen um dich, ich werfe dich aus dem Bus. Und außerdem arbeite ich gerade während meiner gesetzlichen Pausenzeit.« Trotz seiner Worte setzt er sich mir gegenüber. Seine rauen Gesichtszüge werden milder. »Was ist los, Kleine?«

Seine Freundlichkeit bringt mich fast zum Weinen. Und vielleicht auch der Schlafmangel und Stress der letzten Tage.

Er wirkt allerdings nicht so, als hätte er es eilig aufzustehen. Er zuckt mit den Achseln. »Jeder Tourstart ist ein bisschen holprig. Gib dir Zeit.«

»Die Fans haben viel Geld für die Tickets ausgegeben. Sie unterstützen meine Karriere. Ich kann mir nicht einfach *Zeit geben*. Es muss perfekt sein.«

Frank nickt, als habe er so etwas erwartet. »Riley, du lieferst eine verdammt gute Show ab. Es tut mir leid, wenn es noch nicht das ist, was du dir vorgestellt hast. Ich verstehe das, wirklich. Aber liegt die Lösung wirklich in diesem Bus?«

»Vielleicht«, sage ich so trotzig, dass ich selber darüber lachen muss.

»Darf ich dir einen Rat geben?«

»Seit wann fragst du um Erlaubnis?«

»Geh Luft schnappen. Such dir Inspiration in der Welt. Musik ist kein Problem, das du lösen kannst, indem du die Fehler anstarrst. Du musst über die Fehler hinausblicken«, sagt er sanft. »Schau nach vorn.«

Ich atme tief aus, weil ich weiß, dass er recht hat. Frank hat immer recht, wenn es um Musik geht. Ich stehe auf. »Tut mir leid, dass ich dich in deiner Pause gestört habe«, sage ich und meine es ernst.

Er winkt ab. Ich möchte ihn umarmen, habe aber das Gefühl, dass ein solcher Gefühlsüberschwang das sanfte Understatement seiner Fürsorge ruinieren würde. Also lächle ich nur. So wie ich Frank kenne, wird er die Dankbarkeit in meinem Gesicht erkennen.

Ich lasse den Laptop stehen und gehe mit zittrigen Beinen zur Bustür. Der Tag draußen ist erfrischend, die perfekte Mischung aus frühlingshaftem Licht und winterlicher Kälte. Ich beschließe, einen Spaziergang zu machen, um den Kopf freizubekommen.

Wenn Einsamkeit schon verlockend für mich klingt, bin ich nicht ich selbst. Trotzdem spaziere ich mit hocherhobenem Kopf durch Gray. *Schau nach vorn.*

Ihrem Namen zum Trotz ist die Kleinstadt fast vollständig grün. Sorgfältig gemähter Rasen weicht nur widerwillig gepflasterten Straßen. Knorrige Bäume beugen sich über Schindeldächer. Ich komme an Kirchen, Autowerkstätten und Häusern mit alten Pick-ups davor vorbei.

Von den vielen Abenden auf der Bühne tun mir zwar die Füße weh, aber das macht mir nichts aus. Ich gehe gern auf Erkundung, das ist für mich mit das Beste am Touren, am Reisen. Die Welt liefert mir Details, die ich mir nicht ausdenken könnte. Ich speichere sie in meinem Gedächtnis für zukünftige Songtexte ab, horte Rohdiamanten wie eine Elster.

Langsam fällt der Stress der Fahrt von mir ab. Ich muss zugeben, dass mich die Reise nach Nashville ganz schön durcheinanderbringt. Vor zehn Jahren wollten Max und ich den Sommer hier verbringen. Seitdem war ich oft genug in der Stadt, um mich dort unter gewöhnlichen Umständen – Label-Events, TV-Promotions, andere Auftritte – wohlzufühlen.

Heute reisen wir jedoch nicht unter gewöhnlichen Umständen.

Je näher wir Nashville kommen, umso mehr fühlt es sich an wie ein Aufguss eines zehn Jahre alten Traumes. Die Schatten der Erinnerung haben mich eingeholt, aber sie sind alles andere als nostalgisch. All die Orte, Pläne, Möglichkeiten, die ich mir vorgestellt habe, als ich jünger war, nur dass sich unter den Umständen von heute alles anders anfühlt, so als würde man seine Heimatstadt besuchen, wenn man längst erwachsen ist.

Es ist weder erhebend noch beruhigend. Es ist einfach ... zu spät.

Die Risse im Asphalt unter meinen Füßen sehen aus wie der Mississippi. Mein kleiner Ausflug hat etwas Absurdes – Superstar Riley Wynn spaziert durch die leeren Straßen von Gray und grübelt darüber nach, was hätte sein können. *Stars ... bestrafen sich selbst für ihre alten Träume, genau wie wir!*

Ich frage mich, ob Max genauso vor sich hin grübelt und mit dem Gefühl ringt, endlich das zu verwirklichen, was wir uns einst erhofft haben. Wahrscheinlich nicht. Für ihn ist das kein geplatzter

Traum. Es ist nur eine Erinnerung, wie die alte Festnetznummer seiner Familie.

Als ich zurück zu den Bussen komme, höre ich Musik aus einer der offenen Türen. Neugierig folge ich dem Geräusch. In der Sitzecke, wo sich alle versammelt haben, geht es wunderbar laut und lebhaft zu, und zu meiner Überraschung sehe ich Max, vor dem ein Reisekeyboard auf dem Tisch steht. Hamid sitzt auf der Couch, die Gitarre in der Hand, Savannah singt. Sie sind gerade mitten in einer lässig emotionalen Interpretation von Howlin' Wolfs »Killing Floor«. Es klingt großartig.

Ich stelle mich zu Kev und Vanessa und schaue zu. Als der Song vorbei ist, applaudieren wir.

Hamid schaut Max skeptisch an. »Und du spielst wirklich in keiner Band? Überhaupt nicht? Nur in dem Heim für alte Leute?«

In den letzten Wochen habe ich unseren Gitarristen als diszipliniert, perfektionistisch, manchmal sarkastisch kennengelernt, auf keinen Fall ist er leicht zu begeistern. Sein Lob für Max ist echt.

»Nur in dem Heim für alte Leute«, bestätigt Max ein wenig verlegen. Er stockt, als überlege er, ob er noch mehr sagen soll. »Aber früher haben Riley und ich zusammen gespielt«, erzählt er vorsichtig. »Ist schon ewig her.«

Überrascht richte ich mich auf. Köpfe fliegen zu mir herum.

Es sieht Max gar nicht ähnlich, unsere Vergangenheit anzusprechen. In anderen Unterhaltungen ist er immer der Frage ausgewichen, wieso er mit auf Tour gekommen ist und wie lange er schon spielt. Ich lächle. Was er wohl noch preisgeben wird?

Stattdessen wirft er mir einen Blick zu, der mich – fast ein bisschen schockierend – an früher erinnert, wenn wir zusammen Musik gemacht haben und er kurz vor meinem Einsatz zu mir herüberschaute.

Ich verstehe, was sein Schweigen sagt. *Erzähl du es ihnen.*

Mehr Aufforderung brauche ich nicht, ich nicke. »Mein allererster Auftritt vor komplett fremden Menschen, das war mit Max«, sage ich und freue mich darüber, wie alle bei dieser Enthüllung große Augen machen. »Wir sind überall aufgetreten, wo man uns spielen ließ, aber meistens bei Harcourt Homes. Dem ›Heim für alte Leute‹«, erkläre ich in Hamids Worten.

Der Speisesaal war für uns der ideale Ort, um Auftritte vor anderen Menschen zu üben. Wir hatten nicht viel zu verlieren, aber das Publikum hat gelärmt und war leicht abzulenken. Wir lernten, uns zu präsentieren. Die hohe Kunst der Setlist-Erstellung. Unsere Gage war Key Lime Pie. Es war perfekt.

Hamids scharfer Blick wandert von mir zu Max. »Warum habt ihr aufgehört, zusammen aufzutreten?«

Max sagt nichts. Seine Hände kehren geistesabwesend zu den Tasten zurück, als verlasse er sich darauf, dass das Klavier sagt, was er nicht ausdrücken kann. Die Akkorde, die er anschlägt, entstammen keinem erkennbaren Lied. Nur Muster, Schnörkel. Meditationen in Moll.

Ich will gerade irgendwelche Klischees bemühen – *kreative Diffe-*

renzen, wir sind einfach irgendwann getrennte Wege gegangen, was auch immer –, da fängt Max plötzlich an zu reden.

»Wir wollten zusammen auf Tour gehen«, sagt er. »Aber ich bin ausgestiegen.«

Bei diesem Geständnis bleibt mir der Mund offen stehen, doch das Gefühl ist nichts im Vergleich zu dem, das mich überkommt, als Max die Hände wieder auf die Tasten legt.

Diesmal erkenne ich das Lied sofort. Die Erinnerungen durchbohren mein Herz wie Nägel.

Es ist »Unchained Melody«, was wir früher so oft zusammen gespielt haben. Ich liebte es, bei Harcourt Homes oder irgendeinem kleinen Veranstaltungsort, den wir finden konnten, seiner herzzerreißenden Melodie zu folgen, aber am meisten liebte ich es, wenn wir allein waren. Dann sang ich nur für Max, und er spielte nur für mich. Selten habe ich in meinem Leben eine solche Verbundenheit gespürt.

Auch die anderen erkennen die Akkorde. Seufzer und Lächeln gehen durch die Gruppe. Vanessa schließt die Augen. Hamid nickt beifällig.

Max spielt, als sei er allein. Als beichte er den Tasten und bitte das Klavier, die Leere in seinem Herzen zu füllen. Er spielt mit genau jener Hingabe, die seinen abendlichen Interpretationen von »Until You« fehlt.

Ich stimme ein, singe aus vollem Herzen.

Max wirkt nicht überrascht und spielt weiter, als habe er längst gewusst, dass ich einsteigen würde, als sei das von Anfang an so gedacht gewesen. Seine Klavierstimme erhebt sich zu mir, verbindet uns. Als ich beim Refrain und den Fragen nach einer früheren Liebe und ob sie andauere, angekommen bin, sieht er mich direkt an.

Ich schaue nicht weg.

Max lächelt so voller Freude, wie ich es seit fünf Wochen und zehn Jahren nicht mehr auf seinem Gesicht gesehen habe.

Alles ändert sich mit der Dauer des Akkordes, den er spielt. Er lächelt wie der junge Max aus unseren engsten Momenten. Mit jenem Strahlen, das für Songs reserviert war, die zum ersten Mal perfekt gespielt wurden, für neue Songtexte, die ich ihm mit vor Stolz pochendem Herzen vorlas, direkt nachdem ich sie geschrieben hatte.

Alles um uns herum verschwindet. Ich gehe nicht mehr im Nebel der Erinnerungen unter, ich treibe auf ihnen. Ganz leicht, als wäre die Musik die Luft, die wir gemeinsam atmen.

Als der Schlussakkord verklingt, ist es still im Raum.

Erst als Vanessa langsam applaudiert, werde ich mir unseres kleinen inoffiziellen Publikums wieder bewusst. Die anderen fallen ein. Hamid jubelt. Kev pfeift. Lauter Beifall erfüllt den Bus.

Max wendet den Blick von mir ab. Seine geröteten Wangen verraten mir, dass auch er in die Realität zurückkehrt, die er während der vier Minuten des Songs vergessen konnte.

Es macht mich sprachlos, wie schnell wir wieder zueinandergefunden haben. Unsere Verbindung fühlte sich überhaupt nicht zerbrechlich oder erzwungen an. Sondern sicher. Federleicht. Mühelos. *Oder nicht?*

Ich habe meinen Gesichtsausdruck nicht unter Kontrolle. Ich weine zwar nicht, aber der unerwartete Schmerz in meiner Brust lässt mein Kinn erzittern. Die Bedeutung von Max' Reaktion ist unbestreitbar, grausam offensichtlich: Abgesehen von der Musik verbindet uns nichts mehr.

Ich möchte gerade vorschlagen, er solle »Songbird« von Fleetwood Mac spielen, da kehren die Fahrer zurück. Meine Enttäuschung ist wie ein Schlag ins Gesicht. Ich sollte der Star dieser Tour sein, stattdessen komme ich mir vor wie ein Mauerblümchen, das den anderen dabei zusieht, wie sie sich beim Schulball amüsieren.

Die spontane Jam-Session ist beendet, alle verstauen ihre Instrumente für die restlichen paar Stunden Fahrt nach Nashville. Mit seiner üblichen freundlichen Zurückhaltung bedankt sich Max bei Kev, dass er sein Keyboard benutzen durfte. Auf dem Weg zur Tür streift seine Schulter kaum merklich meine. Sein Blick weicht mir aus.

Ich bleibe hier, obwohl ich weiß, dass wir weitermüssen. Savannah setzt sich auf die Anrichte, Vanessa kommt dazu und schaltet auf ihrem iPhone ein basslastiges R&B-Stück an. Hamid lässt sich auf die Couch fallen und schlürft seinen Kaffee, den er sich aus dem Kühlschrank geholt hat. Alle wirken ... entspannt.

Was mich in meinem Bus erwartet, ist das genaue Gegenteil – weitere Stunden mit Max, in denen die Anspannung zwischen uns immer mehr zunimmt, wie Saiten, kurz bevor sie reißen.

Ich sollte mir Mühe geben, flüstert die Stimme der Vernunft. Es ist meine Tour. Meine Songs. Letzten Endes ist er mein Musiker. Ich sollte versuchen, die Verbindung zu ihm zu finden oder wiederzufinden, auf welche Weise auch immer.

Aber ... ich kann nicht. Jeden Abend stelle ich mich auf der Bühne meinem Liebeskummer. Ich kann mich nicht auch noch in meiner Freizeit damit auseinandersetzen.

Also bleibe ich hier. Ich setze mich neben Hamid auf die Couch, der mich ein wenig verblüfft ansieht. »Im Kühlschrank ist Cold Brew, wenn du magst.«

»Danke«, sage ich. »So wenig Schlaf, wie ich in letzter Zeit bekomme, kann ich das gut gebrauchen.«

Er lacht leise. Es hört sich an, als wäre ihm klar, dass ich nicht nur von den Freuden unserer Schlafkojen spreche, aber er hakt nicht weiter nach.

Wir verlassen Gray, und ich kehre mit einem kalten Kaffee zum Sofa zurück. Mit meinen Kopfhörern in den Ohren schaue ich aus dem Fenster. Eigentlich würde ich mich gern unterhalten, die anderen besser kennenlernen. Aber ich bin erschöpft und hänge meinen Gedanken nach. Dem Rätsel, das Max mir immer noch aufgibt.

»Unchained Melody« klingt in meinem Kopf nach, wie eine Playlist auf Dauerschleife, die ich nicht abschalten kann. Ich weiß, wenn wir das eben auf der Bühne aufgeführt hätten, dann hätte wirklich jeder verstanden, dass es in einem der Songs auf dem Album um Max geht.

Was bedeutet, dass es nicht an uns oder der Art liegt, wie wir zusammen spielen. Nicht einmal daran, dass Max oder ich uns weigern, unsere alte Verbindung wiederaufzunehmen.

In einem unserer vertrauten Lieblingslieder fiel es uns so leicht, zu der gemeinsamen Leidenschaft zurückzufinden, wie wir sie in den Anfangstagen unserer Liebe gespürt haben.

Also muss es an etwas anderem liegen. Mein hektisches Ausschlussverfahren lässt nur eine Möglichkeit zu.

Das Problem ist »Until You«.

KAPITEL 15

Max

Ich hatte wirklich erwartet, Abstand von Riley wäre mir eine Hilfe.

Zumindest hätte ich das dringend gebraucht. Mit Riley »Unchained Melody« zu spielen, hat mich auf eine Weise aufgewühlt, mit der ich nicht umgehen konnte, nicht, wenn ich ein paar Stunden später »Until You« spielen sollte. Der Gedanke, mit Riley in Nashville zu sein, war schon schlimm genug. Aber dann wurde ich auch noch daran erinnert, wie verdammt magisch es sein kann, mit ihr Musik zu machen.

So hätte es sich angefühlt, wenn ich gleich beim ersten Mal wie geplant mitgekommen wäre.

Die anderen nutzen die freie Zeit vor den Proben, um die Stadt zu erkunden, aber ich schloss mich ihnen nicht an – wollte mir auf keinen Fall weiter ausmalen, wie es hätte sein können, hier auf der Bühne irgendeines Folk-Clubs mit der Frau, die ich geliebt habe, »Unchained Melody« zu spielen.

Stattdessen legte ich mich schlafen. Zusammengerollt, fernab des Tageslichts, verbrachte ich die Stunden bis zu unserer Probe und versuchte zu verdrängen, wo ich war und wann und mit wem.

Von der Probe ging es direkt zur Show, wo ich pflichtschuldig »Until You« herunterspielte, während mir die immer gleichen Fragen durch den Kopf gingen. Mag ich das Gefühl, wenn die Spotlights meine Tastatur gleißend weiß anstrahlen? Was macht das Jubeln der Menge mit mir, das Funkeln unzähliger Handys im Stadion wie Sterne am Nachthimmel? Wie würde es sich anfühlen, wenn ich jetzt nicht zum ersten Mal mit ihr hier wäre, sondern mit ihr *zurückgekehrt* wäre?

Wenn ich es tatsächlich bereute, damals gekniffen zu haben, wie sollte ich damit leben, so viele Jahre dieses Traums verloren zu haben?

So viele Jahre mit Riley?

Ich ignorierte die Fragen entschlossen. Wenn ich genauer hinhörte, würde ihr Dröhnen mich überwältigen, als müsste ich alle Songs, die ich jemals gehört hatte, auf einmal spielen. Stattdessen hämmerte ich all meine Enttäuschung, all meinen Frust auf der Bühne in die Tasten.

Nach der Show kehrten wir in unseren Bus zurück, wo wir die oberflächliche Unterhaltung der letzten Tage fortsetzten. Ich hasse es. Es war schon kompliziert genug, sich wie ein Splitter ihrer Vergangenheit zu fühlen. Aber jetzt fühle ich mich wie der *Ex*.

Inzwischen sind wir in New Orleans, wo wir zwei Shows im Superdome geben. Ich bin erleichtert, den Spannungen mit Riley aus dem Weg gehen zu können, denn die nächsten zwei Nächte sind wir im

Hotel untergebracht. Unser Aufenthalt in der Stadt endet mit einem freien Tag für die Crew, während Riley Pressetermine hat.

Unser Hotel befindet sich im French Quarter, dem ältesten Teil der Stadt. Die bunten Fassaden im typischen New-Orleans-Stil wechseln sich ab mit Lagerhäusern und sogar dem einen oder anderen Hochhaus. Unser Hotel ist luxuriös und stilvoll, die Zimmer haben echte oldschool Vibes.

Nach unserer Ankunft vor einer halben Stunde haben sich alle zurückgezogen. Auch ich bin in mein Zimmer gegangen, genieße es, mehr Platz zu haben, die künstliche Stille eines Hotelzimmers. Um mir den Geruch des Tourbusses vom Körper zu waschen, gehe ich duschen.

Endlich Abstand von Riley. Es sollte helfen, rede ich mir ein, obwohl ich merke, wie verzweifelt das klingt. Seit Tagen denke ich, wenn ich nur etwas mehr Privatsphäre hätte, dann könnte ich vielleicht darüber nachdenken, wie sich all das für mich anfühlt. Dann könnte ich vielleicht ein paar Antworten auf meine drängenden Fragen finden.

Doch die Dusche hat nicht den gewünschten Effekt. Meine Muskeln entspannen sich nicht. Der Dampf fühlt sich schwül an. Das Wasser brühend heiß.

Es ist komisch, düster.

Ich bin nur eine Etage von Riley entfernt, und doch bin ich gereizt, als wäre ich auf Entzug.

Ich schrubbe mich ab und steige geradezu frustriert aus der Dusche. Ich habe keine Lust, mir New Orleans anzusehen, schließlich sind wir seit Wochen unterwegs. Stattdessen telefoniere ich über

Facetime mit meinen Eltern, die Harcourt Homes führen, solange ich auf Tour bin. Als ich sie im Speisesaal sehe, überrollt mich eine Welle des Heimwehs.

Ich sehe mein Lieblingsklavier im Hintergrund und merke, wie hin- und hergerissen ich bin.

Ja, zu Hause wäre ich wohl glücklich. Doch es ist nicht das Heimweh, das mir so zu schaffen macht. Zu Hause würde ich die gleiche Rastlosigkeit empfinden, nur tausendmal stärker, so weit entfernt von Riley. Ich empfinde sie jetzt, obwohl ich *im selben Hotel wie Riley* wohne und die letzten paar Wochen fast ununterbrochen in ihrer Nähe war.

Zum ersten Mal stelle ich mir die Frage, wie ich es schaffen soll, ein zweites Mal aus ihrem Leben zu verschwinden. Ich habe schon Jahre gebraucht, um mich vom ersten Mal zu erholen.

Die Riley, die ich jetzt kenne, ist nicht das Mädchen, in das ich mich verliebt habe. Die Riley, die ich mit zwanzig kennengelernt habe, war die Frau meiner Träume. Diese Riley aber ist … einfach alles. Ihre Berühmtheit, ihre Präsenz, ihr Name in Leuchtbuchstaben machen sie nicht zu etwas anderem oder zu *mehr* – eher *mehr sie selbst.* Auf den riesigen Bühnen, auf denen sie mittlerweile auftritt, wird sie zu der Riley, die sie ihr ganzes Leben lang sein wollte.

Sie strahlt.

Ich versuche, diese Gedanken zu verdrängen. Sie werden es mir am Ende nur noch schwerer machen, wieder aus Rileys Leben zu verschwinden.

Denn wenn ich mit ihr zusammen bin, bin ich auch nicht glücklich.

Ich bin verwirrt und zugleich gefesselt, wie an einem gefährlichen Abgrund, berauscht vom Adrenalin.

Auf einmal möchte ich das Gespräch mit meinen Eltern beenden. In meinem Zimmer etwas Abstand zu gewinnen war der letzte Strohhalm, an den ich mich geklammert habe. Doch die Fragen in meinem Kopf werden immer drängender. Das Bedürfnis nach Klarheit, nach Gewissheit wird übermächtig, und ich wünschte mir, einfach im Dunkeln zu liegen und wenigstens eine Stunde lang das Gefühl zu haben, ich wüsste, was ich will.

Eilig verabschiede ich mich von meinen Eltern. Das French Quarter vor meinen bodentiefen Fenstern hat keine Ahnung, womit ich mich herumschlagen muss. Ich lasse mich aufs Bett fallen und schließe die Augen.

Ich bin nicht nur erschöpft, weil ich so viel über Riley nachgrüble. Es ist echte, körperliche Erschöpfung, weil ich seit Tourbeginn nicht mehr gut geschlafen habe, was nicht nur an der engen Koje in einem fahrenden Bus liegt. Sondern daran, dass ich nur wenige Zentimeter von Riley entfernt liege.

Jede Nacht ist es das gleiche betörende Elend. Ich höre ihren Atem, die unbewussten Bewegungen, die sie macht. Ich weiß, wie die beliebteste Sängerin des Landes sich anhört, wenn sie träumt.

Doch kaum habe ich hier in meinem Hotelzimmer die Augen geschlossen, klopft es an der Tür.

Kurz überlege ich, es zu ignorieren, aber der Gedanke, es könnte Riley sein, treibt mich trotz meiner Müdigkeit von der Daunendecke hoch. Ich hoffe, dass sie es ist und dass sie es nicht ist.

Sie ist es nicht. Vor der Tür steht Eileen. Es ist mir fast peinlich, wie enttäuscht ich bin.

»Bist du beschäftigt? Riley möchte dich sprechen«, sagt sie.

Mein Herz macht einen Satz, und ich ermahne es dafür. Ich sollte nicht jeden Moment hier wie eine Achterbahnfahrt erleben. Wobei ich mir nicht sicher bin, ob Riley für die Höhen oder die Tiefen steht.

»Ich bin nicht beschäftigt«, sage ich.

»Perfekt«, erwidert Eileen, ihr Tonfall verrät nichts. Sie erinnert mich an eine Krankenschwester, die einem eine Spritze gibt, während man abgelenkt ist.

Ich folge ihr über den Flur zum Aufzug. Schweigend fahren wir nach oben, und in der Stille dröhnt mir mein Puls in den Ohren, mit jedem Schritt näher zu Riley wird er schneller. Im obersten Stockwerk des Hotels gehen wir durch eine der wenigen Türen, die vom Korridor abgehen. Eileen entriegelt sie, und wir betreten eines der beeindruckendsten Hotelzimmer, das ich je gesehen habe.

Rileys Suite ist ein Palast. Marmorboden, ein geräumiger Wohnbereich mit Möbeln, die an moderne Skulpturen erinnern, bodentiefen Fenstern mit Blick über die Stadt in der Märzsonne.

Und in der Mitte steht ein weißer Stutzflügel.

Riley sitzt auf dem Klavierhocker, mit dem Rücken zu den Tasten, einen Laptop auf dem Schoß. In dem schlichten weißen Raum ist sie ein Farbtupfer, ihr grüner Jumpsuit sticht hervor. Als wir hereinkommen, blickt sie auf, wirkt eine Millisekunde bezaubernd abgelenkt, ehe sie uns wahrnimmt. »Danke, dass du gekommen bist«, sagt sie.

»Sehr gern«, sage ich ebenso unverbindlich höflich wie sie. Jetzt reden wir wieder gestelzt miteinander, ganz anders als wie beim Jammen mit unseren alten Liedern neulich im Bus. Ich werfe Eileen, die immer noch an der Tür steht, einen Blick zu. »Ich habe den Eindruck, ich werde gleich gefeuert«, setze ich an. Es soll ein Scherz sein, aber es klingt nicht anders als unbeholfen.

Eileen lacht nicht. Mein Magen verkrampft sich. Werde ich *wirklich* gefeuert?

Riley lächelt schwach. Ein panischer Gedanke schießt mir durch den Kopf: Ich kann nicht nach Hause – noch nicht. Das Blut rauscht in meinen Ohren. »Unsere Auftritte sind nicht so, wie ich es mir erhofft hatte«, sagt Riley sanft. Sie drückt auf die *Enter*-Taste und dreht den Laptop auf ihrem Schoß, damit ich den Bildschirm sehen kann.

Ich sehe uns. Die Show in Nashville, wo ich wirke, als spielte ich vor einem meiner alten Professoren, und Riley singt, als hätte irgendjemand anders »Until You« geschrieben.

Verzweiflung überkommt mich. Ich will noch nicht nach Hause geschickt werden, ich will Riley nicht verlassen.

Impulsiv mache ich einen Schritt nach vorn und drücke auf die Leertaste, um das Video anzuhalten. Das Standbild zeigt Rileys Gesicht, das suchend an mir vorbeischaut.

»Ich versuche es ja«, sage ich, halb entschuldigend, halb flehend. Egal, wie ihre Entscheidung ausfällt, ich werde mich ihr nicht widersetzen. Ich weiß, sie will, dass das hier funktioniert. Denn das macht Riley aus. *Sie will es. Sie glaubt daran.* Aber ich weiß auch, wie wichtig ihr diese Tour ist. Sie wird nicht zulassen, dass ich sie ihr verderbe.

Es wäre die logische Konsequenz, so traurig es auch ist. Vielleicht hat sie nach unserer Unterhaltung im Bus beschlossen, dass sie mich nicht mehr sehen und schon gar nicht mit mir singen will.

Riley stellt den Laptop weg. »Es liegt nicht bloß an dir«, sagt sie langsam, als fiele es ihr schwer zuzugeben, wie vielschichtig das Problem ist. »Es ist unsere gemeinsame Performance. Ich möchte, dass wir mehr proben. Ohne Zuschauer. Herausfinden, wo das Problem liegt.«

Erleichterung überflutet mich wie Eiswasser. Angenehm? Eigentlich nicht. Aufregend? Definitiv.

Aber ich sage nichts. Denn ich brauche nicht herauszufinden, »wo das Problem liegt«.

Stattdessen nicke ich nur und gehe zum Flügel mit dem einmaligen Ausblick auf die Stadt im Hintergrund. Es kommt mir vor, als würde ich auf einen Abgrund zulaufen oder über den Rand von einer von Rileys fünfzehn Meter hohen Plakatwänden spähen.

Riley steht auf. Ich setze mich.

»Ich hab euch neulich im Bus jammen hören«, sagt Eileen. »Ihr wart perfekt. Genau das, was uns vorschwebte, als wir dieses Duett geplant haben. Wir müssen das nur in ›Until You‹ übersetzen.«

»Ich verstehe«, antworte ich und sehe Riley an.

Sie wirkt zwar nicht überzeugt, weicht meinem Blick jedoch nicht aus. Ihr Gesichtsausdruck gleicht dem auf dem Bildschirm. Suchend. »Lass uns einfach Spaß mit dem Song haben«, schlägt sie vor.

Ich grinse, aber insgeheim frage ich mich, was sie mir da für eine unmögliche Last aufbürdet. Ich kann keinen Spaß damit haben.

Nicht mit diesem Song. Trotzdem fange ich an zu spielen, zwinge mich dazu, meine Schultern zu entspannen. Pianoklänge erfüllen den Raum, der Marmor reflektiert den Sound in alle Richtungen. Als Riley zu singen anfängt, versuche ich mir einzureden, es sei kein Song über uns. Es ist einfach ein Song wie Hunderte anderer, die wir zusammen gespielt haben.

Ich schaue zu Riley hinüber, lächle.

Sie lächelt auch.

Es ist eine einfache Harmonie. Präzise. Vielleicht können wir das durchziehen. Vielleicht, wenn ich einfach nicht darüber nachdenke …

»Okay.« Eileen unterbricht uns. »Vielleicht solltet ihr nicht lächeln. Es ist doch ein trauriger Song.«

Riley errötet. Es ist verblüffend, auf ihrem Gesicht wirkt Verlegenheit wie ein Eindringling. Doch sofort wird ihre Verlegenheit von Frust abgelöst, sie läuft auf dem Marmorboden der Suite auf und ab, dann kommt sie zurück zum Flügel.

»Max, gefällt dir der Song?«, fragt sie geduldig.

Es verlangt mir alles ab, ihrem Blick nicht auszuweichen. »Das habe ich dir doch schon gesagt, es ist ein unglaublicher Song.«

Verbitterung mischt sich in Rileys Blick. »Ja«, antwortet sie. »Aber *gefällt* er dir? Wie fühlst du dich bei dem Song?«

Ich beiße die Zähne zusammen, denn ich habe Angst, dass die ehrliche Antwort einfach hervorsprudelt. *Ich fühle mich, als ob die schwerste Entscheidung, die ich jemals getroffen habe, auf einmal sämtliche Playlists dominiert.* Anspannung liegt in der Luft.

Riley schaut Eileen an. »Vielleicht könntest du uns ein paar Minuten allein lassen.«

Eileen geht, wirkt aber skeptisch. Was ich nur zu gut verstehe. Sie brauchen auf dieser Tour niemanden, der ihren größten Hit nicht leiden kann. Die Tür schließt sich hinter Eileen mit einem knirschenden Klicken, und es wird still.

Riley sieht mich mit einem Blick an, der keinen Widerspruch duldet. »Spiel es mit Gefühl, Max.«

»Das tue ich doch«, erwidere ich frustriert.

»Nein«, sagt sie. »Spiel es so, wie du dich bei dem Song wirklich fühlst. Nicht so, wie du dich fühlen sollst.«

Ich senke den Blick. Die Tasten erstrecken sich vor mir wie ein grinsendes Gebiss. Oder das Gitter eines Gefängnisses. Oder die Sprossen einer Leiter, die in schwindelerregende Höhen führt. Was auch immer es ist, es ist gefährlich.

»Ich glaube, das ist keine gute Idee«, sage ich schließlich.

»Mir zuliebe«, drängt sie. Ihre Stimme verrät mir, dass sie genau weiß, durch welche Hölle ich gerade gehe. Und dass sie bereit ist, mich zu begleiten.

Ich blicke zu ihr auf, ringe mit mir. Das, was sie hören möchte, will ich nicht spielen. Ich will meine Gefühle nicht vor ihr ausbreiten, es würde sich anfühlen, wie ihr alle alten Wunden offenzulegen. Aber nach Hause will ich auch nicht.

Mit einem resignierten Seufzen setze ich erneut zum Intro an. Diesmal spiele ich es so, wie *ich* es höre – peinigend. Als hallte die Erinnerung an eine Melodie durch die Flure eines Hauses, in dem ich einmal gelebt habe. Das Unbehagen strömt mir aus den Fingern, bringt die Töne in harten Schlägen zum Klingen, bis sie in dem Takt kulminieren, in dem die Strophe beginnt. Riley setzt nahtlos ein, doch ausnahmsweise bin ich derjenige, der den Song vorantreibt. Während sie singt, lasse ich Zorn, Verletzung, Groll und Bedauern freien Lauf. Ich bin zerfressen, eine verdammte Symphonie der Gehässigkeit.

Rileys Augen weiten sich. Aber sie hört nicht auf zu singen. Stattdessen lässt sie mich nicht aus den Augen, nimmt meine Emotionen in sich auf und gibt sie mit ihrem Gesang an mich zurück.

Wir nähern uns dem ersten Refrain, und es ist, als rasten wir auf einen Frontalzusammenstoß zu. Riley greift meine Interpretation auf und trägt den traurigen Text mit anklagender Wut vor. »*I felt the end in the start*«, singt sie. »*Words I didn't know you didn't mean. ›I‹ and ›love‹ and ›you‹ would make me see.*«

Anstatt wie bei unseren Auftritten »›I‹ and ›love‹ and ›you‹« zu betonen, huscht sie über die Zeile hinweg und lässt »you would make me see« wie eine Warnung klingen.

Ich antworte ihr auf dieselbe Weise. Ich spiele, als würde ich sie von mir stoßen, so wie ich es vor zehn Jahren getan habe. Ich stelle mich darauf ein, dass Riley den Song abbricht, wie Eileen vorhin. *Es funktioniert nicht. Du machst es ganz falsch. So können wir das vor den Fans nicht spielen.* Sie wird mich feuern. Ins Exil schicken.

Stattdessen kommt sie näher.

Sie verwebt ihre Stimme mit meinem Klavierspiel und lässt daraus einen einheitlichen Strang reinsten Gefühls werden. Sie lässt mich nicht aus den Augen, selbst als ich den Blick auf die Tasten senke. Nicht, weil ich schauen müsste, wohin ich als Nächstes meine Finger legen muss – ich könnte »Until You« problemlos mit geschlossenen Augen spielen. Nein, es ist die schiere Kraft von Rileys Aufmerksamkeit, die mich ablenkt.

Das Gefühl ist unbeschreiblich. Es ist – ich kann es nicht anders nennen – unfassbar intim. Ich bin Riley schon auf so unterschiedliche Weise nahe gewesen – ihrem Haar auf dem Kissen ausgebreitet, ihrer makellosen Haut, die auf mich wartet. Doch nichts war wie dies.

Wir erreichen den Refrain und erklimmen gemeinsam seine berühmten Höhen.

I didn't know what love is
I don't know what love is
I won't know what love is
Until you
Opened the door

Am Ende des Refrains setzt Riley sich neben mich. Seite an Seite geht die Reise des Songs weiter, einer von uns ist der Fahrer, einer Beifahrer. Aber wer wer ist, wissen wir nicht.

Ihre Stimme klingt ganz anders als bei den Konzerten. Nicht sehnsüchtig oder verlangend. Sondern unversöhnlich, so wie mein Klavierspiel. Wir reißen absichtlich alte Wunden auf, geben uns der grausamen Freude der Pein hin.

Die zweite Strophe ist im Präsens geschrieben. Ganz egal, wie ich zu dem Song stehe, seine Struktur ist faszinierend, der Beweis dafür, dass Popmusik poetisch sein kann. Diese Strophe mag ich am wenigsten. Als würde sie einen Kriminalfall schildern, beschreibt sie den letzten Tag unserer Beziehung. Die Formulierungen sind diskret und so vage, dass sich alle darin wiederfinden können, aber ich erinnere mich nur zu gut an die Momente, die sie meint.

»*The day of, I want you*«, singt sie. »*High roads, see us through.*«

Das ist keine Metapher. Sie meint die Tour, die wir zusammen geplant hatten. Die der nächste Schritt in unserer musikalischen wie in unserer Liebesbeziehung hätte sein sollen.

Ich treibe die Melodie voran. Es ist, als stritten wir uns. Als könnte ich mit meinen Akkorden alles ausdrücken, was ich ihr nicht sagen konnte, als wir aus dem Leben des jeweils anderen verschwanden. *Es war also Nashville oder nichts? Konntest du mich nicht lieben, wenn ich keine Musik mit dir mache?*

Kein Wunder, dass du mich in einem Song verewigt hast, obwohl du mich auch hättest anrufen können. Wenigstens einmal in zehn Jahren.

Aber natürlich hast du das nicht.

Der Schmerz zahlt sich nur aus, wenn es ein Hit wird, stimmt's?

Ich habe das seltsame Gefühl, dass Riley mich hören kann. Neben mir drängt sie vorwärts, öffnet mitten in der zweiten Strophe ihr Herz. Ich spüre ihre Bewegungen im Takt mit den Worten, die sie singt, das Heben und Senken ihrer Brust bei jedem Atemzug. Die unerträgliche Nähe ihres Arms an meinem. Einladung und Verurteilung zugleich.

Ihr herrlicher Mund, der die Zeilen formt, die ich einfach nicht *nicht* hassen kann.

»*You look like you're hoping I'll be fine*«, singt sie. »*I know I'm helpless even when I try.*«

Ich weiß, was jetzt kommt. Mein Herz pocht, das Zittern meiner Finger schlägt sich in der Musik nieder. Gleich wird Riley die Zeilen singen, die ich nur schwer aushalte. *We know it isn't true when you say you'll see me soon.*

Den Schmerz in ihrer Stimme bei *see me soon* kann ich schon auf der Bühne kaum ertragen. Ich glaube nicht, dass ich es jetzt könnte. Mit den Händen noch auf den Tasten drehe ich mich zu ihr um, sehe ihr in die Augen.

Sie atmet ein.

Ich küsse sie.

Alles hört auf.

Das Piano verstummt abrupt. Die nächste Textzeile wird von meinem Mund auf ihrem verschluckt.

All meine Sinne sind auf sie gerichtet.

Ihre Lippen unter meinen formen noch halb die gestohlenen Silben. Ihr Duft, süß wie eine Sommernacht, ist überall.

Sie erwidert den Kuss, und die Melodie unserer Musik wird zum Rhythmus unserer Herzen, zum Flüstern des Blutes in unseren Adern. Sie beugt sich näher zu mir. Wieder einmal drängen wir vorwärts, führen einander in stiller Harmonie.

Falls ich jemals gewagt hätte, mir diesen Moment auszumalen, dann hätte ich erwartet, dass er sich wie eine vertraute Zugabe anfühlen würde. Doch Riley zu küssen fühlt sich wie etwas vollkommen Neues an.

Ich ziehe sie noch näher, will noch mehr von ihr berühren. Die Bewegung überrascht sie. Ich höre es in ihrem kurzen Atemholen, dann setzt sie sich auf meinen Schoß, packt meinen Hemdkragen. Ihre Hüfte drückt sich verführerisch an meine, und ich umfasse ihr Gesicht, ihren Rücken, klammere mich an sie, als versuchte ich, das Sonnenlicht zu greifen. Unmöglich, aber vielleicht, nur vielleicht, öffne ich gleich meine Hände, und sie sind nicht leer.

Erst als die Zimmertür sich mit einem Piepen öffnet, lösen wir uns voneinander, und Riley gleitet von meinem Schoß. Eileen kommt herein, vermutlich angelockt von dem plötzlichen Verstummen der Musik. Die Wirklichkeit holt uns unwirsch ein. Das gleißende Weiß des Steinbodens, der strahlende Tag draußen. Die schiere Unmöglichkeit der Situation. Wir waren schon einmal an diesem Punkt, und es endete mit gebrochenen Herzen. Daran hat sich nichts geändert. Und das wird es auch nie. Sonnenlicht kann man nicht einfangen. Meine Hände sind leer.

Riley starrt mich an, die Finger auf die Lippen gepresst, Entsetzen in den Augen. Sie sagt kein Wort.

Abrupt stehe ich auf und gehe hinaus. Ich fühle alles gleichzeitig – Reue, Verlangen, Angst, Sehnsucht.

Da ist keine Melodie mehr in meinem Kopf – nur noch Lärm.

KAPITEL 16

Riley

Nach der ersten Show in New Orleans gehe ich von der Bühne ab und bin den Tränen nahe. Die jubelnde Menge im Superdome hat keine Ahnung, wie es mir geht, und darüber bin ich froh. In der Miniaturgalaxis des Stadions, der dunklen und von kollektiven Emotionen erfüllten Kuppel, habe ich ihnen gegeben, was ich konnte.

Und dennoch haben wir »Until You« so schlecht wie noch nie performt. Kreativität lebt vom ständigen Wechsel zwischen Hochs und Tiefs. Aber an Tiefpunkten wie heute fühle ich mich in meinem Frust wie eine Ertrinkende.

Als ich an Eileen vorbeikomme, hebe ich bloß die Hand, denn ich weiß, was sie sagen will. Die Probe im Hotelzimmer hat uns zurückgeworfen. Natürlich hat sie das. Denn Max hat mich geküsst – und es ganz offensichtlich bereut.

Fürs Protokoll: Ich bereue es nicht. Klar, letzten Endes war es wahrscheinlich eine Schnapsidee, aber ich halte nichts von Reue. Ich könnte es nie bereuen, Max Harcourt geküsst zu haben. Es war, als hörte ich zum ersten Mal seit Jahren ein lang vergessenes Lieblingslied.

Für ihn war es offensichtlich anders. Ich kann den Sturm in seinen Augen nicht vergessen, als er vom Klavierhocker aufstand … die Abscheu. Seit ich meine Gefühle zu Songs verarbeite, habe ich den Verdacht, die Leute vergessen, dass ich diese Gefühle vorher wirklich empfunden habe. Die Gefühle finden den Weg in meine Stimme nur, weil ich sie vorher durchgemacht habe.

Und genau das erlebe ich nun mit dem anhaltenden Brennen unseres Kusses. Das Gefühl verfolgt mich durch die dunklen Korridore bis zum Green Room.

Mit einem Lächeln beantworte ich die routinemäßigen Glückwünsche aller, an denen ich vorbeikomme. Ich wünsche mir, ich könnte ihnen mit mehr Begeisterung begegnen, genauso wie ich mir wünsche, ich hätte den Fans mehr bieten können. Alle hier – die Crew, die Fans – sind wegen meiner Show hier, und jedes Mal, wenn ich einen unkonzentrierten Moment, einen schlechten Tag habe, überkommt mich das schlechte Gewissen.

Genauso habe ich mich gefühlt, als ich mich auf der Bühne durch »Until You« gequält habe. Das Durcheinander mit Max bringt mich dazu, alle zu enttäuschen.

In meiner Garderobe lasse ich mir Zeit beim Umziehen, ich verkrieche mich in der Einsamkeit. Irgendwann werde ich Max gegenübertreten, die Sache klären müssen. Herausfinden, was da los ist, was wir tun können, wie wir den Song retten können. Aber ich schiebe es auf, denn ich befürchte, wenn ich es anspreche, wird Max eher gehen, anstatt eine Lösung zu suchen. An diesem Punkt waren wir schon einmal, und obwohl die Trennung den bisher größten Hit meiner Karriere inspiriert hat, bin ich nicht bereit, das noch einmal durchzumachen.

Im Garderobenspiegel schaue ich mir in die Augen. Nichts erinnert mehr an den Star mit all seinen überlebensgroßen Repliken, die sich synchron auf den Videoscreens im Stadion bewegen. Ich sehe elend aus. Klein. Erschöpft.

Ich möchte nicht in mein Hotelzimmer zurück, an den Schauplatz unseres Kusses, wo der Stutzflügel wie ein Grabstein mitten im Raum steht. Genauso wenig will ich mich mit Eileen zusammensetzen und besprechen, was ich ändern muss – das weiß ich selber. Stattdessen richte ich mich auf. Im Spiegel schüttle ich einen Teil meiner Enttäuschung ab. Genug Trübsal geblasen. Ich verlasse die Garderobe und mache mich auf die Suche nach Mom.

Mit warmen Beignets in der Hand spazieren wir durchs French Quarter. Es ist schon spät, aber New Orleans schläft nicht. Aus Fenstern über uns dringt Musik heraus auf das freundliche Durcheinander des Nachtlebens, und die lebhafte Fröhlichkeit ist ansteckend.

Ich fühle mich zufriedener, ruhiger, wieder mehr ich selbst. Es ist erstaunlich, welche Wunder Fettgebäck aus New Orleans und die Gesellschaft meiner Mutter wirken.

Ein paar Leute, an denen wir vorbeikommen, bitten mich um Fotos und Autogramme, und ich erfülle ihnen den Wunsch, bis sich immer mehr versammeln, angezogen von der Menge. Ich habe mein öffentliches Gesicht aufgesetzt und rufe mir in Erinnerung, wie dankbar ich für die Unterstützung meiner Fans bin, auch wenn mich solche Momente unweigerlich nervös machen.

Alles ist gut, bis von irgendwo eine Stimme ertönt: »Gib Wesley noch eine Chance!«

Tatsächlich habe ich zuletzt bemerkt, wie sich einige dunklere Strömungen im Umfeld von *The Breakup Record* gebildet haben. Immer mehr Wesley-Fans schieben mir die Schuld an der Scheidung zu, posten haarsträubende Untreuetheorien, die sie mit aus dem Zusammenhang gerissenen Zitaten untermauern. So geschmacklos das auch sein mag, lassen mich seine Anhänger jedoch nicht um meine Sicherheit fürchten. Schlimmer sind die Jünger von Jacob Prince, den ich mit einem der weniger schmeichelhaften Portraits auf *The Breakup Record* verewigt habe. Jacob hat später in einigen Superheldenfilmen mitgespielt, aber nicht in denen der lustigen Art, sondern den machohaften.

In einigen sehr verstörenden nächtlichen Internetsessions habe ich herausgefunden, dass ich zu genau der Art von Frauen gehöre, die seine Fans hassen. In den folgenden Monaten musste ich lernen, welche Foren ich meiden und an welcher Art von Profilbild ich lieber vorbeiscrollen sollte. Doch was manche mir in den Kommentarspalten wünschen oder mir antun wollen – das ist beängstigend.

Auch wenn hier im French Quarter alle ganz freundlich wirken, macht mich die Erwähnung eines meiner berühmten Ex-Männer nervös. Ich weiß, dass die Leute eine Meinung zu meinem Liebesleben haben. Ich weiß auch, dass ich sie dazu ermutige. Allerdings brauche ich diese Meinung nicht zu wissen, und schon gar nicht möchte ich all die Beleidigungen und Beschwerden hören, die die Menge für mich haben mag, wenn ich quasi allein nach Mitternacht in der Öffentlichkeit unterwegs bin.

Ich beschließe, dass ich hier rauswill. »Hey, Leute«, rufe ich mit erschöpfter Stimme, »tut mir leid, dass ich nicht bleiben kann, ich bin mit meiner Mutter unterwegs. Aber vielen Dank für eure Unterstützung. Es war wirklich schön, euch zu sehen.«

Ich bahne mir einen Weg durch die Menge. Gerade als ich mich frage, ob ich nicht doch besser Security mitgenommen hätte, packt Mom mich und zieht mich furchtlos mit sich, als wolle sie sagen: *Legt euch nicht mit der Mutter eines Popstars an!*

Endlich kommen wir frei und biegen um die Ecke. Die Straßen sind nicht mehr leer, endlose Partys dringen aus den Nachtclubs. Doch niemand in meiner unmittelbaren Umgebung erkennt mich – vorerst.

»Hier.« Meine Mutter holt eine Sonnenbrille aus ihrer Handtasche.

Trotz der späten Stunde setze ich sie dankbar auf, dann löse ich meine verschwitzten Haare aus dem Zopf, den ich mir nach dem Konzert geflochten habe. »Danke«, sage ich. »Tut mir leid. Ich weiß, dass es kein normaler Mutter-Tochter-Kram ist, mit solchen Menschenmengen fertig zu werden.«

Mom lacht. »Liebling, nichts an dieser Tour ist für mich normal. Es ist Donnerstagabend, und ich laufe nach einem Rockkonzert durch New Orleans. Vor einem Jahr hätte ich mir das alles nicht vorstellen können.«

Kaum ist der Satz aus ihrem Mund, vergeht ihr das Lächeln. Ihr wird klar, was sie gerade gesagt hat. *Natürlich* hätte sie sich das alles vor einem Jahr nicht vorstellen können. Vor einem Jahr war sie noch mit meinem Vater verheiratet und ging davon aus, den Rest ihres Lebens mit ihm zu verbringen.

Auch wenn ich nichts von Reue halte, frage ich mich, wie meine Mutter das sieht.

»Ich weiß, dass in diesem Jahr vieles anders gekommen ist, als du es erwartet hattest«, sage ich sanft, »aber es ist schön, dass du hier bist.«

Sie sieht aus, als kämpfe sie gegen etwas an, dann lächelt sie. »Finde ich auch.«

Wir wandern ziellos durch die Straßen. Mom reicht mir noch einen Beignet. Die Lebendigkeit der Stadt spiegelt sich derweil in jedem Schaufenster und an jeder Straßenecke; unter den prächtigen Balustraden wetteifern endlose Reihen von Leuchtschildern um unsere Aufmerksamkeit. Clubs, Live-Bühnen, Restaurants. Musik ist hier förmlich mit Händen zu greifen, steckt in jedem Winkel und jedem Hauseingang.

Ich war schon oft in New Orleans, doch mit meiner Mutter erlebe ich die Stadt noch einmal neu, auch wenn sich keine von uns hätte vorstellen können, die Stadt auf diese Weise zu besuchen.

Ich weiß auch nicht genau, was ich zur Scheidung meiner Eltern sagen soll, weiß noch nicht einmal, wie es mir damit eigentlich geht.

Natürlich habe ich geweint, als mir mein Vater am Telefon davon erzählte. Es kam mir vor, als sei etwas gestorben.

Ich habe mich gefragt, ob die Trennung meine Schuld sei. Ob meine Berühmtheit, das Rampenlicht, das auf meine einst so normale Familie abstrahlte, zu einer Belastung oder Prüfung geworden sei, der ihre Ehe nicht standhalten konnte. In den seltenen Nächten, in denen mir der Ruhm Angst macht, gesellt sich diese Sorge zu all den Orten, die ich nie wieder unauffällig besuchen kann, und den ehemaligen Freunden, die sich auf unangenehme Weise etwas von mir erhoffen.

Dabei respektiere ich die Eigenständigkeit meiner Eltern, ihre Reife und ihre Freiheit. Ich weiß, sie hätten diese Entscheidung nicht getroffen, wenn sie eine andere Wahl gehabt hätten. Ich habe mein Leben, mein Zuhause, meine Beziehungen. Sie haben ihre.

Dieses ganze Popstar-Ding macht es mir nicht gerade leichter, Gewissheit über meine Gefühle zu bekommen. Viele Leute glauben, ich hätte keine gewöhnliche Kindheit gehabt. Dabei bin ich in einem Vorort im Mittleren Westen aufgewachsen, in dem Haus, in dem meine Eltern immer noch leben, zumindest bis vor Kurzem. Ich war nicht gut in Mathe und spielte gern Fußball.

Stattdessen tun die Leute aber so, als hätte mein Leben erst mit meinem ersten Charterfolg oder meinem ersten Cover auf dem *Billboard*-Magazin begonnen. Reporter und Dokumentarfilmer stürzen sich auf erste Anzeichen meiner Musikalität in der Kindheit – Klaviervorspiele, Highschool-Konzerte, den Anfang der Riley-Wynn-Story – und vergessen den Rest.

Und manchmal vergesse ich ihn selbst, was mir Angst und mich traurig macht. Ich will nicht wie meine Fans und Kritiker der Illusion auf den Leim gehen, ich hätte abseits der Bühne niemals existiert. Umso mehr will ich an den traurigen Überresten meiner Familie festhalten.

Doch so sehr ich mich auch daran klammere, so wenig wollte ich bisher mit meinen Eltern darüber reden. Ich hätte nicht gewusst, wie. Als Mom mir beim Umzug geholfen hat, haben wir nur über *ihre* Sicht auf das Ende ihrer Ehe gesprochen, sooft ich mich auch an ihrer Schulter über meine eigene gescheiterte Ehe ausgeweint habe.

Ein weiteres Missverständnis über mich ist der Narzissmus, den man mir nachsagt – die Leute glauben, nur weil ich mich in meiner Musik mit meinen Gefühlen und Beziehungen beschäftige, interessierte ich mich nicht für andere. Man muss kein Weltklasse-Soziologe sein, um zu verstehen, warum die Leute das von mir, einer sehr berühmten, sehr wohlhabenden jungen Frau, annehmen.

Dabei ist es schlicht und ergreifend falsch. Ich wusste, wie schlecht es meiner Mutter mit ihrer Scheidung ging. Da wollte ich mich nicht auch noch mit meinen eigenen, komplizierteren Gefühlen dazu auseinandersetzen. Es hätte sich … ich weiß auch nicht, unfair angefühlt. Verkehrt.

Irgendwann werde ich das tun. Das weiß ich.

Aber noch nicht. Im Moment habe ich selbst genug Herzschmerz zu verarbeiten.

»Wie du weißt, bin ich in meiner Kindheit oft umgezogen«, sagt Mom in mein Schweigen hinein. »Mein Dad wurde ständig irgendwo anders stationiert. Ich habe es gehasst, also habe ich beschlossen, wenn ich einmal erwachsen wäre, für den Rest meines Lebens in einer Stadt Wurzeln zu schlagen.«

Das überrascht mich. Mein Großvater war bei der Navy. Ich habe ihn nie kennengelernt, aber ich kenne die Geschichten, wo Mom überall gelebt hat, in den abgelegensten Ecken des Landes, festgehalten in den wechselnden Hintergründen der Familienfotos. Ich hatte keine Ahnung, dass sie deswegen so fest entschlossen war, sich niederzulassen, als sie mit sechsundzwanzig meinen Dad heiratete.

Sie beißt von ihrem Beignet ab, die Lichter von New Orleans spiegeln sich in ihren Augen. »Aber dann wurde meine Tochter plötzlich zu einem Popstar, und ich habe mich scheiden lassen«, fährt sie fort. »Das ist komisch. Nicht im Sinne von lustig, einfach … Ich glaube, ich lerne gerade, wie leicht man entwurzelt werden kann.«

Ich nicke ernst. Versuche, mir auszumalen, wie das für sie gewesen sein muss. Mit ihrer Familie an einem Ort zu leben war alles für meine Mom, ihr Traum. Was ich jetzt mache, diese Tour, das wollte ich mein ganzes Leben. Wenn ich das über Nacht verlieren sollte … Unvorstellbar.

»Du kannst neue Wurzeln schlagen, Mom. Dafür brauchst du Dad nicht«, sage ich. Der Vorschlag kommt mir allzu simpel vor. Oberflächlich. Die Vorstellung, meiner Mutter – oder meinen Eltern überhaupt – Weisheiten mit auf den Weg zu geben, erscheint mir absurd. Trotzdem möchte ich ihnen helfen.

»Ich weiß«, antwortet sie. »Aber … Ich bin mir nicht sicher. Vielleicht bin ich bereit für etwas anderes, etwas Neues.«

Etwas Neues. Ich muss an Max denken. Musik war nie sein Traum, zumindest nicht genug, um ihn ernsthaft zu verfolgen. Jetzt versucht er es aus anderen Gründen, mit einem neuen Blickwinkel, mit mehr Lebenserfahrung. Vielleicht kann sich das, was man im Leben will, ändern. Vielleicht verliebt er sich jetzt endlich in die Musik.

In alles.

Als könne sie meine Gedanken lesen, schaut Mom mich fragend an. »Wieso wart Max und du heute Abend so steif?«, fragt sie.

Ich lasse die Schultern sinken. Der Lärm von New Orleans stürzt auf mich ein, auf einmal finde ich ihn nicht mehr fröhlich, sondern chaotisch. »Sag bitte nicht, dass es so schlimm war«, flehe ich.

»Es ist bestimmt nur deiner Mutter aufgefallen«, beruhigt sie mich.

»Er hat mich geküsst.« Wie bei allen meinen Lieblings-Lyrics ist dieser schlichte Satz nicht einfach nur eine Aussage. Dahinter verbergen sich ganze Strophen, Fragen, denen ich mich nicht stellen kann, unausgereifte Gefühle, die in meinem Innersten miteinander ringen.

Meine Mutter wirkt nicht überrascht. »Mm-hmm«, brummt sie, den Blick fest auf die nächste Straßenecke gerichtet, wo die abblätternde Farbe der Pracht der Fassade keinen Abbruch tut.

»Kein Kommentar?« Die Frage klingt scherzhaft, aber sie kaschiert kaum, wie dringend ich ihre Meinung hören will. Ich brauche Hilfe bei der Max-Frage.

»Ach, ich weiß nicht«, antwortet Mom.

Ich schürze ungeduldig die Lippen. »Mom, sag einfach, was dir durch den Kopf geht. Findest du, es war ein Fehler? Max und ich haben das schon einmal durch. Meinst du, dass ich mich nach meiner Scheidung auf mich selbst konzentrieren sollte? Oder dass Max sich nicht sicher genug ist, was er eigentlich will, um etwas Ernsthaftes anzufangen? Glaubst du das?«

Sie sieht mich durchdringend an.

»Nein«, sagt sie ruhig. »Das glaubst *du*. *Ich* glaube …«

Ich warte, gierig nach Gewissheit. Die Fragen in meinem Kopf knirschen wie Dissonanzen, die auf die Auflösung warten.

»Du hast ein ganzes Album über Liebeskummer geschrieben«, sagt Mom.

»Und?«

»Na ja.« Sie zögert. »Irgendwann würde ich gern mal ein Liebeslied hören.«

KAPITEL 17

Max

Das Ruckeln des Busses weckt mich auf, und ich höre leises Gitarrengeklimper. Auf dem langen Weg nach Miami habe ich unruhig geschlafen, jedes Abbremsen auf den Schnellstraßen Floridas hat mich hochschrecken lassen.

Die sanfte Akkordfolge, die Riley auf ihrer Gitarre spielt, dringt sachte durch den geschlossenen Vorhang. Kurz überlege ich, einfach liegen zu bleiben und mich von dem Klang wieder in den Schlaf wiegen zu lassen.

Aber ich weiß, das wird mir nicht gelingen. Ich wünschte, ich könnte die Highways für meine Schlaflosigkeit verantwortlich machen. Doch in Wirklichkeit finde ich seit meinem Kuss mit Riley keine Ruhe mehr. Fieberträume von ihren Lippen auf meinen, die Liebeslieder ohne Text singen, haben mich in den letzten Nächten unzählige Male aufgeweckt. Heute ist es nicht anders.

Selbst wenn ich wach bin, verfolgen mich diese Träume. Jedes Mal, wenn wir »Until You« spielen, beim Proben oder auf der Bühne, denke ich daran, wie meine Lippen sie haben verstummen lassen. Es bringt mich völlig durcheinander. Am ersten Abend in New Orleans hätte ich fast meinen Einsatz verpasst. Am zweiten hätte ich beinahe die Bridge übersprungen. Jedes Mal, wenn wir bei *you say you'll see me soon* ankommen, pocht mein Herz wie ein trauriges Metronom, das ich am liebsten ignorieren würde. Irgendwann werde ich es völlig verpatzen.

Riley nicht. Sie scheint vollkommen ungerührt. Sie singt »Until You« zwar nicht mit der gleichen Hingabe wie den Rest ihres Sets, aber ich bin mir ziemlich sicher, dass es nicht an dem Kuss liegt. Es wirkt eher so, als könne sie nicht mehr das gleiche Gefühl aufbringen wie früher.

Ich drehe mich in meiner Koje um und wünsche mir, die Leere vor dem Fenster würde mich davon überzeugen, dass ich irgendwo anders bin.

Und dann höre ich Rileys Stimme, sanft und rau, die in ihr Gitarrenspiel mit einfällt. Sie klingt neugierig, als sei sie dabei, den Song zu entdecken.

Ich liege still und lausche.

Ihre Stimme dringt durch die Dunkelheit, legt sich auf mich wie die Bettdecke. »*I walk Heartbreak Road, feel your hand in mine on Heartbreak Road. Traveling for ten years.*« Jedes Wort ist schmerzerfüllt, greift nach unerreichbaren Hoffnungen. Diese Zeilen habe ich noch nie gehört. Sie schreibt etwas Neues.

In der Stille der Nacht, die nur von Rileys Musik unterbrochen wird, klettere ich wie ferngesteuert aus der Koje. Die Musik zwingt mich dazu, das Lied raubt mir den Schlaf. Das Gegenteil eines Wiegenliedes. Ihr Sirenengesang zieht mich in den Wohnbereich wie einen Seemann in die Tiefe des Meeres.

Riley sitzt im Dunkeln, die Gitarre auf den Knien. Sie beugt sich über das Instrument und schreibt etwas auf einen Notizblock. »Heartbreak Road« lautet der unterstrichene Titel über dem handgeschriebenen Text. Vor meinem inneren Auge blitzen Wohnheimzimmer auf, hastig hingekritzelte Zeilen auf Servietten. Es ist verblüffend, dass Rileys Songwriting immer noch ganz genauso abläuft, wie ich es in Erinnerung habe. Egal, wie groß die Bühnen werden, hier nimmt die Musik ihren Anfang.

Sie steckt sich den Bleistift hinters Ohr und fängt wieder an, leise zu spielen. Als sie singt, klingt ihre Stimme zerbrechlich, geradezu vorsichtig. »*I walk Heartbreak Road, feel your hand in mine on Heartbreak Road. Traveling for ten years on Heartbreak Road. Kissing you is fine on Heartbreak Road, leading us to nowhere.*«

Ich bin hin- und hergerissen. Bruchstücke des Textes verhaken sich in meinem Kopf. Mir wird klar, dass ich mich unter ihrer Bleistiftspitze befinde. Einerseits fühle ich mich unwohl bei dem Gedanken, dass sie mich schon wieder als Vorlage für einen Song benutzt. Andererseits ist es genauso ihre Geschichte wie meine. Ich habe sie geküsst. Ich kann ihr kaum verbieten, über ihr Leben zu schreiben, vor allem, da mir hätte klar sein müssen, dass sie das tun würde. Wenn ich jetzt ihre Muse wider Willen bin, ist es allein meine Schuld.

»Ein neuer Trennungssong?«, frage ich.

Riley blickt auf, erst jetzt bemerkt sie mich. Herausfordernd sieht sie mich an.

»Sollte es etwas anderes sein?«, erwidert sie.

Das ist eine heikle Frage. Ich weiß nicht, was ich antworten soll, also schweige ich.

Riley mustert mich im Dunkeln, abwartend. Als ihr klar wird, dass ich nichts sagen werde, seufzt sie, ihr Blick wandert wieder in die Ferne. »Ganz ehrlich«, sagte sie, »ich glaube, ich kann nur Trennungssongs.«

»Das stimmt nicht«, erwidere ich, ohne zu zögern. Genauer gesagt war ich mir noch nie so sicher. Und ich wünsche mir, dass Riley das versteht. Ich gehe weiter zu ihr, das Mondlicht wirft eine silberne Gerade zwischen uns.

Riley senkt den Blick. Sie fängt wieder an zu spielen, als wäre das die einzige Antwort, die sie geben kann. Wir fliegen still auf dem Highway voran, und ich bin wie erstarrt, ringe nach Worten. Ich möchte sie um Verzeihung bitten, weil ich sie geküsst habe, weil ich sie so verletzt habe, dass sie *schon wieder* einen Trennungssong über mich schreiben muss. Aber selbst wenn ich könnte, würde ich den Kuss nicht rückgängig machen. Ebenso wenig wie die fieberhaften Träume oder unsere angespannten Auftritte. Nichts von all dem.

Denn ich begreife gerade, dass es ihr auch etwas bedeutet hat. *Sie hat den Kuss erwidert.* Und jetzt verarbeitet sie ihre Hoffnungen, ihre Ängste, ihre Fragen in einem Song. So cool sie sich auch in den letzten Tagen gegeben hat – von ihrer lieblosen Performance bis hin zu ihrer beiläufigen Freundlichkeit bei den Proben ... Ich bin nicht der Einzige, der nach Mitternacht wach liegt und an den Kuss denkt.

Es hat nicht *nichts* bedeutet.

Nicht ihr, nicht mir.

Ich weiß nur noch nicht, was es stattdessen bedeuten könnte. Während Riley auf ihrer Gitarre spielt, ertappe ich mich dabei, wie ich mit den Fingern auf der Küchenarbeitsplatte imaginäre Akkorde anschlage.

Sie bemerkt es. »Was denkst du? Über die Musik, meine ich. Obwohl ich mich auch über alles Weitere freuen würde, das du vielleicht teilen möchtest.«

Ich lasse die Hände sinken, denke nach. Klammere mich an den ersten Teil ihrer Frage. Riley zu küssen mag mir das größte Rätsel meines Lebens aufgeben, aber Musiktheorie bekomme ich hin. »Versuch den D-Moll-Akkord als Umkehrung«, schlage ich vor. »Dann bekommt ›*kissing you is fine*‹ etwas Zweifelndes.«

Falls Riley in meinem Ratschlag eine verstecke Botschaft findet, lässt sie sich nichts anmerken. Sie nickt, wieder ganz in ihrem Schaffensprozess versunken. »*Kissing you is fine on Heartbreak Road*«, wiederholt sie mit dem nun angepassten Akkord. Das Funkeln in ihren Augen verrät mir, dass ihr die Veränderung gefällt. Und es ist ziemlich aufregend.

Erneut verändert sich die Akkordfolge, es hört sich an wie eine Einladung. Die Melodie geht in die Strophe über. »*Holding out hope or knowing what we know*«, singt sie leise. »*Retracing our steps or never letting go …*«

Sie hält inne, greift hastig nach dem Bleistift, während die andere Hand noch immer auf dem Hals der Gitarre liegt. Entschlossen streicht sie *or never* auf ihrem Block durch und kritzelt etwas Neues hin.

»*Retracing our steps until we're letting go*«, singt sie.

Ich beobachte sie andächtig. Die Poesie ihrer Texte ist das Beste an ihren Songs, ihre gar nicht mal so geheime Geheimwaffe. Präzise, emotional, clever. Sie entwickelt »Heartbreak Road«, wie aus verschiedenen Richtungen kollidierende Elemente einen Stern formen. Einiges ist noch unfertig, aber das meiste ist schon da. Riley spielt den Song noch einmal und lässt den letzten Akkord verklingen.

Langsam hebt sie den Kopf und sieht mich an. Sie bittet mich um meine Meinung.

Doch über die Lippen kommt mir die Frage, die mir ständig durch den Kopf geht, wenn ich sie singen höre. »Wie machst du das?«, frage ich. »Wie schaffst du es, deine tiefsten, intimsten Gefühle in einen Song zu legen?«

Im Dämmerlicht ist Rileys Gesichtsausdruck schwer zu deuten. Aber vermutlich wäre das im hellsten Sonnenschein nicht anders. »Ich muss es. Wo soll ich sonst damit hin? Beim Schreiben fühlt es sich manchmal so an, als würde ich mir das Herz herausschneiden, aber manchmal ist genau das die einzige Möglichkeit, dem Schmerz ein Ende zu machen«, sagt sie ruhig, als wiederhole sie irgendein Gebet oder eine geheime Weisheit.

Ohne eine Antwort abzuwarten, spielt sie den Song erneut. Diesmal ist ihre Stimme kräftiger, ihr Ausdruck fester. Die Akkorde finden einander wie alte Freunde und nicht wie Fremde, die zum ersten Mal aufeinandertreffen.

Ich beobachte Riley und stelle sie mir zugleich woanders vor. Nicht hier im dunklen Tourbus, während die Straße unter uns hinwegzieht, sondern in einem leeren Zimmer in ihrem Haus, mit dem Schmerz ringend, der sich nicht vertreiben lassen will. Mit den Erinnerungen … an mich. Sie schreibt auf ihren Notizblock. In meiner Vorstellung setzt sie sich auf der Suche nach Trost ans Klavier.

Fragen schießen mir durch den Kopf. *Hat sie »Until You« genauso geschrieben? Waren es nicht bloß fast vergessene Gefühle, die sie zu einem radiotauglichen Hit verwoben hat?*

Was, wenn sie unser Lied geschrieben hat, um über uns hinwegzukommen?

Ich stelle mir vor, wie Riley traurig ins undurchdringliche Dunkel der Vergangenheit starrt und sich fragt, was falsch gelaufen ist. Wie sie das Bedürfnis hat, ihre Gefühle in einem Lied zu verarbeiten, selbst nach so vielen Jahren. Und es tut weh.

Vielleicht ist mein Schmerz nicht bloß Mitgefühl. Nein, ich stelle mir nicht nur vor, was sie durchmacht.

Ich weiß *genau*, wie sie sich fühlt.

Jeden Tag. Auch jetzt.

Das ehrliche Bekenntnis in »Heartbreak Road« setzt etwas in mir frei, das ich verdrängt hatte. Irgendetwas in mir, manchmal winzig, manchmal schwer wie Beton, vermisst Riley seit dem Tag, an dem unsere Beziehung endete.

Jetzt schreit es in mir und verlangt, gefühlt zu werden.

Ich beobachte sie beim Spielen, ihre Hände auf der Gitarre. Die Gelassenheit auf ihrem Gesicht sieht hart erkämpft aus, das Haar umrahmt ihre Wangen, die im Mondlicht die Farbe von Quecksilber haben. Hoffnungslosigkeit macht einen großen Teil des Schmerzes in meiner Brust aus – ich weiß, dass ich sie nicht noch einmal küssen kann. So sehr ich es mir auch wünsche.

Nicht, wenn sie gerade ein Lied über die immer gleiche Straße zum Liebeskummer schreibt. Ich werde sie nicht von Neuem zwingen, diesen Weg zu gehen.

»*Kissing you is fine on Heartbreak Road, leading us to nowhere*«, singt sie.

Sie stockt, als sie den unfertigen Teil des Songs erreicht hat. Nachdenklich blickt sie ins Leere, bis ihr offenbar eine Idee kommt. Sie schlägt den nächsten Akkord an und beendet die Zeile, als müsse sie etwas ganz tief aus ihrem Inneren hervorholen.

»*Lights go green and even with you*«, singt sie, »*same old road leading nowhere new.*«

»Wie wäre es mit …«

Riley hebt überrascht den Kopf, als sie meine Stimme hört. In ihren Augen sehe ich Verlangen, und zwar nicht nur nach kreativer Zusammenarbeit.

»*Lights go green and maybe with you*«, sage ich leise und variiere das Ende der Zeile, »*same old road can lead somewhere new.*«

Rileys Hände bewegen sich nicht. Die Gitarre liegt schweigend in ihrem Schoß. Die Stille ist angespannt. Meine Gefühle in dieser Textzeile auszusprechen fühlt sich an wie nichts, was ich je erlebt habe. Wie ein Flug auf den Schwingen der Hoffnung.

Sie kann die Bedeutung meiner Variante unmöglich missverstehen. Diese sechzehn Silben sind noch keine Liebeserklärung, aber ein *Vielleicht*. Dabei bin ich mir nicht einmal sicher, ob dieses Vielleicht, das ich vorschlage, überhaupt möglich ist. Ich weiß nur, dass ich es mir wünsche.

Sie greift nicht nach ihrem Bleistift. Etwas Undurchschaubares huscht über ihre Züge.

»Ich muss bei der Wahrheit bleiben, Max«, sagt sie.

»Gefühle sind die Wahrheit«, antworte ich, und das Pochen meines Herzens verleiht meinen Worten Nachdruck. In diesem Augenblick sind ein paar Textzeilen der Mittelpunkt meiner Welt. Ich nehme meinen Mut zusammen und fahre fort. »Jedenfalls … fühle ich so.«

Sie schaut mich lange an.

Als sie den ersten Akkord erneut anschlägt, lächelt sie leicht. Sie spielt das Lied von Anfang an.

Sie folgt dem inzwischen vertrauten Pfad, lässt mich warten. Jetzt fühle ich mich nicht mehr, als ob ich fliege. Ich hänge irgendwo in der Luft, unsicher, ob ich mich in die Höhe schwingen oder gleich abstürzen werde. In der Dunkelheit spielt Riley den Refrain, dann die nächste Strophe. Und dann endlich …

»*Lights go green and maybe with you*«, singt sie, »*same old road can lead somewhere new.*«

KAPITEL 18

Riley

Nach Miami passiert es endlich.

Irgendetwas hat sich auf der Bühne zwischen Max und mir verändert. Angefangen hat es mit unserer mitternächtlichen Schreibsession für »Heartbreak Road«, das mir seitdem nicht mehr aus dem Kopf geht. Auch wenn wir nur in Form des Songs über unseren Kuss gesprochen haben, habe ich das Gefühl, dass die Mauer, die wir in zehn Jahren zwischen uns errichtet haben, Risse bekommt.

Es sind kleine Dinge, die anders sind. Momente auf der Bühne, wenn unsere Blicke sich treffen. Das aufrichtige, verstohlene Lächeln, das er mir schenkt, bevor wir zum ersten Refrain von »Until You« ansetzen. Während der letzten paar Konzerte haben wir angefangen, füreinander zu spielen anstatt bloß miteinander. Die Menge rastet jedes Mal aus.

Und dann ist es endlich so weit. Nach der Show in Miami scrolle ich wieder mal durch Social Media, als ein Video meine Aufmerksamkeit auf sich zieht. Es ist nicht vom Konzert – zumindest nicht von diesem.

Es zeigt Max und mich in unserer Zeit am College. Einer unserer ersten Open-Mic-Abende. Wir spielen »Can't Help Falling in Love«. Die Stammgäste hören höflich zu, aber ich sehe aus wie das glücklichste Mädchen der Welt. Was ich wohl auch war.

Schon setzt sich die Spirale von Spekulationen in Gang. Max wird erkannt und unsere gemeinsame Zeit am College ausgegraben. Kurz darauf weiß das ganze Internet, dass wir mal zusammen waren. Wir nehmen die komplette Social-Media-Sphäre ein; jede Gossip-Seite, jeder Prominews-Account springt auf den Zug auf. *Riley Wynn auf der Bühne mit ihrer Collegeliebe wiedervereint.*

Die Verbindung zu »Until You« ist schnell hergestellt. Nur wenige Stunden später haben alle herausgefunden, dass es in dem Song um Max geht. Am nächsten Morgen hält er mir mit zerzausten Haaren sein Telefon entgegen, auf dem Schlagzeilen mit seinem Namen zu sehen sind, und erzählt, Reporter hätten angefangen, bei Harcourt Homes nachzufragen, ob wir wieder zusammen sind.

Beim Frühstück in der Küchenecke besprechen wir unsere Pressestrategie. Larissa und die Plattenfirma sind auf meinem iPhone zugeschaltet, voll im Planungsmodus. Was wollen wir sagen, was nicht? *Riley Wynn und Max Harcourt waren früher einmal zusammen. Sie freuen sich, gemeinsam bei der Breakup Tour aufzutreten.*

Aber die Berichterstattung ist nicht nur wohlwollend. Eine Internetsuche nach meinem Namen fördert prompt neue Ranglisten meiner Ex-Freunde zutage, was ich unangenehm finde, obwohl die Listen doch genau dem Konzept des Albums entsprechen. Ich klicke sie nicht an.

Max hoffentlich auch nicht. Die Kommentare in den sozialen Medien verraten mir, dass viele immer noch Wesley nachtrauern – na klar, darum geht es ihm doch – und Max als Störfaktor betrachten. Doch wenn überhaupt, ist es umgekehrt. Was Max hoffentlich versteht. Ich empfinde nichts mehr für den Mann, der mein Herz so wissentlich vergiftet hat.

Der Erfolg von *The Breakup Record* in den letzten Monaten hat mir gezeigt, dass ich nur begrenzt auf die Öffentlichkeit einwirken kann. Meine Geschichte vermischt sich mit denen anderer, wird von anderen Gefühlen beeinflusst und verwandelt sich in Lichtgeschwindigkeit in etwas, das nicht mehr allein mir gehört. Und das ich nicht kontrollieren könnte, selbst wenn ich wollte.

Den Fans kann ich nicht böse sein, schließlich habe ich es losgetreten, dass sie über mich und mein Privatleben diskutieren, aber ich ärgere mich von Tag zu Tag mehr darüber, wie unkooperativ sich mein Label zeigt, wenn es darum geht, Max und »Until You« in den Vordergrund zu stellen. Sie schlagen mir immer noch Promos mit Wesley vor.

Auf einer langen Busfahrt voller Mails mit der PR-Abteilung wird mir endgültig klar, dass sie natürlich den Fokus von meinem unbekannten Ex lieber auf den gefährlich provokanten Internetliebling lenken wollen, der ein Garant für Schlagzeilen ist und Millionen Follower hat.

Ich werde ihnen dabei nicht helfen. Ich will *meinen* Song singen. *Meine* Geschichte leben. Wenn das meinem Label nicht passt, müssen sie die Tour eben absagen.

Aber für Max ist es schwer. Der plötzliche Ruhm ist ihm unangenehm, und ich merke ihm an, dass er nicht gern mit den Bossen der Plattenfirma über unsere romantische Vergangenheit spricht. Seine Augen hinter den runden Brillengläsern erinnern an ein verschrecktes Wildtier. Alle paar Sekunden zupft er an seinen Ärmeln. Doch so unwohl er sich auch fühlt, immerhin ist der Medienrummel eine gute Werbung für Harcourt Homes.

Trotzdem haben wir noch einige lange Fahrten vor uns, und ich weiß, die ständigen Nachrichten auf seinem Handy werden ihn überfordern, genauso wie manchmal auch mich.

Max ist nicht wie ich. Er ist ein Privatmensch, der lieber lange telefoniert, als etwas zu posten, der abends seine Lieblingsplatten hört, anstatt am Wochenende auf Musikfestivals zu gehen. Ich will ihm zeigen, dass Social Media und Ruhm nicht den Rest seines Lebens bestimmen müssen. Er entscheidet über seine Geschichte, nicht umgekehrt.

In diesem Jahr habe ich gelernt, wie viel die Öffentlichkeit *nicht* mitbekommt. Wie viele private Probleme und Ängste. Wie viel Spaß, Überraschungen und kleine Freuden. Und das hat mir geholfen, mich daran zu erinnern, dass ich nicht nur die Riley Wynn aus den Schlagzeilen bin.

Max braucht seine eigenen kleinen Freuden.

Und ich habe auch schon eine Idee, wie ich ihm über die lange Fahrt von Atlanta nach Houston hinweghelfen kann. Irgendwo tief in mir weiß ich, dass ich es vielleicht nicht nur für ihn tue. Ich will mir bewusst machen, dass ich nicht nur eine Ankleidepuppe bin. Dass sie nicht jede beliebige Geschichte um mich spinnen können.

Ich trommle alle in unserem Bus zusammen – die ganze Band, Mom und Eileen. Wir sitzen dicht gedrängt, die Sitzecke ist voll, einige hocken sich auf die Küchenanrichte oder den Boden, weil sonst kein Platz mehr ist. Es erinnert mich an das Studio, in dem ich mein allererstes Demo aufgenommen habe, nur dass es noch enger ist.

Während draußen Autobahnschilder an uns vorbeigleiten, ziehe ich Max in den Gang mit den Schlafkojen.

»Ich möchte heute etwas spielen«, eröffne ich ihm beiläufig. »Aber dazu brauche ich deine Hilfe.«

Er mustert mich misstrauisch. Mir ist aufgefallen, dass er in letzter Zeit nicht mehr so übermüdet aussieht. »Was soll ich machen?«

»Was hältst du von einer Modenschau?«, frage ich.

Er wirkt irritiert. »Riley, du könntest über einen richtigen Laufsteg laufen und nicht durch den Gang eines fahrenden Busses.«

Ich schüttle den Kopf und amüsiere mich köstlich. »Nicht ich«, sage ich. »Sondern du.«

Er zieht die Augenbrauen hoch, beugt sich vor und verringert den Abstand zwischen uns um wenige Millimeter. »Das ist ein Scherz, oder?« Eher eine Feststellung als eine Frage. »Soll ich meine sieben

Hemden vorführen? Ich bin mir ziemlich sicher, dass die Band sie alle kennt.«

»Ich hatte mir etwas anderes vorgestellt. Das wird lustig, versprochen«, antworte ich. Ich schaue ihm in die Augen, lächle ihn an. Es ist nicht das Lächeln, das ich den Managern schenke, wenn sie mir mehr Studiozeit buchen sollen, oder Eileen, wenn sie eine zusätzliche Probe organisieren soll. Es fühlt sich süßer an, schüchterner. Seltener zu sehen, dafür mehr ich selbst.

Die Skepsis in Max' Gesicht verfliegt, so wie der Wind den Nebel aus den Straßen bläst. »Okay«, sagt er leichthin, als könne oder wolle er sich nicht widersetzen. Als wollten wir beide unseren Liebeskummer für einen Moment beiseiteschieben.

»Super.« Ich nehme seine Hand und will ihn in den Wohnbereich ziehen. Kaum habe ich ihn berührt, fällt mir ein, dass er nicht den Eindruck erwecken will, wir seien zusammen. »Sorry«, sage ich und lasse ihn hastig los. »Ich wollte nicht …«

»Schon gut«, wirft er ein, und seine leise Beschwichtigung hat etwas Melodisches. »Stört mich nicht.«

Stört mich nicht. Ich weiß, dass mein Herz hungrig ist, wenn es in Max' schlichten Worten schon ganze Liebeslieder hört.

»Gut«, antworte ich.

Wir stehen im Gang, auf einmal verlegen, bis Vanessa uns erlöst. »Mir wurde ein Unterhaltungsprogramm versprochen«, ruft unsere Schlagzeugerin.

Max bedeutet mir, dass ich vorgehen soll. Bei einem unerwarteten Spurwechsel stolpere ich fast, aber dann rufe ich mir in Erinnerung, dass ich ein Rockstar bin und jeden Abend in High Heels über die Bühne fege, und ich fange mich wieder. Ich darf jetzt keine weichen Knie bekommen.

Im Wohnbereich werden wir von den anderen neugierig gemustert. Es ist heiß hier drinnen, weil es so voll ist und die Südstaatensonne auf uns herniederbrennt. Dagegen kommt die Klimaanlage nicht an.

»Herzlich willkommen in Bus A«, begrüße ich die Runde. »Wir haben heute eine sehr wichtige Aufgabe! Unser Max Harcourt hier ist neuerdings berühmt.«

Ich halte inne, damit die anderen pfeifen und applaudieren können. Max wirkt schüchtern, aber es ist ihm nicht unangenehm.

»Auf dem Weg nach Houston«, fahre ich theatralisch fort, »werden wir sein Bühnenoutfit auf den neuesten Stand bringen. Wir müssen ihn in einen Rock-Gott verwandeln.«

Max lacht überrascht. »Nichts für ungut, aber eher gewinnst du fünfzig Grammys, als das hinzukriegen.«

»Na klar gewinne ich fünfzig Grammys«, informiere ich ihn. Mit großer Geste geleite ich ihn durch den Gang bis nach hinten ins Schlafzimmer. »Rein mit dir«, befehle ich ihm, und der ganze Bus johlt.

Ich folge ihm und finde alles so vor, wie ich es mir vorgestellt hatte. Auf dem Bett liegen prall gefüllte Einkaufstüten. Ich habe jemandem von der Crew detaillierte Anweisungen gegeben, was er alles bis zu unserer Abreise heute Morgen besorgen sollte. Aufmerksam beobachte ich Max' Reaktion. Er wirkt nicht verunsichert, sondern fasziniert.

»Wow, du hast das richtig durchgeplant«, sagt er. »Okay, wo soll ich anfangen?« Er nimmt die Brille ab und will loslegen.

Bevor ich mich umdrehen kann, hat er sich schon das Hemd über den Kopf gezogen.

Gebannt starre ich ihn an und kann nicht anders, als meinen Blick über seinen Körper wandern zu lassen. Ich habe schon Nächte mit Männern verbracht, die tagtäglich Stunden im Fitnessstudio verbrachten, um ihre Figur zu perfektionieren. Max' Brust dagegen ist – lyrisch. Sie ist wie er selbst, unaufdringlich und zugleich nicht zu übersehen. Seine Bauchmuskeln erinnern irgendwie an Gitarrenbünde, die Konturen seiner Rippen an Klaviertasten. Ich möchte die Finger darauflegen, um herauszufinden, welche Melodie ertönen würde.

Er bemerkt meinen Blick, und seine ruhige Lockerheit weicht Sorge. »Oben ohne ist keine der Optionen, oder?«, fragt er und hält schützend sein Hemd vor sich.

Ich spüre, wie ich rot werde. »Sei nicht albern.« Selbst dieser eine Satz fällt mir schwer. Um mich aus diesem Gefühlschaos zu befreien, werfe ich ihm die Tüte mit der Aufschrift *Emo* zu und gehe.

Hitze steigt mir im Nacken auf, und das hat nichts mit der warmen Weite Georgias zu tun, die uns umgibt.

Ich gehe zurück in den Wohnbereich, ignoriere den wissenden Blick meiner Mutter und konzentriere mich darauf, mir unauffällig einen Platz in der Gruppe zu suchen. Ich finde einen auf dem Boden vor der Kaffeemaschine neben Kev, der gerade auf seinem Handy seine Spotify-Playlists ordnet. Mir fallen die Herz-Emojis im Titel der Liste auf, an der er gerade arbeitet.

Nachdenklich streicht er sich mit seinen schwieligen Fingern über seinen Goatee. Er blickt auf, kurz abgelenkt von mir.

»Lieblingsliebeslied«, sagt er wie aus dem Nichts mit seiner tiefen, ruhigen Stimme.

Ich kann ihm nicht folgen. »Was?«

»Dein Lieblingsliebeslied«, erklärt er. »Ich habe eine gemeinsame Playlist mit meiner Frau. Zu Hause in Carlsbad. Wenn wir uns die Auswahl des anderen anhören, fühlen wir uns einander näher, verstehst du?«

Ich nicke.

»Ich brauche dein Lieblingsliebeslied«, fährt er fort. »Pronto.«

Ich sage, was mir spontan einfällt, ohne zu wissen, ob es an dem Video liegt, das von Max und mir gepostet wurde, oder ob ich mich auch sonst dafür entschieden hätte.

»›Can't Help Falling in Love‹«, sage ich leise.

Kev nickt zustimmend und fügt das Lied hinzu, während ich meinen Erinnerungen nachhänge. *Unsere alten Songs auf meinen Lippen. Der Kuss in New Orleans. »Unchained Melody«. Mitternächtliche Schreibsessions. Ich, wie ich rot werde, als ich ihn mit nacktem Oberkörper sehe. Scheiße.*

Wenn ich nicht aufpasse, werde ich mich auf halber Strecke der Heartbreak Road wiederfinden, ohne Wendemöglichkeit.

Lauter Jubel reißt mich aus meinen Grübeleien. Max kommt in dem Outfit, das ich für ihn zusammengestellt habe, den »Laufsteg« herunter. Natürlich ist alles obsidianschwarz. T-Shirt, abgeschnittene Jeans, hohe Vans und Nietengürtel. Ich hatte mir eine Mischung aus

My Chemical Romance und Nine Inch Nails vorgestellt. Perfekt getroffen.

Allerdings ist das natürlich überhaupt nicht Max. Aber er hat Spaß an der Sache, sieht uns mit einem matten Schlafzimmerblick an und streicht sich demonstrativ mit der Hand die Haare aus der Stirn. Ich lache, begeistert, wie er sich auf das Spiel einlässt. Diese ganze Tour soll ihm doch helfen, etwas Neues auszuprobieren – also warum nicht auch in Sachen Mode?

Ich springe auf. »Okay«, rufe ich über den Lärm der Menge hinweg. »Wer stimmt mit Ja?«

Alle stimmen mit Nein, was Max sichtlich erleichtert. Als er sich ins Schlafzimmer zurückzieht, um das nächste Outfit anzuprobieren, kämpfe ich gegen den Drang an, ihm zu folgen.

Er kommt in dem Indie-Pop-Style zurück, den ich mir ausgedacht habe: pastellfarbene Cordhose und gemustertes Button-Down-Hemd. So etwas tragen College-Radio-Hipster, die sich an eleganten Synthesizern versuchen. Das Outfit erntet ein paar Ja-Stimmen. Weiter geht es mit dem Grunge-Revival – zerrissene Jeans und die schwerste Lederjacke, die mein Einkäufer auftreiben konnte – und dann mit der klassischen Rockstar-Kombi: Weste und Lederhose.

Die Looks erhalten gleich viele Stimmen, und alle sind gespannt, worin Max als Nächstes auftaucht.

Schließlich kommt er in einem Fünfziger-Jahre-Aufzug heraus, der an Sinatra und das Rat Pack erinnert und übertrieben förmlich ist. Aber er passt zu ihm wie ein großartiger Song, der seinem Sänger auf den Leib geschrieben wurde. Obwohl Max' Outfit nicht die offensichtlichste Wahl ist, funktioniert es, weil es ihn widerspiegelt. Harcourt Homes auf der Bühne.

Ich spüre, wie mir die Röte ins Gesicht steigt. Er sieht nicht einfach aus wie er selbst. Er sieht richtig *gut* aus. Das Revers, die Farben von Ebenholz und Elfenbein, die Art, wie der Schnitt des Anzugs ihn lächeln lässt, ohne dass er eine Miene verziehen muss. All das ist mehr als attraktiv.

Aber eine Kleinigkeit fehlt noch. Die Gruppe lacht, als er vor meiner Mutter mit großer Geste den Hut zieht. Ich stehe auf und nähere mich ihm, während mir das Blut in den Ohren rauscht.

Vor Max angekommen, greife ich nach der Fliege. »Darf ich?«

Er nickt, vielleicht ein wenig atemlos.

Ich nehme ihm den Hut ab. Als ich ihm die Jacke ausziehe, kommen wir uns noch näher. Sein Brustkorb hebt und senkt sich in einem Rhythmus synchron zu meinem. Mit zitternden Fingern löse ich die Fliege, lasse sie offen um seinen Hals hängen und knöpfe seinen Kragen auf.

Max rührt sich nicht.

»Noch etwas«, bringe ich mit schwerem Atem heraus.

Ich husche an ihm vorbei ins Schlafzimmer, wo ich die Brille vom Schminktisch nehme. Zurück im Wohnbereich, setze ich sie ihm auf, schaue dabei in das Gesicht, das ich so gut kenne. Er wirkt ganz ruhig, als wolle er sich unter der vorsichtigen Berührung meiner Hände nicht bewegen.

Als ich fertig bin, kann ich ihn kaum ansehen.

Schnell wende ich mich wieder den anderen zu. Wie kann es sein, dass mich die Nähe zu Max mehr aufwühlt als ein Auftritt in einer Late-Night-Show? Noch ein scharfer Blick von ihm, und meine Beine würden unter mir nachgeben. Ich setze meinen coolsten Gesichtsausdruck auf, um den Aufruhr in meinem Inneren zu verbergen.

Hamid reagiert als Erster. »Verdammt heiß«, sagt er.

Alle stimmen begeistert ein. Die ganze Rhythmusgruppe schließt sich Savannahs Applaus an. Eileen wirkt beeindruckt. Vanessa pfeift.

»Meine Güte«, sagt meine Mutter.

»Ich melde mich schon mal bei Harcourt Homes an!«, ruft Vanessa. Das verlegene Lächeln, das sich auf Max' Gesicht ausbreitet, löst irgendetwas in mir aus. Ich gehe um ihn herum und lasse mich diskret wieder neben Kev sinken.

Unser Publikum hat recht. Max ist … sexy. Sinatra am Morgen danach. Sein neuer Look versprüht eine gewisse altmodische Arroganz und verwandelt ihn vom schüchternen Pianisten in einen verwegenen musikalischen Geschichtenerzähler.

Es ist bezaubernd, wie bereitwillig er in diese Rolle schlüpft. Natürlich wird sein neuer Look einstimmig gewählt, und gleich darauf posiert er mit der Band für Fotos und betrachtet sein Spiegelbild in den Fenstern.

Währenddessen bemühe ich mich mehr als je zuvor, nicht aufzufallen.

Ich will dem Blick aus Max' grünen Augen nicht begegnen. Ich will das Kribbeln nicht spüren, sobald ich bei ihm stehe. Ich will die komplizierte Melodie aus Fragen nicht beantworten, die in seiner Gegenwart nicht zu überhören ist.

Zum ersten Mal, wenn ich nicht gerade ein Lied über unsere vergangene Liebe singe, muss ich mich zwingen, meinen Blick von Max abzuwenden. Ich kann das Risiko nicht eingehen. Denn wenn er mich ansieht, wenn er lächelt, habe ich Angst um mein Herz.

KAPITEL 19

Max

In Houston wartet bereits eine Traube Fans auf Riley. Sobald sie aus dem Bus aussteigt, verwandelt sie sich mühelos in den Star, der sie ist, und schreibt mit aufrichtigem Lächeln Autogramme, obwohl wir so lange unterwegs waren und gleich zum Soundcheck müssen. Sie hatte überhaupt keine Zeit für sich selbst, wirkt aber auch, als brauche sie die nicht.

Ich bleibe neben dem Bus stehen, um mir auf festem Grund die Beine zu vertreten. Der Abend ist angenehm warm, nicht so drückend wie in Florida. Während ich das Panorama aus Wolkenkratzern betrachte, wächst in mir die Angst, das Stadion zu betreten. Ich befürchte, dass ich mich in seinen labyrinthartigen Gängen genauso eingesperrt fühlen werde wie in den vorigen.

Dann höre ich aus der Menge meinen Namen rufen.

Instinktiv will ich den Ruf ignorieren, bestimmt ist es bloß irgendein Fan, der von mir – Rileys angeblichem Liebhaber – irgendetwas über sie erfahren möchte. Der Gedanke ermüdet mich genauso wie die Aussicht auf die düsteren Backstage-Gänge.

Dann höre ich wieder meinen Namen. *Maxwell,* nicht *Max.*

Ich überfliege die Reihen der Fans und sehe eine Frau, die mich nicht aus den Augen lässt. Sie ist ungefähr in meinem Alter, vielleicht etwas jünger. Obwohl wir uns noch nie begegnet sind, erkenne ich sie. Ich kenne ihr Gesicht von unzähligen Fotos auf einer übervollen Kommode.

»Delia?«, frage ich.

Sie grinst breit. Trotz meiner Erschöpfung muss ich das Lächeln erwidern. Lindas Enkelin sieht genauso aus wie sie, bis hin zu der großen Lücke zwischen den Schneidezähnen. Ich gehe zu ihr hinüber, und sie beugt sich strahlend über die Absperrung.

»Ich freue mich so, dass ich dich erwischt habe«, sagt sie. »Grandma hat mir zum Geburtstag Karten geschenkt und darauf bestanden, dass ich ein Foto mit dir mache.«

Wie gern würde ich es so halten wie Riley. Auf irgendeine unerschöpfliche Reserve der Gelassenheit zugreifen. Ein perfektes Selfie schießen. Aber ich kann mich nicht rühren und spüre, wie sich mein Herz zusammenkrampft.

Heftiges Heimweh überkommt mich. Ich kenne Delia nur aus Lindas Erzählungen, doch bei der bloßen Erwähnung meiner Lieblingsbewohnerin von Harcourt Homes versetzt mir dieser winzige Splitter von zu Hause einen Stich ins Herz.

»Na klar machen wir ein Foto«, sage ich ernsthaft. Ich muss mich zwingen, fröhlich zu klingen, aber ich tue ihr den Gefallen gern. »Wie geht es Linda?«, frage ich, sobald wir das Foto gemacht haben.

»Gut. Sie hat mir allerdings verboten, mit dir über sie zu reden, weil es bei dir gerade viel spannender zugeht«, erklärt Delia. Ich erkenne noch mehr von Lindas trockenem Humor im Lächeln ihrer Enkelin.

»Sie hat mir außerdem aufgetragen, dir ein paar private Informationen aus der Nase zu ziehen, aber das wird wohl nichts, denn so gut kenne ich dich ja nicht.«

Ich muss lachen, und meine Schultern lockern sich ein wenig. »Danke. Grüß sie von mir, vorausgesetzt, es bringt dich nicht in Schwierigkeiten.«

»Selbst wenn, werde ich es trotzdem«, sagt sie. »Hey, also wenn es nicht zu viel verlangt ist ...« Ihr Blick wandert von mir zu Riley, die sich den unzähligen Kameras zugewandt hat, als wären sie alte Freunde.

Ich lächle gnädig. »Ich hole sie. Einen Moment.«

Ich gehe an der metallenen Absperrung zu Riley, nicht daran gewöhnt, dass mir die Blicke der Umstehenden folgen. Als ich bei ihr ankomme, blickt sie auf, der Edding schwebt über dem Tourplakat, das sie gerade signieren will.

Sie sieht aus, als hätte ich sie gerade bei ihrer Lieblingsbeschäftigung erwischt.

»Hey«, sagt sie. »Freust du dich schon darauf, dein neues Outfit zu präsentieren?«

»Und du?«, frage ich. »Hey, vielleicht komme ich damit auf den zweiten oder dritten Platz im offiziellen Ranking deiner Verflossenen.«

Riley verdreht leichthin die Augen, dennoch bemerke ich, dass sie sich unwohl fühlt, und das wollte ich nicht. Denn so wenig ich diese nicht sehr schmeichelhaften Listen mag, weiß ich doch genau, dass sie nichts dafür kann.

»Lies diese Artikel einfach nicht«, sagt sie. »Außerdem weißt du doch, dass du die Nummer eins bist. Mit Abstand.«

Nur sie schafft es, mein Herz so zum Rasen zu bringen.

Wahrscheinlich kann ich nur schwer verbergen, dass ich mich gerade fühle, als würde ich fliegen. »Wenn es dir nichts ausmacht, da drüben, in dem gelben Kleid, das ist die Enkelin einer meiner Bewohnerinnen, und sie würde dich gern kennenlernen.«

Riley sucht die Schlange ab, bis sie Delia entdeckt. Sie winkt. »Komme sofort«, sagt sie zu mir, während sie noch mehr Karten und Schallplatten von Leuten einsammelt, die sie signiert haben wollen.

Ich trete zurück, um Rileys Fans nicht die wenigen kostbaren Sekunden zu stehlen, in denen sie ihr sagen können, wie viel ihnen ihre Musik bedeutet. In der Hitze kleben mir die Haare schweißnass an der Stirn. Ich ziehe mich hinter den Bus zurück, wo Frank auf der Treppe sitzt und ein Sandwich isst.

Da ich einen Moment für mich brauche, richte ich den Blick wieder auf Houston, die endlosen Straßen und Freeways. Die untergehende Sonne spiegelt sich gnadenlos in den glänzenden Fassaden der Wolkenkratzer. Die überwältigende Größe dieser emotionslosen Kulisse beeindruckt mich, und doch weiß ich, dass ich diesen Ort nicht kennenlernen werde. Er ist einfach ein weiterer hastiger Wisch in der Diashow, zu der mein Leben geworden ist.

Tief in mir drin spüre ich die Erschöpfung. Die Städte, die wir besuchen, sind wie die Fans, die wir treffen – ganze Persönlichkeiten, die wir nie kennenlernen werden, voller Leben, die wir nie wirklich verstehen werden, weil sie wegen des strengen Zeitplans an uns vorbeiziehen. Houston ist da nicht anders. Noch eine Nacht in einer fremden Stadt.

Im Stillen wünsche ich mir, ich wäre anderswo. Bei der bloßen Erwähnung von Linda hatte ich sofort den Speisesaal von Harcourt Homes vor Augen, den vertrauten Geruch der Küche in der Nase. Ich hörte das Plaudern der Bewohner, die ich liebe, als wären sie meine Familie, spürte den Teppich unter den Füßen, die Tasten meines Lieblingsklaviers unter den Fingern.

Um dieses Gefühl zu beschreiben, braucht man nicht Rileys poetisches Talent: Ich vermisse mein Zuhause. Ich stecke mitten in der Tour. Seit sieben Wochen habe ich die Geborgenheit von Harcourt Homes nicht mehr gespürt, und es wird weitere acht Wochen dauern, bis ich zurückkehre.

Aber ich werde nicht vorzeitig abreisen. Mein Zuhause wird immer für mich da sein, in der einen oder anderen Form. Riley jedoch wird zu neuer Musik, neuen Menschen und neuen Städten aufbrechen. Ginge es hier um Songwriting, würde ich sagen, dass ich mich manchmal fühle wie eine einzelne Note, die endlos wiederholt wird. Riley dagegen ist eine ganze Setlist, die kein Ende kennt und sich ständig weiterentwickelt.

»Sie ist wirklich einzigartig.« Franks raue Stimme reißt mich aus meinen Gedanken. Offensichtlich hat er bemerkt, dass ich Riley anstarre.

»Natürlich«, antworte ich, und es kommt mir vor wie die logischste Sache der Welt. »Deshalb ist sie ja auch Riley Wynn.«

Frank zerknüllt sein Sandwichpapier und schüttelt den Kopf. »Nein, das meine ich nicht, auch wenn es stimmt. Ich meine, sie ist einzigartig, weil sie eine der wenigen Musikerinnen ist, die ich kenne, die kein Heimweh hat.«

Ich sehe ihn an, verblüfft von seinem Einfühlungsvermögen.

Er lächelt, und ich habe das Gefühl, dass ich nicht der erste Musiker bin, mit dem er dieses Gespräch führt. »Ich kann den Leuten das Heimweh ansehen, genauso wie ich hören kann, ob jemand auf einem Zildjian- oder einem Sabian-Becken spielt.«

Seine Worte sind frei von jeder Wertung. Ich nicke, die einzige Antwort, die mir einfällt.

»Einige der größten Rockstars der Welt bekommen Heimweh«, sagt er. »Obwohl sie ihren Traum leben, haben sie ständig Angst, zu Hause etwas zu verpassen. Dann sind sie frustriert, weil sie sich Gedanken machen, anstatt den Traum zu genießen, zumal sie wissen, wie schnell all das vorüber sein kann.«

Der Wind streicht über mich hinweg, während ich über seine Worte nachdenke. Ich bin … erleichtert. Es beruhigt mich, dass meine Gefühle offensichtlich nicht bedeuten, dass ich für dieses Leben nicht geschaffen bin. Denn ich *will* es wollen. Für Riley.

Eine Lektion, die ich aus unserer Vergangenheit gelernt habe, ist, dass sie niemals jemanden wollen würde, der nicht ihre Träume und Ziele teilt. Als ich damals nicht mit ihr auf Tour ging, gab es keine Chance für uns zusammenzubleiben. Keine Diskussion. Es war einfach vorbei.

Seitdem bin ich mir sicher, dass Riley mich nur will, wenn ich sie auf dieser endlosen Reise begleite, auf dieser Straße, deren Ziel einzig ihre größten Hoffnungen sind. Wenn Frank recht hat, dann kann ich diesen Traum auch trotz meines Heimwehs verfolgen, kann der Kuss mit Riley vielleicht doch zu etwas Neuem führen.

Ich bin Frank dankbar für seine aufmunternden Worte zur rechten Zeit. Gerade als ich ihm das sagen will, kommt Carrie auf uns zu. »Du willst die Show heute Abend doch auch sehen, oder?«, sagt sie zu Frank.

Jeder Hinweis auf das, was wir gerade besprochen haben, verschwindet aus Franks Gesicht. Rasch steht er auf und streicht sich das Hemd glatt. »Ich bin bereit, wenn du es bist.«

»Ich ziehe mich nur schnell um, dann können wir uns den Soundcheck anschauen«, sagt Carrie und steuert auf die Treppe zum Bus zu, worauf sie und Frank ein zögerliches Tänzchen aufführen, unentschieden, auf welcher Seite er sie vorbeilassen soll.

Frank blickt ihr nach. Kaum ist sie außer Hörweite, wendet er sich an mich. »Kurze Frage. Carrie und Rileys Vater ...« Er verstummt.

Ich muss grinsen. »Geschieden«, sage ich und hoffe, mich mit dieser Information für seinen Zuspruch revanchieren zu können.

Er nickt ein paarmal, wie um sich Mut zu machen. Ich klopfe ihm freundschaftlich auf die Schulter.

Inzwischen hat Riley sich von den Fans abgewandt. Mit neuem Schwung, der das Unbehagen in meiner Brust vertrieben hat, mache ich mich auf den Weg ins Stadion. Von unserem Parkplatz aus finde ich mühelos zum Künstlereingang, die Geometrie solcher Orte ist mir inzwischen vertraut. Sie sind wie die Setlist, die wir Abend für Abend spielen – jedes Mal anders und doch immer gleich. Drinnen empfangen mich die gewohnten Flure mit ihrer elektrischen Deckenbeleuchtung.

Ich gehe die bekannten Abläufe durch, überprüfe meine Mikrophone, spiele vor dem Soundcheck Klavier auf der Bühne und dusche in der Umkleide. Trotz der Größe der Dusche ist der Dampf angenehm. Ich stelle meine Routine nicht infrage, nicht heute Abend, fühle mich kompetent in dem, was ich hier tue. Erfahren. Mehr wie die leichtfüßigen Profis, die ich in New York kennengelernt habe, weniger wie der Alleinunterhalter im Speisesaal von Harcourt Homes.

Nach dem Duschen ziehe ich mein neues Outfit an. Das Beste daran ist nicht die verwegene Fliege oder der ganze Lounge-Pianisten-Look. Es ist die Erinnerung an Riley, die mir mit flinken Fingern die Brille aufsetzt.

Zufrieden mache ich mich auf den Weg in den Green Room. Doch in dem Moment, in dem ich Riley sehe, verschwindet das lässige Lächeln von meinen Lippen.

Sie wirkt … völlig verändert. Sie sitzt mit Kopfhörern auf den Ohren auf der Kante eines Sofas und starrt geradeaus, den Blick auf die Wand gerichtet.

So habe ich sie selten gesehen. Statt voller Energie vor der Show wie sonst wirkt sie gestresst, zurückgezogen, erschöpft. Normalerweise gleicht sie einem Blitz. Jetzt ist sie eher der Brandfleck, an dem der Blitz eingeschlagen hat.

Ich gehe zu Vanessa, die neben dem Tisch mit Rileys unangerührten Sachen steht. Besorgt schaut sie zu Riley hinüber.

»Was ist los?«, frage ich leise.

»Sie hat Blumen bekommen«, antwortet Vanessa, und in ihren Augen blitzt Wut auf. »Von … diesem Schauspieler. Er hat wohl die Gerüchte mitbekommen, dass es in ›Until You‹ nicht um ihn geht.« Ich bin dankbar, dass sie nicht nachhakt oder andeutet, um wen es stattdessen geht.

Mein Blick wandert zu Riley zurück, und mir krampft sich der Magen zusammen.

Ich weiß nicht, was ich machen soll. Natürlich will ich helfen. Aber wie? Diese erstarrte, nervöse Riley kenne ich nicht. Wie können Blumen von Wesley Jameson sie so aus der Bahn werfen?

Und dann kapiere ich es. *Sie ist noch nicht über ihn hinweg.*

Sofort komme ich mir albern vor, weil ich genau das angenommen hatte. Doch sie war noch vor Kurzem mit ihm zusammen – *mit ihm verheiratet.* Wenn unsere Liebe sie noch zehn Jahre später zu »Until You« inspiriert hat, kann ihre gerade erst beendete Ehe unmöglich schon aus ihrem Herzen verschwunden sein.

Ich komme mir kindisch vor, weil ich es vergessen habe, ganz zu schweigen von der Eifersucht, die in mir aufsteigt. Es ist genauso seltsam, wie im Madison Square Garden zu spielen. Natürlich kenne ich

Jameson aus den Schlagzeilen, aus den Vorschauen bei Netflix – und weil Jess all seine verdammten Instagram-Posts liket.

Es ist so surreal. Ich trage Riley in meinem Herzen, aber in ihrem ist der Liebling des Internets.

Nur noch wenige Minuten bis zum Soundcheck. Riley, die mit leerem Blick auf der Ledercouch vor mir sitzt, hat mich auf den harten Boden der Tatsachen zurückgeholt. Das habe ich gebraucht.

Ich mag vielleicht Rileys größten Hit inspiriert haben. Ihre große Liebe aber bin ich nicht.

KAPITEL 20

Riley

Willst du für immer mit mir leben, Riley?

Nur noch ein paar Minuten, bis ich auf die Bühne muss. Ich verbringe sie mit Kopfhörern auf den Ohren, höre »Homemade Rollercoaster« und hoffe verzweifelt, dass meine eigenen Worte das Dröhnen in meinem Kopf übertönen können. Bei den Fans funktioniert es, das weiß ich. Ich habe die TikToks gesehen, in denen sie erzählen, wie sehr ich ihnen helfe, ihren Selbstzweifeln zu entkommen oder den Streitereien ihrer Eltern oder den hässlichen Worten ihrer Ex-Freunde.

Warum wirkt es dann nicht bei mir?

Willst du für immer mit mir leben, Riley?

Obwohl sie ohne Karte kamen, haben Wesleys Blumen die Erinnerung an seine Worte wachgerufen. Ich hasse ihn dafür. Ich will ihn genauso vergessen, wie ich ihn bereue.

In der Garderobe frage ich mich, ob ich das jemals schaffen werde. Inmitten von all dem, der Tour, dem Erfolg von *The Breakup Record*, den Fotoshootings – *Max* –, habe ich so getan, als könnte ich ihn nicht mehr spüren. Die Erinnerung an ihn. Der Schatten meines größten Fehlers hat mich eingeholt.

Es ist leicht, zu behaupten, dass ich jung war. Dass ich nicht wusste, was ich tat. Dass ich wild und ungestüm war. Dass ich nicht wusste, dass schnelle Liebe etwas anderes ist als wahre Liebe. Dass ich auf der Jagd nach Ruhm war, mit glitzernden Augen, verliebt in die Vorstellung, dass der große Filmstar mich liebt.

Das habe ich alles schon gehört. Billige Coverversionen von Kommentaren zu meiner gescheiterten Liebe in der endlosen Jukebox der Öffentlichkeit.

Nichts davon stimmt. Ich habe mich aus einem Grund in meinen Ex-Mann verliebt, den ich nie verleugnen werde, auch wenn ich die Konsequenzen hasse.

Er ist wie ich. Auf eine anziehende, aber zerstörerische Art habe ich mich in ihm wiedererkannt. Ich sah es, als wir uns im vorletzten Januar auf irgendeiner Werbeparty mit iPads in den Geschenketaschen kennenlernten. Er war berühmt, hatte schon genug Filme gemacht, um seiner düsteren Ausstrahlung Aufmerksamkeit zu verschaffen. Ich war gerade erst bekannt geworden, nach ein paar bemerkenswerten Singles galt ich als »zu beobachten«, »ein aufstrebendes Talent«, »man würde noch viel von mir hören«, oder welche Phrasen die Zeitschriften oder Podcasts auch immer dreschen wollten. Die Lichter der Party auf der Dachterrasse funkelten in unseren Augen. Als meine PR-Managerin uns miteinander bekannt machte, küsste er mir die Hand.

Wie ich später lernen würde, war diese Geste genau wie er: übertrieben theatralisch, aber dann auch wieder nicht. Er hat ein unheimliches Gespür für Gesten, die bei anderen Männern manieriert wirken würden. Doch zu ihm … passen sie. Der Effekt faszinierte mich mehr als die formalistische Schmeichelei des Kusses. In diesem Moment verstand ich, wieso er so erfolgreich war.

Wir tauschten Telefonnummern aus. In den nächsten Monaten sollte ich seine entwaffnende andere Seite kennenlernen. In Nachrichten war er nicht einfach locker und unterhaltsam. Er war ausgesprochen redselig, überschwänglich, sogar albern. Schickte mir Memes. Da er zu anstrengenden Dreharbeiten für *Reckoning* im Ausland war, sahen wir uns nicht oft, dennoch hatte ich das Gefühl, dass wir uns wirklich schon kannten, als wir uns im März in Paris zur Fashion Week trafen.

Anstatt die geplanten Veranstaltungen zu besuchen, zogen wir uns in sein Hotelzimmer zurück und hatten stundenlang Sex. Von seinem Penthouse aus konnte man – was sonst – den Eiffelturm sehen. Es war lächerlich, zum Augenrollen romantisch. Ganz wie er selbst.

Ich war hin und weg, verstand kaum, wie ich in diesem Leben hatte landen können. Er war achtunddreißig, ich neunundzwanzig.

In der majestätischen Schönheit der Pariser Nacht trat er hoheitsvoll an die Balustrade der Dachterrasse. Als er anfing zu reden, konnte er nicht mehr aufhören. Er vertraute mir alles an, erzählte mir, dass ihn die Erfüllung jedes lang gehegten Traums stets nur dazu brachte, noch mehr zu wollen. Er wollte *alles*. Er wollte mich.

Ich sah ihn fasziniert an. Die Liebe, die ich empfand, fühlte sich an wie meine eigenen Träume – gefährlich genug, um mir alles abzuverlangen. Er sagte, er strebe nicht mehr nur nach Ruhm und Ansehen. Er wolle, dass sein Werk unsterblich werde.

Während seines nicht enden wollenden Monologs sah er mich an, fegte über mich hinweg, ein Mann wie ein Wirbelsturm. Mit meinen Händen in seinen sagte er, dass er mich wirklich in seinem Leben haben wolle. Keine gechatteten Flirtereien mehr. Er wolle mit mir zusammen sein. Er wolle mich lieben. Seine genauen Worte werde ich nie vergessen. Sie hallen in meinem Kopf nach, jener schreckliche Refrain, den die Blumen vor mir von Neuem verkünden.

»Willst du für immer mit mir leben, Riley?«

Ich sagte Ja. Als Songwriterin bewunderte ich seine Formulierung und verstand genau, wie er es geschafft hatte, übertriebene Poesie in unbestreitbaren Charme zu verwandeln. Zum Teil war es Prahlerei, zum Teil Intelligenz. Er hatte Hunderte von Drehbüchern gelesen. Er hatte Shakespeare auf den Bühnen Londons neu definiert. Die Frage in der Frage war beabsichtigt. *Für immer leben.* Mach uns unsterblich. *Lebe für immer mit mir.* Verwebe dein Leben mit meinem.

Willst du für immer mit mir leben, Riley?

Er hatte gerade entscheidende Szenen für die Pilotfolge von *Reckoning,* das neueste Prestigeprojekt von HBO, abgedreht, und ich wusste, wie glücklich ihn das machte. Es machte ja sogar mich glücklich. Und nicht nur seinetwegen. Ich hatte gerade angefangen, den Höhenflug kreativer Verheißungen kennenzulernen. Doch mein neuer Erfolg, so erfreulich er auch war, ließ mich einsam werden. Ich weiß noch, wie cool ich es fand, jemanden getroffen zu haben, der in den gleichen Tönen von gefährlichen Verheißungen und grenzenloser Hoffnung singen konnte. Ich sah in ihm mein Spiegelbild.

Zunächst bemerkte ich nicht, dass er meine Begeisterung, als die Labelmeetings gut liefen, mein erstes Stadionkonzert anstand oder Angebote für Titelstorys eingingen, nicht teilte, doch irgendwann konnte ich es nicht mehr übersehen. Ich verdrängte es und redete mir in meinem verdammten Optimismus ein, es sei mir egal, dass dieser charismatische Mann sich nicht für meine Karriere interessierte. Monatelang wartete ich angespannt darauf, dass er das gleiche Glück empfinden würde wie ich, wachte Tag für Tag voller Freude auf, mein Spiegelbild gefunden zu haben.

Allerdings wollte er kein Spiegelbild. Er wollte einen Spiegel. Er wollte nicht, dass ich seinem Ruhm, seinem Format, seiner Legende gleichkam. Er wollte, dass ich sie *reflektierte*, um ihn umso größer wirken zu lassen.

Willst du für immer mit mir leben, Riley?

Irgendwann verwandelte sich sein fehlendes Lob in echte Entmutigung. Er redete mir Möglichkeiten aus, spielte meine Erfolge herunter. Seine Herabwürdigungen taten mehr weh als das dumpfe Grollen der Online-Kritiker: subtile Messerstiche statt psychologischer Dampfwalzen. Natürlich war es nach ein paar Monaten vorbei.

Ich weigere mich, zu bereuen, was ich durch unsere Beziehung gelernt habe: Sich jemanden zu suchen, der genauso ist wie du, ist keine Liebe. Das ist Narzissmus. Jemand kann so leben wie du, so reden wie du, ehrgeizig sein wie du, ohne dich zu lieben. Ohne sich für dich zu interessieren. Unsere Ehe war, wie wenn man zwei Tasten direkt nebeneinander auf dem Klavier anschlägt. Sie harmonieren nicht. Ihre Gegenstücke warten anderswo. Nicht nebenan, aber kompatibel.

Und deshalb versucht er jetzt, mich zu sabotieren, deshalb klammert er sich so sehr an »Until You«. Ich weiß, dass er mir die Partnerschaft, nach der ich mich im Innersten sehne, nie bieten kann.

Wesley dagegen weiß, dass ich ihm geben *könnte*, was er will. Er weiß, dass ich ihn glänzen lassen kann, und es macht ihn rasend, dass ich es nicht tue. Und so will er mir nehmen, was er glaubt, dass ich es ihm genommen hätte.

Deshalb versucht er, meinen Song zu kapern. Er will mich verletzen, wo er nur kann.

Auch mit den Blumen. Ihre höhnischen Gesichter starren mich von neben dem Spiegel an. Sie sind weiß, mit langen lippenartigen Blüten. Keine Ahnung, was für welche.

Ist auch fucking egal. Es geht nicht um die Blumen.

Es geht um das Echo, das mit ihnen widerhallt. Denn an dem Tag, als ich aus Paris zurückkam, hatte er mir auch Blumen geschickt.

Dass er sie mir heute schickt, hat nichts mit Nettigkeit zu tun oder damit, mich zurückzuerobern. Es ist eine Mahnung. Er beherrscht die elegante Sprache der Metaphern und Bilder ebenso gut wie ich, und er benutzt sie in unmissverständlicher Absicht als Waffe. Ich mag vielleicht weitergezogen sein, sagt er, aber ich werde nie wirklich ankommen. Ich werde immer entweder am Anfang oder am Ende einer neuen Beziehung stehen. Mein ewiger Kreislauf aus Trennungen steckt in diesen Blumen.

Und jetzt, da Max in meinem Leben, in meinen Schlagzeilen auftaucht, ist für ihn der perfekte Augenblick, um mir seine perfide Botschaft zu senden. Natürlich ruft er sich bei mir in Erinnerung, wenn ich gerade dabei bin, mich auf jemand Neues einzulassen. Wieder und wieder – ob es nun Wesley ist oder irgendein Typ aus der Bar oder Max – wird es damit enden, dass ich meinen Kummer in einem Song verarbeite.

Nun ist es also Max, mein Mitfahrer bei der nächsten Runde auf meinem Karussell des Scheiterns. Ich bin dabei, mich in ihn zu verlieben, oder vielleicht wische ich auch bloß den Staub von Gefühlen, die ich nie aus dem Regal genommen habe. Dabei ist es nicht einmal unsere Vergangenheit, die mich beunruhigt, obwohl ich natürlich Angst habe, er könne wieder aus meinem Leben verschwinden. Doch die wahre Angst sitzt tiefer.

Ich glaube einfach nicht mehr daran, dass die Liebe für mich andauern kann.

Ich habe so viel von mir in meine Songs über Liebeskummer gesteckt, dass ich mich in eine selbsterfüllende Pop-Prophezeiung verwandelt habe. Ich bin zur Verkörperung meiner Herzschmerzlieder geworden, meine Beziehung zur Musik hat sich umgekehrt, mein Liebesleben wurde auf das Elend der Hauptfigur reduziert. Ich schreibe meine Refrains nicht länger, sie schreiben mich.

Ich habe es mir nicht ausgesucht, nicht wirklich. Meine Fans wollen eine Riley, die ihnen ihre niemals endenden romantischen Irrungen darbietet. So bin ich ihr liebster liebestoller Ikarus geworden, der stets nach der Sonne strebt, bis er vom Himmel stürzt, nur um sich auf einem weiteren Paar handgefertigter Flügel von Neuem zu erheben. Alle lieben glücklos Liebende.

Wenn ich auf diese Weise weitermachen muss, immer wieder meine eigenen Texte durchleben muss, wenn der Liebeskummer mich zum Singen bringt und das Singen mir Liebeskummer bringt – dann soll es so sein.

Wenn Liebe der Preis ist, den ich für meinen Traum bezahlen muss – schön.

Ich habe es perfektioniert, mir den Schmerz für meine Auftritte zunutze zu machen, anstatt gegen ihn anzukämpfen. Einige verdammt großartige Konzerte habe ich im Zuge des größten Kummers gegeben. Die Spotify-Live-Session in der Woche, in der meine Eltern mir eröffneten, dass sie sich scheiden lassen, die Show in Nashville, die ich spielte, um mein erstes Album zu promoten, was zufällig auch der Abend war, an dem Jacob Prince – *Scheiß-Jacob-Prince mit seinen unsäglichen Fans* – mich abserviert hatte. Ich entblößte mich beim Singen, zeigte mich erschüttert und ehrlich, und es war großartig.

Heute ist kein solcher Abend. Mit zitternden Händen verlasse ich meine Garderobe, Schweiß steht mir im Gesicht, ich fühle mich gefangen in dem Kummerkäfig, den mein Leben im letzten Jahr um mich errichtet hat.

Jede Show der Breakup Tour beginnt damit, dass ich in meinem Brautkleid ans Mikrophon trete, während Vanessa auf dem Schlagzeug das Intro von »One Minute« spielt, das nicht zufällig an das Ticken einer Uhr erinnert. Dann setze ich mit den ersten Akkorden auf meiner weißen Fender ein und speie eine meiner liebsten Zeilen aus, die ich je geschrieben habe.

Leider ist sie lang, mit vielen Silben, und verlangt, dass ich dem ersten Takt der Strophe zuvorkomme.

Als ich mich der Bühne nähere, klebt der schwere Blumenduft von Wesleys hinterhältiger Erinnerung noch immer an mir. Zum Schlagzeugintro trete ich auf die Bühne, trage das Kleid, in dem ich damals auf ihn zugeschritten bin. In meinem Kopf herrscht Chaos. Die Spotlights blenden mich, die Menschenmassen sind überwältigend.

Schweißgebadet in meinem Seidenkleid verpatze ich meinen Einsatz.

»You want …«

Der Takt stimmt nicht.

Anstatt das aufzufangen, den Text anzupassen, wie es mir Jahre der Bühnenerfahrung möglich machen sollten, verstumme ich einfach. Ich spüre, wie sich mir vor Tränen der Hals zuschnürt, und das überrascht mich so sehr, dass ich nicht mehr das Selbstvertrauen besitze, um einfach weiterzusingen. Um so zu tun, als wäre es Absicht gewesen.

In dem Augenblick weiß ich auch, warum. Ich schäme mich. Ich schäme mich für meine hochfliegenden Träume. Dafür, wie sehr ich diesen Mann geliebt habe, der mir am Ende all die Grausamkeiten angetan hat, die ich in diesem Song nun Abend für Abend wieder erlebe.

Denn obwohl es in dem Song um Wesley geht, beginnt er mit einer Beschreibung von mir selbst.

You want a story of a lamb who led herself to slaughter
A romance of a wayward son who met a favorite daughter

So dilettantisch mein Fehler auch war, so professionell reagiert meine Band. Übergangslos beginnen sie die Strophe von vorn.

Es ist so unangenehm. Wahrscheinlich ist niemandem im Publikum mein Hänger entgangen. Die angebetete Riley Wynn patzt keine zwei Sekunden, nachdem sie die Bühne betreten hat.

In einem Kraftakt bringe ich mich dazu, mich zu fokussieren. Beim zweiten Anlauf treffe ich die Zeile perfekt, ermahne mich, alles mit höchster Sorgfalt zu spielen. Für den Rest des Abends konzentriere ich mich auf die Texte und blende die Emotionen meiner eigenen Songs aus, weil ich Angst habe, sie könnten mich sonst überwältigen.

Meine Performance entspricht nicht meinem Anspruch an mich selbst und ist auch nicht das, wofür die Fans hier sind. Ich möchte keine menschliche Jukebox sein, die dem Publikum einfach eine lebende Wiedergabe der Musikvideos bietet. Es geht nichts weiter schief, aber ich bin einfach nicht ich selbst. Ich fühle mich schlecht gegenüber den Tausenden Menschen, die zum Konzert gekommen sind und nicht die Gelegenheit haben, mich nächstes Wochenende zu sehen, wenn ich darüber hinweg bin. Denn das werde ich sein.

Also versuche ich, es wiedergutzumachen, indem ich Songs zur Setlist hinzufüge, Stücke von meinen früheren Alben. Ich spiele sie allein mit meiner Gitarre und hoffe, dass sie als Entschädigung für den abgelenkten Auftakt dem Ganzen etwas Intimes geben, auch wenn es kaum mehr ist als ein verzweifelter Versuch. Im Rampenlicht komme ich mir drei Stunden lang so vor, als würde ich ertrinken.

Als ich am Ende des Abends, in jeder Hinsicht erschöpft, von der Bühne abgehe, habe ich das Gefühl, alles gegeben zu haben, was ich konnte. Trotzdem bin ich wütend auf mich. Mein Zorn überwältigt mich, als wäre ohne die Musik als Ablenkung ein Schalter umgelegt worden.

Ich hätte mich nicht zwingen dürfen. Ich hätte nicht auf die Bühne gehen dürfen, als ich nicht bereit dafür war. Ich hätte warten sollen, mir die Zeit und den Raum geben sollen, die ich gebraucht hätte. Es ist keine Seltenheit, dass ein Konzert fünfzehn – oder fünfundvierzig – Minuten später anfängt. Niemand hätte es gemerkt, und ich hätte meinen Fans die Show geboten, die sie verdient haben.

Stattdessen bin ich unkonzentriert auf die Bühne gegangen.

Zwanghaft checke ich mein Smartphone, emotionale Schadensbegrenzung. Bestimmt waren Journalisten im Publikum, ganz zu schweigen von den Fans, die manchmal meine schlimmsten Kritiker sind. Auch wenn ein verpatztes Konzert sicher nicht den Erfolg der gesamten Tour gefährden wird, muss ich ganz genau wissen, was mich erwartet.

Doch was ich bei meiner Suche entdecke, ist noch schlimmer. Ja, in ein paar Schlagzeilen der Musikpresse und auf Pop-Webseiten werde ich für meinen »peinlichen« Eröffnungsmoment gescholten. Aber der größte Tratsch des Internets ist eine andere Geschichte – nämlich die, wie *einer dem Paar nahestehenden Quelle zufolge* Wesley mir vor der Show Blumen geschickt hat. *Versöhnung?*, rätseln die Storys. Sie loben meinen Ex-Mann für seine elegante, edle Geste der Unterstützung.

Eine nahestehende Quelle?

Ich schäume. Nahestehende Quelle, am Arsch. Das muss Wesleys Manager gewesen sein. Ich umklammere das Smartphone, damit ich es nicht auf dem Betonboden zerschmettere.

Nein. Ich widerstehe dem Drang. Ich weiß, was ich zu tun habe.

Ich renne die Gänge des Stadions hinunter, halb auf der Jagd, halb auf der Flucht, bis ich Eileen finde. Offensichtlich deutet sie meinen Gesichtsausdruck und versucht, mich zu beruhigen.

»Mach dir keine Sorgen«, sagt sie. »Die Show war phantastisch.«

Vehement schüttle ich den Kopf. Trost ist nicht das, was ich jetzt brauche. Ich muss diesen Schmerz loswerden, mit aller Gewalt. Ihn in Produktivität umwandeln. In meiner Karriere habe ich gelernt, für jede Wunde dankbar zu sein. Wenn ich solche Gefühle empfinde, wird es mir gelingen, sie in ein Platin-Album zu pressen.

»Kannst du mir in Houston ein Studio buchen?«, frage ich.

Eileen reißt die Augen auf. »Wir reisen morgen früh ab.«

»Schon klar. Ich meine jetzt«, sage ich. »Heute Nacht. Nur für ein paar Stunden.« Meine Stimme klingt verzweifelt. Im klaustrophobisch engen Gang atme ich tief aus, möchte unter der unnachgiebigen Beleuchtung am liebsten meine Haut abstreifen.

Sorge huscht über Eileens Gesicht. »Wir haben eine lange Fahrt hinter uns«, antwortet sie. »Du hast gerade eine Show gespielt. Findest du nicht, du solltest dich ausruhen?«

»Ich kann nicht. Ich ...« Wieder spüre ich Tränen in mir aufsteigen. »Ich muss ...«

Ich muss das hier nutzen, solange ich es habe.

Eileen mustert mich mitleidig. Dann nickt sie. »Natürlich«, sagt sie mit beruhigender Entschlossenheit. »Natürlich«, wiederholt sie. »Ich werde sehen, was ich tun kann. Ich bin mir sicher, irgendein Studiobetreiber in Houston wird sich freuen, wenn Riley Wynn dort aufnehmen will, egal wann.« Sie versucht ein Lächeln.

Ich schaffe beinahe, es zu erwidern. Wie sie meinen Namen ausgesprochen hat, sich auf meine öffentliche Persona bezieht, fühlt sich richtig an. Ich möchte diese Trauer für *Riley Wynn* nutzen und nicht einfach in der Trauer von Riley feststecken, die mit nicht einmal dreißig Jahren die Scheidungspapiere unterzeichnet hat.

Ich danke ihr. In meiner Garderobe lege ich, so schnell ich kann, meinen Bühnenlook ab. Vor dem Spiegel wische ich mir das Make-up ab, starre mein schweigendes Gegenüber an und bin froh, dass Schweigen heute Nacht nicht das Einzige ist, was mir bleibt.

KAPITEL 21

Max

Ich konnte nicht noch eine schlaflose Nacht verbringen und mich wegen Riley quälen.

Im Hotelzimmer bekam ich die Show nicht aus dem Kopf. Kaum hatte Riley die Bühne betreten, wusste ich, dass sie ihre Gefühle aus der Garderobe noch nicht abgeschüttelt hatte. Auch nicht, als das Licht nach dem letzten Song ausging. Im Licht der Skyline von Houston, das schräge Schatten auf den Boden meines Zimmers warf, fragte ich mich: War Wesley etwa beim Konzert? War sie jetzt bei ihm – oder bei irgendjemand anderem, der ihr helfen sollte, ihn zu vergessen?

Ich wünschte, wir hätten über unseren Kuss gesprochen, als wir die Gelegenheit dazu hatten.

Statt unter die frischen weißen Laken zu schlüpfen, wo ich ohnehin keine Ruhe finden würde, beschloss ich, mich dem Problem zu stellen. Bevor ich es mir anders überlegen konnte, schrieb ich Riley eine Nachricht. Keine lange – bloß, ob es ihr gut gehe und sie reden wolle.

Sie antwortete mit einer Adresse.

Und da bin ich jetzt. Ich steige aus dem Uber, dankbar für die Milde der Nacht. Das flache weiße Gebäude wirkt unscheinbar, eine Wohngegend mit Maschendrahtzäunen und Rasenflächen.

Während ich am Zaun warte, geht mir auf, wohin Riley mich bestellt hat. Es ist ein Tonstudio. Und selbst nach zwei Uhr nachts brennt drinnen Licht.

Endlich kommt einer von Rileys Sicherheitsleuten aus der Haustür und schaut sich nach mir um. Er nickt, als ich grüßend die Hand hebe, und klappernd geht das Tor auf.

Er führt mich hinein, durch Flure, wo gerahmte Fotos von Musikern an den Wänden hängen, bis wir zu einer Tür kommen. Dort bleibt er stehen. Die Aufnahmelampe leuchtet nicht.

Ich öffne die Tür und spüre die Anziehungskraft, die mich hineinzieht.

Riley ist allein in dem kleinen, schallgedämpften Raum, ohne Produzent oder Toningenieur. Sie sitzt auf dem Boden, Kopfhörer auf den Ohren, und lauscht versunken etwas, das ich nicht hören kann. Diesen Ausdruck habe ich schon so oft bei ihr gesehen, selbst ohne Kopfhörer. Als hörte Riley Musik, die wir anderen nicht wahrnehmen.

Sie schlägt die Augen auf und sieht mich an. Die Zerstreutheit von der Bühne ist ihrem üblichen intensiven Feuer gewichen.

Aber ich verspüre keine Erleichterung. Einerseits bin ich froh, dass sie wieder sie selbst zu sein scheint. Andererseits: Wenn sie mitten in der Nacht hier ist, nach dem Tag, den sie hinter sich hat, kann nicht alles in Ordnung sein.

»Du bist da.« Sie steht auf und nimmt die Kopfhörer ab.

»Was machst du hier, Riley?«

Sie ignoriert meine Frage. Stattdessen tritt sie zu mir, setzt mir die Kopfhörer auf und lässt ihre Hand ein bisschen länger in meiner Nähe verweilen, als nötig wäre.

»Hör dir das an«, sagt sie.

Sie klickt auf dem Computer auf *Play*, und ich zucke kurz zusammen, als laute Musik ertönt. Es dauert ein paar Sekunden, bis ich erkenne, was ich da höre. *Retracing our steps until we're letting go.* Sie hat das Tempo des Songs erhöht, jetzt fühlt es sich so an, als ob er auf etwas zurast oder kurz vorm Durchdrehen ist.

Es ist nicht bloß beglückend. Es fühlt sich gefährlich an.

»Du nimmst ›Heartbreak Road‹ auf?«, frage ich über die Musik hinweg. »Während der Tour?«

Als ich die Tour anspreche, verblasst der Glanz in Rileys Blick. Sie nimmt mir die Kopfhörer wieder ab und hält sie schützend vor sich. Ich bemerke die Schatten unter ihren Augen, ihre Erschöpfung, die sie hinter unnachgiebiger, waghalsiger Aufgeregtheit verbirgt.

»Ich musste irgendetwas machen. Ich musste das hier – diesen Abend, alles – in etwas Gutes verwandeln. Ich hole mein Label mit an Bord und …« Sie schaut an mir vorbei, als suche sie nach der Lösung für ihre Gefühle. »Und dann bringe ich es als Überraschungssingle heraus. Oder … ich weiß auch nicht.«

Sie setzt sich vor den Computer. Hastig greift sie nach der Tastatur und nimmt irgendwelche Anpassungen vor.

Es tut mir weh, ihr dabei zuzusehen, wie sie ihren Schmerz in den Dienst der Musik stellt. Ich will ihr helfen.

Ich setze mich auf die Couch an der Tür. »Das Konzert war großartig«, sage ich.

Riley hält inne, sieht mich aber nicht an. Im Raum ist es gefährlich still.

Ich nutze den Moment. Sie hat es verdient, dass ich mir alle Mühe gebe, das hier richtig zu machen. »Es ist so, wie du mal gesagt hast – manchmal machen Fehler eine Liveshow einfach besser. Sie sind der Beweis dafür, dass es live ist. Wenn deine Fans Perfektion wollten, würden sie sich das aufgenommene Album anhören.«

Rileys Silhouette im Monitor ist reglos. Dann endlich atmet sie tief aus.

»Danke, dass du das sagst«, antwortet sie. Widerwillig nimmt sie die Hände von der Tastatur und legt sie auf ihren Schoß. Sie dreht sich mit dem Stuhl um, bis sie mich ansieht. Langsam erwacht irgendetwas in ihren Augen, als stelle sie fest, wie gut es ihr tut, dass ihr jemand zuhört. »Es war nicht nur das Konzert …«, sagt sie.

»Wesley«, bemerke ich. *Natürlich.* Seinetwegen ist sie hier, voller trauriger Inspiration. Egal, wie weit sie von L. A. entfernt ist, in ihrem Herzen ist er immer bei ihr.

»Eifersüchtig?«, fragt sie, denn zweifellos hat sie den düsteren Unterton in meiner Stimme gehört. Sie klingt nicht gehässig und auch nicht herausfordernd oder gar kokett. Sie ist ehrlich neugierig.

Ich wende mich ab, wahrscheinlich sind mir meine Gefühle ins Gesicht geschrieben. Mein Blick fällt auf das Klavier. Ich kann Riley nicht anlügen, nicht hier, wo sie direkt aus ihrem Herzen singt. Ich kann den Altar ihrer Musik nicht entweihen.

»Natürlich«, sage ich schnell, in der Hoffnung, dass es dann weniger wehtut.

Als ich sie wieder anschaue, sind ihre Augen weit aufgerissen. Sie nickt nachdenklich. Bestimmt schreibt sie in Gedanken schon irgendeinen Songtext darüber. Trotz der Probleme, mit denen Riley gerade zu kämpfen hat, kann ich nicht verhindern, dass der Gedanke Unmut in mir auslöst.

Doch ich unterdrücke diese Empörung, sie ist unpassend. Ich bin Riley zuliebe hier.

»Das brauchst du nicht«, versichert sie mir. Ihr schiefes Lächeln tröstet mich. »Ich habe keine Gefühle mehr für Wesley. Aber manchmal …« Sie nimmt ihre Gitarre und spielt ein paar Akkorde, als brauche sie die Musik, um in die innersten, intimsten Ecken ihrer selbst vorzudringen. »Manchmal habe ich das Gefühl, das ist meine Gabe – alles kaputt zu machen.«

Ihr Blick ist leer, als sehe sie ein Trümmerfeld vor sich, ganze Skylines, die sie selbst dem Erdboden gleichgemacht hat, ohne zu wissen, wie oder warum.

»Das Konzert. Die Ehe meiner Eltern. Meine eigene Ehe«, fährt sie dumpf fort, offenbar ist es nicht das erste Mal, dass sie ihre Verluste auflistet. »Alles, was ich anfasse, zerbricht, denn wenn ich die Menschen mit meiner Musik erreichen will, muss ich dafür bezahlen. Meine eigene Muse werden.«

Ich sehe sie an. Mir wird klar, wie sehr sie offensichtlich an das glaubt, was sie sagt. Egal, wie viele Kilometer wir von Stadt zu Stadt, von Show zu Show zurücklegen, auf der Landkarte in ihrem Herzen verlaufen Heartbreak Roads in alle Richtungen und verbinden trostlose Orte, an die sie niemals zurückkehren kann.

»Das glaube ich nicht. Keine Sekunde«, sage ich.

Riley wirft mir einen durchdringenden Blick zu. Auf ihrem Gesicht ringen Hoffnung und Enttäuschung miteinander. Als könne sie sich nicht entscheiden, ob sie mir glauben oder sich über meine Naivität lustig machen soll.

»Du hast mich verlassen, Max«, sagt sie vorwurfsvoll. »Wir hatten etwas Gutes, und du hast es kaputt gemacht und nicht einmal zurückgeschaut.«

»Ich habe zurückgeschaut«, beteuere ich, ohne die Gefühle aus meiner Stimme heraushalten zu können. Mein Herz pocht, das Schlagzeug in meiner Brust setzt auf den Takt genau ein. »Glaub mir, ich habe zurückgeschaut. Aber du warst schon weitergezogen.«

Riley lacht abwehrend. »Dann ist es also *doch* meine Schuld.« Sie packt den Hals der Gitarre und suhlt sich in Schuldgefühlen. »Ich hätte wohl warten sollen, stimmt's? Auf den Tag, an dem du dich entschließen würdest mitzukommen. Es hätte nur zehn Jahre gedauert.«

Was sie sagt, ruft eine ungekannte Gehässigkeit in mir wach. »Tja, wenn ich darauf gewartet hätte, dass du bleiben würdest, würde ich wohl immer noch warten.«

Im dumpfen Echo unserer Worte muss ich daran denken, dass das Tonstudio schallisoliert ist. So fühlt es sich auch an. Als hätte das lang Unausgesprochene, das nun endlich in der Welt ist, alles andere verdrängt. Noch nie hat die Frau vor mir mich so sehr an die Riley erinnert, die ich kannte. Sie ist nicht der Popstar, der die Charts dominiert. Ich bin nicht ihr vermeintlicher Liebhaber. Wir sind einfach zwei Menschen, die sich verliebt haben, nur um einander dann Leid zuzufügen.

Es tut mir so sehr weh in der Brust, dass ich seufzen muss. »Hör mal, wir können die Vergangenheit nicht ändern«, sage ich. »Aber jetzt bin ich hier.«

Als Riley antwortet, klingt es wie ein verzweifeltes Flüstern. »Wofür?«

Ihre Brust hebt und senkt sich. Kein Abend auf der Bühne – weder im Madison Square Garden noch in New Orleans am Abend nach unserem Kuss, nichts – kommt an die Gefühle heran, die gerade in mir toben.

»Was willst du?«, frage ich.

Sie blickt zu Boden, dann sammelt sie sich offenbar. »Spiel bei ›Heartbreak Road‹ Klavier«, sagt sie leise. »Ich möchte dich aufnehmen. Falls … falls das hier schiefgeht, so wie alles andere, dann bleibt mir wenigstens das.«

Ich zögere. Nicht nur, weil das heißt, einen Song mit Superstar

Riley Wynn aufzunehmen. Ich höre all das Ungesagte, jede Andeutung. *Falls das hier schiefgeht.* Um sich das Ende von etwas vorzustellen, muss man sich zuerst den Anfang vorstellen. Es bedeutet, dass Riley es wagt, ein zerbrechliches neues Wir anzudeuten.

Es bedeutet vielleicht, dass wir die Heartbreak Road noch einmal zusammen hinunterschreiten, die Schritte zählen und hoffen – einfach hoffen –, diesmal an einem anderen Ziel anzukommen.

Entschlossen trete ich ans Klavier. »Wie soll es klingen?«

»Wie …« Riley beißt sich auf die Wangeninnenseiten, das vertraute Sternenfunkeln schleicht sich in ihren Blick. »Wie der Sonnenaufgang nach einer schlaflosen Nacht«, erklärt sie.

Ich denke über die Beschreibung nach, lege die Hände auf die Tasten und rufe mir all die Sonnenaufgänge in Erinnerung, die ich im letzten Monat vom Busfenster oder Hotelzimmer aus gesehen habe, wenn mich die Erinnerungen an ein Brautkleid im Scheinwerferlicht nicht schlafen ließen.

Ich fange an zu spielen.

Stunden vergehen, wir nehmen einen Take nach dem anderen auf. Langsam nimmt unser Song, unsere Soundcollage Gestalt an. Wir erkunden verschiedene Varianten für das Piano, verschiedene Stile, auf der Suche nach dem Gefühl, das Riley vorschwebt. Sie fügt ihren Gesang hinzu, und wir regeln, mixen die Instrumente, finden Stellen, die man ausdehnen oder straffen kann.

Kurz bevor die Sonne aufgeht, hören wir endlich die finale Version.

Ich habe mich noch nie so wach gefühlt. Riley lächelt, nickt, als sie die Aufnahme abspielt. Ihr dabei zuzusehen, wie sie Musik macht, ihre Musik, unsere Musik, ist anders als alles, was ich je erleben durfte. So könnte ich jede Nacht schlaflos verbringen.

Der letzte Akkord verklingt, und im Studio wird es wieder still. Riley atmet aus, als fiele ihr eine riesige Last von den Schultern. Ich warte darauf, dass die Emotionen aus ihr herausbrechen oder ihre Erschöpfung einsetzt. Stattdessen fängt sie an zu kichern.

»Das ist verdammt gut geworden«, erklärt sie.

Direkt dort, wo wir auf dem Boden sitzen, lässt Riley sich theatralisch auf den Rücken fallen. Vom Teppich aus starrt sie gegen die Decke.

Ich erwidere nichts, kann es nicht. Zu überwältigt bin ich davon, wie perfekt sie aussieht, ergriffen von ihrer eigenen Musik. Ich lege mich neben sie und stütze mich auf den Ellenbogen.

Eine Haarsträhne liegt auf ihrer Wange, ein verwegener Nebenarm des goldenen Deltas, das ihr über die Schulter fällt. Ich kann nicht widerstehen, ich muss nach der zarten Strähne fassen. »Wie kannst du nur glauben, du würdest alles kaputt machen?«, flüstere ich. »Es ist magisch, was du vollbringst, Riley.«

Riley blickt nur zu mir herüber, in ihren Augen erkenne ich eine unmissverständliche Absicht.

Dann küsst sie mich. Der Kuss ist lang, tief, voll stiller Klarheit. Er fühlt sich nicht nach Leichtsinn an, nach einem zufälligen Ausbruch von Leidenschaft, den wir nicht kontrollieren können. Er fühlt sich nach Gewissheit an. Der Unterschied zu unserem Kuss auf dem Klavierhocker in New Orleans könnte nicht größer sein. Dieser Kuss ist kein Verlangen, er ist ein Bedürfnis.

Sofort gebe ich nach, intensiviere den Kuss, verliere mich in dem berauschenden Glücksgefühl ihrer Lippen auf meinen. Ihr Duft ist überall. Gott, sie ist perfekt, jede Rundung ihres wohlproportionierten Körpers in Reichweite. Sie ist die Frau meiner verzweifeltsten Träume, unerwartet wahr. Sie ist Riley ...

Meine Riley.

Ich erkenne mich selbst kaum wieder. Die überwältigenden Gefühle bringen mich beinahe zum Weinen, ich will sie so sehr, dass es wehtut. Kein Verlangen, das ich mir in den letzten Jahren zugestanden habe, hat mich so aufgewühlt. Ich habe es nicht zugelassen. Aber jetzt höre ich unseren Refrain in meinem Kopf.

I didn't know what love is

Until you

Mit einer Hand umfasse ich ihren zarten Nacken, küsse sie immer weiter. Es fühlt sich nicht so an, als ob wir die Vergangenheit wiederaufleben lassen oder dort weitermachen, wo wir aufgehört haben.

Wie könnte es das? Denn als ich Riley damals liebte, hatte ich noch nicht die Entbehrungen kennengelernt, die jeder Tag ohne sie bedeutet. Damals fühlte ich nicht, was ich heute fühle: Die Wunden, die ihr Verlust gerissen hat, schließen sich, alle Narben verblassen unter dem ekstatischen Balsam ihres Mundes auf meinem, das Echo des Songs, den wir gemeinsam erschaffen haben, hallt in meinen Ohren nach.

Als wir uns voneinander lösen, starrt Riley mich schockiert und ernst an, und ich verstehe, dass es ihr genauso geht wie mir.

Sie setzt sich auf. Aber irgendwoher weiß ich, dass sie nicht gehen wird.

Sie zieht sich das Shirt über den Kopf. *Who ever made music of a mild day?* Mary Olivers Worte begrüßen mich unter Rileys linker Brust, dort auf der Haut, wo sich Erinnerung und Vorstellung treffen.

Sie hakt ihren BH auf.

Ein Seufzen entweicht mir. Beim Anblick ihrer entblößten Brust werde ich vom Verlangen förmlich zerrissen.

»Berühr mich, Max.« Das sinnliche Echo dessen, wie sie zuvor mein Klavierspiel dirigiert hat. *Keine Pause vor der Strophe. Lass hier ausklingen.*

Fester. Schneller.

Ich brauche keine weitere Aufforderung. Ich ziehe sie an mich, küsse sie, ihren Hals, die Ansätze ihrer Brüste. Sie vergräbt die Hände in meinen Haaren.

Es ist, als ob irgendetwas aufreißt, was Zurückhaltung oder Scheu zurückgehalten haben. Plötzlich sind wir inbrünstig, rasend, gepackt von der Leidenschaft von zehn Jahren ohne einander. Das Verlangen ist unmittelbar, und es ist heftig.

Ich will sie. Ich will sie so sehr.

Wie berauscht drücke ich sie auf den Boden des Tonstudios – schiebe den Klavierhocker beiseite, um Platz zu schaffen. Unser Atem ist flach, die Herzen hämmern in einem eigenen Rhythmus. Unsere Hände sind überall, wollen, brauchen, verzehren sich nach jedem Zentimeter des anderen. In unserem Taumel ist nichts Zurückhaltendes, er ist hektisch. Es sind die Jahre der Entbehrung, die sich in einer hitzigen, blitzartigen Explosion entladen.

Rileys Atem geht stoßweise. Ich spüre ihren donnernden Puls, ihr Körper wölbt sich mir entgegen.

Finger öffnen meinen Gürtel, zitternde Hände schieben Kleidungsstücke beiseite. Unfähig, noch länger zu warten, ziehe ich Rileys Slip halb an ihren perfekten Beinen hinunter, schiebe eine Hand unter ihren Rock. Sie schließt die Augen. Ich schließe meine nicht. Mehr brauche ich nicht, als sie zu spüren, zu sehen, wie ihre Wangen sich rosa färben, und zu hören, wie sie unter jeder meiner Bewegungen aufkeucht.

Woke up with my heart under your fingers

Es ist mir egal, wie lange Riley mich warten lässt. Ich würde ewig auf sie warten.

Sie schürzt die Lippen, dann bremst sie mich und angelt nach ihrer Tasche neben dem Stuhl.

Als ich sehe, dass sie ein Kondom herausholt, bin ich kurz überrascht, aber Riley zuckt nur mit den Achseln. »Ich weiß genau, was ich will, wenn ich es will«, haucht sie.

Ich nicke. Ehrlich gesagt hätte ich mich mit jeder Erklärung zufriedengegeben. *Ja,* ruft alles in mir. *Ja. Jetzt. Ja.*

Ihre Glut entflammt. Das Verlangen, das uns über Kilometer und Jahre und Songs hinweg verfolgt hat, verzehrt sie vollständig.

Ich setze mich auf, ziehe mir das Hemd über den Kopf und ziehe sie auf meinen Schoß. Sie schlingt mir die Beine um die Hüfte, bringt mich um den Verstand. Ich habe keine Ahnung, wie wir an diesem

Punkt angelangt sind oder wohin das führen wird, aber ich überlasse mich ihr ganz und gar. Und sie sich mir. Hier im Studio, unserem Allerheiligsten, als wäre unser Duett noch nicht beendet. Als spielten wir es nun aufeinander. Musik ist die Seele unserer Liebe – und nun wird sie die Bühne dafür.

Riley drückt mich nach hinten zu Boden, und da liege ich, während sie sich an meiner Brust hinabküsst, tiefer und tiefer. Nur mit absoluter Willensanstrengung schaffe ich es, nicht in ihre Hand zu kommen, als ich ihre sanften Finger spüre. Als ich es kaum noch aushalte, zieht sie mir das Kondom über. Mein Bauch spannt sich an, als sie wieder an mir hinaufgleitet und meinen Mund mit ihrem erobert. Ich begegne ihr mit hetzenden, drängenden Küssen, streiche über ihre Oberschenkel.

Langsam, ehrfürchtig lässt sie sich auf mich herabsinken, und zum ersten Mal seit zehn langen Jahren sind wir eins.

In einem erbitterten, verzweifelten Rhythmus bewegt Riley sich auf mir. Ich packe ihre Hüfte, dränge mich ihr gierig entgegen. Mit jedem Stoß ziehe ich sie näher, meine Lippen sind überall, auf ihrem Schlüsselbein, ihrem Hals, ihren Brüsten. Ich bete jeden Zentimeter ihres Körpers an, dieser Göttin mit der honigsüßen Donnerstimme.

Ich bin hin- und hergerissen, möchte alles von ihr sehen und zugleich ihr Herz an meines drücken, das Gesicht in ihren Haaren vergraben. Riley dagegen weiß, was sie will, so wie immer. Sie legt eine Hand auf meine Brust. Ihr ganzer Körper bebt. Ein ungezügelter Ton entringt sich ihren Lippen, als wir gemeinsam kommen.

Es fühlt sich an wie die Heimkehr, nach der ich mich gesehnt habe. Als wäre ich die letzten zehn Jahre in Einsamkeit gewandert und nun endlich zu Hause.

Ihr Körper bebt vor Erschöpfung, als sie sich von mir hinabgleiten lässt. Auf dem Boden streckt sie sich aus. Den Kopf auf meiner Brust, lächelt sie ein träges, zufriedenes Lächeln.

Ich gebe ihr einen Kuss auf den Scheitel, rieche ihren süßen Schweiß, nehme alles in mich auf. Im Nachglühen unseres Rauschs genießen wir die Stille.

Schließlich spricht Riley. »Steuern wir wieder auf gebrochene Herzen zu, Maxwell Harcourt?«, fragt sie leise.

Ich löse mich von ihr und sehe sie an. Ich habe das Gefühl zu träumen.

Ich bin hellwach.

Ich liebe sie so sehr, dass es wehtut.

»Vielleicht. Ich weiß nicht«, sage ich. Das hier soll nicht in Liebeskummer enden. Denn ich weiß nicht, ob ich das überleben würde. Und trotzdem – ich will auch nicht in der Stille verschwinden, ohne zumindest versucht zu haben, mich der Musik zu stellen, die da zwischen uns ist. Noch nicht.

Sie küsst meine Brust und sieht mich an. »Und selbst wenn«, sagt sie, ihre Stimme voller Feuer, »bleibt uns immer das hier. Diese Nacht. Dieser Song. Wäre das so schlimm?«

Die Antwort ist offensichtlich. Dieses Gefühl wird ewig halten, ganz egal, wohin es führt. Es ist in Rileys nächster Hitsingle verewigt. Und wenn ich jedes Mal, wenn das Intro im Radio erklingt, daran denke, wie ich Riley auf dem Boden in einem Tonstudio im Arm halte, werde ich es dann bereuen?

Meine Stimme zittert nicht. »Nein, wäre es nicht, überhaupt nicht.«

KAPITEL 22

Riley

Auf dem Boden des Tonstudios besprechen wir, wie wir damit umgehen. Diesem neuen *uns.* Am Ende gewinnt die Vorsicht. Ich möchte uns noch nicht öffentlich machen, ich möchte nichts überstürzen – uns noch nicht dem unerbittlichen Rampenlicht aussetzen, solange ein Teil von mir noch fürchtet, das hier könne zerbrechen, so wie alles andere auch. Es werden schon genug meiner Trennungen öffentlich diskutiert.

Wir wissen, das mit uns ist etwas Echtes. Es ist nicht bloß eine Nacht oder etwas, das wir unterbrechen und wiederaufnehmen können, wann immer uns danach ist. Es ist es wert, daran festzuhalten, und es ist es wert, es zu schützen – vor meinem Management und definitiv vor der gnadenlosen Öffentlichkeit.

Also erzählen wir es niemandem. Wir zeigen uns niemandem.

Was auf Tour nicht leicht ist. Nicht, wenn jeder Tag, jede Stunde voller Hektik ist und wir dauernd von der Crew umgeben sind. Nicht, wenn ich mir unablässig wünsche, ich könnte Max für noch mehr weltbewegenden Sex auf den Boden ziehen.

Das Vokabular aller Liebeslieder der Welt reicht nicht aus, um in Worte zu fassen, wie es sich anfühlt, mit ihm zusammen zu sein. Endlich zu ihm zurückgekehrt zu sein. Mir war nicht klar, wie sehr ich es gebraucht habe, bis ich mit ihm die mitreißende Lust erlebte, die kein Songtext der Welt jemals ausdrücken kann.

Das Echo dessen, was ich mit ihm empfunden habe, lässt mich die ganze Woche über nicht los. Es verbindet sich mit dem Pochen meines Herzens, das ich nur deshalb ignorieren kann, weil es sowieso immer im Hintergrund zu hören ist. Doch sobald ich innehalte, um es zu spüren, überwältigt es mich plötzlich.

Zum Glück beschäftigt uns die Tour mit zahlreichen Herausforderungen. Nach Texas wird der Zeitplan noch enger und verlangt meine ganze Aufmerksamkeit. Ich fliege für ein Fotoshooting nach New York und von dort direkt nach Palm Springs. Ich bin Headliner beim Coachella-Festival, dem Herzstück meiner Tour.

Im schwülen Tal von Indio, Kalifornien, werde ich vor dem Haus abgesetzt, das ich für die Zeit miete. Die Band, einschließlich Max, ist gestern eingeflogen, während Frank und die anderen Fahrer in den nächsten Tagen die Busse für die zweite Hälfte der Tour nach Chicago bringen. Meine Mutter hat sich die Woche freigenommen, denn sie hat mich als Fünfzehnjährige schon einmal zum Coachella begleitet und anschließend geschworen, nie wiederzukommen. Ich bin allein.

Ich betrete das Haus, mein Zuhause auf Zeit. Es ist atemberaubend, typisch Palm Springs mit dieser ganz eigenen Vintage-Nostalgie der fünfziger Jahre. Doch ich kann den eleganten Komfort des Wüstendesigns kaum würdigen, so erschöpft bin ich vom Flug.

Trotzdem wandere ich von einem Zimmer ins andere, betrachte die Details, die extravaganten Lampen. Aus den riesigen Fenstern, die die ganze Breite des Wohnzimmers einnehmen, sehe ich felsige Berge in der Farbe von Milchkaffee, bedeckt von Yuccapalmen. Ich lasse mich auf die graue Couch fallen und genieße es, festen Boden unter mir zu haben, wenn auch nicht die Einsamkeit.

Aber ich brauche mich nicht lange mit mir selbst zu beschäftigen. Heute Abend habe ich ein Dinner mit meinem Label. Und ich weiß genau, wie ich die paar Stunden, bis ich mich dafür fertig machen muss, verbringen möchte. Ich schreibe Max, dass ich angekommen bin.

Mein Gepäck wurde schon gebracht, also ziehe ich meinen Badeanzug an – einen weißen Einteiler, den ich nicht mehr anhatte, seit ich aus dem Haus in Malibu ausgezogen bin. In meiner Kindheit bin ich so gern geschwommen. Als ich dann nach Los Angeles zog, habe ich geglaubt, ich würde jeden Tag an den Strand gehen, mich zwischen Songwriting-Sessions in die Wellen stürzen. Aber dann wurde mir klar, wie groß L.A. ist und dass eine Stunde Fahrt in beide Richtungen sich kaum mit meinen Schichten im Eiscafé verbinden ließe.

Ich schiebe die große Glastür auf und trete auf die zweiunddreißig Grad heiße Veranda, wo sich der Infinity-Pool in Richtung der Berge erstreckt. Über mir leuchtet der Himmel strahlend blau, keine Wolke in Sicht, vor mir lockt das kristallklare Wasser in der Hitze von Palm Springs.

Ich lasse mich hineingleiten und seufze erleichtert.

Auch wenn ich meine Arbeit liebe, ist eine Tour eine körperliche Herausforderung. Ich habe Muskelkater in den Beinen, meine Füße sind von brennenden Blasen übersät. Ganz zu schweigen vom Schlafmangel bedeutet jeder Auftritt drei Stunden hartes Sportprogramm auf der Bühne. Das kühle Wasser ist herrlich für meinen erschöpften Körper.

Auch emotional haben die letzten Tage ihren Tribut gefordert, ich brauche eine Pause. Die verdammten Jacob-Prince-Fans werden immer schlimmer, seit meine ehemalige Affäre beschlossen hat, sich mit ein paar Memes, auf denen ich zu sehen bin, an ihrem Spaß zu beteiligen. Unauffälliger Scheiß, der harmlos daherkommt, obwohl er genau weiß – und es genießt –, was und wen er damit anstachelt.

Es nervt mich, und das gefällt mir gar nicht. Diese hässlichen, bösartigen Kretins haben meine Aufmerksamkeit nicht verdient. Und doch kann ich es nicht ändern. Wer könnte das schon? Das verzweifelte Glück, das ich in meiner neuen Beziehung empfinde, macht mich verwundbar. Hat Max mitbekommen, wie sie mich nennen? Was sie mir vorwerfen?

Haben meine Eltern es mitbekommen?

Unter der Sonne von Palm Springs beschließe ich, sie zu ignorieren. Ich schließe die Augen und schalte ab, bis ich die Schiebetür höre.

Als ich über die Schulter schaue, lächelt Max mich an.

Sein Anblick ist eine solche Erleichterung, noch mehr als der kühle Pool. Er ist ganz er selbst, in einer Vintage-Wüsten-Version. Das kurzärmelige Leinenhemd passt hervorragend zu der Sonnenbrille mit dem goldenen Gestell, gegen die er seine übliche runde Streberbrille getauscht hat.

Es macht mir Angst, wie sehr mein Kopf und mein Herz *mein Max* sagen, wenn ich ihn sehe. Es fühlt sich übereilt an. Unverdient.

Ich schüttle die Sorgen ab und erwidere das Lächeln. *Nicht die Selbstzweifel haben mich vom Stadtrand von St. Louis in den Superdome gebracht,* rufe ich mir streng in Erinnerung. *Nicht durch Selbstzweifel habe ich den Nummer-eins-Hit des Jahres geschrieben.* Und so werden die Selbstzweifel Riley-fucking-Wynn auch nicht davon abhalten, Max Harcourt zu lieben.

»Das ist irgendwie anders als unser letztes Coachella«, sagt er.

Über diese Untertreibung muss ich lachen. Er wirkt nicht so, als würde ihm der Online-Tratsch etwas ausmachen, und das freut mich.

Ich schwimme an den Beckenrand, blicke zu ihm auf und versuche, mir jedes Detail von Max vor dem blauen Himmel einzuprägen. Das schicke Haus hinter ihm unterstreicht seine Worte.

»Du meinst, als wir uns mit zu vielen Leuten ein Hotelzimmer geteilt haben, beinahe einen Hitzschlag bekommen haben, weil wir unbedingt einen Platz ganz vorn an der Hauptbühne ergattern wollten, und es gerade so vermeiden konnten, angekotzt zu werden?«, sage ich. »Ja, das ist ganz anders.«

Ich tue unserem einzigen gemeinsamen Coachella unrecht – oder besser: unserem *ersten* gemeinsamen Coachella. Schließlich sind wir jetzt auch zusammen hier. Bei unserem letzten Trip nach Indio, Kalifornien, drehten wir die Boxen in meinem VW bis zum Anschlag auf und spielten immer wieder die Playlist, die ich mit den Songs der Headliner zusammengestellt hatte. Ich tanzte bei jedem Set in seinen Armen. Auf dem Rückweg fing ich einen Song an, den ich nie zu Ende schrieb, über die Versprechungen von Wüstennächten. *You make days feel like nights of stars,* lautete die erste Zeile, die jetzt in meinen Ohren nachklingt.

Es ist nicht der einzige Lovesong, den ich habe fallen lassen. Ehrlich gesagt macht mir die Zerbrechlichkeit der Liebe Angst. Trennungssongs erzählen von der Vergangenheit, von dem, was war. Die Vergangenheit lässt sich nicht ändern, ebenso wenig wie die Gefühle. Sie bleiben gegenwärtig, werden nicht mit jedem Auftritt weniger wahr. Ein Ende hat kein Ende.

Aber Songs über die Liebe existieren nur in der Gegenwart – unter der Voraussetzung, dass ihnen die Möglichkeit einer Zukunft innewohnt. Weshalb das Leben sie gefährlich leicht ungültig machen kann. Was dann? Wie soll man auf der Bühne stehen und von Hoffnungen singen, die man längst nicht mehr hat? Wie soll man ein Liebeslied schreiben, wenn man doch weiß, dass ein gebrochenes Herz früher oder später jeder Zeile das Gefühl rauben wird?

Ich konnte mich nie mit der Idee anfreunden. Es kommt mir nicht mutig vor, sondern naiv.

Früher zumindest.

Doch so, wie Max mich jetzt anschaut, möchte ich den Song zu Ende schreiben. Er zieht die Schuhe aus, setzt sich und lässt die Füße ins Wasser baumeln. »Trotzdem hat es Spaß gemacht.«

»Mir auch.«

Es ist still hier draußen in den Hügeln von Palm Springs. Die Ruhe ist tröstlich. Das einzige Geräusch in der weiten Landschaft ist das Plätschern des Wassers, als ich zu Max hinüberschwimme.

Ich komme zwischen seinen Beinen an, lege ihm die Hände auf die Knie. Mit einem Finger zeichne ich eine nasse Spur auf seinen Arm. Ich küsse ihn und wünsche mir, es würde niemals enden.

Wüstennächte sind nichts gegen Wüstentage, sage ich mir.

»Du hast mir gefehlt«, sage ich. »It's been a long, long time.«

Max lächelt, als er den Songtitel erkennt. Er weiß, dass ich nicht nur von der einen Woche spreche, seit wir das letzte Mal allein waren, im Tonstudio. Dieser Ort weckt lang vergessene Erinnerungen an all die Jahre, die wir ohne einander verbracht haben.

Als Antwort zieht Max mich zu sich hoch. Es scheint ihn nicht zu stören, dass ich auf seinem Hemd einen nassen Abdruck hinterlasse. Er summt die Melodie des Songs an meinem Ohr.

Ich bin überglücklich, was mich umso trauriger macht. Wie könnte es nicht? Ich bin auf dem höchsten Gipfel angelangt, den wir beide je erreichen werden, das ist das Beste, was ich jemals haben werde. Ab jetzt kann es nur noch abwärtsgehen. Aber ich nehme mir vor, den Schwung bergab zu genießen, anstatt mich vor dem Aufprall zu fürchten.

»Ich muss dir was sagen«, sagt Max leise.

Ich versteife mich. Darauf, dass der Abstieg so schnell kommen würde, war ich nicht vorbereitet.

Max zieht sich zurück, er hat die Veränderung in meiner Haltung bemerkt. Sieht die Furcht in meinen Augen. »Nein, Riley, nicht, was du denkst«, beruhigt er mich. »Jess muss diese Woche nach New York fliegen, und Harcourt Homes ist immer noch unterbesetzt. Bei dem ganzen Rummel um die Residenz kann ich es mir leisten, jemanden anzustellen, aber ich muss Bewerbungsgespräche führen und jemanden einarbeiten, wenn Jess nicht da ist.«

Ich erschauere trotz der Hitze. »Du willst nach Hause.«

»Will ich nicht.« Er lächelt, während er das sagt, als sei er von sich selbst überrascht. Sanft streicht er mir die Haare aus der Stirn. »Ich will bei dir bleiben. Aber zwischen den beiden Coachella-Wochenenden haben wir keine Proben. Ich könnte jemanden einarbeiten und rechtzeitig zur zweiten Show wieder da sein. Ich würde dich ja einladen mitzukommen, aber …«

Widerwillig schüttle ich den Kopf. Ich habe Pressetermine und ein Fotoshooting für eine Werbekampagne. Normalerweise stören mich solche Verpflichtungen nicht. Oft machen sie mir sogar Spaß – die Outfits, die Fotos, die Gelegenheit, über meine Musik zu sprechen. Jetzt allerdings fühlen sie sich eher wie Mächte an, die uns trennen wollen. Unvermeidlich. Schmerzhaft, aber ohne Gewalt.

»Ich kann nicht. Nicht diese Woche«, sage ich. Die Resignation in meiner Stimme ist mir bewusst, und ich kämpfe dagegen an. »Aber es wird nicht immer so sein. Die Tour ist eine Ausnahmesituation.« Teils beruhige ich ihn, teils bitte ich das Universum um Bestätigung.

»Weiß ich doch.« Max' Antwort ist leicht, schwebt im Wind, wohingegen meine Worte wie Steine zu Boden gefallen sind. »Es sind nur fünf Tage, dann bin ich wieder da. Wir haben noch den ganzen Rest der Tour zusammen.«

Er umfasst sanft mein Gesicht, ich spüre seine zarte Haut an meiner Wange. Alles, was er mit seinen Händen macht, ist wohlüberlegt.

»Das haben wir«, sage ich.

You make days feel like nights of stars, wiederholt sich die verworfene Zeile in meinem Kopf. Sie verbindet sich mit weiteren Textschnipseln, die ungefragt aus meinem Gedächtnis auftauchen. *You make days feel like nights of stars, when the pressure ends, when the sky is warm.*

Es fühlt sich bedeutsam an, dass ich auf einmal die Lyrics weiterschreibe, an denen ich gearbeitet habe, als wir das letzte Mal hier waren. Wie eine musikalische Erinnerung, die mich mahnt, nicht den Glauben zu verlieren. Ich frage mich, ob wir wie diese Zeilen sein können, die ich vor zehn Jahren auf dem Heimweg begonnen habe.

Nicht verloren. Nur unvollendet.

KAPITEL 23

Max

Ich wache in ihrem Bett auf.

Selbst im Schlaf ist Riley atemberaubend und voller Hingabe. Gelassenheit liegt auf ihren sonnenbeschienenen Zügen, ihre Wangen sind rosa wie die Wüste, die Lippen leicht geöffnet wie eine Einladung. Ihre Haare bilden einen golden schimmernden Fächer auf dem Kissen. In der Nacht war ihr heiß – kein Wunder –, und sie hat die Laken abgestreift. Darunter kommen die Gipfel ihrer Rundungen zum Vorschein, die zarte Haut ihrer Schultern, *sie*.

Ich liebe sie.

Die Erkenntnis fühlt sich unvermeidlich an, als hätte sie die letzten zehn Jahre irgendwo in mir gelauert und wagte sich jetzt hervor, und doch ist sie eine Offenbarung. Ich weiß nicht einmal, womit und ob ich es verdient habe, sie zu lieben. Ich weiß einfach, dass ich mir mehr Morgen wie diesen wünsche, mehr Nächte wie die letzte, mehr von ihr in jeder Hinsicht.

Mir bleibt nicht viel Zeit für Grübeleien. Sobald die Morgensonne in Rileys schickes Schlafzimmer fällt, schlägt sie voller Tatendrang die Augen auf.

In der letzten Woche habe ich oft an unser Gespräch im Tonstudio zurückgedacht, und mir ist sehr wohl bewusst, was wir riskieren. Aber selbst wenn die Umstände uns trennen sollten, weiß ich, dass die Leidenschaft, die wir empfunden haben, den Schmerz aufwiegen wird. Und so habe ich jeden Tag das Gefühl, an einem Abgrund entlangzulaufen.

Immerhin ist es ein Abgrund mit atemberaubender Aussicht. Riley ist mein Empire State Building. Sie ist mein Mississippi. Mein Grand Canyon.

Doch diese Liebe macht es mir unmöglich, gewisse vorsichtige Hoffnungen zu ignorieren. Fragen, die ich mir nur im Dunkeln stellen kann.

Können wir das wirklich schaffen?

Werde ich Riley endlich so lieben können, wie ich es mir schon so lange wünsche?

So gemütlich es auch in ihrem Bett ist, wir können hier nicht bleiben. Irgendwann erscheinen die Stylisten, um Riley für den Tag zurechtzumachen, und ich schleiche mich nicht davon, sondern bleibe hier in dem sonnendurchfluteten Haus. Ich weiß, meine Anwesenheit wird für Gerede sorgen, aber das stört mich nicht. Morgen fliege ich nach Hause. Ich möchte so viel Zeit mit Riley verbringen wie nur möglich.

Als sie aus dem Zimmer kommt, trägt sie einen fließenden weißen

Rock und ein bauchfreies Makramee-Top. Die Stylisten haben perfekte Arbeit geleistet – Riley sieht aus wie sie selbst.

Auf dem Weg zur Tür hinaus drückt sie für ein paar flüchtige Sekunden meine Hand. Eine kurze Autofahrt später stehen wir auf dem staubigen Coachella-Gelände.

Zusammen schlendern wir über das Festival, schauen uns ein paar Auftritte an, sprechen mit Rileys Fans. Da sie der Headliner und ihre Show erst spät am Abend ist, haben wir fast den ganzen Tag für uns. Es ist alles anders als bei unserem letzten gemeinsamen Coachella, und doch fühlt es sich ganz genauso an.

Mit Riley Livemusik zu hören ist fast genauso gut, wie mit ihr Musik zu machen. Selbst wenn wir diesmal im VIP-Bereich sind, statt uns draußen für Plätze in der ersten Reihe totzuschwitzen, spüre ich noch immer, wie sich ihr Herzschlag bei jedem neuen Song beschleunigt, wie sie nicht widerstehen kann, zu jedem Beat zu tanzen. Alles, was Riley erreicht hat, die Schlagzeilen, die Rekorde, die vollen Stadien, hat hier seinen Anfang, in ihrer Liebe zur Musik.

Irgendwann wird Riley aufgefordert, in ihren Trailer zurückzukehren und sich für ihren Auftritt bereitzuhalten. Wir machen uns auf den Weg, und sie scheint all die Energie um uns herum, die Begeisterung der Menge, den Zauber der Musik, in sich aufzusaugen. Die Hitze des Mittagshimmels ist in ihr gespeichert, ich spüre es, als ich sie berühre.

Vielleicht gehöre ich ja doch hierher. Zum ersten Mal stelle ich mir vor, wie es wäre, wenn Harcourt Homes ohne mich weiterlaufen und ich nur im Notfall aushelfen würde. Vielleicht hatten alle recht. Vielleicht ist mein Platz hier, auf Tour, auf der Bühne, im Studio. Vielleicht habe ich meine Bestimmung gefunden.

Als wir uns Rileys Trailer nähern, drückt sie meine Hand. Anders als heute Morgen lässt sie sie nicht wieder los, ihre Finger bleiben mit meinen verschränkt, was mich aus der Zukunft, die ich mir ausmale, zurück in die Gegenwart holt.

»Du musst wirklich nicht mit reinkommen, wenn du nicht willst«, sagt Riley.

Sie wirkt ein bisschen besorgt. Vielleicht glaubt sie, ich sei so still, weil ich mich vor irgendetwas fürchte, und nicht, weil sich unerwartete Möglichkeiten in meinem Kopf auftun.

»Wieso sollte ich das nicht wollen?«, frage ich.

»Dann hast du also kein Problem damit, einen meiner Ex-Freunde zu treffen?« Riley kann ihre Skepsis nicht verbergen.

Ich muss lachen. Schon lange bevor ich für diese Tour zugesagt habe, stand fest, dass Hawk Henderson bei Rileys Coachella-Show einen Gastauftritt haben wird. Sie bittet ihren Ex auf die Bühne, damit sie zusammen die beiden bissigen Songs singen können, die sie übereinander geschrieben haben. »Riley, seit Monaten sehe ich dir dabei zu, wie du über elf andere Männer singst. Ich glaube, ich komme damit klar, Hawk kennenzulernen.«

Erleichterung flackert in ihrem Blick auf. So flüchtig der Eindruck auch ist, verrät er mir doch, dass solche Situationen mit Wesley ganz anders verlaufen sind. Nach Rileys Schilderungen war ihr Ex-Mann ziemlich eifersüchtig, einer, der lächelnd den Arm um sie legte, um sie dann den ganzen Heimweg über mit Verachtung zu strafen.

Riley zieht eine Augenbraue hoch. »Wenn du dir sicher bist«, sagt sie.

Wir betreten den Trailer. Nach der Hitze draußen ist die klimatisierte Kiste eine willkommene Abkühlung. Hier drinnen ist alles austauschbar stylisch, vom gemusterten Teppich auf dem Boden über die kabellosen Lautsprecher auf dem Beistelltisch bis zu den Bio-Snacks neben dem Spiegel. Eigentlich genauso wie alle anderen Backstageräume in sämtlichen Stadien, in denen wir gespielt haben. Der einzige Unterschied sitzt auf der kleinen Couch.

Hawk Henderson sieht genauso aus wie auf den zahllosen Fotos, die es von ihm gibt. Er ist schlaksig, lange gewellte braune Haare umrahmen ein Gesicht mit verblüffend blauen Augen. Die Tattoos, die unter seinem weißen T-Shirt hervorlugen, wirken auf eine präzise Weise rau, designt, um den Eindruck eines stolzen Arbeiters zu erwecken.

Als er Riley sieht, lächelt er überraschend herzlich.

»Nightmare Girl!«, begrüßt er sie.

Riley erwidert das Lächeln. »Mr. Maybe«, antwortet sie gespielt vorwurfsvoll. Der Song über Hawk auf *The Breakup Record* ist zufällig eines meiner Lieblingslieder. Es ist lustig, beschreibt perfekt, wie oft er sie während ihrer Beziehung mit einem »Vielleicht« vertröstet hat, ohne es jemals so zu meinen.

Hawk erhebt sich schwungvoll von der Couch. Er und Riley umarmen einander wie alte Freunde.

Ein wenig verblüfft beobachte ich sie von der Türschwelle aus. Ich hatte erwartet, Hawk Henderson würde die gleiche Arschlochattitüde ausstrahlen wie in der Öffentlichkeit. Doch der Typ vor mir wirkt … irgendwie nett. Entspannt.

Riley löst sich von ihm und dreht sich zu mir um. »Das ist Max ›Until You‹ Harcourt. Max, das ist Hawk.«

Hawk gibt mir die Hand, sein Lächeln verändert sich nicht. »Fühlt sich an, als wären wir Brüder, die bei der Geburt getrennt wurden. Breakup-Record-Genossen.« Er beugt sich näher zu mir. »Und wir haben sogar die guten Songs abbekommen.«

»Also bitte!«, wirft Riley ein, die Hände in die Hüfte gestemmt. »Wenn ich richtig mitgezählt habe, sind sieben davon in der ersten Woche in die Top Ten eingestiegen.«

Hawk schnaubt demonstrativ. »So meinte ich das nicht. Das ganze Album rockt. Aber wir haben die Songs, in denen die Männer nicht wie die absoluten Arschlöcher rüberkommen.«

Riley zieht mitleidig die Augenbrauen zusammen. »Hast du dir ›Mr. Maybe‹ mal angehört?« Ihre Stimme klingt nicht giftig.

»Na sicher.« Er zuckt mit den Schultern. »Ich komme ziemlich wankelmütig und egozentrisch rüber – was du aber schon gewusst haben dürftest, bevor wir zusammengekommen sind. Und das ist mir doch viel lieber, als, sagen wir, der nette Typ zu sein, der dich langsam zerstört hat. Apropos …«

Ich muss lachen. Ich kann nicht anders, irgendwie mag ich Hawk Henderson.

»Wesley kommt heute Abend«, beendet er seinen Satz.

Ich sehe, wie die Farbe aus Rileys Gesicht weicht. »Scheiße«, bringt sie mit einem Anflug von Galgenhumor heraus, »habt ihr Jungs eine WhatsApp-Gruppe, oder was? Woher weißt du das?«

Ich denke an ihre Reaktion auf seine Blumen und mache mir Sorgen. In Houston hat ein Strauß in ihrer Garderobe ausgereicht, dass sie aussah wie ein Haufen zerschmettertes Porzellan und ihren Text vergessen hat – und das war nicht der Höhepunkt ihrer Tour. Dass Wesley hier ist, ist nicht gut. Und die Art, wie sie jetzt die Fassung bewahrt, ist der pervers-perfekte Beweis dafür, wie sehr sie ihre Emotionen zu verbergen vermag.

Hawk zieht eine Grimasse. »Ich habe ihn bei einem Event meiner Agentur getroffen, da hat er es erwähnt. Übrigens, der Kerl ist wirklich ein Arschloch. Warum hast du von uns allen ausgerechnet *ihn* geheiratet? Wieso nicht mich, oder Max hier?«

Ich muss den Blick abwenden, denn mir fällt wieder ein, wie ich Riley zum ersten Mal in ihrem Brautkleid auf der Bühne gesehen habe, wie direkt meiner Phantasie entsprungen.

Hawk nimmt es mit einer falkengleichen Schärfe zur Kenntnis, die seinem Namen alle Ehre macht. Er wirft mir einen wissenden Blick zu.

Riley schluckt den Köder nicht, offenbar an seine Sprüche gewöhnt. Sie schaut mit glänzenden Augen an uns vorbei, als sähe sie nicht die Trailerwand vor sich, sondern die auf sie wartende Menge. »Wenn Wesley unbedingt zu meinem Auftritt kommen will, dann lass uns ihm eine Show bieten.«

Hawk grinst. »Hell, yeah.«

»Ich muss mich umziehen«, fährt Riley fort. »Brauchst du irgendwas?«

Er schüttelt den Kopf. »Ich hänge hier mit Max ab.«

Als Riley gegangen ist, setze ich mich in den Sessel neben der Couch. »Es gibt nicht wirklich eine WhatsApp-Gruppe, oder?«

»Scheiße, nein.« Er lacht. »Ich kann die meisten dieser Typen nicht ausstehen. Nimm's nicht persönlich.«

»Hab ich nicht. Ich bin auch nicht gerade ein Fan.«

Eine kurze Stille tritt ein. Auf der Couch legt Hawk einen Fuß auf das zerrissene Knie seiner Jeans. Er mustert mich interessiert, aber ohne zu urteilen. Zumindest bilde ich mir das ein.

»Tja, du bist also der Erste, der sich auf eine zweite Runde einlässt«, sagt er schließlich. »Ganz schön mutig, das muss ich dir lassen. Oder dumm. Das kann ich nie auseinanderhalten.« Sein selbstironisches Lächeln wirkt routiniert.

Es hat keinen Sinn, es abzustreiten. Wenn man einmal in Riley verliebt war, erkennt man die Symptome bei anderen. Ich begegne dem ruhigen Blick des Rockstars. »Willst du damit sagen, du würdest es nicht noch einmal mit ihr versuchen, wenn du die Chance hättest?«, gebe ich zurück.

Hawk deutet träge mit einem Finger auf mich. »Nice one. Okay, lass mich nachdenken.« Er überlegt. Zum ersten Mal, seit ich hier bin, erkenne ich auf seinem Gesicht Ernsthaftigkeit, wenn nicht sogar Verletzlichkeit, was mich überrascht. »Ich würde es sicher in Erwägung ziehen«, sagt er. »Sie ist ein kreatives Genie, und mit ihr zusammen zu sein hat etwas total Lebendiges. Aber …« Er hebt den Blick. »Das Mädchen liebt Drama. Sie lebt davon.«

Ich will gerade widersprechen, weil ich weiß, wie viele Kritiker Rileys emotional ehrliches Songwriting mit »auf Drama machen« verwechseln. Da lächelt Hawk breit.

»Das Problem ist, ich liebe Drama auch«, räumt er ein. »Wir haben einander mit Begeisterung immer weiter aufgestachelt, und ich glaube, es hat aus uns beiden das Schlechteste herausgeholt. Also – nein«, schließt er fröhlich. »Ich passe. Dir macht das offenbar nichts aus. Ich meine, du weißt, worauf du dich einlässt.«

Ich beiße die Zähne zusammen, und es stört mich nicht, ob seine scharfen Augen es bemerken. Es gefällt mir nicht, wie er Riley charakterisiert. Als sei sie etwas, das man erdulden muss. Sicher, sie zieht Inspiration aus ihrem Leben. Sie hat keine Angst vor großen Gefühlen. Ja, manchmal verfolgt sie eine waghalsige Idee auch einfach nur um des Thrills willen. Aber sie bricht keinen Streit vom Zaun oder stachelt irgendjemanden auf, nur um aus einem Schreiduell einen Song zu machen.

Dass Hawk ihr das unterstellt, verrät mir, weshalb Riley tatsächlich mit ihm Schluss gemacht hat.

Hawk rutscht auf der Couch hin und her. »Habe ich einen wunden Punkt getroffen?«

»Nein, alles gut«, erwidere ich. »Und du hast recht. Ich weiß, worauf ich mich einlasse.« Ich wünschte, ich könnte damit prahlen, dass ich sie am allerbesten kenne. Könnte mich irgendwie überlegen fühlen, weil ich Riley noch als erfolglose Songwriterin kenne, als die junge Frau, der ihre Promi-Lover nie begegnet sind. *Ich kenne die wahre Riley,* will ich sagen.

Aber das stimmt nicht. Die berühmte Riley *ist* die wahre Riley. Das weiß ich. Und ich glaube, Hawk weiß es auch. Mir bleibt also nur die Hoffnung, dass ich vielleicht Rileys Seele besser verstehe als irgendjemand sonst.

Mr. Maybe grinst. »Dich hat's schlimm erwischt«, bemerkt er. »Ich versteh das. Wirklich. Ich freue mich schon darauf, den nächsten Song zu hören, den Riley über dich schreibt. Und hey, vielleicht ist es ja diesmal kein Trennungssong.«

Ich lächle höflich und wünschte, ich hätte Rileys Vorschlag angenommen und mir einen eigenen Trailer geben lassen. Was nicht daran liegt, dass ich viel auf Hawks Meinung geben würde. Was er gesagt hat, kommt dem ziemlich nahe, was Riley und ich im Tonstudio beschlossen haben: Dass es okay wäre, wenn uns von unserem neuen Zusammensein nichts anderes bliebe als »Heartbreak Road« – fünf Strophen und ein Refrain als Trostpreis.

Nein, ich schweige, weil mir seine Worte klargemacht haben, wie ich mich wirklich fühlen würde, wenn es mit Riley ein zweites Mal in die Brüche ginge. Wenn mir als Andenken an unsere gemeinsame Zeit tatsächlich nichts bliebe als dieser Song. Hier im Trailer holt mich die Wahrheit ein, schrill wie das Kreischen einer Rückkopplung.

Es wäre *nicht* okay.

Ich möchte auf keinen Fall Rileys nächster Trennungssong werden, aber ich befürchte, dass sie das anders sehen könnte. Solange sie sich mit einem Song zufriedengibt, wird sie nicht um uns kämpfen. Nicht ernsthaft. Doch uns steht einiges bevor – da sind ihre Karriere und meine Arbeit bei Harcourt Homes, die omnipräsente Presse und der hässliche Schatten ihrer Verflossenen, die immer mit Rileys Vermächtnis verstrickt sein werden. Angesichts all dessen werden wir um uns kämpfen *müssen*.

Nur so können wir ertragen, woran zwölf Beziehungen – inzwischen zwölf großartige, herzzerreißende Songs – gescheitert sind.

KAPITEL 24

Riley

Der Auftritt war der Hammer.

Die Bühne auf dem Coachella war genauso, wie ich sie mir mit fünfzehn, neunzehn, dreiundzwanzig erträumt hatte, ich inmitten all der hell erleuchteten Pracht, mein Thron aus Licht im Zentrum des Festivals. Die Menge erstreckte sich bis zum legendären, sich unaufhörlich drehenden Riesenrad. Selbst der kristallklare Nachthimmel mit seinem funkelnden Bezug aus Wüstensternen schien auf meine Songs nur zu warten.

Alle Töne saßen, sogar die hohen traf ich alle, verpasste keinen Einsatz, brachte jeden Akkord mit perfekter Präzision über die Bühne. Dann bat ich Hawk zu mir, und das Publikum rastete komplett aus. Ich hörte minutenlangen Jubel. Wir stürzten uns in »Nightmare Girl«, danach »Mr. Maybe«. Unsere gegensätzlichen Stimmen ergänzten sich so perfekt, dass unser Auftritt sogar mich in den Bann zog. Man kann meinem Ex viel vorwerfen, aber der Mann hat einiges drauf.

Allerdings war er nicht derjenige, der meine meiste Aufmerksamkeit beanspruchte. Und auch nicht Max, dessen völlige Hingabe bei »Until You« ich nicht erwartet hatte.

Die ganze Zeit dachte ich an Wesley, der sich irgendwo da unten im VIP-Bereich aufhielt. Aber ich war nicht nervös oder unsicher oder traurig. Ich war *begeistert*. Mir vorzustellen, wie er, der nicht einen Funken musikalisches Talent besitzt, sich wünschte, er wäre mit mir da oben, während ich die Bühne rockte, um wie ein Blutegel etwas von meinem Ruhm abzusaugen …

War einfach nur berauschend.

Mein Auftritt ging bis ein Uhr morgens, und selbst dann war die Nacht noch nicht vorbei. Ich beschloss, meine eigene Aftershow-Party zu geben, und ließ mein Team eine sehr ausgewählte Liste von Leuten in meine Unterkunft in Palm Springs einladen.

Als ich im Wagen meines Labels vorfahre, sind die Gäste schon angekommen. In der stockfinsteren Nacht leuchten mir die Umrisse meines Hauses entgegen.

Ich zögere auf meiner eigenen Türschwelle, warte. Eine leise Stimme in meinem Kopf flüstert mir zu, wie flüchtig das alles sein kann, dass ich so etwas vielleicht nie wieder erlebe.

Ich zertrete die Zweifel entschlossen unter den schwarzen Boots, die ich noch von meinem Auftritt trage. *Das ist mein Moment.* Ich habe so hart dafür gearbeitet, so viel dafür geopfert, jetzt hier zu sein. Es ist verdammt noch mal ein Triumphzug, und ich werde ihn genießen.

Applaus brandet auf, als ich eintrete. Ich verbeuge mich und winke höflich. »Bitte«, sage ich über den Jubel hinweg. »Ihr habt mir heute Abend schon genug zugesehen. Jetzt amüsiert euch.«

Augenblicklich entdecke ich Max, der mit einem Drink an der Bar steht. Meine Oase in der Wüste. Er hebt sein Glas und prostet mir zu.

Ich lächle, dann werde ich in Beschlag genommen. Leute von meinem Label wollen mir gratulieren, genauer gesagt wollen sie mit mir diskutieren, was Wesleys Auftauchen bei meinem Auftritt zu bedeuten hat. Ich ignoriere sie. Die einzige Journalistin, die ich eingeladen habe – eine junge Frau von *Sound Bites*, deren Karriere ich ankurbeln möchte –, hält sich dezent in meiner Nähe auf. Musiker, die ich mein Leben lang bewundert habe, möchten mich kennenlernen.

Egal, mit wem ich rede, einen Teil von mir zieht es immer zu Max, und trotzdem – ich möchte keine Minute von alldem hier missen. Als Jodi Hitchcock, die legendäre Keyboarderin von The Years, mich zu meinem Auftritt beglückwünscht, muss ich zur Bar hinüberschielen.

Als ich das nächste Mal nach Max Ausschau halte, entdecke ich ihn allein draußen am Pool.

Ich nehme es ihm nicht übel, dennoch dämpft es meine Begeisterung auf schwer erklärliche Weise. Ich weiß, das hier ist nicht sein Ding. Ein Haus voller Promis ist so ziemlich das Gegenteil dessen, und ich rechne es ihm hoch an, dass er trotzdem gekommen ist.

Allerdings ist es genau mein Ding. Und dieser grundlegende Unterschied zwischen uns macht mir zu schaffen. Ich werde solche Nächte niemals aufgeben. Nicht einmal für ihn.

Aber mir bleibt nicht viel Zeit, um darüber nachzugrübeln.

Die Atmosphäre im Haus verändert sich. Es kommt eine gefährliche Dynamik in die Party, als *er* hereinkommt. Flüstern und Blicke huschen durch den Raum.

Ich richte mich auf. Auch das ist Teil meines Moments.

Er geht langsam. Wesley Jameson beeilt sich nie, wenn Blicke auf ihn gerichtet sind. Er bewegt sich mit einnehmendem Charme, schenkt jedem A-Promi in unmittelbarer Nähe sein Filmtrailer-Lächeln. Ich erkenne alles wieder, seine Bewegungen, seine Manierismen, seine magnetische Ausstrahlung. Ich erkenne den Mann, der mich in Hollywood bezaubert hat, der mich in Paris in den Bann gezogen hat und der mich später, im Stillen abseits des Rampenlichts, in Millionen Teile zerschmettert hat.

Ich gehe ihm nicht entgegen. Das muss ich auch nicht. Ich weiß, wieso er hier ist.

Als ich gerade ein Foto mit der Hauptdarstellerin meiner liebsten Paranormal-Romance-Serie schieße, macht er seinen Vorstoß. Er durchquert mühelos den Raum und steht auf einmal neben mir.

»Riley«, sagt mein Ex-Mann. »Wunderbar wie immer.«

Ich hatte erwartet, dass sich dieser Moment anfühlen würde, wie wenn man die gleichen Pole zweier Magneten aneinanderpresst, voller unnachgiebiger Abstoßung. Aber so ist es nicht. Es ist eher so, wie in eine düstere Ecke zu leuchten. Egal, wie furchteinflößend sie auch wirken mag, im Licht ist sie vollkommen harmlos.

Die Schauspielerin erfasst die Situation sofort. Sie entschuldigt sich und verschwindet zur Toilette.

Ich sehe ihn an und freue mich, wie ruhig ich bin. »Wenn ich gewusst hätte, dass du zu meiner Show kommen willst, hätte ich dir Tickets besorgt.«

Er lächelt. Sein falsches Lächeln, mit dem er mich erst gegen Ende unserer Beziehung bedacht hat. Es jetzt wiederzusehen, entfacht den ersten Anflug von Wut in mir. Ich weiß noch genau, wie klein ich mich beim Anblick dieses Lächelns immer gefühlt habe. Stellvertretend für mein früheres Ich werde ich zornig.

Leider ändert sein oberflächlicher Gesichtsausdruck nichts daran, wie gut er aussieht. Wesley ist auf eine nicht plakative Weise attraktiv. Er ist einfach er selbst, und das macht ihn faszinierend. Sobald er einen Raum betritt, zieht er alle Blicke auf sich.

Die Wirkung hatte er früher auch auf mich. Aber jetzt nicht mehr, als wäre ich gegen die Anziehungskraft dieses dunkelhaarigen Desasters inzwischen immun.

»Sei nicht albern«, sagt er gedehnt. Seine Freundlichkeit ist wie der Duft seines Lieblingsparfüms: widerlich künstlich. »Ich wollte deine Karriere unterstützen.«

»Lustig, dass du damit erst nach unserer Scheidung anfängst«, gebe ich zurück.

Schon während unserer Beziehung konnte er Zerknirschung oder Eingeschnapptheit wie auf Knopfdruck vortragen, und so überrascht mich seine Reaktion nicht. »Riley«, schmollt er. »Wir waren nicht immer einer Meinung, aber du glaubst doch nicht ernsthaft, ich hätte deine Karriere nicht unterstützt.«

Willst du für immer mit mir leben, Riley?

Ausnahmsweise möchte ich die Situation nicht in ein Spektakel verwandeln. Ich möchte eine Entschuldigung – irgendetwas, das mir beweist, dass die Liebe, die es einmal zwischen uns gegeben hat, echt war, dass die Zeit, die ich ihm geschenkt habe, und der Schmerz, den er verursacht hat, es wert waren. Ich bemühe mich, freundlich zu bleiben, oder zumindest freundlich genug, um die Neugier der Gäste nicht allzu sehr anzustacheln. »Du hast es gehasst, wenn ich aufgetreten bin«, sage ich.

»Das stimmt nicht«, erwidert er heiter.

Die dreiste Lüge bringt mich in Rage. Keine Sekunde länger will ich seine Scheiß-Stichwortgeberin sein. »Ich hatte die Chance, im Hollywood Bowl aufzutreten, und du hast gesagt, es wäre unpassend«, erinnere ich ihn.

Er schaut zur Seite und lacht leise, als hätte ich einen Witz gemacht. »Das war in dem Monat das einzige Wochenende, an dem ich zu Hause war. Kann man mir vorwerfen, dass ich nach einem Monat Dreharbeiten in Kroatien den Samstagabend mit meiner Frau verbringen möchte?«

»Ist dir nie in den Sinn gekommen, dass du Zeit mit mir hättest verbringen können, wenn du – ich weiß auch nicht – zu meinem Konzert gekommen wärst?«, gebe ich zurück.

Seine Miene verdüstert sich, und das freut mich. Nur wenige schaffen es, Wesley dazu zu bringen, aus der Rolle zu fallen und sein wahres Gesicht zu zeigen.

Das ist eigentlich besser als eine Entschuldigung, finde ich. Ich brauche nicht zu wissen, dass mein Schmerz es wert war. Er soll sich bloß einmal so klein fühlen, wie ich mich gefühlt habe. Ich möchte ihn in Verlegenheit bringen. So wie er mich, als ich Eileen anrufen und den Auftritt meines Lebens absagen musste.

Im Schweigen am anderen Ende der Leitung klang das ganze Missfallen mit, das sie nur aus Höflichkeit nicht aussprach, und ich stammelte hohle Rechtfertigungen, um Wesley in Schutz zu nehmen. *Ich bin einfach noch nicht bereit dafür. Es ist nicht der richtige Zeitpunkt. Noch nicht.* Seinetwegen war ich zur Lügnerin geworden.

»Ich habe dir gesagt, dass weitere Gelegenheiten kommen würden, um im Bowl zu spielen«, sagt Wesley jetzt ruhiger, und ein warnender Unterton schwingt in seiner Stimme mit. »Und ich hatte recht. Ich wette, du könntest morgen dort anrufen und dir einen Termin aussuchen.«

Aber ich bin noch nicht fertig. Ich werde nicht zulassen, dass er die Sache schönredet – mich abspeist. Er hat sich nie mit meinen rauen Kanten auseinandergesetzt, jetzt wird es Zeit. »Darum geht es nicht, Wesley«, erwidere ich, meine Stimme scharf wie eine gerissene Gitarrensaite. »Ich habe einen Traum für dich aufgegeben. Und das ist nicht alles. Du hast mich ständig abgelenkt, wenn ich schreiben wollte …«

»Um Zeit mit dir zu verbringen!«, unterbricht er mich. »Mir war nicht klar, dass ein Ehemann keine Zeit mit seiner Frau verbringen darf.«

»Du willst keine Frau. Wolltest du nie.« Jetzt bin ich in Fahrt, rase auf die Wahrheit zu, die ich in den dunklen Ecken der Strophen versteckt habe, die ich nicht singen konnte. »Du wolltest jemanden, der dich in jeder freien Minute anhimmelt. Du wolltest deinen ganz persönlichen Fan.«

Sein Gesicht läuft rot an. Auf einmal ist er überhaupt nicht mehr attraktiv. Er ist empört und schwach. Und ich hätte es viel früher merken müssen. Er ist es nicht wert, was ich ihm gegeben habe. Ich kann kein episches, tragisches Ende für unsere Geschichte schreiben, denn es war nichts weiter als eine Farce.

»Tja, und du wolltest das hier, stimmt's?« Er macht eine Geste, die den Raum, die Nacht, die Tour einschließt. »Wenigstens hat eine von uns bekommen, was sie wollte. Zumindest für den Moment. Ich finde ja, deine Trennungssongs-Masche war schon abgedroschen, bevor du ein ganzes Album daraus gemacht hast. Aber irgendwann werden alle hier im Raum davon gelangweilt sein, so wie alle deine Ex-Freunde, über die du geschrieben hast, von dir gelangweilt waren. Ich bin gespannt, worüber du dann singen wirst. Vielleicht über irgendetwas Wichtiges?« Er zuckt mit den Schultern, als wäre er meiner schon längst überdrüssig.

Es tut weh. Alles, was er gesagt hat, habe ich schon tausendmal im Internet gelesen. Aber es von ihm selbst zu hören tut noch viel mehr weh, was mich letztlich nicht überraschen sollte. Manchmal verletzt die richtige Stimme stärker als ein dumpfer Schlag.

Ich sehe Triumph in seinen Augen aufblitzen und will ihm auf keinen Fall die Genugtuung gönnen, mich stehen zu lassen. Ich halte meine Tränen zurück, denn er soll nicht sehen, wie tief er mich getroffen hat, und drehe mich auf dem Absatz um. »Entschuldigt mich«, murmle ich den Leuten in der Nähe zu.

Ich schleiche in den Flur, zu dem Schlafzimmer, in dem ich heute Morgen aufgewacht bin. Die Geräusche der Party sind nah und doch seltsam weit weg, hinter dem hauchdünnen Vorhang meiner Traurigkeit. Ich brauche nur einen Moment.

Ich trete ein und schließe leise die Tür.

Ich hätte es wissen müssen. Ich hätte verdammt noch mal wissen müssen, dass ich keine Entschuldigung von ihm bekommen würde. Trotzdem, das hatte ich nicht erwartet. Er hat mich einmal geliebt, das weiß ich. Aber warum ist davon jetzt nichts mehr zu spüren? Stattdessen ist es hässlich und gemein wie das verzerrte Kreischen einer Rückkopplung.

Weil ich es verdient habe. Ich werde dieses Gefühl einfach nicht los.

Irgendetwas stimmt nicht mit mir, es vertreibt alle Menschen aus meinem Leben und lässt mir nur die Songs als Trostpreis.

Die Tür geht auf. Das Klicken ist schmerzhaft laut. Ich wende das Gesicht ab, kein Agent oder Produzent soll sehen, dass ich mich in die Karikatur verwandelt habe, für die sie meine Songs halten. »Crying in the Coachella Valley«. Wer auch immer es ist, er könnte wahrscheinlich die Single für mich schreiben.

»Riley, alles okay?«

Beim Klang von Max' Stimme schluchze ich auf.

Sofort ist er da, nimmt mich in die Arme, tröstet mich und streichelt mir übers Haar. Ich weine an seiner Schulter, denn ich habe nie gewusst, dass die Nähe eines anderen Menschen so viel bedeuten kann. Wenn die richtige Stimme verletzen kann, dann vermag die richtige Schulter auch zu heilen wie sonst nichts.

»Er ist ein Arschloch«, beruhigt mich Max. »Was immer er gesagt hat, glaub ihm nicht.«

Ich löse mich von ihm und sehe ihn an. Direkt in die Augen. »Hast du mich jemals gehasst, Max?«, frage ich.

Er blinzelt. »Was?«

»Als du in dem Sommer nicht mitgekommen bist, als du gemerkt hast, dass ich weitergezogen bin, hast du mich da gehasst?« Es war eine ganz einfache Frage – eine Frage, die bei jedem Gespräch, das Max und ich in den letzten Monaten geführt haben, am Rande mitschwang – und zugleich die schwerste, die ich ihm stellen kann.

»Nein«, antwortet Max sofort, als wäre es ganz selbstverständlich. Doch dann bemerkt er die Angst, die mir im Gesicht steht, und wiederholt eindringlich: »*Nein*. Hörst du? Ich habe dich nie gehasst.«

Ich sehe ihn an und versuche, auf seine Worte zu hören. Zwinge mich, die flüsternden Stimmen zu ignorieren, denen ich nie entkommen kann. *Noch nicht*, sagen sie. *Noch hasst du mich nicht.* Ich stehe auf, will sie abschütteln. »Ist schon gut«, sage ich wenig überzeugend. Wenn ich jetzt im Tonstudio wäre, würde ich den Take als zu wenig authentisch verwerfen. »Es ist nichts. Einfach neue Inspiration, richtig?« Ich lache düster, aber ich bin nicht mit dem Herzen dabei. Noch nicht.

»Nicht.« Die sanfte Strenge in Max' Stimme überrascht mich. »Deute die Grausamkeit anderer nicht zu einer Art Geschenk um.«

Ich weiß, er will mir helfen, aber ich nehme ihm den Tadel übel. Zehn Jahre lang bin ich ohne ihn mit meinen Wunden zurechtgekommen. Und zwar ziemlich gut. »Warum nicht?«, blaffe ich. »Warum sollte ich nicht etwas davon haben?«

»Hast du das denn?«, antwortet er. »Oder tut es dir einfach nur noch mehr weh?«

Ich antworte nicht, weil ich nicht mehr weiß, was wahr ist. Früher war es mir so klar. Jetzt kann ich mich kaum noch erinnern, an welche erbärmlichen Träume ich mich geklammert habe, denn sie rinnen mir wie Sand durch die Finger.

Max seufzt. »Was wollte er überhaupt hier? Wieso platzt er in die Party seiner Ex-Frau?«, fragt er.

»Er ist nicht hereingeplatzt«, sage ich. »Ich habe ihn eingeladen.«

Seit ich in Houston seine Blumen bekommen hatte, wusste ich, dass ich es tun musste. Es war meine einzige Chance, ihn aus meinem Leben zu vertreiben, ganz gleich, ob es mir die Seele zerfetzt. Ich würde meinem Label das Zusammentreffen liefern, nach dem sie verlangten, aber zu meinen Bedingungen. Ich musste mich ihm stellen.

Max runzelt die Stirn. Zum ersten Mal sieht er wirklich wütend aus. Die Veränderung ist verblüffend. »Warum?«, fragt er.

»Ich dachte, vielleicht entschuldigt er sich. Da habe ich mich wohl geirrt«, bringe ich schwach hervor und fühle mich so dumm. Die Kehrseite von großen Träumen ist, dass ich jedes Mal völlig unvorbereitet bin, wenn das Schicksal mir einen Strich durch die Rechnung macht. »Und selbst wenn nicht – ich hatte gedacht, wenn er das hier sieht, mich, meinen Erfolg, dann würde mir das …«

Max steht auf. »Was? Dir einen neuen Song schenken? Dafür sorgen, dass es dir besser geht? Was sollte das helfen?«

Ich hasse die Zweifel, die seine Fragen in mir aufwühlen, und flüchte mich in Überheblichkeit. »Ich werde immer über mein Leben schreiben, Max. Das haben wir doch schon besprochen.« Zu meiner Schande muss ich feststellen, wie leicht mir diese Abwehrhaltung fällt, wie Riffs, die ich im Schlaf spielen könnte.

»Das heißt aber nicht, dass du dich in Situationen begeben musst, die dich verletzen«, antwortet er. Er ist mir so nah, dass er mich berühren könnte, aber ich habe plötzlich das Gefühl, zehn Jahre oder Tausende von Kilometern sind nichts verglichen mit der inneren Distanz zwischen uns.

Ich frage mich, ob wir sie jemals überwinden werden.

Heißer Zorn steigt in mir auf. »Sich zu verlieben führt *immer* zu Schmerz. Was glaubst du, wieso ich so viele Alben verkaufe? Weil sich jeder damit identifizieren kann. Zu glauben, dass es keine Risiken birgt, ist naiv.«

Das trifft ihn. So wie er meine Improvisationen vorhersagen kann, wenn wir zusammen spielen, weiß ich, dass Max die Veränderung im Ton unserer Unterhaltung bemerkt hat. Ich spreche nicht nur von Liebe. Ich spreche von uns.

»Ich weiß, dass es ein Risiko birgt. Und ich bin darauf vorbereitet«, sagt Max. Seine Stimme ist leise, gekränkt. »Ich habe das schon einmal durchgemacht. Ich habe dich geliebt und dich verloren. Aber ich kann dir mein Herz nicht schenken, wenn du bereit bist, es zu brechen, nur um daraus Inspiration zu schöpfen.«

Die Zeit verlangsamt sich, der Augenblick scheint in sich zusammenzufallen. Kein Rhythmus mehr. Nur noch Pochen. Mein Herz rast in meiner Brust. Wesley hatte recht. Er hatte verdammt noch mal recht. Ich habe mich immer für eine unfehlbare Wahrsagerin gehalten, doch er hat eine Prophezeiung über Riley Wynn gemacht.

Alle werden mich irgendwann leid.

Ich möchte dagegen ankämpfen. Ich möchte Max sagen, dass ich ihm nicht das Herz brechen werde. Aber das kann ich nicht. Es hat keinen Sinn, mich zu wehren. Das weiß ich. Jeder einzelne meiner Songs erzählt davon.

Das Herzstück meiner Musik sind nicht die eingängigen Melodien. Meine Songs bleiben wegen ihres unbestreitbaren Ausgangs im Gedächtnis. Auf den Bühnen von Houston bis nach Hollywood habe ich es unermüdlich wiederholt: Meine Beziehungen enden immer mit Liebeskummer. Die Heartbreak Road ist nicht der Weg, sie ist das Ziel. Der Song meines Lebens ist geschrieben, und ich befürchte, ich werde ihn noch singen, lange nachdem die Bühnenscheinwerfer erloschen sind.

Also sage ich nichts. Dieser Song ist mir so vertraut, dass ich ihn in Stille schreiben kann.

Ich sehe, wie sich die Erkenntnis auf Max' Gesicht ausbreitet. Ich weiß, dass ich mich an jede Einzelheit dieses Augenblicks erinnern werde, sein Blick hat sich in meine Seele eingebrannt.

Er sollte jetzt gehen, sonst hasst er mich am Ende, so wie Wesley. Und ich könnte es nicht ertragen, wenn Max mich hasst. Kein Trostpreis könnte diesen Schmerz lindern. Kein Song. Nichts.

Max wendet sich zur Tür, und ich weiß, dass wir beide zu dem gleichen schrecklichen Schluss gekommen sind.

Als er spricht, ist seine Stimme leise, aber ich höre jedes Wort. »Ich fliege morgen früh nach Hause. So wie es aussieht, beschert dir dieser Abend zwei Songs. Ich hoffe, du wirst glücklich damit.«

Er geht hinaus.

Ich möchte mich nur noch zusammenrollen. Wie ein Stern draußen im All möchte ich implodieren, mich von meiner eigenen Anziehungskraft verschlingen lassen, bis ich nichts mehr bin. Mich dem Herzschmerz hingeben, den ich doch angeblich überwunden habe.

Aber ich kann nicht. Heute Nacht ist meine Nacht.

Im Badezimmer richte ich mein Make-up. Im Spiegel sehe ich die Riley, die alle erwarten.

Ich setze ein Lächeln auf und kehre auf die Party zurück, als würde ich eine Bühne betreten.

KAPITEL 25

Max

Es ist, als wäre ich nie weg gewesen.

Ich kehre aus Palm Springs zu Harcourt Homes zurück und finde mich sofort wieder in die vertrauten Routinen ein, die ich mit geschlossenen Augen erledigen könnte. Ich fahre den Sunset Boulevard entlang. Auf der Plakatwand ist Riley inzwischen verschwunden und durch die neueste HBO-Serie ersetzt worden. Ich arbeite neues Personal ein. Ich gehe die Finanzen durch und stelle fest, dass die neuen Bewohner, die durch den Medienrummel um mich auf uns aufmerksam geworden sind, genug Einnahmen bringen, damit das Heim offen bleiben kann.

Jeden Abend fahre ich nach Hause in meine Wohnung. Das Radio bleibt strikt auf den Oldiesender eingestellt. Ich schlafe fest. Ich habe Gardinen aufgehängt.

Der Übergang verläuft so problemlos, dass sich die letzten Monate mit Riley fast wie ein Traum anfühlen. Die gleiche vage Unwahrscheinlichkeit umgibt sie, ihre Details sind klar, haben aber doch nichts mit der vertrauten handfesten Welt zu tun, in die ich wieder eingetaucht bin.

Nur eines an meinem neuen, alten Leben ist anders: Ich spiele nicht mehr Klavier im Speisesaal.

Musik zu machen ist viel zu sehr mit Riley verbunden – Riley, die hier in diesem Speisesaal saß und eine Zugabe forderte –, und ich habe Angst, die Wunde, die meine Abreise in meine Brust gerissen hat, genauer anzusehen.

Ich weiß, wenn ich das tue, wird die Realität mich einholen. Dann kann ich nicht mehr vor mir selbst davonlaufen. Dann werde ich zum zweiten Mal das Opfer meines selbst verschuldeten Liebeskummers sein.

Ich hasse es, wie unschön es zwischen uns ausgegangen ist, hasse es, dass ich sie verlassen habe. Schon wieder. Manchmal, wenn ich die Augen schließe, sehe ich ihr tränenüberströmtes Gesicht bei unserem letzten Gespräch vor mir. Das ist der einzige Moment der letzten Monate, der sich nicht wie ein Traum anfühlt, sondern wie mein schlimmster Alptraum.

Zum Teil liegt es an meiner Hilflosigkeit. Ich weiß nicht, wie ich sie davon überzeugen soll, dass sie Liebe verdient, keinen ewigen Kummer. Doch vermutlich kann sie niemand davon überzeugen, außer sie beginnt selbst daran zu glauben. Aber solange sie das nicht tut, wird unsere Liebe sich anfühlen wie ein stummes Instrument, auf dem niemand spielt.

Und so meide ich das Klavier. Ich spalte diesen Teil völlig von mir ab, verdränge all meine Fragen und Ängste einfach für ein paar Tage, bis ich in die Wüste zurückkehren muss. Zu Riley.

Am Donnerstag esse ich mit meinen Eltern zu Abend. Es ist nett. Wir haben nach den Bewohnern im Speisesaal Platz genommen, wo es ganz ruhig ist; die meisten Angestellten sind schon nach Hause gegangen. Ich beantworte ihre zahllosen Fragen über die Tour, über Riley, über die Investitionen, die wir uns jetzt für die Residenz leisten können. Geduldig erkläre ich ihnen, wie sehr sich unsere finanzielle Lage gebessert hat. Dann bitten sie mich, für sie zu spielen, aber ich vertröste sie auf ein anderes Mal.

Mom hält an der Tür inne, als ich sie hinausbegleite. »Du siehst … verändert aus«, sagt sie.

»Es ist anstrengend, auf Tour zu sein. Ich werde ein paar Tage brauchen, um mich zu erholen«, antworte ich ausweichend, nicht ganz ehrlich. Denn vielleicht brauche ich mein ganzes Leben, um mich von Riley zu erholen.

Doch Mom schüttelt den Kopf. »Nein, nicht erschöpft. Du siehst … ich weiß auch nicht … angekommen aus, vielleicht? Ich bin stolz auf dich, dass du es noch einmal mit der Musik versucht hast.«

Mir fällt der Blick auf, den sie Dad zuwirft. Er erinnert an ihre stillen Absprachen.

»Nun, da die Residenz so gut läuft«, fährt sie fort, »überlassen wir die Entscheidung dir. Wir verkaufen nicht, wenn du es nicht willst.«

Ich nicke. Meine Eltern schweigen, als warteten sie darauf, dass ich die Entscheidung sofort treffe. Aber ich bringe sie mit höflicher Fröhlichkeit hinaus, so nachdenklich ich auch bin. Ich habe keine Ahnung, wie ich mit diesem Angebot umgehen soll.

Vor ein paar Monaten wollte ich nichts anderes, als Harcourt Homes zu retten. Und das ist mir gelungen. Die Tour mit Riley hat mir alles gegeben, was ich wollte.

Oder auch nicht.

Was will ich eigentlich? Sofort wird es mir klar, so deutlich wie das grelle Licht der Spotlights, das Geschrei der Menge, die überbordende Wirkung eines perfekten Duetts. *Ich will zurück zu Riley.*

Ich will tun, was immer nötig ist, um sie davon zu überzeugen, dass wir es schaffen können. Dafür würde ich alles aufgeben.

Aber sollte ich das auch? Die alte Gegenmelodie übertönt meine plötzliche Sehnsucht. Auf dem Weg zurück in den Speisesaal bin ich tief in Gedanken versunken. Die Leere dort erinnert mich an die Bühne kurz vor der Show – oder an ein Tonstudio mitten in der Nacht. An jene Orte, an denen ich mich fragte, ob ich mich dort je zu Hause fühlen könne.

Würde meine Antwort anders ausfallen, wenn Riley nicht Teil der Frage wäre?

Ich gehe zum Klavier und setze mich.

Spiel es so, wie du mich küssen möchtest.

Wie aus dem Nichts höre ich Rileys Stimme. In dem schäbigen Probenraum, in dem wir damals manchmal übten, mit zahllosen dicken Farbschichten an der Wand und Kerben im Betonboden, blickte ich vom Klavier auf. Riley saß auf ihrem Verstärker und sah mich auf diese Weise an, der ich nie widerstehen konnte.

Als ich aufstehen wollte, schüttelte sie den Kopf.

Spiel es so, wie du mich küssen möchtest, sagte sie.

Das tat ich. Während ich ihren Blick auf mir spürte, überließ ich mich ganz meinem Klavier, gab ihm alles. Ich hörte erst auf, als Riley sich neben mich setzte. Mit ihren zarten Fingern drehte sie mein Gesicht zu sich und legte die Lippen auf meine. Auch sie gab mir mit ihrem Kuss alles.

Und nun klingt ihre Aufforderung in mir nach. Habe ich das nicht die ganze Zeit getan? *Spiel es so, wie du mich küssen möchtest.*

Hat jeder Akkord, den ich angestimmt habe, jedes Lied, das ich geprobt habe, nur dazu gedient, Riley zu folgen? Kontakt mit ihr aufzunehmen? Habe ich nicht immer mit ihr im Hinterkopf gespielt? Ja, vielleicht. Jedes Open Mic, jede Stadionshow, sogar jeder Abend im Speisesaal von Harcourt Homes.

Vielleicht habe ich die Musik nie ganz aufgegeben, damit ich Riley nie ganz aufgeben musste?

Doch jetzt höre ich ihre glühende Stimme nicht. Ich sitze ganz allein in der Dunkelheit vor dem Klavier. Ohne Zuhörer. Ich habe seit Monaten nicht mehr nur für mich gespielt. Also hole ich Luft und lege die Hände auf die Tasten. Sobald ich den ersten Akkord anschlage, habe ich das Gefühl, auf mein eigenes Herz zu hören.

Ich beginne mit »Heartbreak Road,« der brennenden Wunde, die noch nicht verheilt ist. Als Nächstes folgt »Until You«. Dann gehe ich über zu den Standards aus meinem Repertoire für Harcourt Homes. Ich spiele sie alle. Am Ende gehe ich über zu der Musik meiner Kindheit, den Stücken von Mozart und Beethoven, die ich auf genau diesem Klavier gelernt habe.

Und dann spiele ich meine Gedanken, meine Gefühle, mein Bedauern, meine Hoffnung. Niemand hört sie außer mir. Ich schwitze, atme schwer, aber es fühlt sich gut an. Es ist, wie meine Mutter gesagt hat: Ich bin angekommen.

Im Klang des Klaviers ertönt für mich jene Harmonie, nach der ich so lange gesucht habe. Ich weiß jetzt, was ich will. Nicht wen. *Was.*

Ich will das hier. Ich will das Leben der Menschen, die ihre letzten Jahre in Harcourt Homes verbringen, mit Musik bereichern. Den Laden am Laufen halten. Alle Vergleiche mit Bühnen und Studios verblassen im Nichts. Das hier ist etwas Größeres: mein Zuhause.

Natürlich *könnte* ich dieses Gefühl für Riley, die Frau, die ich liebe, aufgeben. Aber es wäre uns beiden gegenüber nicht fair. Riley verdient einen Mann, der die gleichen Träume verfolgt wie sie, der sie nicht zweimal verlässt, nach Hause flieht zu seinen eigenen Träumen. Ich verdiene eine Frau, die an unsere Liebe glaubt, die für uns kämpft. Die nicht alles aus Angst beendet und mich in einem Leben zurücklässt, das ich nur ihr zuliebe gewählt habe.

Mein Spiel drängt mich vorwärts, als könne die Musik meine Gedanken lesen. Ich folge ihr, höre die Botschaft der Melodie.

Mein Platz ist hier. Ich habe der Musik die größte Chance gegeben, die ich konnte, auf den größten Bühnen gespielt, die ich mir vorstellen konnte, und jetzt weiß ich ohne Zweifel, dass ich nur die Hoffnungen von jemand anderem ausgelebt habe. Hier in diesem Raum zu spielen, das ist nicht bloß genug. Es ist alles.

Ich weiß jetzt, was ich tun muss. Es wird nicht leicht werden, aber ich habe es schon einmal überstanden.

Ich höre auf zu spielen, nehme die Hände von den Tasten. Sanft klappe ich den Deckel zu. Im leeren Speisesaal höre ich Rileys »*Zugabe*« von vor ein paar Monaten nachhallen.

Aber als ich mich umdrehe, ist da niemand.

KAPITEL 26

Riley

Die Füße im Wasser, sitze ich am Rand des Pools mit der Gitarre auf dem Schoß und sehe der Sonne dabei zu, wie sie aufgeht. Die Wüste ist in sanfte Rosa- und Orangetöne getaucht. Ich bin früh aufgestanden, in der Hoffnung, der Anblick könnte mich inspirieren.

Das sollte er zumindest. Es ist einer dieser perfekten Momente, nach denen ich ständig suche.

Stattdessen klimpere ich stumpf vor mich hin. Ich warte darauf, dass aus der Wüste Zeilen aufsteigen, der Wind mir Strophen ins Ohr flüstert. Aber das Morgenlicht gibt nichts preis. Ich bin blockiert. Schon die ganze Woche, seit Max fort ist.

Jede freie Minute habe ich versucht, seine Abwesenheit mit Schreiben zu füllen. Aber es wollte mir einfach nichts einfallen. Was für eine Ironie. Die Königin der gescheiterten Beziehungen ist so krank vor Herzschmerz, dass sie nicht einmal schreiben kann. Dein Ernst?

Die ganze Zeit frage ich mich, was er gerade macht, wie es ihm geht, was mit uns ist. Aber ich habe ihn nicht angerufen, schließlich ist er derjenige, der gegangen ist. Wenn er mit mir reden wollte, würde er anrufen. Auf meinem iPhone gehen so viele Nachrichten ein, doch keine von ihm.

Es wundert mich nicht. Trotzdem werde ich ihm nicht hinterherlaufen. Max drückt sich. Wieder einmal.

Ich lege die Gitarre ab, ihr hohler Klangkörper protestiert gegen den Beton. Seufzend steige ich aus dem Pool, und die Hitze lässt meine Beine in kurzer Zeit trocknen.

Es ist unglaublich frustrierend. Ich kann keinen Trennungssong schreiben, weil ich nicht weiß, ob wir tatsächlich getrennt sind. Ich weiß nicht mal, ob er heute Abend zu unserem zweiten Coachella-Set erscheint oder nicht.

So lange ich auch versuche, mir einzureden, dass es mir egal ist, bleibt das doch immer nur eine dieser Lügen, von denen ich mir wünsche, sie wären wahr. Als Headlinerin sollte ich mir auf jeden Fall nicht den Kopf darüber zerbrechen, ob mein Freund auftaucht oder nicht.

Das sage ich mir wieder und wieder und helfe mir damit durch den freudlosen Festivaltag. Ich schaue bei Partys vorbei, gehe von einem Auftritt zum nächsten. Einige Bands kenne ich, andere nicht. Ich ignoriere die zahllosen Handykameras, die auf mich gerichtet sind, wohin ich auch gehe. Als mein Auftritt näher rückt, ziehe ich mich in meinen Trailer zurück, um mich von meinem Team zurechtmachen zu lassen.

Dann ist es so weit, ich lasse mich von der Security zur Bühne eskortieren.

Und da sehe ich ihn.

Max steht neben der Hauptbühne, die Hände in den Hosentaschen. Sein Blick ist weder sehnsüchtig noch reumütig. Genauso würden mich auch die anderen Gastmusiker anschauen. Er ist einfach zur Arbeit gekommen.

Die simple Erklärung für die Funkstille der letzten Woche. Er hat mich nicht vermisst, nicht darauf gewartet, dass ich mich melde.

Und sofort bin ich sauer.

Er ist abgehauen und hat es nicht für nötig gehalten, mir eine Nachricht zu schreiben? Und jetzt ist er für das Konzert hier, nicht meinetwegen.

Für ihn ist das wahrscheinlich trotzdem ein Fortschritt. Als er mich das letzte Mal hat sitzen lassen, ist er zu keinem der Auftritte erschienen, die wir geplant hatten.

Ich gehe an ihm vorbei, habe keine Lust zu reden. Zeit für ein paar fucking Trennungssongs.

Wenn er sich nicht entschuldigen oder die Sache klären möchte – bitte.

Zum vertrauten Schlagzeug-Intro von »One Minute« stolziere ich auf die Bühne. Mein Marsch. Mein Vorbote. Ich singe die ersten Töne voller Trotz. Es ist großartig, einer der seltenen Momente, in denen ich selbst eine Gänsehaut bekomme. Wenn mir Max' Rückkehr nichts weiter bringt als diese inbrünstige Performance, dann werde ich mit diesem Silberstreif eben den Himmel versengen.

Die Menge spürt das. Ich nehme ihre Energie auf und mache sie zu meiner eigenen. Im Jubel der Fans stimme ich unversöhnlich den nächsten Song an. Auf *The Breakup Record* geht es um zwölf verschiedene Männer, aber heute Abend geht es in jedem Song um Max.

Es ist befreiend zu wissen, dass er mir zuhören muss. Während er backstage wartet, lege ich alles, was ich ihm sagen will, in die Töne, stelle mir vor, wie die Akkorde sein Herz einschnüren.

Bei »Until You« angekommen, fühle ich mich leichter, als wäre eine schwere Last von mir genommen. Ich bin wieder die Riley, die schon seit Jahren auf solchen Bühnen spielt – na gut, nicht *genau* solchen Bühnen – ohne den frischen Schmerz. Im Rampenlicht verdränge ich das Gefühl, Max Harcourt zum zweiten Mal zu verlieren.

Ich trinke einen Schluck Wasser gegen das Brennen im Hals und trete an den Bühnenrand. »Ich bin ziemlich aufgeregt vor dem nächsten Stück«, gestehe ich der Menge. Ein Brüllen ist die Antwort. »Ich glaube, heute Nacht brauche ich das wirklich.« Ich mache eine Kunstpause. »Braucht ihr es auch?«

Aus den Augenwinkeln sehe ich, wie Max die Bühne betritt. Mir fällt auf, wie sehr er sich seit dem stolpernden Auftritt bei unserer allerersten Show verändert hat. Es ist erstaunlich, wie viel in den letzten Monaten passiert ist.

»Ich möchte Max Harcourt bitten, den nächsten Song mit mir zu spielen«, sage ich.

Max begrüßt die Fans mit einem bescheidenen Kopfnicken und tritt an den Flügel. Ich warte, bis er sich gesetzt hat, und gehe davon aus, dass er den Song genauso spielen wird wie damals, als ich ihn gebeten habe, seinen Gefühlen freien Lauf zu lassen. Als er es gespielt hat, als hasse er es. Voller Energie und Zorn und Bedeutsamkeit.

Doch als er einsetzt, klingt der Song so, wie ich ihn mir immer gedacht habe. Verletzt.

Die Akkorde schmettern auf die Bühne wie Vögel mit gebrochenen Flügeln. Seine Verzierungen streben nach Höhen, die sie nie erreichen werden. Es ist unerträglich. Es ist perfekt. Als ich ihn ansehe, erkenne ich in seinen Augen nichts als Schmerz.

Ich halte seinem Blick stand, und das Publikum verschwindet. Ich singe allein für ihn, überbringe ihm hier in der Nacht meine Botschaft. Er kann mich erneut verlassen, aber dieser Song und die Gefühle, die wir einmal miteinander geteilt haben, werden ihn für immer verfolgen.

»*Long days, fast years*«, singe ich. »*Old hopes, new fears. Future, present, past run in reverse, feeling best when I expect the worst.*«

Ich bin wütend. Mir wurde das Herz gebrochen. Und doch klammere ich mich an eine verzweifelte Hoffnung. Er weicht vor meinen Gefühlen nicht zurück, stellt sich ihnen, fühlt sie mit mir. Es ist das reinste aller Duette, bei dem die Harmonien über einzelne Töne hinaus in noch zu singende Lieder weisen.

Ich brauche das Publikum nicht zu sehen, um zu wissen, wie fesselnd unsere Performance ist. Am Ende des Songs rollt frenetischer Beifall über uns hinweg. Ich höre ihn nur dumpf, als hielte ich mir die Ohren zu.

Den Blick unverwandt auf Max gerichtet, merke ich, dass mein Gesicht feucht ist. Ich wische die Tränen nicht weg. Es würde nichts ändern, ihre Spuren werde ich für immer spüren. Mit Blick auf die

Menge verbeuge ich mich, Max tut es mir gleich und geht von der Bühne ab.

Berauscht von der mächtigen Droge meines Kummers gebe ich das Konzert meines Lebens. Ich verliere mich ganz und gar in der Musik, sie hat mich im Griff. Ich weiß nicht, wie viel Zeit vergeht, aber am Ende meiner Setlist angekommen, fühle ich mich, als hätte ich mich gehäutet. Überwältigt und betäubt verlasse ich die Bühne, rede mit niemandem.

Max wartet backstage. Unsere Blicke begegnen sich flüchtig, und wir brauchen nichts zu sagen, denn wir wissen, was als Nächstes passieren wird. Wir haben es auf der Bühne ausgesprochen.

Die Stimmen all derer, die mir gratulieren wollen, verschwimmen zu einem undeutlichen Refrain. Ich ignoriere sie und steuere auf meinen Trailer zu. Max folgt mir. Die Nachtluft streicht kühl über meine Haut, aber ich spüre sie kaum. Als ich den Trailer betrete, lasse ich die Tür offen. Ich drehe mich nicht um, nicht einmal, als Max sie hinter mir schließt. Nicht einmal, als er die Arme um meine Taille schlingt oder seine Lippen an meinen Nacken drückt, als ich spüre, wie sein Herz an meinem Rücken pocht.

Ich drücke mich an ihn, genieße seine Wärme. Die Woche ohne ihn kommt mir vor wie eine Ewigkeit im Nebel. Mit jeder Liebkosung schreiben seine Lippen und Hände eine Zeile auf meine Haut, die sich endlos wiederholt.

Das ist eine schlechte Idee.

Ich weiß es, und ich weiß, dass er es weiß. Das Gespräch, das wir anschließend führen werden, wartet an der Türschwelle. Ich werde es noch eine Weile ignorieren und stürze mich stattdessen auf die eine unentrinnbare Tatsache vor mir: *Ich liebe schlechte Ideen.*

In seinen Armen drehe ich mich zu ihm, erobere seine Lippen mit meinen. Ich weine, oder er. Es spielt keine Rolle. In diesem Moment des Aufeinandertreffens sind wir eins. Er zieht mir das Kleid über den Kopf, ich öffne seinen Gürtel. Dur, Moll. Melodie, Text.

Wir werden schneller, wie im freien Fall. *Ein letztes Mal.*

Max drückt mich gegen die Wand, und meine Instinkte verdrängen auch den letzten zusammenhängenden Gedanken. Ich ziehe ihm die Hose aus, das Hemd. Als meine Brust seine berührt, durchfährt mich ein Stromstoß. Ich meine zu zerspringen. Unkontrolliert sinkt mein Kopf in den Nacken, und ich blicke an die Decke des Trailers, unseren vorübergehenden Ersatz für den Himmel.

Als ich es nicht mehr erwarten kann, greife ich hinab zu ihm. Max hält überrascht inne und unterbricht kurz die Küsse, mit denen er jeden entblößten Teil von mir bedeckt.

Alles geschieht aus reinem Instinkt, so wie auf der Bühne, wenn ich die Songs singe, die ich schon Hunderte Male gesungen habe. Durch das Muskelgedächtnis bin ich nicht weniger ich – sondern mehr. Nichts steht mir im Weg. Nicht einmal ich selbst.

Wie ferngesteuert fische ich ein Kondom aus meinen Sachen auf der Couch neben uns. Ich spüre Max – seine Härte. Jetzt streichelt er mich nicht mehr, er packt mich und hält mich fest, umklammert meinen nackten Körper, als wolle er mich nie wieder loslassen.

Aber ich weiß, das wird er.

Ein.

Mit einem kräftigen Stoß drückt er mich gegen die Wand. Überrascht keuche ich auf, noch immer atemlos von meinem Auftritt. Ich hebe ein Knie an, stelle einen Fuß auf der Sofakante ab und führe Max dorthin, wo ich ihn haben will.

Er zögert nicht. Langsam vereint er uns. Ich presse die Lippen an seine Schulter und atme mit dem ganzen Körper aus. Jede herzzerreißende Sekunde konzentriere ich mich darauf, wie es sich anfühlt. Er in mir. Wir sind eins. Der Gipfel.

Letztes.

Wir finden unseren Rhythmus. Bei jedem Stoß spüre ich die Trailerwand im Rücken. Es ist, als geschehe alles auf einmal, rollende Wogen der Lust vermischen sich mit dem leichten Unbehagen bei dem Gedanken daran, was am Ende auf uns wartet.

Etwas Unnachgiebiges. Etwas Endgültiges.

Mal.

Ich lasse die Hände zu seiner Hüfte hinabwandern, spüre die Bewegungen seiner Muskeln. Funken schießen durch meinen ganzen Körper und bringen alle Gedanken zum Verstummen.

Auf einmal überkommt mich das Gefühl, dass ich nun den Song vollenden werde, an dem Max und ich die letzten zehn Jahre lang auf die eine oder andere Weise geschrieben haben. In den Songs, die wir performt haben, in denen sich unsere Musik vereint hat. Im sanften Bettgeflüster oder ziellosen Gesprächen. In schmetternden Refrains wie diesem.

Es ist das, was uns zum Ausdruck bringt. Das hier, genau jetzt. Keine Harmonie hat sich jemals so angefühlt.

Als spüre er es auch, dringt Max tiefer in mich ein und verharrt. Er drückt die Stirn an meine Wange, seine Lippen streifen meinen Mundwinkel. »Riley«, seufzt er.

Ausnahmsweise fehlen mir die Worte. Ich küsse ihn und hoffe, das sagt alles. *Ich habe dich vermisst. Ich brauche dich. Ich werde mich an dich erinnern, Max.*

Ich packe ihn und ziehe ihn noch fester an mich. Und dann explodiere ich, und alles in mir leuchtet auf wie die Spotlights, die ich so liebe. Er folgt mir.

Und noch während wir einander im Arm halten, verlöschen die Spotlights. Ich spüre, wie wir beide etwas aufgegeben haben, das wir nie zurückbekommen werden. Im Raum ist es still. Die kühle Nacht trocknet den Schweiß auf unserer Haut.

So friedlich es auch ist, der Moment ist beschmutzt vom Gefühl eines Endes – vom Echo von uns.

KAPITEL 27

Max

Riley streift sich die Jogginghose und das Sweatshirt über, die achtlos auf der Couch liegen. Ich ziehe meine Sachen wieder an. Keiner sagt etwas. Wir haben unsere Zugabe gegeben. Jetzt bleibt mir nur noch, nach Hause zu gehen.

Riley schenkt sich ein Glas Wasser ein. »Hattest du eine gute Reise?«, fragt sie.

Small Talk. Steif, unpersönlich. Und damit weiß ich, dass es wirklich, wirklich vorbei ist. Von himmelhochjauchzender Leidenschaft sind wir nach all der Zeit bei einem Schweigen angelangt, das so tief reicht, dass es ganze Jahre verschluckt. Ich kann mich kaum noch erinnern, wie ihre Lippen eben auf meine Brust gepresst waren, wie ich sie überall berührt habe, während sie Liebeslieder in mein Herz eingraviert hat. »Danke, hatte ich«, sage ich. Entschlossen breche ich die Stille. »Es tut mir leid, wie ich gegangen bin.«

Sie lässt sich in den Sessel neben der Tür sinken, der am weitesten von mir weg ist. Ihre Bewegungen sind mir nicht vertraut, ihre Glieder sind schlaff vor Erschöpfung. Ich möchte mir einreden, dass es nur an dem unglaublichen Konzert liegt, das sie gerade gegeben hat. Aber tief im Inneren weiß ich, dass es nicht so ist.

»Es hätte mich nicht wundern sollen«, sagt sie dumpf. »Ich habe ehrlich nicht damit gerechnet, dass du zurückkommst und die Tour zu Ende spielst.«

Ich wünschte, ich hätte diesen schmerzhaften Hieb nicht verdient. »Na ja …«, setze ich an, trete von einem Fuß auf den anderen, stelle mich darauf ein, meine Entscheidung zu verkünden, die ich im düsteren Speisesaal von Harcourt Homes getroffen habe. »Ich glaube, es ist das Beste, wenn ich aussteige.«

Riley stellt ihr Glas ab. »Da haben wir es«, sagt sie ohne einen Anflug von Humor.

»Riley.« Ich höre den flehenden Unterton in meiner Stimme.

»Was? Du lässt mich im Stich, genau wie vor zehn Jahren.« Sie ist wütend, aber ich höre, dass sie unter ihrem Zorn verletzt ist und es sich nicht anmerken lassen will. Ich will ihr nicht wehtun. Das bricht mir das Herz doppelt.

»Wie kannst du mich ernsthaft bitten dabeizubleiben, wenn du zugleich sagst, dass aus uns nie mehr werden kann als ein weiterer Trennungssong?«

Sie starrt geradeaus, ihr Blick bleibt stumpf. Ihr Schweigen sagt alles, es ist die einzige Antwort, die sie mir geben kann. Obwohl ich es geahnt habe, habe ich mich davor gefürchtet.

Tief in meinem Inneren greife ich nach etwas, das dort fest verwurzelt ist. »Ich liebe dich«, sage ich. Worte, die ich ihr so lange nicht mehr gesagt habe und von denen ich nicht weiß, ob sie wie eine Dissonanz oder nach völliger Klarheit klingen.

Sie schaut mich an. »Nicht«, warnt sie mich. »Sag mir nicht, dass du mich liebst, wenn du gerade mit mir Schluss machst. Das ist nicht fair.«

Ich zucke zurück, doch ich muss es sagen. »Glaubst du, ich will das?«, gebe ich zurück, rede immer schneller, der unvergleichliche Schwung einer Abwärtsspirale. »Will ich nicht. *Natürlich* nicht. Ich habe die ganze letzte Woche versucht, mir das hier auszureden. Ich wollte mich davon überzeugen, wenn du mir das Herz brichst, dann wäre ich immer noch glücklich, weil ich wenigstens ein paar Tage, Wochen, Jahre mit dir hatte.«

Sie hat die Augen aufgerissen. So selten ich über meine Gefühle rede, so wenig kann ich gerade damit aufhören.

»Aber ich weiß nicht, ob das stimmt«, fahre ich fort. »Und ich muss mein Leben zu meinen Bedingungen führen. Denn wenn du nicht glaubst, dass das zwischen uns stark genug ist, um zu halten, dann ist es ... nichts.«

»Es ist nicht nichts«, erwidert Riley sofort. Ihre Stimme vibriert in düsterer Anklage, als hätte sie, während ich gesprochen habe, jegliche Erschöpfung aus sich verbannt. »Du. Wir. Das bedeutet mir alles. Siehst du das nicht? Verstehst du nicht, dass ich jeden Schmerz riskieren würde, um mit dir zusammen zu sein? Ist das nicht Beweis genug, dass ich dich liebe?«

Das Geständnis, das sie in ihre Frage geschmuggelt hat, bringt das

Gespräch zum Erliegen. Alles wird still, bis sie weiterredet. Ihre Stimme hat sich verändert. War sie eben noch zornig, klingt sie jetzt flehend.

»Ich liebe dich Max,« sagt sie. »Ich habe nie damit aufgehört. Jeder Song, jeder Ton, den ich singe, ist von dir inspiriert.«

Das sind die Worte, nach denen ich mich gesehnt habe. Aber jetzt sind sie tödlich. Die Träume haben sich in Dolche verwandelt. Wie soll ich Riley erklären, dass sie das, was zwischen uns nicht gut ist, nicht in Ordnung bringen? Am Ende geht es nicht darum, ob man jemanden liebt – sondern wie man liebt.

»Dann gebe ich dir also gerade, was du willst, stimmt's?«, frage ich. »Jetzt kannst du einen neuen Trennungssong schreiben.«

Getroffen sinkt Riley in sich zusammen. »Ich ... So meinte ich das nicht. Du bist für mich mehr als ein Song.«

Ich schüttle den Kopf, ich will nicht, dass sich das hier in meine Erinnerung einprägt.

»Ich bin es nicht, der dich an uns zweifeln lässt«, antworte ich, »du selbst bist es. Du meinst, du hättest es nicht verdient, dass die Liebe anhält. Du hast dir diese Geschichte schon so oft erzählt, dass du daran glaubst. Du bist die Breakup Queen.« Riley will mich unterbrechen, aber ich fahre fort. »Ich wünschte, du würdest begreifen, dass du diese unglaublichen Trennungssongs schreibst, weil du du bist«, sage ich. »Und nicht andersherum.«

Ihr Gesicht verschließt sich, sie wirkt zerbrechlich. Und ich verstehe, warum. Falsch dargestellt zu werden tut weh. Aber zu hören, wie jemand dich ganz genau richtig beschreibt, bis hin zu all den

Fehlern, vor deren Konsequenzen du nicht davonlaufen kannst, tut noch viel mehr weh.

Deshalb bemühe ich mich um eine sanfte Stimme. »Du kannst alles schreiben, Riley. Aber du kannst auch alles sein. Ich hoffe wirklich, dass du das eines Tages siehst. Bis dahin werde ich dich hören.«

Ich verstumme, denn ich bin am Ende angekommen. Nicht nur am Ende meiner Rede, sondern … am Ende von allem. Ich warte, ohne zu wissen, worauf.

Riley mustert mich, in ihren Augen formt sich stählerne Entschlossenheit. Die uneingeschränkte Überzeugung, die sie ausmacht. Sie wird nichts versprechen, was sie nicht einhalten kann.

Und dafür liebe ich sie. Ich liebe sie wirklich.

Ich beginne, Geräusche von draußen wahrzunehmen, als kehre ich in die Wirklichkeit zurück. Das Wummern der Musik von den nächtlichen Festivalpartys. Das Sicherheitspersonal draußen. Die Autos auf der Straße nicht weit vom Gelände.

Es ist überwältigend, wie surreal das alles ist. Ich führe das wichtigste, schmerzhafteste Gespräch meines Lebens mitten auf dem Coachella, im Trailer des Hauptacts.

Sie steht auf, hält mir ihre Hand hin. Unerwartet verziehen sich ihre Lippen zu einem schmalen Lächeln. »Danke, dass du mit mir aufgetreten bist, Max Harcourt.«

Ich nehme ihre Hand und weiß, ich berühre sie vielleicht zum letzten Mal. Es zerreißt mir das Herz. Aber ich werde ihre Stimme im Radio hören, oder auf meinem Plattenspieler, wann immer ich will. Immerhin etwas. Eine Qual, die ich genießen werde.

Der Gedanke, sie könne meine Hand loslassen, die Verbindung trennen, ist unerträglich. Ich lasse es nicht zu, noch nicht. Stattdessen ziehe ich sie in eine allerletzte Umarmung, drücke mich an sie, um nicht aufzuschluchzen.

Sie streicht mir über den Rücken. »Du wirst ein so glückliches Leben haben.« Ihr sanftes Flüstern hat nichts gemein mit der Stimme der Frau, die die ganze Welt füllen könnte. »Das hast du verdient. Du wirst eine Frau finden, die all das ist, was ich nicht bin, alles, was du brauchst. Es wird dir gut gehen.«

Mein ganzer Körper bebt. Das sind Worte, die sie in der tiefsten Nacht zu sich selbst sagt, die sie in Poesie verwandelt hat, wie es sonst niemand könnte. Sie singt für mich den reinsten Song, den sie zu singen vermag.

Mit erstickter Stimme fährt sie fort. »Es ist mir eine Ehre, mir von dir das Herz brechen zu lassen.«

Ich lache erstickt auf. Es ist ein seltsames Gefühl, nach den letzten Worten zu suchen, die ich ihr sagen will. Ich finde etwas. »Du hast mir gezeigt, was Liebe ist, weißt du? Deshalb konnte ich mir ›Until You‹ nicht anhören. Ich wollte mich nicht daran erinnern«, gestehe ich ihr. »Aber jetzt werde ich es nicht mehr vergessen.«

Riley lächelt traurig. »Wäre es dir lieber, ich hätte dir etwas weniger Unvergessliches geschrieben?«

Bewusst oder unbewusst hat sie die Frage ausgesprochen, mit der ich mich herumschlage, seit ich erfahren habe, dass ich die Inspiration für den Song war. Wäre es mir lieber, wenn sie unsere flüchtige Liebe nicht in den größten Chart-Hit verwandelt hätte?

»Nein«, sage ich aus voller Überzeugung. »Es ist perfekt so.«

In der winzigen Veränderung ihrer Körperhaltung spüre ich ihre Erleichterung.

Ich löse mich von ihr. »Pass auf dich auf, Riley.« Jedes Wort, jede Sekunde ist anstrengend. Ich habe das Gefühl, mich von ihr losreißen zu müssen, weil ich sonst niemals gehen könnte. Sie ist meine Sirene, selbst wenn sie nicht singt.

Auf dem Weg zur Tür muss ich mich auf jeden Schritt konzentrieren. Und während ich zum letzten Mal aus Rileys Leben verschwinde, wartet draußen nur die Nacht auf mich.

KAPITEL 28

Riley

Und wieder einmal lebe ich meine Songtexte.

Die nächsten Wochen vergehen wie im Nebel. Von Coachella fliege ich nach Chicago, wo ich die Tour ohne Max fortsetze. Auf jedem Platz im Soldier Field Stadium, in den leuchtenden Rängen, die sich vom Boden bis in den Himmel erstrecken, sitzt vielleicht jemand, der sich so fühlt wie ich. Oder sich schon einmal so gefühlt hat. Ich lege all meinen Kummer in meine Auftritte, denn ich weiß, was für eine Gelegenheit mir diese offene Wunde bietet, aus der ich meine Musik fließen lasse.

Ich spiele vor ausverkauften Stadien, bei »Until You« begleite ich mich selbst auf der Gitarre.

Immer wieder meine ich, Max' Gesicht im Publikum zu sehen, oder in den Stadiongängen, im Backstage, doch dann verscheuche ich die alberne Hoffnung. Wenn Mom mich fragt, sage ich, es mache mir nichts aus, dass er weg ist.

Was natürlich nicht stimmt.

Die Spekulationen überschlagen sich. Im Internet und in Zeitschriften behaupten alle, ich hätte eine weitere Trennung hinter mir. Doch statt die gehässigen Kommentare wie sonst zu ignorieren, mache ich sie mir zu eigen. Wenn sich in der Presse Fremde fragen, ob meine Shows *vielleicht bloß irgendeine Art von Performancekunst* seien, dann frage ich mich das mit ihnen.

Ich bin zu Gast bei einer Late-Night-Show, wo man als Erstes von mir wissen will, ob ich Single sei. Ich lächle und sage: Ich bin nie *nicht* verliebt. Ich trete im Studiolicht auf und singe vom Schmerz, der mir in Fleisch und Blut übergegangen ist. Zurück im Hotel, performe ich ihn auf andere Weise. In gewisser Hinsicht kommt es mir so vor, als performte ich ihn jeden Tag, jede Minute.

Im Bus liege ich wach und ringe damit, mir nicht vorzustellen, dass Max nur wenige Zentimeter von mir entfernt schläft. Wenn mir das nicht gelingt, suche ich Trost im Wohnbereich, wo ein Song nach dem anderen entsteht. Es passiert einfach. Ich habe noch nie im Leben so wenig geschlafen, und ich war noch nie so erschreckend inspiriert. Überall kritzle ich Textzeilen hin: auf Kaffeebecher, Kassenbons, Servietten, sogar auf meine Hand.

Beim Schreiben denke ich so viel an Max, dass die Erinnerung an uns ihren Stachel verliert. Natürlich vermisse ich ihn, und der Schmerz darüber verblasst nicht, aber ich vergieße seinetwegen keine Tränen mehr.

Ich reise weiter von Stadt zu Stadt. In St. Louis erfinde ich eine Ausrede, um nicht zu Hause vorbeischauen zu müssen. Nachdem ich gerade Max verloren habe, bin ich erst recht nicht bereit für das, was mich dort erwarten würde: Umzugskartons mit den Habseligkeiten meiner Mutter, die darauf warten, in eine neue Bleibe transportiert zu werden.

Mitten auf der Tour, nur wenige Stunden vor der Show ist nicht der richtige Zeitpunkt, um mir Klarheit über meine Gefühle zu meiner neuen Familienkonstellation zu verschaffen. Stattdessen verkrieche ich mich im Hotel.

Mom geht es ähnlich, nehme ich an. Wir haben nicht mehr darüber gesprochen, welche Veränderungen sie für ihr Leben plant. Vermutlich hilft ihr die Tour, um etwas Abstand von ihrer gescheiterten Ehe zu gewinnen, und davon lässt sie sich nicht ablenken, um am Stadtrand, nur fünfzehn Minuten von hier, schnell ein paar Kisten zu packen.

Dad besucht mich zum Mittagessen auf meinem Zimmer. Es ist wirklich nett, auch wenn er die fröhliche Fassade, hinter der ich meine Wunden zu verstecken versuche, sofort durchschaut. Natürlich hat er die Schlagzeilen gelesen. Er weiß, dass nur wenige Monate nach meiner Scheidung die nächste Beziehung in die Brüche gegangen ist. Und doch stehe ich hier und mache Musik für meine Fans, als wäre überhaupt nichts geschehen.

Er sagt, er mache sich Sorgen. Ich tue es mit einem Lachen ab.

In meiner Show gebe ich alles, so wie St. Louis mir alles gegeben hat. Und am nächsten Morgen bin ich weg.

Indianapolis entpuppt sich zu meiner Überraschung als eine meiner Lieblingsetappen. Inmitten der stattlichen Wände des Lucas Oil

Stadium habe ich zum ersten Mal das Gefühl, dass sich alle freuen, mich einfach zu sehen, statt neugierig auf mein Privatleben zu sein. Nach der ersten Show gehe ich nicht ins Hotel zurück, wo mir das Schreiben viel schwerer fällt. Hotelzimmer fühlen sich an wie eine leere Seite, und das ist das Gegenteil dessen, was ich brauche. Ich brauche Textur. Ich brauche den Ort, an dem Max mitten in der Nacht mit seinen Händen auf dem Tisch Klavierakkorde entwickelt hat, an dem er uns in den von mir ausgesuchten Kostümen zum Lachen und zum Staunen gebracht hat. Ich brauche den Ort, der mir in den letzten Monaten, den schwersten und zugleich glücklichsten meines Lebens, ein Zuhause war.

Der Bus steht auf dem Parkplatz hinter unserem Hotel. Während ich darauf zulaufe, summe ich die Melodie, die mir im Kopf herumschwirrt, lasse mich von der Dringlichkeit meiner sprudelnden Ideen durch die angenehm milde Nacht treiben.

Doch als ich am Bus ankomme, sehe ich … Klebeband auf der Tür.

Irritiert bleibe ich stehen, mir fällt das Gespräch mit Max wieder ein, wie wir darauf aufmerksam machen sollen, dass wir jemanden in den Bus mitgebracht haben. Max ist weg. Bleibt nur meine Mutter …

Ich spüre, wie mir die Farbe aus dem Gesicht weicht. Die Melodie, die ich vor mich hin gesummt habe, verschwindet aus meinem Kopf. Langsam und vorsichtig ziehe ich mich zurück, als wäre der Parkplatz ein Minenfeld.

Zu spät. Die Tür fliegt auf, und heraus kommt Frank.

Kurz bin ich verwirrt. Woher kennt Frank das vereinbarte System?

Hatte ich unser Gespräch falsch in Erinnerung? War er dabei? Hat er jemanden mit in den Bus gebracht?

Noch während ich zu verstehen versuche, was ich da sehe, erscheint Mom hinter ihm im Türrahmen. Mit rosa glühenden Wangen.

Ich kann es nicht ändern, mir klappt die Kinnlade hinunter.

»Wir waren gerade ... äh ... ich meine, wir wollten gerade gehen. Wir wollten gehen«, bringt Frank umständlich hervor. Mühsam ringt er sich so etwas wie Lässigkeit ab. »Was machst du hier, Riley?«

Ehrlich gesagt, ist er entzückend verlegen für einen hünenhaften, tätowierten Busfahrer. Er tritt auf der Stelle, lehnt sich dann mit der Schulter in den Türrahmen.

Ich stemme scherzhaft eine Hand in die Hüfte. Angesichts seiner Verlegenheit schmilzt meine eigene dahin.

Klar, es ist schon ein bisschen seltsam, etwas über das Sexleben meiner Mutter zu erfahren, und noch seltsamer, dass es nichts mit meinem Vater zu tun hat. Aber ich freue mich, dass sie in die Zukunft blickt. Schließlich weiß ich besser als jede andere, wie wichtig das ist. Über eine Beziehung hinwegzukommen ist ein Ritual für sich, mit seinen eigenen Freuden und eigenen Gelegenheiten. Ein Sonnenaufgang verheißt andere Wunder als das Tageslicht.

»Wie lange läuft das schon?«, frage ich, ehrlich neugierig. So selbstverständlich, wie Mom näher an Frank heranrückt, habe ich den Eindruck, dass es nicht das erste Mal ist. Ich bin beeindruckt von ihrer Diskretion.

Mom verzieht das Gesicht. »Seit du beim Coachella warst«, gibt sie zu.

Ich grinse, weil sich plötzlich die Puzzleteile zusammenfügen. »Und du hast gesagt, du wolltest nicht mitkommen, weil es dort – Zitat – *zu heiß und zu laut ist und zu wenig Toiletten gibt*«, reibe ich ihr all die Ausreden unter die Nase, die ich in den Wochen vor dem Festival zur Genüge gehört habe. »Du hättest doch einfach sagen können, dass du lieber bei Frank bleiben willst.«

»Riley, es tut mir leid, das ist mir wirklich unangenehm«, sagt Frank. Er kratzt sich am Kopf und fühlt sich sichtlich unwohl. »Ich habe wahrscheinlich eine Grenze überschritten.«

»Ach, hör auf«, erwidere ich, ohne zu zögern. »Ich finde dich super, Frank. Wenn irgendwer mit meiner Mutter rummachen darf, dann du.«

Frank nickt, noch immer verlegen, aber er ringt sich ein Lächeln ab. »Okay. Gut. Ich habe großen Respekt vor dir. Vor euch beiden, um genau zu sein.«

Auf amüsante Weise werde ich daran erinnert, dass mit einer Tour wie dieser nicht nur die offensichtlichen Freuden eines Headliners einhergehen. Reisen wie diese sind voller geheimer Geschenke, unerwarteter Überraschungen des Universums. Perfekte Beignets, improvisierte Jam-Sessions, Menschen, denen ich sonst nie begegnet wäre. Frank ist einer davon. Ohne all unsere gemeinsamen Nächte auf der Straße wäre ich einem der treuesten und liebenswürdigsten Männer, die ich kenne, nie begegnet. Und meine Mutter auch nicht. »Es ist in Ordnung, wenn du jetzt gehst«, ermutige ich ihn sanft.

»Gott sei Dank«, sagt er mit Nachdruck.

Ich muss lachen und schaue zu meiner Mutter hinüber, die sich bemüht, nicht zu lächeln. Mit einer Geste bitte ich Frank aus dem Bus. Als er an mir vorbeigeht, bleibt er stehen und dreht sich zu meiner Mutter um.

»Ich rufe dich nachher an«, verspricht er ihr. Es ist schön zu hören, wie seine typische Frank-Gelassenheit zurückkehrt.

Mom verliert den Kampf gegen ihr Lächeln. Sie braucht nicht zu antworten. Ihr Strahlen sagt mehr als deutlich, wie sehr sie sich darüber freuen würde.

Ich folge ihr ins Innere des Busses, wo sie sich auf die Ledercouch fallen lässt. Es ist dunkel in dem kleinen Wohnbereich, dem Schauplatz so vieler unvergesslicher Momente. Das hier ist zweifellos einer davon.

»Jetzt weiß ich, wie du dich gefühlt haben musst, als wir – wie hieß er noch? – Nick irgendwas erwischt haben, wie er sich aus deinem Zimmer geschlichen hat«, sagt Mom schwach.

»Nick Lynn«, sage ich. »Und ich war mit dir nicht mal halb so streng wie du und Dad mit mir.«

Sie nickt, weil sie weiß, dass ich recht habe. Ich hatte wochenlang Hausarrest und durfte nicht mal zum Konzert der Yeah Yeah Yeahs, auf das ich mich so gefreut hatte. Nicks nächtlicher Besuch war es definitiv nicht wert.

Nun sieht Mom mich etwas ernster an. »Sag ehrlich, ist das okay für dich?«, fragt sie.

Ich zögere nicht. »Ja. Ich weiß, dass Dad datet. Das solltest du auch. Es ist seltsam, aber seltsam ist ja nicht schlecht. Ich muss mich bloß erst daran gewöhnen.«

Mom mustert mich, wie um herauszufinden, ob ich es ernst meine. Dann nickt sie. »Es war eine gute Idee, mich mit auf die Tour zu nehmen«, sagt sie. »Ich bin froh, dass ich hier bin.«

Irgendetwas Unbekanntes schwingt in ihren Worten mit. Natürlich ist es etwas Neues, meine Mutter bei einer Affäre zu erwischen. Aber diese Diskussion hat noch eine andere, tiefere Bedeutung. Hier bin ich nicht die Tochter, die Schülerin im Hausarrest oder der altkluge Popstar, und sie ist nicht die allwissende Mutter. Hier begegnen wir einander auf Augenhöhe.

»Ich bin auch froh«, sage ich.

Sie richtet sich auf und schaut sich um, als fiele ihr erst jetzt etwas auf. »Was wolltest du überhaupt hier?«, fragt sie. »Wieso bist du nicht in deinem Hotelzimmer?«

Ich blicke an ihr vorbei, meine Gitarre lehnt in ihrem Koffer an der Anrichte. Im Geiste gehe ich alles durch, was ich antworten könnte. *Ich kann nicht schlafen. Ich kann nicht aufhören zu schreiben. Ich kann nicht aufhören.* »Hier kann ich besser schreiben«, sage ich schließlich.

Mom schaut mich zweifelnd an. Egal, was ich sage, aus einzelnen Sätzen liest sie ganze Bände. Weil ich ahne, was jetzt kommt, stehe ich auf und greife nach der Gitarre. Ich hoffe, sie versteht, dass ich diese Diskussion nicht führen möchte.

»Riley.« Ihre Stimme ist geduldig, aber fest.

»Mir geht's gut. Wirklich«, komme ich ihr zuvor. »Ich bin schon öfter verlassen worden. Ich werde es überstehen, wie immer.«

»Du brauchst nicht die Tapfere zu spielen. Nicht vor mir«, erwidert Mom. »Ich weiß, was Max dir bedeutet hat.«

Ich klappe den Gitarrenkoffer auf. Das Instrument darin ist einer meiner ältesten Freunde. Ich hole die Taylor heraus, betrachte den glänzenden Korpus, die im Mondlicht silbern schimmernden Saiten. »Jeden Abend schütte ich in meinen Songs auf der Bühne mein Herz aus«, erinnere ich sie. »Ich würde nicht sagen, dass ich die Tapfere spiele.«

Sie schüttelt den Kopf. »Das meine ich nicht. Ich meine jetzt, wenn wir unter uns sind. Ohne Musik.«

Nur mit den Fingern auf den Saiten kann ich die Verstimmung bekämpfen, die ihre Worte in mir wecken. Sie versteht das nicht. Und ich ärgere mich über mich selbst, dass ich mich darüber ärgere.

Ich atme tief aus. »Das kann ich nicht«, erkläre ich geduldig. »Ich kann nicht zulassen, dass ein Moment der Traurigkeit das alles hier verdirbt. Auf diese Tour habe ich praktisch mein ganzes Leben lang hingearbeitet. Wenn ich zulasse, dass *die Trennung von meinem Freund* das hier überschattet, dann bin ich genau das, was meine Kritiker mir ständig vorwerfen: Überdramatisch. Oberflächlich. Außerdem …«

Die nächsten Worte fallen mir nicht leicht.

Meine Mutter muss es verstehen, damit sie aufhört. Ich lasse mich ihr gegenüber auf die Couch sinken und fokussiere mich, so wie wenn ich mitten in der Nacht das Gefühl habe, dass der perfekte Refrain zum Greifen nah ist.

»Außerdem glaube ich, dass ich kein Recht habe, unglücklich zu sein. Das hier, meine Karriere, das alles habe ich nur dank meiner Trennungen. Ich sollte dankbar sein.« Es sind Worte, die ich mir wie ein tägliches Mantra immer wieder vorsage. »Und ich *bin* auch dankbar. Wer weiß schon, ob ich all das hier hätte, wenn Max und ich seit zehn Jahren glücklich zusammen wären?«

Tatsächlich sehe ich tief in mir drin diese Variante der Geschichte vor mir, die ich jedoch nie in Worte zu fassen gewagt habe. Schmerz, Freude, Hoffnung und Angst – all das habe ich in meine Lyrics verwoben, aber niemals das Was-hätte-sein-können. Obwohl ich es mir so oft vorgestellt habe, dass diese Bilder in meine Augenlider eingebrannt sein müssen. *Wir gehen zusammen auf Tour. Wir machen zusammen den Abschluss. Wir ziehen zusammen in eine Wohnung in der Nähe von Harcourt Homes. Max hilft weiter seiner Familie, und ich höre nie auf, meinen Traum zu verfolgen. Wir machen es zusammen.*

Das ist der einzige Songtext, den ich mich nicht zu schreiben traue.

»Das ist …«, setzt Mom an. Dann unterbricht sie sich, starrt aus dem Fenster hinaus auf den dunklen Parkplatz und überlegt es sich anders. »Verstehe.«

Ich reiße die Augen auf. Diese Reaktion auf mein Dilemma habe ich nicht erwartet, und ich weiß nicht, ob ich überrascht oder erleichtert sein soll.

»Wenn es dir gut geht, wenn du deine Ziele erreicht hast, wenn du Gründe hast, dich auf morgen zu freuen«, fährt sie behutsam fort, als setze sie Puzzleteile zusammen, »dann ist es leicht, alles andere zu rechtfertigen. Alles, was nicht so gut ist, ist dann ein notwendiges Opfer oder eine Bezahlung. Das, was in die andere Waagschale gehört.«

Ich sehe sie an, meine nervösen Finger erstarren auf der Gitarre.

Auf einmal geht mir auf, woher ich mein poetisches Talent habe, aber es ist nicht diese Erkenntnis, die mich zum Schweigen bringt.

»Ich …«, fährt sie fort. »Na ja, ich habe es nie ausgesprochen, aber ich war in meiner Ehe schon lange nicht mehr glücklich. Ich habe mir eingeredet, dass meine Unzufriedenheit keine Rolle spielte. Sie wog nicht schwer verglichen mit allem, was ich meiner Ehe zu verdanken hatte – allem, was ich wollte. Dich, eine Familie, unser Haus. An der Art, wie dein Dad und ich miteinander umgingen, merkte ich, dass etwas fehlte, aber ich habe mir einfach gesagt, dass es nicht so wichtig ist.«

Noch nie habe ich eine solche Traurigkeit in Moms Augen gesehen. Eine jahrealte Traurigkeit, als hätte sie die Tür, hinter der sich dieses Gefühl versteckt hielt, nie zu öffnen gewagt. Jetzt sehe ich zu, wie sie sie schließt, und lächle.

»Am Ende hat dein Dad mir die Entscheidung abgenommen, und ich bin so froh, dass er es getan hat«, sagt sie, und dabei schwingt ein leiser Humor mit. Sie weiß, *froh* ist nicht unbedingt das Wort, mit dem ich die verzweifelten Gespräche auf dem Fußboden meines neuen Hauses beschreiben würde oder die Telefongespräche, bei denen mir Wochen zuvor schon aufgefallen war, dass ich sie nicht mehr lachen hörte.

Aber durch das Songschreiben habe ich gelernt, die Bedeutung eines Wortes zu fühlen.

Manchmal kann *froh* auch Wärme ohne Licht bedeuten.

Sie fährt fort. »Ich hätte nichts durchleiden sollen, nur weil es mir irgendwann einmal etwas gegeben hat«, sagt sie. »Und das solltest du auch nicht. Du musst nicht mit dem Liebeskummer leben, Riley. Und schon gar nicht musst du so tun, als ob es etwas Gutes wäre«, sagt sie. »Wenn du loslässt, was dir wehtut, kannst du so viel mehr finden.«

Sie nimmt meine Hand. Es ist seltsam, was für unterschiedliche Schwielen wir haben. Meine sind vom Gitarrespielen, ihre von der Gartenarbeit. Aber hier mit ihrer Hand in meiner fühlen sie sich ziemlich gleich an.

»Ich wäre nie mit zu dieser Tour gekommen. Ich hätte Frank nie kennengelernt. Ich hätte nie darüber nachgedacht, noch mal an einem anderen Ort zu leben.« Sie spricht mit erstickter Stimme, so wie in unseren Gesprächen als frisch Geschiedene, nur mit genau entgegengesetztem Gefühl. »Ich bin so froh über diese Chance, denn ich glaube wirklich, dass wunderbare Dinge vor mir liegen.«

Ich drücke ihre Hand. »Da bin ich mir sicher.«

Sie lächelt. »Und vor dir auch.«

Ich höre ihr zu, und mir stockt der Atem, es ist fast ein Schluchzen, fast ein Seufzer der Erleichterung. Ich weiß nicht, was ich sagen soll. Ich weiß nur, wie sehr ich Mom brauche. Selbst jetzt, wenn ich zu den Fenstern hinausblicke, auf denen spiegelverkehrt mein Name steht, und der Lärm aus dem Stadion noch in meinen Ohren nachhallt. Vielleicht besonders jetzt.

»Ich lasse dich mal Musik machen«, sagt sie und steht auf. »Aber mach heute nicht so lange, okay?«

»Ja, okay.« Ich lache, fühle mich an meine Schulzeit erinnert, an Nächte in meinem Kinderzimmer, an Songs, die ich gerade erst zu schreiben lernte, an Träume, die mir ihren Preis noch nicht verraten hatten.

Meine Mutter grinst zufrieden. Sie steigt aus dem Bus und geht zurück ins Hotel.

Ich sitze in der Stille, jetzt leistet mir nur noch meine Gitarre Gesellschaft. Ich ziehe sie auf meinen Schoß, streiche mit dem linken Daumen über die Schwielen auf meinen Fingern. Ich habe so viel investiert, um dorthin zu kommen, wo ich jetzt bin, so viel Schmerz. Ich habe Liebeskummer in Kunst, Erfolg, Ruhm verwandelt, in meine wildesten Träume. Unübersehbare Monumente habe ich daraus gemacht, die hoch in den Himmel aufragen, und in meinem Königreich der Trauer geschwelgt.

Aber es tat verdammt weh.

Langsam glaube ich, dass Mom recht hat. Was, wenn ich mich von etwas noch viel Bedeutsamerem abgehalten habe? Ich habe mir eingeredet, meine Opfer seien es wert gewesen.

Aber jetzt, ohne Max, bin ich mir da nicht mehr so sicher.

Mit wackligen Beinen gehe ich zurück zum Gitarrenkoffer, der an der Küchenanrichte lehnt. Zögerlich lasse ich die Verschlüsse aufschnappen, lege die Gitarre auf das samtene Polster und klappe den Deckel wieder zu.

Im Mondlicht gestatte ich mir zu weinen.

KAPITEL 29

Max

Klaviermusik durchdringt den Raum wie das Sonnenlicht, das durch die verhangenen Fenster fällt, überall und nirgends. Es ist »Für Elise«, sanft, rätselhaft. Es ist nicht perfekt – fast alle Töne sind an ihrem Platz, aber sie werden zögerlich gespielt. Ich erinnere mich an etwas, was Riley zu mir gesagt hat. Musik muss nicht perfekt sein. Manchmal ist sie menschlicher, wenn sie es nicht ist.

Linda spielt das Stück auf dem Keyboard, das ihre Enkelin ihr zum neunundachtzigsten Geburtstag geschenkt hat. Ich gebe mit dem Fuß das Tempo vor, ganz entspannt. Wir sind in ihrem Zimmer in Harcourt Homes, wo ich den Unterricht wiederaufgenommen habe, den ich ihr vor der Tour gegeben habe.

Zu sagen, dass ich glücklich bin, seit ich die Breakup Tour abgebrochen habe, wäre eine Lüge. Ich war untröstlich, und dennoch fühlt es sich richtig an, hier zu sein. Hier gehöre ich her, daran habe ich keinen Zweifel.

Trotzdem wünschte ich, Riley und ich hätten es hinbekommen. Ich wünschte, sie hätte daran geglaubt, dass die Geschichte unserer Liebe nicht zum Ende verdammt war.

Sie fehlt mir. Oder vielmehr fehlt es mir, mit ihr zusammen zu sein, denn auf gewisse Weise ist sie immer da, unausweichlich. Ihre Stimme, ihr Gesicht, die Schlagzeilen mit ihrem Namen. Sie ist überall, wie schon seit Jahren. Mein altes Labyrinth, in dem die Wände immer höher werden.

Linda beendet das Stück, und ich applaudiere. Eine Sekunde zu spät.

Sie wirbelt vorwurfsvoll zu mir herum. »Langweile ich dich?«, fragt sie.

Verlegen richte ich mich auf. »Nein«, entgegne ich aufrichtig. »Das war sehr schön. Diese Woche wollen wir am Tempo arbeiten und nicht jeden Schlag betonen. Stell dir die einzelnen Takte wie Sätze vor. Nur einige Wörter werden betont.«

Linda wischt meine Erklärung weg. Das war mir klar. Wenn man sie einmal provoziert hat, lässt sie sich nicht so leicht besänftigen. »Wenn du während des Unterrichts, für den ich dich bezahle, abgelenkt bist«, antwortet sie hochmütig, »dann solltest du mir den Grund dieser Ablenkung auch mitteilen.«

Ich lache kurz auf. »Ich habe gerade gedacht, wie schön es ist, wieder zu Hause zu sein«, sage ich ehrlich.

Linda kneift die Augen zusammen.

»Bin ich wirklich«, sage ich und weiß nicht so recht, warum ich das Gefühl habe, mich rechtfertigen zu müssen. »Ich habe es mit der Musik probiert. Aber … so mag ich die Musik am liebsten.« Ich nicke zu Lindas Keyboard. »Harcourt Homes ist mein Zuhause.«

»Natürlich«, antwortet sie ungeduldig. »Aber es war nicht wirklich die *Musik,* mit der du es noch einmal versuchen wolltest, oder?«

Ich stehe auf. Darüber will ich nicht reden, nicht einmal mit meiner Lieblingsbewohnerin. »Das spielt keine große Rolle«, sage ich.

Manche Entscheidungen sind richtig, weil sie so einfach sind, andere wiederum, weil sie so schwer sind. Ich weiß, dass die Entscheidung, Riley zu verlassen, richtig war, weil ich sie nicht bereut habe, so weh sie auch tut. Der Schmerz ist der Beweis dafür.

Zu Lindas neugieriger Enttäuschung wechsle ich das Thema. »Du kommst doch heute Abend zu Jess' Abschiedsparty, oder?«

Es ist ihre letzte Woche in Harcourt Homes, dann zieht sie nach New York. Seit Wochen bereite ich mit dem Team eine Überraschungsparty vor, was mir eine große Hilfe dabei war, mich von der Realität abzulenken. Erst die Sache mit Riley, dann der Umzug meiner Schwester – mein Leben wird sich in absehbarer Zeit ziemlich verändern. Und mir entgeht nicht die Ironie des Ganzen: Ich bin fest entschlossen zu bleiben, während Jess fest entschlossen ist zu gehen.

»Natürlich komme ich«, sagt Linda entrüstet, weil ich es gewagt habe, etwas anderes anzunehmen.

Lächelnd gehe ich zur Tür, da greift sie in ihre Tasche.

Als die ersten Töne von »Heartbreak Road« hinter mir erklingen, frage ich mich, ob ich vielleicht träume. Vor ein paar Monaten kam mir Rileys Überraschungsbesuch im Speisesaal im Erdgeschoss wie eine Fata Morgana vor. Und genauso fühle ich mich jetzt wieder, als ich unser Werk höre, das Vermächtnis unserer Liebe. Das Echo, das bis ins Jetzt nachhallt.

Es kommt aus den Lautsprechern von Lindas Smartphone. Der Sound ist dünn, geradezu zerbrechlich.

Riley hat das Lied vor ein paar Wochen rausgebracht, nachdem sie mich angerufen und um Erlaubnis gebeten hat. Ich habe sie ihr gegeben und nur verlangt, dass meine Credits unter einem Pseudonym laufen. Was ich eigentlich auch sehr passend fand. Denn als ich die Aufnahme hörte, hatte ich das Gefühl, dass die Person, die im Studio in Houston den Klavierpart gespielt hat, jemand anderes sein müsse als ich.

Natürlich ist es ein Hit geworden, der sich nun mit »Until You« in den Charts duelliert. Wie sollte es anders sein? Der Song ist phantastisch, egal, welche inzwischen verschwundenen Versionen von uns ihn gespielt haben.

Aber jetzt will ich ihn nicht hören, selbst wenn mich der Erlös aus den Tantiemen darauf hoffen lässt, das leere Grundstück hinter Harcourt Homes für den Ausbau kaufen zu können. Ich mag meinen neuen Traum. Das ist es, was ich will – nicht das, was ich vielleicht eines Tages wollen könnte.

Und so bin ich dankbar für »Heartbreak Road«, ohne dass ich den Song selbst hören müsste. Das schaffe ich nicht, zu sehr würde ich Riley unweigerlich vermissen. Und zwar nicht nur, weil ich ihre

Stimme höre, sondern weil ich einfach zu genau weiß, welchen Winkeln ihres Herzens dieser Song entstammt. Ich würde mich an jedes Detail der Nacht erinnern, in der wir ihn geschrieben haben, einer der schönsten Nächte meines Lebens.

»So ein schönes Lied«, bemerkt Linda. »Mir gefällt besonders der Klavierpart. Wer auch immer ihn aufgenommen hat, hat sich wirklich jeden Takt wie einen Satz vorgestellt.« Ihre Augen funkeln förmlich im abnehmenden Nachmittagslicht.

Ich muss lachen. »Dann hast du mir also doch zugehört. Schön zu wissen, dass du wenigstens ein bisschen was für dein Geld bekommst.«

Sie scheucht mich gut gelaunt hinaus. »Ich werde es diese Woche üben.«

Ich öffne die Tür und merke, dass ich mich tatsächlich besser fühle. Vielleicht ist das der Grund, weshalb man seine Musik mit anderen teilt – weil es einem hilft, die Gefühle in den Tönen zu ertragen. Aber bei dem Gedanken daran fühle ich mich Riley nur noch näher.

»Max.« Lindas Stimme lässt mich auf der Schwelle innehalten. »Ich glaube wirklich, dass sie dich liebt.«

Ich sehe sie nicht an. »Ja.« Ich nicke. »Das glaube ich auch.«

Ich schließe die Tür hinter mir und trete auf den Flur hinaus. Samstagnachmittags ist es hier immer ruhig, wenn auch nie still. Einige Zimmertüren stehen offen, daraus dringen Gesprächsfetzen von den besuchenden Familien. Genau das gefällt mir mit am besten an diesem Ort. Dass so viele verschiedene Geschichten, so viele Leben in all ihrer Komplexität hier in ordentlicher Reihe versammelt sind. Das mag auch für Krankenhaus- oder Hotelzimmer gelten, doch was mir in den Sinn kommt, ist der Vergleich mit den Tonkabinen eines Aufnahmestudios. Was natürlich an Riley liegt.

Ich brauche einen Moment für mich und gehe ins Büro. Auf dem Weg dorthin fällt mir einiges im Haus auf, was ausgebessert werden muss. Das wacklige Geländer, der Fleck an der Decke des Wintergartens von einem Wasserschaden vor ein paar Jahren.

Jetzt belasten mich diese Stellen nicht mehr. Ich freue mich darauf, sie in Ordnung zu bringen. Und bin Riley dankbar, dass ich dazu jetzt in der Lage bin.

Das ist wirklich schön, nur in einer Hinsicht nicht. Jede Reparatur zieht neue Erinnerungen an Riley nach sich, neue Nadelstiche der Sehnsucht. Ich wünschte, die Freude über die Veränderungen hier wäre nicht ständig mit diesem Gefühl des Verlusts verknüpft. Ich habe keine Ahnung, wann die Erinnerung nicht mehr schmerzen wird. Wird je der Tag kommen, an dem ich nicht mehr an Riley denke – außer wenn ich auf dem Heimweg an einer Plakatwand vorbeifahre oder ihre Stimme im Radio höre?

Ich kann es mir nicht vorstellen. Sie fehlt mir ununterbrochen.

Ich schließe die Bürotür und setze mich an den Schreibtisch. Obwohl ich hier so oft und in allen möglichen Situationen gesessen habe, ist die deutlichste Erinnerung an dieses Zimmer der Tag, an dem sie hier war und mich gefragt hat, ob ich mir »Until You« angehört hätte. Es ist, als ob ich sie immer noch sehen kann, als ob ihr Duft noch immer im Raum hängt. So ist Riley: Entweder macht sie mir Hoffnungen, oder sie verfolgt mich.

Es ist mir nicht schwergefallen, meine Musikkarriere aufzugeben, weil das nie mein Traum war.

Mein Traum war Riley.

Ich würde alles dafür tun, sie nicht aufgeben zu müssen.

In Momenten wie diesen weiß ich, dass es sinnlos ist, gegen den Schmerz anzukämpfen, genauso gut könnte ich ihm nachgeben. Ich möchte ihre Stimme hören, muss ihre Stimme hören. Schlimmer kann es nicht werden.

Ich öffne Spotify und suche »Heartbreak Road« – als ich auf *Play* drücke, erfüllt das Intro, das ich in Lindas Zimmer gehört habe, das Büro mit erdrückender Wucht. Sein Rhythmus führt mich auf Highways voller Leidenschaft. In die Dunkelheit des Tourbusses, in dem wir zusammen Musik gemacht haben. Zum Geräusch ihres Atems, wenn ich nachts wach lag. Zu unserem Kuss am Klavier. Zu den kleinen flüchtigen Momenten, die wir uns gestohlen haben. Nicht denen auf der Bühne.

Ich bin so in die Musik vertieft, dass ich nicht merke, wie sich jemand nähert, bis die Tür auffliegt. Ich will hastig den Laptop zuklappen, aber es ist zu spät.

Jess steht in der Tür. »O Gott, Max«, ermahnt sie mich. »Ich komme mir vor wie damals in der Highschool, als ich dich dabei erwischt habe, wie du eins deiner Duette mit Riley gehört und Trübsal geblasen hast.«

»Du hast hier nichts zu suchen. Du bist keine Angestellte von Harcourt Homes mehr«, bringe ich hervor, weiß aber natürlich, dass sie recht hat. Und der Vergleich mit meinem liebeskranken Ich aus Collegezeiten ist sogar noch schmeichelhaft, denn jetzt ist es noch viel schlimmer.

»Ich wollte nicht zu spät zu meiner Überraschungsparty kommen«, sagt sie und verdreht die Augen.

Ich mache mir nicht die Mühe, ihr vorzuhalten, dass sie von der Überraschung weiß – Jess hatte schon immer ein Händchen dafür, unseren Eltern Geheimnisse zu entlocken. Seit wir Kinder waren, wusste sie über den Inhalt jedes Geburtstags- und Weihnachtsgeschenks im Voraus Bescheid.

Sie setzt sich auf den Stuhl, der bis vor Kurzem ihrer war, an den Schreibtisch, den sie vor ein paar Tagen geräumt hat. »Im Ernst, Bruderherz. Geht es dir gut?«, fragt sie besorgt.

Ich weiß, sie hat das Gefühl, mich mit meinem Liebeskummer im Stich zu lassen. Aber genauso gut weiß ich, dass ich sie nicht anlügen kann. Sie würde mich durchschauen. Wie sie den Trick meiner Eltern durchschaut hat, heute vor dem Abendessen kurz bei Harcourt Homes vorbeizufahren, um einen Pullover abzuholen, den meine Mutter »vergessen« hat.

»Wie soll ich über sie hinwegkommen?« Ich kann die Dringlichkeit dieser Frage nicht verbergen, doch es tut gut, sie auszusprechen, anstatt sie nur endlos im Kopf zu wälzen. »Ich meine, niemand würde über sie hinwegkommen, oder? Das ganze Land liebt sie. Sie ist überall, nur nicht hier bei mir.«

Noch während ich es sage, wird mir klar, wie eitel mein Flehen ans Universum ist. Ich habe kein Recht, mich an meinen Tagtraum zu klammern, nur weil er einmal wahr geworden ist.

»Ich vermisse sie einfach«, fahre ich schwach fort.

Jess nickt verständnisvoll. Dann leuchten ihre Augen auf. »Tja, du hast recht«, sagt sie, als hätte sie eine Erleuchtung. »Sie ist überall. Wenn du sie vermisst« – sie zuckt mit den Schultern, als wäre die Schlussfolgerung offensichtlich –, »dann geh hin.«

Ich sacke in mich zusammen. »Wir haben alles gesagt, was wir uns zu sagen hatten.«

»Nein, ich meine nicht, dass du mit ihr reden sollst«, erwidert Jess eindringlich. »Ich meine, dass du zu ihr *hingehen* sollst. So wie sich ganz Los Angeles darauf freut hinzugehen.«

Ich blicke auf, und mein Herz macht einen Sprung.

Natürlich! Monatelang habe ich Rileys Jünger zu ihrem heiligen Schrein der Musik pilgern sehen. Ich kann dasselbe tun, kann bei ihr sein, ohne mit ihr zusammen zu sein. Ich muss mich nicht völlig von ihr abwenden. Zwar habe ich mein Versprechen gebrochen, auf ihrer Tournee zu spielen, trotzdem kann ich bei der letzten Show dabei sein.

Jess sieht meinen Gesichtsausdruck und lächelt.

Mit neu erwachter Begeisterung klappe ich den Laptop wieder auf. Es ist fast unwirklich, aber die Sehnsucht ist gleich viel weniger peinvoll. Leichten Herzens tue ich, was ich schon längst hätte tun sollen, als ich zum allerersten Mal gesehen habe, dass Riley auf Tour geht.

Ich kaufe Karten für ihr Konzert.

KAPITEL 30

Riley

Es ist schön, wieder zu Hause zu sein.

L. A. heißt mich auf eine Weise willkommen, die ich nicht erwartet hatte. Ich liebe es, auf Tour zu sein, aber hierher zurückzukehren, gibt mir die tiefe Zufriedenheit, etwas zu Ende gebracht zu haben. Trotz aller persönlichen Turbulenzen bin ich stolz auf diese Tour. Sie mag mir vielleicht nicht alles gegeben haben, was *ich* wollte, dennoch habe ich zumindest den Fans alles gegeben.

Erschöpft, aber verdientermaßen erfüllt finde ich mich am Abend vor der letzten US-Show der Breakup Tour in meiner Garderobe wieder. Ich trete im berühmten Rose Bowl auf, noch so ein Traum, der auf einmal wahr geworden ist. Ich habe mich noch nicht ganz an den Zauber der erfüllten Wünsche gewöhnt und hoffe, das werde ich auch nie.

In ein paar Monaten beginnt der internationale Teil der Tour. Bis es so weit ist, freue ich mich darauf, ein paar ruhige Tage in dem leeren Haus zu verbringen und es zu *meinem* zu machen. Darauf, neue Songs zu schreiben. Ein neues Kapitel aufzuschlagen.

Zunächst aber werde ich mich für eine Weile von *The Breakup Record* verabschieden. Und zwar aus tiefstem Herzen.

Ich ziehe das Hochzeitskleid an, das sich nicht mehr nach Wesley anfühlt. Es fühlt sich nach sechzehn Städten im ganzen Land an – Enklaven der Erinnerung, Bühnen, auf denen ich an Abenden wie heute das Kaleidoskop meiner selbst entfalte. Es fühlt sich nach meinen Fans an, nach jener Liebe, die ich mit ihnen teile. Mag dieses Kleid auch einst für Romantik gestanden habe, verkörpert es jetzt eine andere Art von Beziehung, eine zu den Menschen, die ich mit meiner Musik berührt habe.

In der Stunde vor dem Auftritt gehe ich in den Green Room zu den anderen. Auch bei ihnen spüre ich Stolz und ein bisschen Wehmut, ein Knistern liegt in der Luft. Die Band wird mich nicht auf den internationalen Teil der Tour begleiten, was das Gefühl, an einem Endpunkt angekommen zu sein, noch verstärkt. Ich gebe allen die Hand und bedanke mich aufrichtig. Kev, feierlich und konzentriert. Hamid, überdreht von Aufregung oder Koffein. Savannah, Kopfhörer auf, bis ich zu ihr hinübergehe. Vanessa, die mit den Fingern pausenlos Rhythmen auf jede erreichbare Fläche trommelt.

Und dann ist endlich Showtime.

Ich gehe zur Bühne, höre den Countdown und die Ankündigungsmusik. Mein Puls beschleunigt, als würden die Drums mein Herz antreiben. Als sich die Spotlights auf mich richten, strahle ich das

Stadion an – all die Menschen, die für mich da waren, die das hier möglich gemacht haben.

Das Rose Bowl ist überwältigend. Die Aussicht ist unverkennbar Los Angeles, hinter der hohen weißen Stadionüberdachung erheben sich in der Dämmerung rosa die Berge.

Ein Blitzlichtgewitter empfängt mich. Für einen winzigen Moment fühle ich den Stich in meinem Herzen, dass Max nicht dabei ist.

Ich beginne mit der Show, wild entschlossen, jede Sekunde zu genießen. Und das tue ich. Ich rase die steilen Flanken von »One Minute« hinauf, schwelge im süßen Swing von »Sacramento«, verliere mich in der Stille von »Novembers«.

Bei »Until You«, das ich seit Max' Abschied nur noch schwer spielen kann, rufe ich mir in Erinnerung, dass der Song nicht mehr uns allein gehört. Er hat längst seinen Weg in neue Liebesgeschichten gefunden, ist jetzt mit Verlusten verbunden, von denen ich nie erfahren werde, oder hat vielleicht ein Fünkchen Hoffnung in andere Leben getragen.

Ich schlage die ersten Akkorde auf der Gitarre an. Da Max nicht mehr da ist und mein Können an den Tasten nicht ausreicht, um das Stück so zu spielen, wie ich es performt haben will, hätte jemand anders den Klavierpart übernehmen müssen. Was ich natürlich nicht wollte. Ich kann mir nicht vorstellen, den Song mit jemand anderem zu spielen als mit Max. Egal, in wie vielen Herzen »Until You« inzwischen ein Zuhause gefunden haben mag, für mich wird es immer untrennbar mit ihm verbunden sein.

Ich male mir aus, wie er in Harcourt Homes irgendeinen Oldie auf dem Klavier spielt. Vielleicht denkt er dabei an mich. Ist es stolz oder narzisstisch, mir vorzustellen, dass er das tut? Eigentlich hat dieser Gedanke etwas sehr Friedliches, dass er seine Musik weiterspielt, auch wenn ich sie nicht mehr höre.

Ich hoffe, er ist glücklich.

Während meine Akkorde das Stadion erfüllen, komme ich zu dem Schluss, dass Glücklichsein nicht alles ist. Hoffentlich weiß er, dass ich ihn immer lieben werde, so wie man sein erstes Lieblingslied immer lieben wird. Es bleibt im Herzen, selbst wenn sich der musikalische Horizont erweitert, und so verändert auch die Liebe ihre Gestalt, wenn Nostalgie, Wohlwollen und Dankbarkeit sie zu etwas formen, das über Leidenschaft hinausgeht. Er soll wissen, dass er jetzt ein Teil von mir ist.

Anstatt mit dem Intro von »Until You« fortzufahren, schlage ich ein paar offene Akkorde an, gehe nach vorn an den Bühnenrand und wende mich ans Publikum. Im nicht endenden Jubel spüre ich, wie sich irgendetwas verändert, als ahnte das ganze Stadion, an welchen Abgrund ich trete.

»Wisst ihr, ich dachte immer, dass all mein Liebeskummer etwas Gutes an sich hätte, solange er mir einen neuen Song brächte«, sage ich. »Ich liebe meine Kunst. Ich liebe es, Trennungslieder zu schreiben. Und ich denke, dass wir sie brauchen – ich zumindest komme nicht ohne aus.«

Ich halte inne und lächle meinen Fans zu, um sie an dem kleinen Scherz teilhaben zu lassen. Das ist meine Magie, ich kann Bühnen wie diese intim wirken lassen. Ich liebe es. Ich möchte allen hier, die da eingepfercht zwischen lauter fremden Menschen stehen, das Gefühl geben, sie hätten einen privaten Zugang zu meinem Innersten.

Als ich heute Morgen aufgewacht bin, war mir klar, dass dieses Konzert ein ganz besonderes werden würde. Mit einem Auftritt kann ich eine Ära meiner Karriere beenden und die Tür zu einer neuen aufstoßen.

Die Akkordfolge unter meinen Fingern verändert sich.

Nicht »Until You« entlocke ich meiner Gitarre, sondern etwas anderes, das so entschlossen wie süßlich ist. Mit jeder Wiederholung gewinnt die Melodie mehr Struktur, so wie sich einzelne Sätze zu einem Gedicht verbinden. Jetzt ist es kein Geklimper mehr. Es ist ein Song.

Die Menge nimmt die Veränderung wahr und jubelt. »Ich werde nie aufhören, Trennungslieder zu schreiben«, sage ich. »Aber ich muss zugeben, ich bin es irgendwie leid, dass mir das Herz gebrochen wird.«

Irgendjemand im Publikum schreit so laut, dass ich es hören kann: »Alles wird gut, Riley!«

Ich lächle und spiele weiter. »Ich glaube, wenn ich mich das nächste Mal verliebe, werde ich mehr Songs wie diesen schreiben. Liebeslieder«, sage ich. »Hier kommt ›Unsung‹.«

Es ist der Song, den ich vor zehn Jahren in der Wüste angefangen habe. Gestern habe ich ihn beendet, im Musikzimmer meines Hauses in den Hills. Es war meine ganz persönliche, emotionale Teufelsaustreibung, denn wann immer ich einen Fuß in mein ehemaliges Lieblingszimmer setzte, musste ich daran denken, wie Max dort »Until You« für mich gespielt hat. Und stets hatte ich das Gefühl, dass er immer noch da war – oder hätte da sein sollen.

Also ließ ich ihn herein, voll und ganz. Im Sonnenlicht, das auf das Klavier fiel, brachte ich den Song zu Ende, zu dem er mich inspiriert hat, und es war, als könne ich ihn spüren.

Ich singe die ersten Zeilen. »*You make days feel like nights of stars, when the pressure ends, when the sky is warm.*« Meine Stimme übertönt die Menge, die ausrastet, weil ich etwas Neues spiele. »*You wrote with me in the dead of dark. Held me in your words, made me feel the spark.*«

Es ist verdammt schwer, dieses Stück zu spielen, da ich es weder geprobt noch jemandem zur Sicherheit vorgespielt habe. Niemand hat es gehört, weder Eileen noch meine Mutter. Es hat diese ganz eigene Zerbrechlichkeit von etwas Neugeborenem – und es ist schmerzhaft. Es zu spielen tut weh, weil die Liebe nicht aus meinem Herzen verschwunden ist und weil ich daran denken muss, wie ich einen Teil davon geschrieben habe, als wir zusammen waren.

Es tut genauso weh, wie ich es von einem Liebeslied erwartet hätte. Genau das war der Grund für meine Angst, eins zu schreiben. Liebe kann vergehen, Trennungen bleiben. Ich stehe auf einer der großartigsten Bühnen, auf der ich je gestanden habe, und singe voller Traurigkeit, was eigentlich ein glücklicher Song sein sollte.

Nein, korrigiere ich mich.

Der Song fühlt sich nicht einfach traurig an, genauso wenig, wie es hier nur um Max geht. Es geht auch um mich, um jene Riley, die gewagt hat, diesen Song zu schreiben. Die gewagt hat, diesen Mann zu lieben. Die nächsten paar Minuten bin ich sie. Und auch wenn es wehtut, ist das keine Strafe. Es ist ein kompliziertes Geschenk.

Aber es fühlt sich richtig an. Nach Hoffnung.

Nach der Hoffnung, dass es irgendwann einmal mit jemandem von Dauer sein wird. Denn das habe ich verdient.

KAPITEL 31

Max

Aus hundert Metern Entfernung sehe ich Riley auf einem riesigen Bildschirm dabei zu, wie sie ein Liebeslied singt.

Die Menge um mich herum schweigt verzückt. In der Dunkelheit der Nacht über dem Rose Bowl ist die Bühne, auf der Riley ihre Gitarre spielt, ein gleißender Lichtpunkt, als wäre der Mond in unsere Mitte herabgestiegen. Riley setzt zur ersten Strophe an, und alle hören ihr begierig zu.

Aber niemand so begierig wie ich. »*Past the studio door, shaken to the floor. You gave me everything, then you gave me more*«, singt sie in pulsierendem Rhythmus. »*I reach into songs I never knew I could finish only – in the name of you.*«

Mit akzentuierter Gitarrenbegleitung kommt sie zum Refrain. »*You make me sing songs I would've left unsung.*«

Ich erkenne den Text. Es geht … um mich.

Und es ist ein Liebeslied.

Riley hat mir ein Liebeslied geschrieben.

The studio door. Shaken to the floor. Mit »Until You« hat Riley einen der schwersten Tage meines Lebens unvergesslich gemacht. Mit »Unsung« setzt sie der wunderbarsten Nacht meines Lebens ein Denkmal. *Unserer* Nacht.

Wie gebannt beobachte ich sie. Die Bildschirme zeigen jedes noch so kleine, so vertraute Detail. Wie ihre Lippen sich bewegen, wie sie sich im Rhythmus des Songs wiegt, wie sich ihre Brust beim Singen hebt und senkt.

Allein die Power des Songs lenkt mich davon ab, wie umwerfend sie aussieht. Wie überwältigend es ist. Bei allem schwingt immer noch Traurigkeit mit, die Melancholie, die Riley wie keine andere vermittelt, aber sie ist liebevoll, aufrichtig – und voller Hoffnung.

Mit ihrer Hingabe schafft Riley eine Verbindung zur Menge, als sänge sie *uns allen* ein Liebeslied. Ich umklammere die Armlehne, bis meine Fingerknöchel weiß werden. Die Liebe meines Lebens singt mir ein Liebeslied und weiß nicht einmal, dass ich ihr zuhöre.

Ich will aufspringen, mit den Armen wedeln und ihr zurufen: *Hier bin ich. Hier bin ich, ich höre dich.*

Ich liebe dich auch.

Es geht nicht nur um den Song, sondern darum, dass sie ihn überhaupt geschrieben hat. Dass sie mich gehört hat, als ich sie gebeten habe, an uns zu glauben. Daran zu glauben, dass sie es verdient, ein Liebeslied zu schreiben.

Sie hat es getan, und ich möchte keine Sekunde mehr ohne sie sein. Mir wird die Ironie der Situation schmerzhaft bewusst: Ich hätte genau jetzt bei ihr auf der Bühne stehen können, wo sie diesen Song für mich singen könnte, nur für mich. Ich bin eifersüchtig, wäre am liebsten der einzige Mensch in diesem Stadion. Ich will an ihrer Seite sein, mit ihr nach Hause gehen. Ich will morgen neben ihr aufwachen. Ich will diesen Song am Frühstückstisch hören oder mit ihr in der Dusche, wenn ihre Stimme nicht eingesungen und noch rau ist.

Stattdessen stecke ich hier fest, kann nur zusehen, und es ist ganz allein meine Schuld.

Jess stupst mich mit dem Ellenbogen an. Als ich den Blick von der Riley auf dem Bildschirm abwende, schaut mich meine Schwester mit Tränen in den Augen an. Ihr Lächeln verrät mir, dass sie versteht, was in mir vorgeht. Dass sie bei mir ist.

Dankbar lehne ich mich an ihre Schulter, während Riley ihre Liebeserklärung an achtzigtausend Zuschauer beendet, ohne zu wissen, dass ich einer davon bin. Ich wünsche mir so verzweifelt, ich hätte es nicht vermasselt, hätte unsere letzte Chance auf gemeinsames Glück nicht vertan, was Rileys Auftritt so wunderbar wie qualvoll zugleich macht.

Ich applaudiere mit allen anderen, einfach ein namenloses Gesicht in der Menge von Menschen, die Riley Wynn lieben.

Auf dem Bildschirm lächelt sie mich – uns alle – an, strahlend schön und ein wenig verlegen. Sie lässt den Blick über das Stadion wandern. *Sucht sie nach mir?*, frage ich mich in meinem Elend. Wahrscheinlich genießt sie einfach den Augenblick. Sie stellt die Gitarre ab und nimmt das Mikrophon aus der Halterung.

»Danke für eure Geduld. Ich werde nie vergessen, dass ich dieses

Lied zum ersten Mal hier in meiner Stadt gespielt habe«, sagt sie, noch außer Atem, und ganz Los Angeles jubelt. »Und jetzt«, fährt sie fort, wieder mit kräftigerer Stimme und augenzwinkerndem Lächeln, »zurück zu den Trennungssongs.«

Ich bin völlig in ihrem Bann. Sie wirkt so befreit. Die ganze Show über hat sie alles gegeben, hatte Spaß. Dabei ist sie hinreißend wie immer, ich hatte bloß noch nie die Gelegenheit, ihre Ausstrahlung aus dem Publikum wahrzunehmen. Ihr zuzusehen ist fast besser, als mit ihr aufzutreten.

»Beim nächsten Stück möchte ich heute mal etwas anders machen«, fährt sie fort. »Es ist kein Geheimnis, dass ich für den größten Teil dieser Tour von einem unglaublichen Pianisten begleitet wurde, und ohne ihn habe ich ›Until You‹ immer nur auf der Gitarre gespielt. Ich bin nicht die beste Pianistin, aber ich ...« Sie blickt zu Boden und schluckt, als sei sie den Tränen nahe.

Das Hämmern meines Herzens muss im ganzen Stadion zu hören sein, in der ganzen Welt. Ich weiß nicht, ob ich bereit bin, »Until You« zu hören, anstatt es selbst zu spielen. Es wird nicht nur die Erinnerungen an unsere gemeinsame Tour wachrufen, sondern auch die an die letzten Jahre.

»Ich wollte es mit niemand anderem spielen als Max«, gesteht sie.

Mein Name über die Lautsprecher im Rose Bowl – eine einzelne Silbe voller Herzschmerz.

Riley fummelt am Mikrophon herum. »Doch am letzten Abend dieser Tour möchte ich das Stück so spielen, wie es gedacht war«, sagt sie. »Seid also bitte nachsichtig mit meinen Klavierkünsten.«

Die Menge tobt, und zum ersten Mal erlebe ich Riley auf der Bühne unsicher, als sie zu dem Flügel hinübergeht, wo eigentlich ich sitzen sollte.

Riley nimmt Platz, richtet das Mikrophon aus und legt die Finger auf die Tasten. Die Töne, die sie dem Instrument entlockt, kommen zögerlich, unsicher, ob sie ihrer neuen Herrin gehorchen sollen. Sie spielt einige Akkorde in der Tonart des Songs, wie um sich aufzuwärmen, dann trifft sie eine falsche Taste. Im Blitzlichtgewitter von den imposanten Rängen des Stadions verzieht sie theatralisch das Gesicht. Ganz unbefangen, eine kleine Geste, mit der sie uns alle in die Welt hineinholt, die sie auf die Bühne zaubert.

Doch sie fängt sich und setzt erneut an. Es ist eine einfachere Version des Intros, »Until You« reduziert auf seine klare Struktur.

Ich lausche auf jeden einzelnen Ton. Riley ist vielleicht am Klavier nicht so sicher wie an der Gitarre, dennoch zeigt sie auch hier, was für eine unglaubliche Musikerin sie ist. Geschickt hat sie das Arrangement an ihre Fähigkeiten angepasst – trotz der Grenzen ihrer Technik versteht sie das Instrument und macht ihre fehlende Übung mit Intuition wett. Mit lässiger Finesse begleitet sie sich durch die emotionalen Ausbrüche der Lyrics, so dass es wie eine Kohleskizze des Songs wirkt.

Und das … tut ihr in der Seele weh.

Auf den riesigen Bildschirmen sehe ich, was dem restlichen Publikum verborgen bleibt. Wie sie sich abmüht. Sie weiß, dass sie dem Song nicht alles gibt, was er verdient hat, und das gefällt ihr nicht.

Ihre Fähigkeiten am Klavier sind nicht das einzige Problem. Ich kenne sie gut genug, um ihren Gesichtsausdruck zu deuten und zu verstehen, dass sie mit dem Stimmungswechsel von einem Lied zum nächsten hadert. Gerade noch hat sie aus ganzem Herzen ein Liebeslied gesungen, unser Liebeslied. Jetzt singt sie von unserer Trennung. Erst das Treuegelübde, dann der Abgesang. Und so geht »Until You« ihr noch näher als an anderen Abenden, in anderen Städten.

Plötzlich weiß ich, was ich tun muss.

Es ist unmöglich, aber das ist mir egal. Riley macht jeden Tag das Unmögliche möglich. Unmögliches, wie zu hören, dass jemand anders den Song geschrieben hat, den du tief in dir drin getragen hast. Unmögliches, wie sich im Rampenlicht in zwölf verschiedene Versionen seiner selbst zu verwandeln. Und nun verwandle ich mich dank Riley in jemanden, der keine Angst oder Zurückhaltung kennt. Nur Notwendigkeit.

Ich muss diesen Song mit ihr spielen.

Ich drehe mich zu Jess um, doch bevor ich etwas sagen kann, schneidet sie mir das Wort ab. »Geh da rauf.«

Wie ferngesteuert stehe ich auf und drängle mich durch die Sitzreihe. Am Gang angekommen, hole ich mein Handy aus der Hosentasche. Es ist wie bei einer Improvisation am Klavier, wenn ich die Finger auf die Tasten lege und darauf vertraue, dass ich instinktiv die richtige Melodie finden werde. Ich weiß, was ich will, ich weiß, wo ich hinkommen muss. Aber der Plan, wie ich das erreiche, muss sich von einer Sekunde zur anderen entwickeln.

Ich improvisiere weiter, renne die Treppe am Rand meines Stadionsektors hinunter, rufe Eileen an.

Während es klingelt – und klingelt und klingelt –, sprinte ich weitere Stufen hinunter. Die Mailbox geht ran, und mir bricht der Schweiß aus, denn mir wird klar, wie weit die Bühne noch immer entfernt ist. Verzweiflung steigt in mir auf.

Vor mir liegt der Innenraum mit den Stehplätzen, hinter einer Absperrung. So nah und doch so fern. Wenn ich drängle, schaffe ich es vielleicht bis nach ganz vorn. Aber selbst wenn, würde ich aufgehalten werden, bevor ich die Bühne erreiche.

Nein, ermahne ich mich. Ich gebe nicht auf. Es geht um alles. Musik. Liebe.

Entschlossen stürme ich voran, weiche Leuten aus, und als niemand hinschaut, springe ich in den Innenraum. Der Aufprall schießt mir in die Knie.

Riley auf der Bühne ist beim ersten Refrain angekommen. Unter ihren drängenden Fingern prasseln die Akkorde nieder wie heftiger Regen. Ihre Stimme klingt erstickt von Gefühl. Ich weiß noch, wie verletzlich sie klang, als sie mitten in der Nacht »Heartbreak Road« geschrieben hat, und das war nichts im Vergleich zu dem nackten Schmerz, der jetzt in jedem ihrer Worte liegt.

Ich verstehe auch, warum. Sie hat »Heartbreak Road« geschrieben, um sich mit der Gegenwart auseinanderzusetzen, mit dem, was sie zu dem Zeitpunkt fühlte. »Until You« hat sie geschrieben, um die Vergangenheit hinter sich zu lassen, doch nun ist daraus ihre neue Gegenwart geworden, der Song taucht wie eine niederschmetternde Zugabe wieder in ihrem Leben auf. Sie fühlt den Text nicht aufs Neue, sie *lebt* ihn. Und einmal mehr liegt es an mir.

Dieses Echo will ich zum Schweigen bringen, will, um es mit Rileys Worten zu sagen, die traurigsten Stellen ungesungen lassen. Ich möchte nicht, dass das Einzige, was mir von Riley bleibt, Erinnerungen daran sind, wie sie im Bus an einem Song schreibt.

Der Bus!

Der Improvisation folgt Inspiration. Alle auf der Tour haben die Telefonnummer ihres jeweiligen Fahrers bekommen – für Notfälle. Hektisch rufe ich Frank an.

Als er abnimmt, übermannt mich eine Welle der Erleichterung. »Frank«, rufe ich atemlos.

»Junge, was willst du?« So wie er klingt, tut er nur so, als wäre er ungehalten. »Du bist nicht mehr in meinem Bus.«

»Ich bin beim Konzert«, erkläre ich hastig, denn ich habe das Gefühl, dass mein ganzes Leben gerade auf die Dauer eines Songs zusammenschrumpft. »Ich muss auf die Bühne und mit Riley spielen.«

Bei all dem Lärm um mich herum ist vom anderen Ende der Leitung nicht viel zu verstehen, doch als Frank antwortet, ist seine Stimme unmissverständlich deutlich. »Na endlich.« Dann höre ich undeutliches Gemurmel und ... ist das Rileys Stimme? Sie klingt irgendwie kräftiger. »Ich bin mit Carrie beim Konzert. Hier«, sagt Frank.

Im nächsten Moment habe ich Rileys Mutter am Telefon. Interessant, dass sie bei Frank ist, bemerkt ein Teil von mir vage. Sind nur die beiden zusammen hier? »Max, sieh zu, dass du da raufkommst«, befiehlt sie. »Ich rufe Eileen an. Sie soll der Security Bescheid sagen, dass sie dich rauflassen. Schaffst du es bis nach vorn?«

Ich bin so dankbar für ihre praktische Direktheit. Wenn das klappt, bin ich den beiden einiges schuldig. »Das schaffe ich«, sage ich.

Am anderen Ende entsteht eine kaum merkliche Pause. »Ich hoffe, das heißt, was ich denke«, bemerkt Carrie dann mit Weltklassegelassenheit.

Ich dränge mich an Leuten vorbei und ernte böse Blicke. Aber es ist mir egal, alles, was ich wahrnehme, ist mein rasender Herzschlag. »Das hoffe ich auch«, sage ich.

»Gut«, antwortet Carrie. »Dann los.«

Ich lege auf. Der vordere Teil des Zuschauerraums kommt näher. Riley ist jetzt bei der zweiten Strophe, und sie weint auf der Bühne. Dadurch verfehlt sie Tasten auf dem Klavier, ihr bricht die Stimme. Sie macht weiter, treibt sich selbst an. Nur ihrem musikalischen Talent ist es zu verdanken, dass es wie ein Lied klingt, obwohl es in Wirklichkeit ein Marsch über Glassplitter ist.

Ich möchte sie in die Arme schließen, aber niemand lässt mich durch. Ich kann mich nicht weiter vordrängeln, ohne jemanden umzustoßen, und das will ich natürlich nicht. Nur wenige Meter von Riley entfernt stecke ich fest, und die Zeit läuft mir davon. Mir bleibt nichts anderes übrig, als dabei zuzusehen, wie Riley auf der Bühne zusammenbricht.

»Ach du Scheiße«, sagt plötzlich jemand in meiner Nähe und bricht damit den Bann, den Riley auf die Menge ausübt. »Ist das Max Harcourt?«

Andere Stimmen antworten. »O mein Gott.« – »Das ist er.« –«Max!« – »Um ihn geht es in dem Song.«

Köpfe fliegen herum, neugierige Blicke mustern mich. Kurz denke ich, das ist das Letzte, was ich jetzt brauche … doch dann fällt mir auf, dass es genau das ist, was ich jetzt brauche.

Ich spreche die Umstehenden direkt an, verberge meine Verzweiflung nicht. »Ich muss auf die Bühne.«

Ein Mädchen vor mir zerquetscht ihrer Freundin fast den Arm. »Ich *wusste* es. Du liebst sie immer noch. O mein Gott.«

Ich warte, weiß nicht genau, wie ich mit dieser Aufmerksamkeit umgehen soll, während auf der Bühne ein Takt von »Until You« nach dem anderen verstreicht.

Ich muss nicht lange warten, denn das Mädchen, meine neue Heldin, reckt sich. »Macht Platz!«, ruft sie den Leuten um uns herum mit einem Nachdruck zu, der keinen Widerspruch duldet. Raunen geht durch die Menge. Einige Fans schauen mich mit großen Augen an, andere pressen sich die Hand aufs Herz.

Aber es funktioniert. Vor mir bildet sich eine Gasse, die Menge teilt sich wie von einem Magneten angezogen. Obwohl die Bühne nun in Reichweite ist, wage ich nicht zu hoffen. Noch nicht. Schon früher sind mir Träume, die ich für sicher hielt, in den Händen zerbröselt.

Ich drängle mich bis ganz nach vorn durch, wo ein Ordner den Aufruhr in der Menge beobachtet. Zögernd nähere ich mich. Wenn Eileen die Nachricht nicht weitergeleitet hat, ist meine Hoffnung hier zu Ende.

»Bist du Max?«, fragt der Ordner, als wisse er die Antwort bereits.

Ich nicke. Ich kann nicht sprechen. Vor Aufregung versagt mir die Stimme. Rileys Gesang klingt in meinen Ohren.

Ohne Vorwarnung hilft mir der Ordner über die Absperrung und eskortiert mich, nein zerrt mich förmlich zum Bühnenaufgang, schubst mich Hals über Kopf in meinen wildesten Traum. Mein Herz hämmert. Ich war so sehr darauf fokussiert, zur Bühne zu gelangen, dass ich mir keine Gedanken darüber gemacht habe, was ich tun soll, wenn ich dort ankomme. Werde ich Riley wirklich vor dem gesamten Stadion bitten, mich zurückzunehmen?

Und ob ich das werde.

Kaum ist die Entscheidung gefallen, sehe ich klarer. Diesmal stolpere ich nicht. Noch nie hat es sich so angefühlt, Riley auf der Bühne zu begegnen. Nicht nur, weil mein Schicksal auf dem Spiel steht. Sonst wusste ein Teil von mir immer, dass es nicht wirklich mein Traum war, um den es ging. Aber in diesem Moment bin ich voll und ganz bei der Sache.

Riley hat mich noch nicht bemerkt. In der Bridge verhaut sie einen Akkord, und das verunsichert sie. Sie wirkt verloren, findet nicht in den Lauf der Musik zurück.

Als ich sie beobachte, fühle ich mich in mein Wohnheimzimmer zurückversetzt, der Boden übersät mit Notenblättern. Mein Keyboard auf dem Schreibtisch. Riley, die hochkonzentriert die Akkorde von »Songbird« einstudiert. Das Stadion verblasst, die ganze Welt tritt in den Hintergrund. Es gibt nur noch uns und die Musik.

Ich habe kein Mikrophon, meine Stimme wird jenseits der Bühne nicht zu hören sein, und so spreche ich nur zu Riley. »D-Moll, dann C. Du schaffst das. Mach einfach weiter.« Die Akkorde von »Until You« sind mir für alle Zeit eingeschrieben.

Als sie meine Stimme hört, blickt sie auf, Hoffnung schimmert in ihren Augen. Sie schlägt die Tasten an, als suche sie nach Halt, um ihren Abstieg ins Dunkle zu verlangsamen.

Es funktioniert. Ihre Stimme klingt sicherer, und sie singt die Bridge. »*Will I ever hear the songs we would play*«, wiederholt sie die unendlich vertrauten Zeilen, »*without wondering why we ended this way? Will I be okay with losing everything now? Will I ever feel free without remembering how* … «

Sie sieht mich an.

»*I'll spend my life pretending*«, singt sie. »*You're a verse without an ending.*«

Ich überlasse mich dem Song und tue etwas, was ich seit unseren frühesten Duetten im Studentenwohnheim nicht mehr getan habe, als wir noch keine Ahnung hatten, auf welche Wege sie uns führen würden.

Ich singe mit und beende die Zeile. Ich bin kein Sänger, so wie Riley keine Pianistin ist – aber als unsere Stimmen sich vereinen, ist es das Schönste, was ich je gehört habe.

Ihre Augen funkeln, und sie lacht beim Singen. Es ist atemberaubend, überirdisch. Riley schimmert förmlich vor Freude.

Am Ende der Zeile sieht Riley mich ungläubig an. »Was machst du hier?«, fragt sie ins Mikrophon, und ihre Stimme dringt ins Stadion hinaus.

Ich könnte ganze Alben mit den Liebeserklärungen füllen, die in meinem Herzen warten. Doch ich sage nur: »Ich bin hier, um mit dir zu spielen. Wenn du mich willst.«

Riley nickt, und ich trete ans Klavier und setze mich neben sie. Mein Kopf ist sich der endlosen Reihen von Fans bewusst, die uns beobachten und sich jeden Moment einprägen werden. Doch eigentlich sehe ich nur uns.

Während Riley spielt, nimmt sie die linke Hand beiseite und überlässt mir die tiefen Tasten. Ich springe ein und lasse ihre Finger nicht aus den Augen. Für die nächsten Takte teilen wir uns das Klavier, als hielten wir uns über den schwarzen und weißen Tasten an den Händen.

Als Riley auch die rechte Hand zurückzieht, berühren sich unsere Finger wie zu einem kurzen Kuss, bevor ich die Akkorde vervollständige. Sie lehnt sich an mich, und so setzen wir das Lied fort.

Trotz der Melancholie des Songs scheint jeder einzelne Ton zu erstrahlen. So habe ich »Until You« noch nie gehört, niemand hat es je so gehört. Es ist die Krönung jedes perfekten Augenblicks, den ich mit Riley erlebt habe. Und plötzlich verstehe ich: Jedes Lied ist ein Liebeslied, wenn man es mit der richtigen Person spielt.

In der letzten Strophe – der hoffnungsvollen – singt Riley für mich. Das Mikrophon steht direkt vor mir, und Riley nimmt es nicht in die Hand, sondern lehnt sich an mich, ihr Gesicht ganz nah an meinem, und gibt sich dem Text hin. In ihrer Stimme, erschöpft vom Weinen, klingt neue Hoffnung an.

Ich schaue ihr in die Augen und lege all meine Liebe in die Melodie in meinen Fingern. Ohne Hast steigt sie in den Refrain ein, der Geständnis, Bitte und Verheißung in einem ist.

»*I won't know what love is*«, singt sie, »*until you … come back to me.*«

Das Lied endet viel zu schnell. Ich sehe Riley an, und die enorme Tragweite des Wunsches, mit dem ich auf die Bühne getreten bin, lässt mich zögern. Dass das Ende der Musik der Anfang von etwas Neuem sein könnte. Die Aufregung überwältigt mich, und ein Teil von mir sehnt sich danach, für immer mit Riley in der süßen Geborgenheit der Songtexte zu verharren.

Das Publikum jubelt, und Riley legt sanft die Hand über das Mikrophon.

»Du bist zu meiner Show gekommen.«

Ich lächle. Alles hat uns zu diesem Punkt geführt. Nach dem langen Weg sind wir endlich, vielleicht, zu Hause angelangt.

»Ich bin dafür gekommen«, sage ich, umfasse ihr Kinn und drehe sanft ihr Gesicht zu mir. Vor aller Welt küsse ich sie.

Sie erwidert den Kuss stürmisch, und ich fühle mich, als würde ich fliegen, hoch über dem Rose Bowl, über der Stadt, über allen Städten, in denen ich mit Riley war, über dem Leben selbst. Die Tausenden jubelnden Menschen verschwinden, die Lichter um uns herum hüllen den Kuss in hellen Glanz. Ich lege den Arm um ihre Taille.

Ich habe mich geirrt, als ich sagte, sie zu berühren sei, wie einen Blitz festzuhalten. Riley Wynn zu berühren ist, wie ein Liebeslied zu hören.

Als sie sich schließlich von mir löst, strahlt sie. Sie steht auf und nimmt das Mikrophon aus der Halterung. »Danke, Los Angeles«, sagt sie mit vor Rührung bebender Stimme. »Das war eine Show, die ich nie vergessen werde. Ich liebe euch. Gute Nacht!«

Im gedämpften Licht kehrt sie zu mir zurück, nimmt meine Hand und führt mich von der Bühne ab. In der Seitenbühne zieht sie mich in den Schatten und küsst mich. Ein tiefer, sehnsüchtiger, beglückender Kuss, wie ein großartiges Liebeslied. Er bedeutet mir alles. Ich schwelge im Gefühl ihrer Lippen auf meinen, in ihrer Nähe, bin den Tränen nahe.

Riley. Ich weiß nicht, ob ich den Seufzer an ihren Lippen flüstere oder ob er rastlos in meiner Brust steckt. *O Riley*.

Ich halte sie fest. Sie drückt sich an mich, als könne sie nicht ertragen, dass uns auch nur wenige Zentimeter trennen. »Schön, dass du da bist«, flüstert sie mit ihren Lippen an meinen. Ich kann ihr Gesicht nicht richtig sehen, weil wir uns so nah sind, aber ich spüre ihr Lächeln in ihrer Wange, höre es in ihrer Stimme.

Mein Herz ist wie von Licht erfüllt. »Ich mochte den Lovesong«, sage ich.

»Ich auch«, antwortet sie.

»Nimm mich zurück, Riley. Bitte, nimm mich zurück«, sage ich. Die Worte kommen aus mir heraus, ich kann sie nicht zurückhalten. Ich weiß nicht, ob ich zehn Jahre, zehn Monate oder zehn Minuten gewartet habe, um sie auszusprechen, aber das spielt auch keine Rolle. Jetzt sage ich sie. »Ich werde dich nie wieder verlassen. Ich werde dir alles geben.«

Das Publikum jubelt noch immer und verlangt nach einer Zugabe. Crewmitglieder wuseln um uns herum. Nichts davon nehme ich wahr. Meine ganze Welt ist die Frau vor mir.

»Ich werde dich immer lieben«, sage ich. »Das habe ich schon immer.«

Riley überstürzt nichts. Sie legt die Stirn an meine, nimmt meine Hand und verschränkt unsere Finger ineinander. Alles verlangsamt sich. Alles wird still.

»Ich fürchte, deinetwegen muss ich das Trennungssong-Business endgültig an den Nagel hängen«, sagt sie leise, und es klingt eine zarte Freude in ihrer Stimme an, eine zögerliche Hoffnung auf Träume, die wahr werden. »Aber ich glaube, aus dieser Sache können wir mehr als nur einen Song machen.«

Ich lächle. »Vielleicht ein ganzes Album?«

Riley schüttelt den Kopf.

»Nein«, sagt sie. »Wir können alles daraus machen.«

Als sie mich küsst, weiß ich, das tun wir bereits.

EPILOG

Riley

Mitten in der Nacht wache ich auf, und die Musik aus meinem Traum klingt noch immer nach.

Ich lächle im Mondschein und steige aus dem Bett. Der Boden ist kühl, und ich trete eilig in den Flur. Inzwischen habe ich ausgepackt, das Haus fühlt sich endlich wie ein Zuhause an, voller Spuren eines Lebens, das nicht nur unterwegs stattfindet. Fotos von der Tour, der uralte Plattenspieler auf dem Buffet, die Kochbücher, aus denen wir uns jedes Wochenende etwas aussuchen, um gemeinsam zu kochen.

Vor allem Letzteres ist wirklich komisch. Ich besitze jetzt allen Ernstes *Kochbücher*. Auch Mom findet es zum Kaputtlachen.

Als ich an der Treppe ankomme, wird die Melodie lauter. Ich habe sie noch nie gehört – verträumt, sehnsüchtig, romantisch. Gewandte, rasante Läufe über die Klaviatur.

Ich weiß nicht, wann diese nächtliche Musik enden wird, ich weiß nur, dass ich es nicht will. Ich steige schneller die Treppe hinunter, schauere in der kühlen Nacht – zumindest kühl für die Hollywood Hills. In dem schwachen Licht, das von draußen hereinfällt, bahne ich mir einen Weg durch die inzwischen vertrauten Flure.

An der Tür zum Musikzimmer bleibe ich stehen.

Da sitzt er, die Brille schief auf der Nase, die Haare zerzaust, in dem weichen T-Shirt, das er im Bett getragen hat.

Der Anblick erinnert mich an jene Nacht, in der ich ihn zum ersten Mal gesehen habe. Das ist unser Refrain, das Leben spielt ihn von Neuem, damit wir ihn in unseren Herzen einschließen. Als ich damals im College im Aufenthaltsraum aufwachte und Max Klavier spielen sah, konnte ich nicht ahnen, dass ich eines Nachts in unserem gemeinsamen Haus zu seinem Klavierspiel aufwachen würde.

Obwohl, vielleicht doch.

Während er tief in seiner Musik versunken ist, stehe ich still, genieße es. Eine Textzeile kommt mir in den Sinn, die uns daran erinnern soll, wo wir angefangen haben, jedes Mal, wenn wir uns vergewissern, wo wir jetzt sind.

I want to play your favorite piano, the one in your family's home, höre ich in meinem Kopf.

Aber ich singe es nicht, weil ich ihn nicht unterbrechen will. Ihm zuzuhören gehört zu den Dingen, die mir an unserem neuen gemeinsamen Leben am besten gefallen. Seit ein paar Wochen komponiert er, wenn er von Harcourt Homes nach Hause kommt. Manchmal spielt er seine Songs den Bewohnern vor, manchmal nur mir. Auch wenn die Seniorenresidenz seine Leidenschaft ist, hat er die Musik nicht aufgegeben.

Er hält an den Dingen fest, das ist mir klar geworden. Wenn Max etwas liebt, dann liebt er es für immer.

Er spielt den letzten Akkord, seine Schultern entspannen sich, als könne er nun endlich schlafen. Ich lächle. Ich kenne das Gefühl nur zu gut. Auch wenn jeder von uns die Musik auf eigene Weise liebt, ist unsere Hingabe die gleiche. Sie ist unsere verborgene Harmonie, die Erinnerung daran, was immer gleich bleibt, auch wenn sich sonst alles ändert.

Leise applaudiere ich ihm von der Tür aus. Er fährt erschrocken herum, dann sieht er mich. »Zugabe«, verlange ich, meine Stimme noch rau und verschlafen. Noch ein Refrain in unserem Leben.

Er grinst und streckt die Arme nach mir aus. Sofort gehe ich zu ihm, setze mich auf seinen Schoß und gebe ihm einen Kuss auf die Lippen.

»Tut mir leid, dass ich dich geweckt habe«, sagt er.

»Das muss es nicht«, flüstere ich. »Spiel es noch mal.«

Ich will aufstehen, weil ich es kaum erwarten kann, den Song noch einmal zu hören, aber Max zieht mich wieder zu sich. Jetzt sitze ich der Tastatur zugewandt.

»Bleib«, bittet er mich und küsst mich auf den Nacken.

Er legt den Kopf auf meine Schulter und greift an mir vorbei auf die Tasten.

Aber bevor ich ihn spielen lasse, muss ich erst den Ring an seiner linken Hand berühren. Den ich ihm wenige Stunden zuvor in einer schlichten Zeremonie an den Finger gesteckt habe. *Unsere Hochzeit.* Der bloße Gedanke daran ist unglaublich, geradezu magisch. Nur unsere Eltern, Frank, Eileen, Jess und April waren da. Wir standen im

Garten, vor genau diesem Fenster, während die Sonne hinter den Hügeln unterging.

Vor einer Woche habe ich ihm den Antrag gemacht. Er hat das Datum ausgesucht. Wir hatten zehn Jahre gewartet, und er wollte keinen Tag länger vergehen lassen als nötig.

Ich hätte nicht einmal ein Brautkleid angezogen – ganz ehrlich, mir war es egal, was ich anhatte, solange ich Max nur heiraten konnte. Doch als ich das ihm gegenüber erwähnte, wurde er ganz still. Und da verstand ich es – *natürlich*. Monatelang war ich in einem Brautkleid aufgetreten – einem Kleid, das ich für einen anderen Mann ausgesucht hatte. Das durfte nicht das einzige Brautkleid bleiben, in dem er mich jemals sehen würde. Ich brauchte ein Kleid für Max.

Ich überraschte ihn damit kurz vor der Ankunft unserer Gäste. Mein Max-Kleid ist ganz anders als das, was ich auf der Bühne getragen habe – es ist aus Spitze, zart und romantisch. Ihm stiegen Tränen in die Augen, und ich trocknete sie ihm, ehe wir unsere Familie und Freunde begrüßten.

Meine Mutter konnte nur schwer verbergen, wie aufgeregt sie war. Sie lebt jetzt in New Orleans, wenn sie nicht gerade mit Frank unterwegs ist. Dad kam aus St. Louis angereist, mit frisch geschnittenen Haaren. Sie begrüßten einander freundlich.

Ich würde nicht behaupten, dass sie sich gefreut haben, einander zu sehen – die schmerzliche Distanz zwischen Ex-Partnern ist mir so vertraut. Aber für diesen einen Tag waren sie mehr als bloß Ex-Mann und Ex-Frau. Sie waren die Brauteltern. Als mein Dad Frank sah, gab er ihm die Hand, sie kennen sich von meiner ersten Tour. Und so fühlte sich der Tag vertraut und ungewohnt zugleich an. Anders, aber auch wieder nicht.

Natürlich habe ich geweint. Mom hat geweint. Dad hat geweint. Er führte mich durch den Garten, bis hin zu dem Orangenbaum, unter dem Max wartete. Unsere Trauzeugen waren Jess, die mich mindestens achtmal umarmte, und Eileen. Während unsere Gäste drinnen Champagner einschenkten, sprach ich mein Gelöbnis, als Gedicht geschrieben, ein Songtext für den Rest unseres Lebens.

Ich habe in meinem Leben ganze Stadien gefüllt, mit Filmstars geschlafen, Platinalben gewonnen. Doch nie war ich so glücklich wie in diesem Moment, als ich, in Gesellschaft meiner Liebsten in meinem Garten, zum zweiten Mal heiratete.

Dieser Tag gehörte uns – uns allein. Ohne Social Media, ohne Presse-Statements. Nicht einmal meinem Label hatten wir Bescheid gesagt, und Eileen musste schwören, nichts zu verraten. Es wird ihnen nicht gefallen, dass ich vorhabe, bis ans Ende meiner Tage glücklich zu sein, aber ich werde ihnen neue, bessere Songs liefern. Die Welt wird nicht erfahren, dass die Breakup Queen jetzt verheiratet ist, zumindest noch nicht, bis sie es in meinen Songs hören werden.

Die Nacht …

Auch die Nacht gehörte uns, auf ganz andere, unaussprechlich wundervolle Weise. In unserem Bett, nicht in den einsamen Kojen. Mit dem Glanz der schönsten Augenblicke unseres Lebens auf den Wangen, Küssen wie Träumen, Liebe gleich einem Versprechen. Nichts zwischen uns, verloren im Gefühl der süßen Ewigkeit.

Natürlich wird nicht jeder Tag so sein wie dieser, und in ein paar Wochen breche ich zu meiner Europatour auf. Aber ich bin unfassbar glücklich, dass wir geheiratet haben, bevor ich wegmuss. Die meiste Zeit, die ich in Europa bin, wird Max hierbleiben und sich um Harcourt Homes kümmern. Eine Woche jedoch werden wir in Italien zu unserer Hochzeitsreise machen. In Rom wird er sogar mit mir auftreten.

Wir haben aus unser beider Leben ein gemeinsames gemacht und festgestellt, wie gut sie zusammen klingen. Melodie und Gegenmelodie, völlig verschieden voneinander, aber harmonisch.

Wir gehen es langsam an, Tag für Tag. Wenn Max in L. A. bleiben will, während ich auf Tour bin – gut. Wenn er mich begleiten will – auch gut. Ob er mit mir auftreten will oder nicht, ob er mit mir Songs schreiben will oder nicht – alles kann besprochen werden. Wir spielen unser Liebeslied als unendliche Variation desselben Themas.

Max' Finger gleiten über die Tasten, sein Ring glänzt im Mondlicht. Er spielt langsamer mit mir auf dem Schoß. Es ist bezaubernd.

»Wie heißt es?«, frage ich und meine den Song.

»Das darfst du entscheiden«, antwortet er. Ich drehe mich zu ihm, suche in den friedvollen Zügen seines Gesichts nach einer Antwort. »Es ist mein Hochzeitsgeschenk für dich«, erklärt er. »Du kannst einen Text dazu schreiben. Natürlich nur, wenn du möchtest.«

Vor Freude steigt mir Hitze ins Gesicht. Mühelos finde ich meine Stimme, singe die Worte sanft über den Refrain, den er spielt. »*I want to play your favorite piano, the one in your family's home. I want to sing our endless love songs, in melodies our own.*«

An Max' Stimme hinter mir höre ich, dass er lächelt. »Wenn die Leute das hören, werden sie wissen, dass du nicht mehr Single bist.«

Ich zucke mit den Achseln. »Das ist mir egal. Aber für eine Weile wünsche ich mir noch, dass wir nur zu zweit sind«, sage ich. »Immerhin haben wir noch alles vor uns.«

Max spielt weiter. Er stimmt mir zu, in der Sprache, die ihm die liebste ist.

Ich lausche andächtig, denn ich weiß, dass ich es nur dieses eine Mal so hören werde. Wie jede Liebe ist auch jede Wiedergabe einer Melodie einzigartig, das harmonische Spiegelbild der Menschen, die sie spielen. Ohne uns, die die Vielfalt der Musik zu schätzen wissen, die sie mit Leben füllen, die sie sich zu eigen machen, verschwindet sie in der Stille.

Wenn du also einen Song findest, der jeden Winkel deiner Seele erfüllt, dann stell dich auf die Bühne und sing dir das Herz aus dem Leib.

Max küsst mich auf den Nacken, und ich blicke hinaus in den Garten, wo der Himmel langsam heller wird.

Sonnenaufgang, nach so langer Zeit.

»Until You«

Riley Eleanora Wynn, songwriter (Riley Wynn)

Stereosonic Records, 2024

Late nights, new homes
Your hands on the piano
Woke up with my heart under your fingers
Played me slowly so the notes would linger

Little lights, close hearts
I felt the end in the start
Words I didn't know you didn't mean
»I« and »love« and »you« would make me see

I didn't know what love is
I don't know what love is
I won't know what love is
Until you
Opened the door

The day of, I want you
High roads, see us through

You look like you're hoping I'll be fine
I know I'm helpless even when I try

We know it isn't true
When you say you'll see me soon
Cut me cleanly with your gemstone eyes
Which is when I realize

I didn't know what love is
I don't know what love is
I won't know what love is
Until you
Say it's this

Will I ever hear the songs we would play
Without wondering why we ended this way?
Will I be okay with losing everything now
Will I ever feel free without remembering how
I'll spend my life pretending
You're a verse without an ending

Long days, fast years
Old hopes, new fears
Future, present, past run in reverse
Feeling best when I expect the worst

I'll change, you'll stay
Love won't obey
I'll wait, wish, wander, wonder until I
Learn to think of you and not to cry

I didn't know what love is
I don't know what love is
I won't know what love is
Until you
Come back to me.

»Heartbreak Road«

Riley Eleanora Wynn and Joseph Nash (pseudonym for Maxwell Joseph Harcourt), songwriters (Riley Wynn)
Stereosonic Records, 2024

Once upon a highway, you were with me
Picking up distance with hair flying free
Fast lane running with nothing in the mirror
The skyline closer and never getting clearer and

I wish I couldn't guess where this pavement ends
With heart- shattered passengers who started out friends
Holding out hope or knowing what we know
Retracing our steps until we're letting go

I walk Heartbreak Road
Feel your hand in mine on
Heartbreak Road
Traveling for ten years on
Heartbreak Road
Kissing you is fine on
Heartbreak Road
Leading us to nowhere

Map unopened 'cause I've been here before
Pain in my chest with the pedal to the floor
With lanes wide open, nothing slowing us down,
We're driving,
Driving,
Driving

Hands on the wheel like I'm holding on to you and I
Foot on the gas 'cause it helps me not to wonder why
Lights go green and maybe with you
Same old road can lead somewhere new

I walk Heartbreak Road
Feel your hand in mine on
Heartbreak Road
Traveling for ten years on
Heartbreak Road
Kissing you is fine on
Heartbreak Road
Leading us to somewhere

I pass stop signs screaming and
Lonely hearts leaving and
Parking lots full of lovers dreaming
With you

Where does the road go?

I hope one day I'll know

I walk Heartbreak Road
Feel your hand in mine on
Heartbreak Road
Traveling for ten years on
Heartbreak Road
Kissing you is fine on
Heartbreak Road
Leading us, leading us, leading us

»Unsung«

Riley Eleanora Wynn, songwriter (Riley Wynn)

Stereosonic Records, 2025

You make days
Feel like nights of stars,
When the pressure ends
When the sky is warm

You wrote with me
In the dead of dark
Held me in your words
Made me feel the spark

Past the studio door,
Shaken to the floor
You gave me everything,
Then you gave me more

I reach into
Songs I never knew
I could finish only
In the name of you

You make me sing songs I would've left unsung
You make me feel like I'm the only one
You make me sing songs I won't leave unsung
You fill my voice, my forever only one

On the road,
Cities come and gone,
Played with love hard-won
Like a secret song

You left me lonely
You found me home, we
Heard notes our own, we
Refused so long

We were never meant
To have stayed content
With the days unspent
Fine and not okay

Now I wait for you
Like a song offstage
Hope in every phrase
Like a nameless grace

You make me sing songs I would've left unsung
You make me feel like I'm the only one
You make me sing songs I won't leave unsung
You fill my voice, my forever only one

I wish I hadn't
Wasted years
When everything I
Need is right here, reaching out with chords of endless love –
Right here with you
You hold me close
When the chorus stops

'Cause in the end
Every song I write
Every line I live
Every reckless night
Every lullaby
Every faded rhyme
Is the sound of you,
Like an echo only my heart can hear,
When the darkness closes everywhere,
I hold on to the light you remain inside my life
You free the songs I would once have left
Unsung

Dank

Wie die meisten großartigen Songs ist »The Breakup Tour – Der Sound unserer Liebe« erst in Zusammenarbeit und mit Inspiration und Unterstützung durch andere möglich geworden, wofür wir unendlich dankbar sind. Danke, dass Ihr mit eingestimmt habt.

Katie Shea Boutillier, auch nach neun Büchern ist es uns eine Ehre, dass Du unsere Arbeit unterstützt, und wir freuen uns, Dich eine unserer treuesten langjährigen Freundinnen im Verlagswesen zu nennen. Du weißt nur zu gut, was Du uns bedeutest. Wir lieben Dich dafür, dass Du uns nie in die Irre führst, für uns kämpfst und uns ermutigst, weiterhin große Träume zu haben. Du bist in jeder Hinsicht unser Superstar.

Kristine Swartz, wir sind nach wie vor demütig und dankbar für Deine einfühlsame, wohlwollende und wunderbare Betreuung im Lektorat … selbst mit den engsten Zeitplänen. Danke, dass Du uns ermuntert hast, dieser Geschichte nachzugehen. Als wir über mögliche Ideen für dieses Buch sprachen, sagtest Du, es sei »die Taylor-Swift-Romance«, die Du gern lesen würdest. Und wir könnten nicht glücklicher sein, was daraus geworden ist.

Vi-An Nguyen, jeder Entwurf des Covers war bezaubernder als der andere. Wir sind unglaublich dankbar für Deine bemerkenswerte Fähigkeit, stets genau das richtige Bild für eine Geschichte zu finden.

Die Zusammenarbeit mit dem Team von Berkley hat unsere kühnsten Träume übertroffen. Dieses Buch verdankt Katy Riegel so viel, die die Geschichte (und die Songtexte) zum Leben erweckt hat. Dank auch an Caitlin Lonning und die Korrekturleser:innen für den unschätzbaren Feinschliff, den Ihr jeder Zeile verpasst habt (und dafür, dass Ihr uns ein paar neue Stilregeln beigebracht habt!), an Megha Jain, Christine Legon und Mary Baker dafür, dass Ihr alles miteinander in Einklang gebracht habt wie die Töne eines Akkords, an Jessica Plummer und Hillary Tacuri für Eure wunderbare Arbeit, um diese Geschichte in die Welt zu tragen. Kristin Cipolla und Tina Joell, unsere PR-Frauen, danke, dass Ihr den Leser:innen ermöglicht, Riley and Max kennenzulernen!

Unsere guten Freund:innen Bridget Morrissey, Maura Milan, Gabrielle Gold, Gretchen Schreiber, Rebekah Faubion, Derek Milman, Brian Murray Williams, Farrah Penn, Lindsay Grossman Kalie Holford – was für eine Liebe! Danke für Kaffeepausen und Gruppenchats, fürs Anteilnehmen und Anfeuern. Die Romance-Community ist und bleibt unserer Arbeit eine herzliche und inspirierende Heimat, und wir sind so dankbar für all die Leser:innen und Autor:innen, die uns mit freundlichen Worten und Ermutigungen zur Seite standen. Jodi Picoult, Du hast Dir die besagte Keyboarderin, der wir Deinen Namen gegeben haben, mit unvergleichlichen Blurbs und unvergleichlicher Freundschaft mehr als verdient.

Zu guter Letzt geht unser Dank an unsere Familie, ohne die das alles hier nicht möglich wäre.